Dentes de leite

Ignacio Martínez de Pisón

Dentes de leite

Tradução de
LUIS CARLOS CABRAL

EDITORA RECORD
RIO DE JANEIRO • SÃO PAULO
2012

CIP-BRASIL. CATALOGAÇÃO-NA-FONTE
SINDICATO NACIONAL DOS EDITORES DE LIVROS, RJ

Pisón Cavero, Ignacio Martínez de, 1960-
P766d Dentes de leite / Ignacio Martínez de Pisón Cavero; tradução Luis Carlos Cabral. – Rio de Janeiro: Record, 2012.

Tradução de: Dientes de leche
ISBN 978-85-01-08684-6

1. Romance espanhol. I. Cabral, Luis Carlos. II. Título.

11-6122 CDD: 863
CDU: 821.134.2-3

TÍTULO ORIGINAL EM ESPANHOL:
Dientes de leche

Texto revisado segundo o novo Acordo Ortográfico da Língua Portuguesa.

Impresso no Brasil

ISBN 978-85-01-08684-6

“O mundo é belo porque nele há de tudo.”

CESARE PAVESE, *O belo verão*

PRÓLOGO

Entre as fotos que Juan Cameroni conservava da infância havia uma na qual aparecia ao lado do avô Raffaele, os dois sorridentes, os dois vestidos com camisas negras, os dois fazendo a saudação fascista. Quantos anos Juan teria então? Se tivesse 4, a foto era de 1972; se 5, de 1973. No entanto, não havia dúvida de que a foto fora tirada em um dia 2 de novembro, o único do ano em que avô e neto vestiam seus uniformes fascistas para participar da homenagem aos italianos mortos na Guerra Civil.

Era provável que Juan tivesse sido o único menino fascista espanhol daquela época, e seus sucessivos uniformes de *balilla,* de membro da juventude fascista, ficaram guardados em um armário do corredor até a morte de seu avô. O da foto de 1972 ou 1973, talvez por ser o primeiro, era o mais completo e vistoso: gorro de inspiração africana com borla, camisa de seda preta cruzada por duas largas faixas brancas, um cinturão também branco e largo, calças cáqui, meias até os joelhos. Os uniformes que vieram depois (também guardava fotografias deles) sugeriam uma paulatina evolução para a austeridade. A camisa preta deixara de ser de seda, as faixas haviam sido substituídas por um lenço amarrado no pescoço, o chamativo cinturão fora ficando cada vez mais estreito e mais discreto, e o gorro, que perdera a borla, foi se achatando e perdendo volume até virar uma boina. As únicas novidades um pouco originais eram um facão sem fio que em certo ano usou preso ao cinturão e luvas pretas que iam até o cotovelo (na realidade, só as vestira uma vez; quem teria a ideia de usar luvas no começo de novembro?).

Naturalmente, aquela rotina anual de vesti-lo com a *camicia nera* era um capricho do avô. Quando ainda faltavam alguns meses para a data da homenagem, o homem começava a insistir com a nora para que o menino experimentasse o uniforme. Se tivesse ficado pequeno, o próprio avô se apressava a acompanhá-lo a uma alfaiataria militar que ficava logo no começo da rua Don Jaime. Juan ainda recordava o cheiro do lugar, um cheiro de sopa em lata, e o ruído da respiração do alfaiate quando passava a fita métrica sob suas axilas. Lembrava-se, também, das brigas que explodiam em sua casa quando seu pai encontrava sobre a cômoda do vestíbulo o embrulho da alfaiataria militar.

Primeiro via seu pai rasgar o papel pardo sem dizer uma palavra para depois tirar com as pontas dos dedos as diversas peças: a pequena camisa negra, o gorrinho com ou sem borla... Depois assistia à reação de Elisa, sua mãe, que, já na defensiva, não demorava a esbravejar:

— Não me diga nada, Alberto! O pai é seu e não meu!

Quantas vezes ouvira os lábios de sua mãe pronunciarem essa frase? Na realidade, todas ou quase todas as brigas domésticas de que Juan se lembrava haviam sido provocadas por alguma coisa que seu avô Raffaele dissera ou fizera. O fato é que em um momento ou outro sua mãe acabava recorrendo àquela frase para tentar dar a discussão por encerrada. Mas, se a fórmula havia funcionado alguma vez, devia ter sido muito no começo, nos primeiros anos do casamento, pois Juan sempre achara que a explosão de seu pai só terminava um tempo depois de ouvir aquelas palavras.

— Não preciso que você me lembre disso! — gritava então. — Sei muito bem que o pai é meu! Mas estou dando-o de presente! Vou dá-lo de presente a quem o queira! Vou colocar um anúncio no jornal... Não existem pessoas que publicam anúncios dizendo que estão dando filhotes de cachorro e coisas assim? "Dou de presente pai em perfeito estado..." O primeiro que aparecer poderá levá-lo! E que faça com ele o que bem lhe aprouver, embora eu tenha certeza de que meu pai acabará fantasiando-o de fascista e levando-o a esse baile de máscaras...!

Elisa sabia que nessas ocasiões o melhor era deixar seu marido desabafar. Mas também sabia que ele tinha a tendência de evitar entrar em conflito direto com o pai e, assim, no final era ela quem acabava fazendo o papel de intermediária entre os dois.

— Foi você mesmo quem disse: essa coisa não passa de um baile de máscaras — tentava acalmá-lo. — Não precisa lhe dar tanta importância. É como se o menino fosse a uma festa à fantasia. Imagine que estará disfarçado de viking.

— Onde já se viu uma coisa dessas? Um menino faltar ao colégio por causa de uma festa à fantasia! — voltava a gritar Alberto. — Mas, por mim, tudo bem! Pode ir! Que vá disfarçado de viking! Melhor ainda! Vamos todos de vikings! Mas meu pai também! Com aqueles bigodes postiços e os chifres!

Ao contrário de seu pai, que sempre que ficava aborrecido gritava em italiano, Alberto berrava em espanhol. No entanto, era apenas nessas ocasiões que Elisa tinha a sensação de que se casara com um autêntico italiano e não com o filho espanhol de um fascista italiano que se estabelecera em Saragoça no final da guerra.

— *Che figlio snaturato*! — gritava o velho fascista nas manhãs do dia 2 de novembro, quando sua nora já se atrevera a lhe transmitir, suavizadas, as restrições de Alberto; então dedicava os minutos seguintes a amaldiçoar aquele que se envergonhava do sangue que lhe corria nas veias.

Costumava concluir seu discurso com uma afirmação lapidar e melancólica:

— *Non c'è dubbio* — dizia, sacudindo a cabeça com resignação. — *Viviamo tempi di decadenza.*

Mas essa resignação só era fingida; por nada no mundo Raffaele pensava em renunciar à companhia de seu neto durante a celebração da homenagem. Sua última artimanha era sempre a mesma. E sempre infalível. Segurava Juan pelos ombros, olhava-o fixamente nos olhos e lhe dizia:

— Você é livre, Giovanni. — Quando estavam em família não o chamava de Juan e sim de Giovanni. — Você é livre para ir ou não ir. Se quiser, vá, e se não quiser, não vá. Você decide. Não quero que digam que o levo à força. Repito: você é livre. Quer ir ou não? Quer ir?

O menino, para não contrariá-lo, fazia um leve, levíssimo gesto que imediatamente era interpretado pelo avô como um assentimento.

— Está vendo? Não sou eu! É ele! É o *bambino* que quer ir! — clamava com um sorriso triunfal. — Vamos, você precisa vesti-lo depressa; não podemos chegar atrasados.

Ela obedecia com aparente diligência. Vestia no filho as calças e as botas, abotoava a camisa preta, amarrava o lenço, colocava o gorro. E, enquanto fazia aquilo, não perdia a oportunidade de soltar algum comentário malicioso:

— Eu já disse ao Alberto para não dar importância a isso. É como se vestisse o menino de viking para levá-lo a uma festa à fantasia...

O velho Raffaele a fitava, então, com ressentimento:

— De viking, você disse? De viking? Você não pode comparar o *fascio* aos vikings, esses corsários de opereta...!

Elisa não levava muito a sério nem seu marido nem seu sogro, e depois, quando ficava a sós com Alberto, que naquelas situações costumava se trancar na biblioteca, dizia:

— Seu pai cedeu.

— Sim? — perguntava ele com um brilho de surpresa no olhar.

— Sim. Aceitou que todos nos vestíssemos de vikings e fôssemos a um baile de máscaras. Eu já estou fazendo minhas tranças! — dizia, entre risos, e Alberto, mal-humorado, bufava longa e sonoramente.

Em um momento qualquer, antes que o avô e o neto saíssem de casa com seus uniformes fascistas, a própria Elisa tomava as providências para fotografá-los ao lado da cômoda do vestíbulo. Nos primeiros anos tirava a fotografia com uma das máquinas de seu marido e só mais tarde, no final, com sua própria câmera, uma polaroide que Juan recordava como um daqueles brinquedos espetaculares, mas sem graça, de que as crianças se cansam depois de dez minutos.

Naquela foto, de 1972 ou 1973, as cores estavam distorcidas; onde a realidade só colocara tons ocres ou cinzas, a câmera encontrara inesperados brilhos avermelhados e azulados. Mas, em geral — e, sobretudo, levando-se em conta o pouco conhecimento técnico de Elisa —, a foto era aceitável. Quando Juan a examinava, achava que percebia detalhes só a ele reservados, detalhes que nenhuma outra pessoa no mundo poderia interpretar corretamente. Os sorrisos, por exemplo: enquanto o seu expressava candura e emoção, o do avô Raffaele parecia ensaiado e tenso, como se tivesse sido flagrado no meio de alguma questão, que não era nada além do refrão do hino fascista (*Giovinezza, giovinezza, primavera di bellezza...*) que ele invariavelmente cantarolava sempre que posava para a nora. Ou seus olhares: quem, além do próprio Juan, poderia perceber que os olhares dos dois não procuravam a polaroide de Elisa, mas o espelho que havia atrás dela, o enorme espelho de parede diante do qual, durante alguns segundos, tinham adotado a postura mais galharda, a expressão mais decidida e arrogante? Nem o refrão nem o espelho (que não refletia só eles, mas também Elisa) apareciam na foto, e Juan intuía que sem o refrão, sem o espelho e também sem Elisa a foto ficaria pela metade, incompleta, e que ninguém além dele poderia lhe restituir as partes que faltavam.

Havia, além do mais, a questão das semelhanças. A família sempre discutira sobre quem era mais parecido com o avô do que com a avó etc. Havia uma concordância tácita de que, dos descendentes de Raffaele, Rafael, o primogênito, era o mais Cameroni de todos. Alberto seria um pouco mais Asín do que Cameroni e Paquito um pouco mais Cameroni do que Asín. Ele, Juan, o único neto, estaria no meio do caminho entre os Asín e os Mardones, mas não tinha nem um pingo dos Cameroni.

Raffaele sempre fora um homem de testa ampla, queixo afilado e ombros estreitos. Era verdade que Juan não tinha nenhuma dessas características do avô, mas também era certo que a contemplação atenta de algumas daquelas fotos do passado revelava uma afinidade sutil, mas profunda, como um ar de família que não residia neste ou naquele traço concreto, mas em uma série de semelhanças menores que poderiam muito bem ter sido adquiridas e não herdadas: a firmeza com que ambos plantavam os pés no chão, a tensão que se adivinhava em suas pernas e quadris, a robustez do pescoço. Era possível que estas semelhanças fossem produto das circunstâncias e só tivessem existido nos momentos em que as fotos haviam sido feitas? Talvez, mas, na memória de Juan, aquelas poucas fotos suas ao lado do avô Raffaele preenchiam o vazio dos muitos momentos em que ninguém os fotografara, e, retrospectivamente, via a si mesmo como um menino que se parecera com seu avô (mas também como um adolescente que de repente deixara de se parecer com ele).

De qualquer forma, a imagem do neto e do avô vestidos de fascistas tinha algo de paródia, de uma paródia involuntária na qual um menino arremedava a grandiosidade dos gestos de um velho e a reduzia ao que era de verdade: simples e oca afetação. Como nas duplas de palhaços: o palhaço tolo e o palhaço esperto, que, na realidade, é tão tolo quanto o palhaço tolo. Mas, para que Juan percebesse as coisas dessa maneira, tinha sido necessário que transcorressem alguns anos, e, naturalmente, ele não as via assim então, quando era um menino e se deixava fotografar ao lado do avô, e nem mesmo um pouco mais tarde, quando desistiu, finalmente, de acompanhá-lo à homenagem.

Iam sempre de táxi ao Memorial Militar Italiano (de fato, Raffaele só pegava táxis quando ia ao memorial). Chegavam meia hora antes de tudo começar, quando só estavam presentes os policiais municipais, a banda de música e um punhado de curiosos que ficavam trocando comentários sobre os uniformes de uns e de outros. Essa meia hora bastava para muita coisa. Era suficiente para que o avô evocasse seus companheiros caídos em combate e voltasse a contar algumas de suas velhas histórias da guerra. Os nomes de vários de seus personagens acabaram se tornando familiares a Juan: o de Mario Basso, que havia composto o hino do batalhão; o de Fortunato Lettini, morto com um tiro na testa quando fazia suas necessidades; o de Carmelo Giangrecco, o *primo capitano*, que só comia alface... Mas tudo isso não era mais do que um prólogo.

O importante vinha depois, quando o avô começava a contar sua história, a história de sua façanha, do dia em que ele, o voluntário fascista Raffaele Cameroni, se transformara em herói de guerra. Era essa a história que o avô gostava de contar, mas, sobretudo, a que o neto gostava de ouvir. O olhar aceso, os lábios entreabertos, um leve rubor nas faces: o pequeno Juan acompanhava o relato com a atenção estampada no rosto, engolindo saliva nos momentos de tensão, arqueando as sobrancelhas nos de incerteza e se entregando sem resistência à prazerosa sensação de exaltação. Ouvira aquela história outras vezes, mas a reiteração não só não lhe tirava o interesse como até o aumentava. O menino comparava mentalmente a nova versão com as anteriores e às vezes interrompia o avô para lhe recordar algum detalhe omitido: as rajadas de metralhadora, o cadáver semienterrado no barro, o cantil perfurado por um balaço. Aquelas omissões, involuntárias no princípio, haviam se tornado deliberadas. A narrativa foi desenvolvendo sua própria liturgia: o menino esperava com ansiedade o momento de intervir e o avô exclamava: Eu tinha esquecido! O menino o interrompia de novo, o avô dava um tapa na testa e assim por diante. A história continuava com a explosão do obus e Raffaele fazia um longo silêncio enquanto suas pupilas se mexiam em espiral procurando algo, procurando, talvez, as palavras que deviam expressar o que sentira naquele instante. Mas as palavras também faziam parte do ritual e no final eram sempre as mesmas: sangue, uniforme destroçado, cheiro de carne queimada (minha própria carne!), um calor súbito, um calor súbito e intenso... E a essa altura da história o menino já se adiantava ao avô e pronunciava antes dele as palavras que viriam depois (a palavra resistir, a palavra lutar, as palavras até a última gota do meu sangue), porque era necessário precipitar tudo, porque nada mais devia adiar o momento culminante, no qual o avô levaria a mão ao bolso e tiraria a medalha e a exibiria com trejeitos de prestidigitador.

— Cameroni Raffaele, medalha de bronze à coragem militar! — exclamava então e cerimoniosamente a colocava em seu próprio peitilho.

Naturalmente, Raffaele não era o único a exibir condecorações durante a homenagem. Juan gostava de se entreter contando-as, e em nenhum ano foram menos de meia dúzia, a maioria de bronze. O mais curioso é que as medalhas de ouro eram sempre ostentadas por mulheres: viúvas de oficiais mortos na Espanha. A delegação italiana chegava antes das 11h30 em um ônibus com placa de Milão e já encontrava o pequeno comitê de recepção formado diante da entrada. Faziam parte dele os poucos que restavam dos fascistas que, no final da guerra, haviam se estabelecido na cidade: o gordo do Imbroglia, que na juventude se orgulhava de ser parecido com Mussolini; Rosso, bem miudinho, amante da ópera, com as unhas dos dedos sujas de escamas (sua mulher tinha uma peixaria); o irascível Angiolotti, de pele muito escura, sobrancelhas enormes e nariz de pinguim. E, naturalmente, o avô Raffaele, em quem os demais reconheciam certa autoridade moral e que se postava diante da porta do ônibus para saudar um a um os recém-chegados. Era então que Juan, que não se afastava dele, tinha a oportunidade de contar as medalhas: duas viúvas com as respectivas medalhas de ouro à coragem militar, quatro ex-combatentes com outras tantas de bronze, um homem manco com a medalha de sofrimento pela pátria.

— *Come ti chiami, bellino*? — lhe perguntava sempre alguma das viúvas, que depois não esperava para ouvir a resposta.

Os instantes que se seguiam à chegada do ônibus costumavam ser bastante confusos. Os músicos se apressavam a apagar seus cigarros e a preparar os instrumentos, mas, quando soavam as primeiras notas, Raffaele corria indignado para fazê-los se calar: quem os mandara tocar? Não se davam conta de que o ato oficial ainda não começara? Aquilo era solo italiano e as únicas boas-vindas eram as que os italianos deviam dispensar às autoridades espanholas...! Os músicos abaixavam a cabeça e ele dirigia a seus compatriotas um sorrisinho indulgente (sabia-se que os espanhóis nunca aprenderiam!) e retomava as saudações.

Só vendo a desenvoltura com que Raffaele (que, na verdade, só era amigo de Imbroglia e dos outros dois) caminhava para cá e para lá: apresentava uns aos outros, distribuía abraços e anunciava a iminente chegada do embaixador. Agia como se fosse ele o inspirador e responsável último por tudo aquilo: pela homenagem aos tombados, pelo mausoléu onde jaziam seus restos, talvez até pela própria intervenção italiana na Guerra Civil. Comportava-se como se uma humildade inevitável o induzisse a ceder a outras pessoas (ao embaixador, ao superior dos capuchinhos) um papel relevante que a rigor cabia só a ele, e acolhia com falsa modéstia os elogios que os recém-chegados dedicavam à impecável organização do evento, com a qual ele não tinha nada a ver. Enquanto esperavam o embaixador, era ele quem conduzia as conversas: elogiava o alto nível das delegações italianas dos últimos anos, se interessava pelas outras etapas da viagem deles pela Espanha, dava conselhos para sua visita do dia seguinte ao Valle de los Caídos... Vários dos veteranos pisavam pela primeira vez em solo espanhol desde o final da guerra e Raffaele os reunia em um grupo e os guiava pelo interior da torre, onde os ossos de quase três mil soldados italianos permaneciam enterrados em seus respectivos *loculi*. De vez em quando se detinham diante de um daqueles nichos e alguém reconhecia um nome em uma lápide (Belluscio Vincenzo! Haviam lutado juntos na Divisão Littorio!) e contava algum episódio da frente de batalha, o qual, inevitavelmente, refrescava nos demais a recordação de outros casos e fazia com que, de repente, todos começassem a falar ao mesmo tempo. Raffaele era obrigado a levantar a voz para se fazer ouvir no meio daquele barulho e pedir que o seguissem de volta ao lado de fora, onde chamava a atenção do grupo para os detalhes mais puramente fascistas do conjunto arquitetônico: as coluninhas das grades simulando *fascios*, a própria disposição da torre em relação aos arcos de triunfo, que reproduzia, embora invertido, o motivo do machado romano...

— *E non siamo in Italia. Siamo in Spagna* — acrescentava, e depois fazia uma pausa para que cada um se deixasse levar por seus pensamentos.

O embaixador finalmente chegava e Raffaele, embora só tivesse estado com ele (e sempre superficialmente) em homenagens anteriores, abusava de seu momentâneo prestígio para lhe impor sua familiaridade:

— *Vieni, ambasciatore! Devi conoscere tutti questi amici meravigliosi*!

E o embaixador se deixava arrastar por Raffaele — sorria, balançava a cabeça e apertava as mãos —, e nenhum dos presentes suspeitava que para ele o encontro anual com todos aqueles gagás não passava de uma chatice.

O ato oficial de boas-vindas era sempre muito vistoso. A banda de cornetas e tambores executava uma marcha militar no pórtico da igreja, os policiais municipais montavam guarda com o uniforme de gala e o capacete emplumado, o embaixador saía para receber o prefeito, o comandante, o arcebispo e o governador civil, além de acompanhá-los lentamente até o mausoléu. Os curiosos amontoavam-se na grade e perguntavam uns aos outros quem seria esse e quem seria aquele... Sobre o arco da entrada da cripta havia uma inscrição em granito: *L'Italia a tutti i suoi caduti in Spagna*. Era ali que, com suas camisas pretas, suas medalhas e suas coroas de flores, costumava ficar a delegação italiana. O avô Raffaele sempre conseguia ficar perto de onde as autoridades passariam forçosamente. Procurava seus cumprimentos com tal habilidade que por vezes até parecia que eram elas as interessadas em lhe manifestar seus respeitos. Postado como estava em um ponto estratégico, bastava que no momento oportuno desse um passo adiante (ou nem sequer isso, meio passo, ou até menos, uma leve inclinação de tronco) e o prefeito, comandante ou arcebispo se detinha um instante para apertar sua mão, o saudar marcialmente ou lhe dar sua bênção. Tudo parecia natural, como parte de um protocolo que se definia e se aperfeiçoava com o passar do tempo. O pequeno Juan, que continuava sem se afastar do avô, sentia orgulho dele, o homem mais importante, aquele a quem todos queriam cumprimentar.

Uns e outros acabavam preenchendo o espaço da cripta. O superior dos capuchinhos, que era quem mais tarde celebraria a missa, tomava então a palavra para elogiar a irmandade entre os dois países e agradecer o sacrifício de quem havia dado generosamente a vida em cumprimento de seu dever. Depois, um veterano coberto de divisas e galões se levantava para pronunciar uma breve oração em memória dos mortos, homens que considerava dignos descendentes das heroicas legiões romanas, aquelas que haviam merecido a admiração do mundo. Juan se entretinha observando os rostos das pessoas: a expressão de recolhimento das mulheres, a de emoção dos homens. Impressionava-o a sonoridade incomum que as vozes adquiriam (mas também as tosses e os passos) naquela cripta sem teto e, quando levantava a vista, via o interior da torre, seu vão cada vez mais estreito apontando para um céu perfeitamente branco que parecia ao mesmo tempo distante e muito próximo.

Os presentes voltavam a se pôr em movimento e em algum lugar a banda de cornetas executava o toque de oração enquanto se preparava a oferenda, o momento esperado pelos velhos fascistas. Primeiro o embaixador colocava sua coroa de flores com as cores nacionais italianas e a essa altura todos os veteranos já saudavam à romana. Depois era a vez das outras coroas (as das várias associações de ex-combatentes, a dos falangistas). Durante aqueles dois ou três minutos os velhos se mantinham bem eretos, com o braço erguido e com os olhos fechados, fingindo um ímpeto e um ardor que não tinham mais, celebrando, comovidos, suas últimas e já remotas vitórias (eles, que haviam vencido a guerra na Espanha para perdê-la pouco depois em seu país e que agora viajavam à Espanha de Franco para comemorar a época em que foram vitoriosos no mundo; mas não na Itália!).

Naturalmente, Juan também levantava o braço ao lado de seu avô e dos outros. Existiriam fotos daquilo? Existiria alguma foto em que ele fosse visto na primeira fila do grupo, com um uniforme semelhante ao dos demais e a mesma expressão de contida exaltação? A possibilidade de se deparar algum dia com uma fotografia daquelas provocava nele uma mistura de curiosidade e desassossego. Juan queria pensar que, assim como em suas fotos com o avô, também nessa foto sua imagem de menino disfarçado parodiaria, sem que o quisesse, a austera grandeza de todos aqueles fascistas, de todos os fascistas.

Juan tinha plena certeza tanto de ter amado o avô Raffaele como de ter sido amado por ele. Recordava com prazer a força com a qual seu avô agarrava sua pequena e suada mão quando saíam para passear. No entanto, não era capaz de vincular esse sentimento de carinho a nenhum episódio concreto que não fosse a participação nas homenagens de 2 de novembro. Nem aos almoços familiares, nem aos veraneios, nem às festas de aniversário: apenas às homenagens. Aparentemente haviam se amado só porque um era o avô e o outro, o neto: aquele tipo de afeto firme e duradouro que se estabelece no seio de uma família. Mas estes afetos não eram habituais em alguém como Raffaele Cameroni, que acabara detestado por sua própria mulher e havia atraído uma maior ou menor hostilidade de seus três filhos, inclusive do último, Francisco, o bom Paquito, o retardado, uma criatura simplória e até angelical, incapacitada para a aversão. A relação entre o avô e o neto também percorreria o mesmo caminho, mas, se nos outros casos se tratara de uma deterioração paulatina, no dele terminou em uma ruptura, simples e repentina como todas as rupturas. E, naturalmente, a tradição de acompanhá-lo às visitas ao Memorial Militar teve muito a ver com isso.

A cada ano o número de veteranos que vinham da Itália diminuía (a longa e incômoda viagem de ônibus, as idades avançadas...). A cada ano eram menos os italianos, porém mais espanhóis assistiam à cerimônia. A de 1975 reuniu uma atilada vintena de falangistas (que se preparavam para as iminentes exéquias de seu caudilho), e nas dos cinco ou seis anos seguintes o número não parou de crescer, diante da cada vez mais reduzida presença de veteranos italianos que, em certa ocasião, ficou limitada a Raffaele, Imbroglia e aos outros dois. Entre os falangistas havia alguns dos antigos, dos que haviam feito a guerra, mas a maioria era formada por jovens, todos muito parecidos: os cabelos cheios de brilhantina, o olhar altaneiro, a camisa azul arregaçada. Quando cantavam *Cara al sol*, Imbroglia, Rosso e Angiolotti trocavam olhares de desgosto: eles eram italianos antes de serem fascistas e temiam que os espanhóis, por mais falangistas que fossem, acabassem tomando conta do evento. Raffaele, no entanto, entoava a plenos pulmões o hino da Falange e desaprovava com o olhar a contenção dos outros três. Depois aproximava os lábios do ouvido do neto e lhe dizia:

— Eles me fazem lembrar de mim mesmo quando tinha essa idade. Estes rapazes são como nós éramos então: *arditi*.

Usava a palavra italiana como se não fosse possível traduzi-la, como se não existisse outra forma de se referir ao *ardimento*, uma variedade de coragem, de ousadia, que ele considerava desconhecida pelo resto do mundo. Havia outras palavras assim: *camerata*, que expressava uma relação mais elevada e intensa do que a simples camaradagem; *lieto*, ledo, que era como estar alegre ou feliz, mas de um modo especial, ou *civiltà*, que não tinha nada a ver com aquilo que os espanhóis chamavam de civilização. Ou até mesmo *fascismo*, que, ao contrário do falangismo, não era um instrumento para se fazer política, mas uma forma de viver e de entender a vida. Raffaele parecia prazerosamente instalado nesse âmbito do intraduzível: havia depositado nessas palavras sua identidade de italiano fora da Itália e de fascista depois do fascismo. Tratava-se, sem dúvida, de uma ilusão, da fantasia de um velho saudoso, e precisamente porque estava fora das margens da realidade era mais fácil se adaptar a ela. Pelo menos era o que parecia ao pequeno Juan, que não se conformava em ser valente (coisa que qualquer um podia ser), mas aspirava a ser *ardito*; que jamais quereria ser falangista, mas se sentia à vontade com sua camisa preta de fascista. Por isso protestava tanto quando o avô qualificava de *arditi* os jovens falangistas, que para ele não faziam parte de nenhuma fantasia, mas da realidade mais prosaica.

— São apenas uns metidos — dizia. — Uns fanfarrões.

Conhecia do colégio alguns daqueles garotos e, sobretudo, conhecia um que se chamava Moisés. Magro, deselegante, um pouco prógnato, Moisés tinha três anos a mais do que Juan, mas estava só uma série à sua frente. Era o tipo de sujeito com quem Juan por nada nesse mundo gostaria de se parecer quando tivesse a idade dele: o aproveitador clássico, o típico valentão que roubava merendas, insultava sem motivo e armava todo tipo de confusão. Juan devia ser dos poucos que nunca tivera problemas com ele, mas isso não o tornava mais simpático aos seus olhos.

Na realidade, só se encontraram no Memorial Militar em duas ocasiões, e em ambas o avô Raffaele fez o irritante comentário sobre o suposto *ardimento* dos jovens falangistas. Juan recordava bem as datas, pois uma das vezes foi exatamente antes e a outra logo depois do frustrado golpe de Estado de fevereiro de 1981. Era a época de maior ebulição das organizações de ultradireita: elas pintavam os muros com frases como "Franco vive!" e "*Arriba España!*", circulavam com grandes bandeiras em carros conversíveis, se concentravam aqui e acolá para gritar seus lemas e cantar seus hinos... A homenagem daquele 2 de novembro de 1981 seria a última a que Juan assistiria. Nesse ano apareceram mais falangistas do que nunca, e Moisés, que então tinha 16 anos, agitava no exterior da cripta uma enorme bandeira com a estampa do jugo e das flechas. A cerimônia não foi diferente das outras: a chegada do embaixador, as boas-vindas oficiais, a oferenda de coroas... Em todo caso, os oradores insistiram um pouco mais do que o habitual no caráter conciliador e plural do ato, que desde sua criação (embora isso tivesse sido ignorado durante aqueles mais de trinta anos) pretendera homenagear os italianos tombados em ambos os lados: os 3 mil e tantos fascistas, mas também o punhado de voluntários da Brigada Garibaldi. Os falangistas se remexeram incomodados durante os discursos e depois imprimiram todo o seu ardor à interpretação de *Cara al sol*. Ao ressoar nas paredes, o hino adquiria um estranho timbre metálico, como se fosse uma gravação antiga. As novas autoridades nada podiam fazer para calá-los e fingiam não ouvir. Mais tarde, ao depositar com certa pressa as coroas de flores, fizeram-no com os olhos entrecerrados para não ver aquelas camisas azuis e aqueles braços erguidos e os rostos coléricos. Não faltou quem ameaçasse e chamasse aqueles homens de traidores e de vermelhos de merda, mas as coisas não passaram daí e assim que possível eles entraram em seus carros oficiais e desapareceram.

No final da cerimônia, enquanto Raffaele prolongava sua despedida do embaixador, Juan manteve sua única (e brevíssima) conversa com Moisés, que se aproximou e lhe disse:

— Não sei por que você está com os italianos. A única coisa que eles fazem é puxar o saco desses politiqueiros. Onde você nasceu? Na Espanha, não é mesmo?

— E isso importa?

— Ora, é claro que importa. Você deveria deixá-los e vir com a gente.

— Deixar quem? Você se engana. Eu só vim homenagear os italianos que morreram na guerra.

— Todos eles?

Juan assentiu. O outro soltou um risinho, fincou o dedo indicador no peitilho da camisa preta dele e disse:

— Você é um grande gozador.

Isso foi tudo. Isso foi tudo, mas, pela primeira vez, Juan se viu com outros olhos e não percebeu grandes diferenças entre o falangista e ele mesmo, um com a camisa azul e o outro com a camisa preta. Aos olhos de qualquer um, ele era como Moisés, aquele valentão que detestava. De repente teve consciência de duas coisas: de que há muito tempo um dilema se revolvia dentro dele (continuar indo ao Memorial ou desistir de uma vez por todas?), e também que este dilema fora solucionado no exato momento em que o reconhecera como tal. A mesma cerimônia que na infância o deslumbrara agora lhe parecia sinistra, tão sinistra quanto aqueles falangistas exaltados, aquelas bandeiras ofensivas e aqueles hinos perturbadores, e Juan prometeu a si mesmo que não voltaria a participar da homenagem anual aos tombados italianos.

No entanto, cumprir essa promessa não seria tão simples. Teria de comunicar a decisão ao avô, a quem continuava amando e admirando. Ele, sem dúvida, a consideraria uma traição, e nenhum momento parecia o adequado. Naquele dia, enquanto voltavam para casa de táxi, negou-se a fazê-lo com o pretexto de que tinha muito tempo pela frente. Depois os meses foram passando e nunca havia nenhuma razão especial para abordar o tema. Chegou setembro. Um dia o avô apareceu em sua casa e o fez experimentar o uniforme do ano anterior: as mangas da camisa haviam ficado pequenas, a calça não abotoava.

— Como esse menino esticou! — comentou sua mãe.

Aquele teria sido o momento propício, mas faltou coragem a Juan. Pouco mais tarde estavam na alfaiataria militar e o alfaiate passava a fita métrica sob suas axilas. Como dizer tal coisa na frente daquele homem de respiração ruidosa e cheiro de sopa enlatada? Por outro lado, se não lhe dissesse agora, como o faria mais tarde, quando o novo uniforme já tivesse sido encomendado? Algumas semanas depois chegou o pacote da alfaiataria e seu pai deu o show de sempre:

— Quer dizer, então, que esse homem nunca se dará por vencido? Essa guerra é a dele! Não a dos outros, e muito menos a de meu filho! Elisa, já chegou a hora de você falar seriamente com ele e...!

Aquele, sim, teria sido o momento: quando Elisa estava respondendo que o pai era dele e não dela, e Alberto se enfurecia ainda mais, ameaçava interditá-lo e mandá-lo a um asilo de velhos ou, melhor ainda, a um manicômio. Aquele teria sido o momento de pedir a atenção de seus pais e lhes dizer que não queria ir de novo ao Memorial com o avô Raffaele, pois estava farto de homenagens fascistas e de camisas pretas e de medalhas de bravura militar. Mas Juan achou que o avô interpretaria aquilo como uma proibição paterna, coisa que teria sido desonesta e covarde, e por isso também naquele momento ficou calado.

A manhã de 2 de novembro chegou. Juan já se conformara com a ideia de assistir à homenagem. Vestiria o uniforme fascista, faria a clássica foto e acompanharia o avô... E depois teria um ano inteiro para lhe comunicar sua decisão.

Sentado em sua cama, ouviu o ruído da porta e a voz do avô:

— *Andiamo, andiamo!* Como é que esse menino ainda não está pronto?

Sua mãe enfiou a cabeça dentro do quarto e arqueou as sobrancelhas como se dissesse "você já o ouviu", e o que ele escutou depois através da porta entreaberta foi o avô Raffaele cantando com sua voz enrugada de *tenorino* uma das primeiras estrofes da *Giovinezza*:

— *Il valor dei tuoi guerrieri, la virtù dei tuoi pionieri, la vision dell'Alighieri, oggi brilla in tutti i cuor...!*

Depois de todos aqueles anos, o próprio Juan acabara aprendendo a letra e, quando estava abotoando a camisa preta, se perguntou se existiria no mundo, mesmo que fosse na Itália, outro menino capaz de cantar aquele hino ridículo. Sentiu uma intensa pena de si mesmo e saiu para o corredor, onde o avô o esperava com as mãos na cintura e o mais aflito de seus sorrisos. Elisa lutava no vestíbulo com a polaroide. O avô e o neto se postaram diante do espelho de parede. Aos 14 anos, Juan era vários centímetros mais alto do que o avô. Este ergueu o braço. Juan não.

— Eu não vou — disse.

Certamente tudo teria acontecido como nos anos anteriores se não fosse o espelho. Sim, o espelho estava ali desde sempre, mas só no ano anterior alguém dissera a Juan uma frase que o obrigara a se ver com outros olhos: Você é um grande gozador. E agora se via de novo dessa forma, só que desta vez em sentido estrito: observando no espelho sua imagem de jovem fascista, vendo-se ao lado de seu avô fascista, que mantinha o braço erguido e o olhava com incredulidade.

— O que você disse?

— Que não vou.

— Está brincando, não é? Claro, não pode estar falando sério... Ah, este menino, que senso de humor.

Falava em espanhol, como se não estivesse aborrecido. E possivelmente não estava, pelo menos no princípio. Mas depois, sim, foi se aborrecendo e, no entanto, continuou falando em espanhol.

— Diga que está brincando. Venha, me diga! Não gosto desse tipo de brincadeira! Por que você zomba do seu pobre avô? Hem? Por quê? Sou Raffaele, o velho Raffaele, seu avô, e você e eu vamos acabar agora mesmo com essa brincadeira e vamos sair juntos! Não é verdade? Venha, levante o braço para a foto!

Mas Juan permaneceu imóvel e calado. Foi Elisa quem falou:

— Se ele disse que não vai é porque não vai. E ponto.

O avô se virou para Juan e obrigou-o a olhá-lo nos olhos. Mas não lhe disse nada. A única coisa que fez foi aquilo, fitá-lo, e naquele olhar havia tanto decepção como desaprovação. Decepção porque de repente descobria seu neto como realmente era, como um menino comum, desprovido das energias e dos anseios da juventude mais saudável, talvez um *hippie* (o que para o avô era a pior coisa que alguém podia ser). E reprovação porque não podia imaginar um insulto pior ao seu mundo de ideais elevados e valores intraduzíveis: quem o garoto achava que era para desdenhá-lo assim, para abandoná-lo como se abandona um ônibus atolado na lama? Havia se revelado um personagenzinho desleal e vulgar, um indivíduo no qual não deveria ter depositado nenhuma esperança, e o pior de tudo é que naquele momento era assim que Juan via a si mesmo.

— Enfim — disse o avô, recompondo diante do espelho sua forçada galhardia de velho fascista. — Enfim.

Quando o avô se foi, Elisa abraçou o filho.

— Tire essa roupa. Eu a guardarei no mesmo lugar de sempre — disse, e Juan aspirou o cálido e doce perfume de seu colo.

PRIMEIRA PARTE

1

Na Itália, Raffaele não era fascista. Tampouco antifascista, claro. Raffaele só era pobre, e foi apenas para tirar sua mulher e sua filha da pobreza que aceitara partir para a guerra em um país estrangeiro. No navio, o *Stelvio Domine*, conheceu muitos que eram como ele, e todos exibiam com orgulho fotos da prole que haviam deixado na aldeia. Entre aqueles soldados eram poucos (e sempre os mais jovens) os que haviam se alistado para servir ao *Duce* e difundir os ideais do *fascio*. Também havia quem ia enganado: tinham lhes garantido que os enviavam à Abissínia, um destino tranquilo, e agora descobriam que iam para uma guerra. A última parte da travessia foi feita à noite e com todas as luzes apagadas. Os homens se apinhavam no porão e escrutavam, ansiosos, a escuridão. Viajavam vestidos à paisana. Quando estavam para desembarcar, lhes disseram que ainda não deviam vestir o uniforme. Aquilo era Cádiz. Mas podia ser qualquer lugar, e, fosse como fosse, o que importava? Depois o tenente começou a gritar, e os homens pegaram suas trouxas e procuraram às cegas o caminho até a passarela. Um soldado tropeçou e arrastou outro ao cair. Ouviram-se risadas e blasfêmias, e o tenente voltou a repreendê-los com seus gritos. Por que aquela pressa? Raffaele pensou que nas guerras não importavam os porquês: nas guerras as coisas eram feitas sem se questionar.

Já de uniforme, ficaram várias horas esperando no porto antes de subir em caminhões com o assoalho coberto de palha pisoteada. O comboio avançava lentamente. Quando atravessavam alguma aldeia, sempre havia gente que os saudava e aplaudia. Os mais debochados respondiam mandando beijos às mulheres, fossem elas jovens ou velhas. As paisagens que viam da estrada não eram muito diferentes das que haviam deixado em sua terra, e isso fazia com que ficassem de bom humor. Os soldados tendiam a se agrupar de acordo com seus lugares de procedência: napolitanos com napolitanos, sicilianos com sicilianos. Nem no barco nem no caminhão Raffaele encontrou alguém que fosse da Toscana, e ele, reservado como era, não tinha com quem compartilhar as saudades de sua terra nem falar de sua mulher e de sua filha, *la poveretta*. No meio da tarde fizeram-nos descer em uma praça. Alguém descobriu o nome da aldeia: Villafranca de los Barros. Em torno do campanário voavam algumas cegonhas e Raffaele se alegrou ao constatar que tampouco nisso havia muitas diferenças. Distribuíram os soldados por vários edifícios. À sua companhia coube o cinema, do qual haviam sido retiradas as fileiras de poltronas para abrir espaço a uma centena de colchões. A brigada de Raffaele era mista, ou seja, formada por militares espanhóis e italianos. Na realidade, aqueles eram muito mais numerosos do que estes, se não entre a oficialidade, ao menos na tropa. Os soldados espanhóis haviam chegado antes e, sentados na beira do pequeno palco ou meio pendurados no parapeito do balcão, olhavam-nos com hostilidade enquanto eles tentavam se acomodar.

— Tem muito *porco*! — gritou um que estava jogando cartas e os outros riram, lembrando a frase típica italiana *porca miseria*. Mas eram risos ásperos, sem brilho, e Raffaele teve a impressão de que na Espanha as mulheres eram alegres e os homens, sombrios.

O período de instrução durou pouco mais de três semanas, e durante todo esse tempo ele não ficou nem um minuto sozinho. Tivera pessoas ao seu redor quando embarcara em Civitavecchia e viajara no navio ou no caminhão, e desde então não deixara de estar acompanhado em nenhum momento: quando participava dos exercícios e manobras ou assistia às aulas e debates, quando comia e dormia, quando se asseava ou defecava. Mas não se queixava. A perspectiva de ter suas necessidades satisfeitas e um salário que lhe permitisse enviar dinheiro para casa compensava todos os dissabores. Além do mais, descobrira uma inesperada grandeza na vida militar. Ficava emocionado com os discursos que enalteciam as virtudes castrenses — a disciplina, a coragem, a hombridade —, que eram a fornalha onde se forjavam os heróis (ou pelo menos isso era o que afirmara um dos oficiais). Gostava de pensar que, graças ao exército, abandonara um mundo feito de palavras pequenas (pão, barro, suor) e o substituíra pelo mundo das grandes palavras: heroísmo, futuro, civilização.

Claro que aquilo não era a guerra, não a guerra de verdade. No momento, a única guerra era a que havia entre os soldados a propósito das comidas. Os espanhóis se recusavam a comer a massa preparada pelos cozinheiros italianos, e os italianos rechaçavam o rancho dos espanhóis. O tenente Niccolini apareceu um dia com boas notícias: o capitão Giangrecco decidira que os cozinheiros preparariam a comida só para os seus. Entre os italianos funcionava o que chamavam de *Radiomarmitta*, as notícias que os cozinheiros captavam nas mesas dos oficiais e difundiam mais tarde entre a tropa. A *Radiomarmitta* não costumava se equivocar e no final de março fez correr o rumor de que poucos dias depois partiriam para as montanhas de Córdoba: ali começaria a guerra para o batalhão de Raffaele. Quando chegaram, tiveram que armar as barracas de campanha e fortificar o casario que deveria servir para o que uns chamavam de *caposaldo* e outros de centro de resistência. Chovia sem parar e a guerra continuava sem começar. Carmelo Giangrecco era o capitão da 5ª Companhia, a de Raffaele. Na realidade, tinha a graduação de *primo capitano*, que estava a meio caminho entre capitão e comandante: por isso sua divisa era uma estrela de oito pontas como a dos comandantes, mas bordada em prata e não em ouro. Giangrecco, um napolitano baixinho que não parava de fumar, se irritava quando seus homens deixavam pela metade suas rações de massa, mas ninguém nunca o vira comer outra coisa que não fosse alface. Quando precisava se deslocar, fazia isso de moto, uma Gilera com *sidecar* que enguiçava com facilidade. Como Raffaele sabia alguma coisa de mecânica, lhe coube, em diversos momentos, fazer o papel de motorista. Isso lhe proporcionou certa familiaridade com o capitão, que na sua presença despia sua habitual rudeza e, batendo-lhe nas costas, perguntava pelas notícias de sua mulher e de sua filha.

Raffaele tinha orgulho dessa familiaridade. Um dia, Giangrecco mandou a companhia se formar e disse que precisava de trinta voluntários para atacar uma colina que se acreditava estar ocupada pelo inimigo. O grupo de voluntários foi completado antes que Raffaele tivesse reagido e ele não pôde evitar pensar que acabara de desapontar a confiança de seu *primo capitano*. A maioria dos trinta homens era de espanhóis, mas havia também meia dúzia de italianos. Eram alguns dos fascistas mais exaltados do batalhão. Diziam ter ido à Espanha para defender a civilização contra os bolcheviques e não temer a morte, que, no entanto, se acontecesse, seria uma *bella morte*. Raffaele experimentava um impulso de admiração quase religiosa quando os ouvia usar essa expressão. Imaginava seu próprio cadáver cercado de camaradas que o homenageavam mal contendo a emoção. Depois soube que os trinta voluntários haviam tomado a colina sem resistência alguma, e então sentiu inveja.

Enquanto isso, a convivência entre espanhóis e italianos ia melhorando pouco a pouco. Uns mostravam aos outros as fotos de suas namoradas e mulheres, ensinavam-se entre risos as blasfêmias mais populares, traduziam as letras de algumas canções. Quando chegaram as primeiras notícias da derrota de Guadalajara, Raffaele estava explicando a dois espanhóis o sentido das primeiras estrofes do *Inno a Roma: Roma divina, a te sul Campidoglio, dove eterno verdeggia il sacro alloro*... As notícias não podiam ser piores: as tropas republicanas haviam tomado várias posições estratégicas na província de Guadalajara, e os italianos do Corpo Truppe Volontarie que não haviam se entregado ao inimigo tinham saído em debandada. Inteirar-se daquilo mergulhou Raffaele em uma profunda desolação. Dirigiu o olhar aos dois espanhóis esperando encontrá-los no mesmo estado de espírito e o que viu em seus rostos foi um sorrisinho de desprezo:

— Esta é a famosa *guerra celere* de vocês! — comentou um deles. — Sim, estamos vendo como vocês correm quando os vermelhos aparecem!

Estavam em uma região de mineração no limite entre as províncias de Córdoba e Badajoz. Quando voltaram a pedir voluntários, Raffaele foi um dos primeiros a se apresentar. A operação foi realizada à noite. Seguindo o curso de um arroio, os soldados tinham de se infiltrar entre as linhas inimigas e capturar o maior número possível de prisioneiros. As linhas estavam muito mais distantes do que parecia à luz do dia. Caminharam durante horas. As rãs se calavam quando eles passavam. Raffaele temia que o breve chapinhar que faziam ao passar pela água pudesse delatá-los. Em um dado momento, o tenente mandou que parassem e recontou os homens para checar se não havia perdido algum. Depois indicou um ponto na escuridão e, levando o dedo ao pescoço, fez um gesto inequívoco: nada de prisioneiros, tinham que passar a faca no inimigo. Não era assim que Raffaele imaginara seu batismo de fogo, mas naquelas circunstâncias nem chegou a reparar nisso. Os milicianos que montavam guarda só tiveram tempo de disparar às cegas uma série de tiros e os que dormiam na casamata morreram antes de despertar. Raffaele não teve de matar ninguém porque outros mais experientes ou mais audazes que ele se adiantaram. O tenente lhe ordenou que pegasse os fuzis abandonados e esperasse junto ao arroio. E foi isso o que fez. No *caposaldo*, foram acolhidos com canções e gritos de vitória. Os companheiros perguntavam quantos vermelhos haviam tombado e Raffaele exibia com orgulho as armas arrebatadas do inimigo, como se fosse ele quem tivesse acabado com a vida de seus antigos proprietários. Tinha vergonha de não ter sabido matar nenhum.

Mas aqueles mortos, que mal entrevira na escuridão da noite, tinham, porém, algo de abstrato, de irreal. Seu verdadeiro primeiro morto só chegou em meados de junho, quando estava de volta à frente da Extremadura. Aquela região era sobrevoada com frequência por aviões dos dois exércitos. Quando uma esquadrilha se aproximava, o tempo de que precisavam para confirmar se era dos republicanos ou dos nacionalistas parecia interminável. Passados aqueles segundos, quando já estava claro que o avião era aliado, alguém gritava *siamo noi!* e todos começavam a aplaudir. Se, pelo contrário, o aparelho fizesse parte da aviação republicana, gritavam *sono loro!* e corriam para procurar refúgio. Essas palavras, cujo significado escapava à compreensão dos espanhóis, acabaram originando um peculiar grito de alarme. Cada vez que aparecia um avião republicano, os espanhóis começavam a correr e a gritar: o louro vem aí, o louro vem aí!

Durante o ataque aéreo, os soldados evitavam se olhar nos olhos, pois não queriam que fosse vista o reflexo do terror. Mas isso — terror — era exatamente o que eles sentiam quando se atiravam em qualquer lugar e percebiam, em poucos segundos e sem poder fazer nada para impedi-lo, como o mundo se desfazia ao seu redor. Terminado o ataque, todos, até os veteranos mais experientes, estavam completamente pálidos. Primeiro checavam se não tinham sido feridos e só depois se interessavam pelo estado dos companheiros. Em uma dessas ocasiões, o piloto inimigo acertou em cheio um ninho de metralhadoras armado perto do lugar onde Raffaele se abrigara. No meio das armas, um soldado sangrava no peito e soluçava com voz de criança. Reconheceu-o: era um dos jovens fascistas que falavam em ter uma *bella morte*. Apressou-se em pedir ajuda. No entanto, era evidente que não havia nada a fazer: os olhos do rapaz estavam revirados e estertores sacudiam seus ombros. Embora ignorasse o nome do soldado e nunca tivesse falado com ele, achou desumano deixá-lo morrer sozinho e ficou ao seu lado até a chegada do socorro. Esse foi seu primeiro morto.

Havia muitas coisas no comportamento dos espanhóis que Raffaele não entendia. Eram tão semelhantes aos italianos em alguns aspectos e tão diferentes em outros! Às vezes começavam a se insultar de uma trincheira a outra. Quase sempre recorriam a rimas elementares. Da trincheira da frente alguém gritava: Fascistinhas, vamos transformá-los em papinhas!, e da sua se levantava uma voz que respondia: Quem é republicano vai entrar pelo cano! E a isso se seguiam, em ambos os lados, gargalhadas muito ruidosas. Em outras ocasiões, para desmoralizar o inimigo, dois ou três soldados se reuniam e começavam a lhes cantar canções. Os outros não tardavam a replicar. Em uma trincheira cantavam *Às barricadas* ou a *Internacional* e, na outra, *Cara al sol* ou o hino da legião. Ao cabo de um tempo, todos tinham esgotado seu repertório e acabavam cantando juntos alguma canção da época em que os espanhóis viviam juntos e em paz. Depois de cantarem *Suspiros de España,* discutiam aos berros quem era mais espanhol: se os vermelhos, auxiliados pelos soviéticos, ou os nacionalistas, apoiados por italianos e alemães. Quando cantavam *Valencia* ou qualquer canção regional, logo aparecia alguém para perguntar por seus possíveis conterrâneos: há aqui alguém de Segorbe? E de Pozoblanco? E de Baza? De vez em quando, um soldado localizava nas linhas inimigas alguém que na vida civil havia sido amigo de algum amigo comum ou de algum parente, e então as perguntas não paravam: o que sabia do Joaquín ou da Remedios? E de sua irmã Encarnita? Essa sim era uma boa moça! Como era frequente que as posições se mantivessem estáveis durante semanas, essas conversas se repetiam dia após dia e a elas se somavam outras que, na realidade, nada tinham a ver com aquelas aldeias e aquelas pessoas. E era inevitável que acabassem marcando um encontro para trocar mensagens e impressões.

Na hora combinada, trocavam sinais com os lenços e de cada lado saíam três homens, que iam se reunir em um desfiladeiro situado no meio do nada. Não era essa a ideia que Raffaele tinha das guerras. De sua trincheira via-os se sentar ao lado de uma oliveira e um acender o cigarro do outro. Ficavam ali cerca de uma hora. Durante esse tempo, certamente falavam mais de suas aldeias e famílias, de suas mulheres e namoradas que do desenrolar da batalha. Depois acontecia a troca de objetos (cartas, jornais, uma garrafa de aguardente ou de anis) até que alguém disparasse um tiro para o alto de alguma das trincheiras: era o sinal convencionado para dar o encontro por encerrado. Então os enviados se despediam amistosamente e voltavam às suas posições, e vários soldados, sem entender nada, abandonavam seus postos para receber os companheiros. Queriam ser os primeiros a saber das novidades, a folhear os jornais do outro grupo, a averiguar se havia ou não alguma carta ou mensagem para eles. Durante aqueles minutos, teria sido fácil acabar com alguns inimigos, mas ninguém, nem de um lado nem do outro, ousava disparar.

Raffaele não conseguia entender os espanhóis, que podiam tanto trocar garrafas de bebidas como matar uns aos outros. E se matavam, além do mais, com uma fúria de que só eles pareciam ser capazes. Um jovem médico que conseguira escapar da zona republicana lhe contou as barbaridades que o padre de sua aldeia tivera de sofrer antes de ser fuzilado encostado no muro da igreja. E o próprio Raffaele havia visto dois sargentos de sua companhia jogando futebol com a cabeça de um soldado que haviam capturado quando tentava passar para o lado inimigo. Por isso não achava estranho que, quando uma brigada mista derrotava uma unidade do exército republicano, os oficiais vencidos preferissem se entregar às autoridades militares italianas e não às espanholas: qualquer traço de humanidade entre compatriotas era, por princípio, descartado.

Parecia evidente que os valores da civilização e do progresso estavam do lado dos seus, e quando Raffaele pensava nos seus se referia exclusivamente aos italianos ou, melhor dizendo, aos fascistas italianos. Ele mesmo já se considerava um fascista, alguém com uma missão que lhe cabia cumprir, e isso fazia com que se sentisse superior àqueles que desconheciam qual era sua missão no mundo. A maioria dos seus companheiros era assim, homens vulgares, sem espírito nem grandeza, preocupados apenas em não se ferir e em receber pontualmente seu soldo. Havia aqueles que, para não entrar em combate, chegavam a se autoflagelar. Raffaele soubera que dessa maneira alguns deles haviam conseguido ser repatriados com honras reservadas aos heróis de guerra. Que escândalo! Que tremenda injustiça! Receber como heróis (e muito provavelmente condecorar) covardes que não apenas não haviam honrado os elevados ideais do *fascio*, mas também os haviam manchado.

Os próprios fascistas já o consideravam um camarada a mais e Raffaele se unia a eles para cantar hinos e dar vivas a Mussolini. Nunca se esqueceria da manhã em que um capelão espanhol subiu no parapeito e começou a discursar para os republicanos sobre o idealismo dos combatentes nacionais, sobre a nova Espanha que estava prestes a surgir, sobre a amizade com a Itália... Estavam orgulhosos dessa amizade e da ajuda que recebiam da nação fascista! E não o ocultavam! Lutavam ao lado dos italianos mais corajosos pelas mesmas causas: pela civilização, por patriotismo! Nesse instante, sem conseguir evitar, Raffaele surgiu da trincheira e com toda a força de seus pulmões gritou um *evviva il Duce!* que foi imediatamente reforçado por seus camaradas. Em poucos segundos estavam todos entoando, emocionados, os primeiros versos da *Giovinezza*, os mesmos que muitos anos depois ele cantaria tantas vezes em companhia de seu neto Juan: *Salve o popolo di eroi, salve o Patria immortale, son rinati i figli tuoi con la fede e l'ideale...*

Sua adesão ao fascismo não apenas deu sentido a sua vida de soldado, mas também extraiu de seu interior virtudes de cuja existência não tinha nenhuma certeza. A coragem, por exemplo: o *ardimento*. Teve oportunidade de comprová-la no verão quando, por fim, sua brigada entrou em combate. Sabiam desde a noite anterior que para eles as escaramuças estavam terminando e a guerra começava de verdade. Raffaele, insone, tentava imaginar como seria a batalha. Depois ficou observando seus companheiros adormecidos e se perguntando qual deles estaria morto no dia seguinte. Talvez ele, por que não? Mas algo em seu âmago lhe dizia que sobreviveria: desde menino tinha a sensação de que as coisas sempre aconteciam com os outros. Quando chegou o momento, nada aconteceu como imaginara. Não imaginara os celeiros em chamas, nem os veículos atolados na lama, nem o cheiro da roupa chamuscada, nem a cor branco-azulada dos rostos tisnados de pólvora. Tampouco imaginara que o ruído seria tão atordoante e que, no entanto, cada um dos sons que o compunham continuaria se diferenciando de todos os outros: o estampido dos obuses e das granadas, as rajadas das metralhadoras, o silvo das balas, mas também o eco das descargas nas colinas, os angustiados relinchos dos cavalos, o canto dos grilos...

O avanço da brigada era lento, mas constante, o que, sem dúvida, queria dizer que a vitória acabaria sendo dela. O cansaço se estendia por todo o seu corpo como um veneno Mas, ao mesmo tempo, Raffaele sentia que sua capacida de resistência também crescia. Havia instantes em que se membros pareciam se negar a fazer o menor movimento e, entanto, até nesses momentos a excitação da batalha o leva se superar. Haviam lhe dito que combater se parecia muito tomar um porre. Era verdade. Na guerra, como nas bebed a pessoa chegava a uma parte ignorada de si mesma. Na g se adquiria um conhecimento cabal dos próprios limit adotavam com facilidade comportamentos que, em circu cias normais, teriam sido inimagináveis. Amiúde, aqu na vida cotidiana demonstravam autoridade e integr tornavam pusilânimes e acovardados diante do fogo Só no campo de batalha se sabia quem tinha ou não de herói. Talvez Raffaele fosse um desses. Em todo era dos que se assustavam com facilidade. Desde o começo da ofensiva vira soldados que não atendiam às ordens e se sentavam em qualquer lugar para chorar. Mas esses eram minoria. A maioria era daqueles que, retesados pela tensão e pelo medo, acompanhavam com gestos de autômatos o avanço das linhas. Raffaele havia visto como o cansaço acabava esvaziando-os de si mesmos e tornando-os indiferentes ao perigo, guerreiros sem alma a quem o fogo esparso não demorava a alcançar. Ele, por sua vez, mantinha a mente desperta. Sempre. Em qualquer situação. Mesmo nas piores, como quando, depois de muitas horas de combate, os soldados continuavam caindo ao seu lado e Raffaele ajudava os socorristas a amontoar os cadáveres junto os tapumes de uma casa bombardeada. Aquilo era a própria agem do horror: as crostas de sangue marrom pendendo dos los emaranhados, as cabeças arrancadas sorrindo a todos nguém, os punhos crispados apontando para o céu, os os soltos que alguém encaixara desastradamente em orpos, os intestinos brotando dos ventres fendidos... mo diante de um espetáculo como esse Raffaele deu desfalecimento. E então ele pensou que essa sua bilidade em relação à morte não era mais do que ural, como o de quem tem bom ouvido para a mão para o desenho.

noite, em uma pausa da batalha, Niccolini te de uma pequena brigada e lhes ordenou em de umas árvores os cadáveres mutilados os. Os corpos já estavam rígidos, com a tos disformes, os olhos ressudavam um e formava uma crosta nas faces. Antes ldados se entretiveram balançando-os les, espanhol, sugeriu que os mouros as Raffaele sabia que tropas mouras não haviam passado por ali: só espanhóis podiam ser tão cruéis com outros espanhóis. Embora aqueles cadáveres já exalassem um cheiro nauseabundo, Raffaele não quis enterrá-los antes de serem benzidos pelo capelão, que caminhava para cá e para lá com o uniforme cáqui e a estola branca. Vários deles estavam mortos desde o início do combate e, quando eram transportados, sua nuca se partia ou expeliam pela boca um líquido turvo e sanguinolento.

Raffaele se ocupava dos mortos com serenidade e diligência. Mas, segundo ele, para isso não era necessário ter coragem. Só frieza. Em que momento soube que sua coragem superava a da maioria de seus companheiros? Não foi quando, na madrugada do terceiro dia de combates, vários estilhaços de metralhadora se incrustaram em seu ombro e ele, ignorando a intensa ardência, permaneceu na posição e continuou disparando sem soltar um gemido. Tampouco uma hora mais tarde, quando um sargento reparou na grande mancha de sangue debaixo de sua axila e Raffaele não atendeu a sua ordem de se sentar para esperar que os socorristas o removessem. Nem mesmo quando, depois do primeiro desfalecimento, despertou em uma maca do hospital de campanha e pela primeira vez concebeu a ideia de que poderia ter morrido naquela mesma tarde. Raffaele só teve consciência de sua própria valentia quando, já no trem-hospital, viu Giangrecco abrir caminho entre feridos e moribundos para plantar-se ao seu lado e, depois de lhe fazer continência, felicitá-lo por sua bravura.

— *Sei stato un vero eroe*, Cameroni — disse, agarrando com força seu braço são.

— *La ringrazio, capitano* — replicou Raffaele, comovido.

Depois Giangrecco se foi e o trem começou a andar. Raffaele se perguntou se fizera tudo o que fizera para ganhar a aprovação de seu *primo capitano*, e se isso significava que, no fundo, não era assim tão valente, tão *ardito*.

Para ser sincero, Raffaele não recordava quase nada do que acontecera com ele quando foi atingido pela explosão e levado ao hospital de campanha. Os detalhes com os quais muitos anos depois enfeitaria o episódio podiam ter feito parte da realidade, mas, em todo caso, não de suas recordações. Foi no hospital de Saragoça que começou a elaborar o relato de sua façanha.

No Núcleo Cirúrgico Chiurco convalesciam várias centenas de soldados italianos, e Raffaele compreendeu que não podia ser menos do que os outros, que recriavam para quem quisesse ouvi-los as circunstâncias em que haviam caído feridos. O cadáver semienterrado na lama, o cantil esburacado. Os pormenores, todos fictícios, mas não improváveis, iam se agregando uns aos outros com naturalidade, e Raffaele não tinha a sensação de estar mentindo quando contava sua história às madrinhas de guerra, jovens da cidade que faziam companhia aos feridos e assim tornavam mais suportável sua convalescença.

Tampouco tinha essa sensação quando alguma das enfermeiras se interessava por ele. Muitas daquelas garotas haviam começado precisamente como madrinhas, e no princípio desconheciam tudo da prática hospitalar. Sua missão consistia em ajudar as freiras a trocar lençóis e cobertores e a limpar os feridos, e, sobretudo, lhes dar consolo e esperanças quando a dor e o medo da morte os atazanavam. Depois que passavam os piores momentos, eram aqueles mesmos soldados que, incapacitados para a gratidão, costumavam abusar do bom coração das jovens. Começavam com uma piada atrevida e continuavam com alguma sugestão ambígua ou uma tentativa de aproximação... Raffaele não gostava daquele flerte. Achava que havia algo sujo naquilo, como se a familiaridade daquelas garotas com cicatrizes, supurações e excrementos tivesse manchado a intimidade física a que aqueles soldados aspiravam. Também não gostava da maneira como as enfermeiras costumavam reagir. Se umas, para resistir, adotavam uma atitude de severidade maternal, outras acabavam cedendo aos pedidos carnais. Era raro encontrar alguma que soubesse combinar a reserva e o carinho sem cair em nenhum desses extremos. Isabelita era assim, e isso ao mesmo tempo atraía e intimidava Raffaele. Não queria, por exemplo, dar a ela muitas explicações sobre sua façanha. Com as outras enfermeiras, não tinha a sensação de estar mentindo. Com Isabelita sim, e por nada no mundo Raffaele gostaria de mentir para uma garota como ela.

Mas mentir ou não contar toda a verdade não acabava sendo a mesma coisa? No princípio, foi algo não deliberado. Raffaele não pretendia lhe ocultar a existência de sua família italiana, mas, estranhamente, Isabelita dera por tácita sua solteirice e ele não encontrou uma oportunidade para desfazer o mal-entendido. Depois seus sentimentos foram se fortalecendo e ele começou a ficar cauteloso quando se referia a sua vida na Itália. Assustava-o a simples possibilidade de que ela acabasse descobrindo a verdade. Isabelita, Isabelita...!

Modesto Asín, de camiseta sem manga, enxugou as mãos com um pano de cozinha e olhou pela janela.

— Seu italiano está aí — disse.

Na mesa da copa, Isabelita catava lentilhas e ditava a seus irmãos menores um poema tirado de um velho jornal. Os meninos soletravam cada palavra antes de escrevê-la e de vez em quando perguntavam por um significado: o que queria dizer mirífico? E nenúfar? Modesto insistiu:

— Seu italiano está aqui de novo, filha.

A garota sacudiu a cabeça: já tinha ouvido. Mas não interrompeu o ditado até que tivesse acabado com as lentilhas. Então os dois meninos começaram a brigar pela poltrona:

um dizia que havia chegado antes e o outro que esta era a vez dele. Modesto permanecia ao lado da janela com expressão de expectativa.

— É que não gosto dele — disse Isabelita.

— Gostar, gostar... — resmungou o pai, vestindo uma camisa. — O que digo a ele?

— Que estou com dor de cabeça. E é verdade. Meninos, chega!

O homem saiu do apartamento. Isabelita dobrou e alisou o pano com que seu pai enxugara as mãos. Fez isso só para manter as mãos ocupadas, porque, de qualquer maneira, teria que lavá-lo. Parou um instante diante da foto da família. Era uma foto de estúdio, a única na qual apareciam todos: seu pai, os dois pequenos, ela, mas também sua mãe e seu irmão mais velho, que tinha o mesmo nome do pai. Todos apareciam com os lábios apertados e uma expressão severa, como se alguém os tivesse proibido de sorrir, e, no entanto, aquela foto era um testemunho de que houvera um tempo em que todos estavam presentes e eram felizes. E pensar que só haviam transcorrido três anos!

— Olhe que bonito!

Modesto estava de volta e trazia um melão. Como o segurava entre as mãos e o peito, a fruta dava a impressão de pesar muito mais do que pesava de fato. Mas o melão realmente era bonito e os dois meninos se alvoroçaram ao redor do pai tentando tocá-lo. Isabelita, não obstante, olhou-o sem entusiasmo: sim, era um melão bonito, mas apenas um melão.

— Disse que quer conversar apenas por um instante. Amanhã voltará à frente.

— Logo no dia em que não tenho que ir ao hospital! — exclamou ela com voz lastimosa.

— Mais uma razão. Aproveite para sair e dar uma volta.

Isabelita bufou e tirou o avental. Sem dúvida, o pior da guerra era o sangue, a morte, a desolação. Mas havia também outras adversidades menores, que ninguém recordaria quando tudo aquilo tivesse terminado: que tempos tão duros aqueles em que para cortejar uma mulher não se dava um perfume, mas um melão! Diante do espelho do quarto, levou todo o tempo do mundo para se arrumar: era sua maneira de protestar. Quando saiu, seu pai estava outra vez de camiseta sem manga.

— Menina, não fique tão aborrecida — disse, pesaroso.

— E como você quer que eu fique?

Modesto a despediu com um beijo e seguiu-a com o olhar enquanto ela descia as escadas. Depois fechou a porta e voltou para a janela, seu posto habitual. Desde o início da guerra, a cidade estava cheia de janelas das quais era possível vigiar e ser vigiado. Viu sua filha e o italiano se afastarem pela rua empoeirada. Isabelita era uma jovem alta e bem formada, de seios firmes e traços delicados, uma daquelas garotas cuja beleza provoca a imediata obsequiosidade dos homens. Modesto sentiu uma pontada de orgulho e aflição: Antonia, sua mulher, também era assim quando se casaram, vinte anos antes.

— Antonia... — sussurrou, dirigindo o olhar para a foto.

Isabelita se sentiu ridícula ao agradecer a Raffaele pelo melão. Ele, com toda franqueza, disse que o colhera em uma horta: quase tudo era *permesso* aos militares. Raffaele falava sem parar e, como todos os italianos que ela conhecia, fazia isso pulando de um idioma ao outro, coisa que as jovens achavam irresistível. Não ela, não Isabelita, ou pelo menos não desde que estava trabalhando como enfermeira no Hospital Legionário Italiano. A partir de então, cada vez que ouvia falar em italiano se recordava dos soldadinhos que tivera de assistir enquanto gemiam de dor ou chamavam pela mãe no meio de sonhos febris ou suplicavam ao médico que desse fim ao seu sofrimento. A caminho do ponto do bonde se lembrou de vários deles.

Do pobre Aldo, louro e com rosto de menino, que morrera entre vômitos de sangue; de Beppe, amante da ópera, que havia perdido duas pernas sob um carro de combate; de Gino, que prometera lhe escrever quando chegasse à Itália, e de tantos outros que haviam saído do hospital para, no melhor dos casos, voltar à sua terra ou à frente. Era curioso: lembrava-se deles como se tivesse estabelecido uma relação especial, não exatamente amorosa, mas quase, com cada um, e os sentimentos que ainda despertavam nela eram tão poderosos quanto maior tivesse sido a desgraça. Havia sentido por Aldo uma piedade tão intensa que se aproximava do amor, e acreditara amar Beppe e Gino de verdade enquanto se ocupava deles. Talvez fosse por isso que não sentia muito carinho por Raffaele, que entrara no hospital com muitos ferimentos, mas nenhum grave. Como o mundo dos afetos lhe parecia desconcertante e contraditório!

— *Il tram* — anunciou Raffaele, apontando a avenida com a cabeça.

Apressaram o passo para chegar a tempo ao ponto. Não teria sido necessário porque, por algum motivo, o bonde se deteve duas ruas antes. Alguns passageiros desceram e caminharam até eles. Um corte de eletricidade, estava claro. Isabelita e Raffaele começaram a andar em direção ao centro da cidade.

Raffaele lhe perguntou se gostava de cinema. Ela assentiu e ele se ofereceu para lhe contar o argumento de alguns de seus filmes favoritos. Essa era sua maneira de se comportar. Antes de fazer uma coisa, se oferecia para fazê-la. Como se precisasse de sua permissão. Como se a autoridade naquela relação coubesse a ela. Isabelita valorizava esse traço de gentileza, especialmente em um homem de maneiras rústicas como Raffaele. Mas ao mesmo tempo se perguntava se não seria mero formalismo. Como teria reagido se lhe tivesse dito não, obrigado, não quero que você me conte nenhum argumento? Talvez tivesse se irritado. Ou talvez não, e nesse caso quem sabe se não lhe teria contado algo realmente interessante, algo que tivesse a ver com sua vida e seus anseios, e não com a vida e os anseios dos heróis de cinema. Tanta reverência, definitivamente, não era nada mais do que um muro atrás do qual Raffaele se escondia e se resguardava. Durante as primeiras duas semanas ela havia cuidado de suas feridas, trocado suas ataduras, limpado seu corpo, lhe dado de comer, tomado sua temperatura e lhe feito companhia. E nos últimos dias, quando já podia se virar sozinho, tinha saído com ele para passear ou ir ao cinema, aceitara seus convites e dera atenção a sua conversa fiada. Mas, depois de tudo isso, o que ela sabia de Raffaele? Que era de uma aldeia do interior. Que nunca estivera tão longe de sua terra. Que a leitura o aborrecia, mas o cinema o fascinava. Bem pouca coisa, na verdade, e isso o tornava muito pouco atraente aos seus olhos. Isabelita acreditou compreender de repente que os romances estavam equivocados. Que grande bobagem essa coisa de que as mulheres sempre se apaixonam por homens enigmáticos: a experiência, sua breve e precipitada experiência, lhe ensinara que conhecer as pessoas induzia a amá-las.

— Mas os filmes de que mais gosto são os históricos — continuou Raffaele.

Para ir ao centro tinham de atravessar o Caminho das Torres, não muito distante do Colégio dos Agostinhos, onde estava instalado o hospital. Um pouco antes de chegar, viram o bonde se aproximar. Estava apinhado de gente. Deixaram-no passar.

— O que você gostaria de fazer? — perguntou Raffaele, e ela encolheu os ombros.

Isabelita não conseguia entender a atração que Raffaele parecia sentir por ela, que, certamente, se comportava diante dele como um daqueles personagens misteriosos de romances baratos. Embora ignorasse o segredo de Raffaele sobre sua mulher e sua filha, tinha uma profunda consciência a respeito de seu próprio segredo: na presença dele, ela nunca mencionava seu irmão Modesto, anarquista que uns jovenzinhos da Falange haviam detido e assassinado nos primeiros dias da guerra.

— Vamos beber alguma coisa no La Maravilla? — perguntou Raffaele.

No trajeto acontecia um desfile militar. Desfiles como aquele eram habituais desde o começo da guerra, mas naquela época, com as tropas republicanas combatendo a uma vintena de quilômetros da cidade, haviam se tornado mais frequentes. Eram promovidos para levantar o ânimo da população, que respondia comparecendo em massa para dar vivas aos seus heróis: era sua maneira de conjurar o medo. No meio do povo se viam muitos homens da Ação Cidadã com suas braçadeiras com o escudo da Espanha, mas, sobretudo, muitos velhos, crianças e mulheres. Os poucos jovens presentes eram falangistas do serviço de segurança ou seminaristas. O som das cornetas e o retumbar das botas militares se misturavam com a gritaria do público e os cantos dos voluntários tradicionalistas. A soma de tudo aquilo criava um ambiente de exaltação difícil de ignorar. Se uma voz gritava *Arriba España!*, centenas de vozes se levantavam para repetir em uníssono *Arriba!* Depois os aplausos aumentavam e algum garoto inflamado pelo ardor patriótico lançava fora do tempo outro *Arriba España!* que já não era acompanhado por ninguém. No jardim de Santa Engracia fora erguida uma tribuna, de cujo toldo pendiam uns galhardetes como os dos barcos a vela. Todas as companhias se detinham um instante diante daquela tribuna para que um rotundo sacerdote cercado por meia dúzia de coroinhas lhes desse a bênção. Depois retomavam a marcha com renovada marcialidade e marcavam o passo com firmeza.

— Vem, *vieni* — disse Raffaele, abrindo caminho entre um grupo de mulheres.

Sem ser alto nem belo, Raffaele era magro e quase atlético. O uniforme lhe caía muito bem. Isabelita tinha de reconhecer que, quando passeava com ele, as outras moças olhavam-na com inveja, e isso a comprazia. Mas não era possível que amor fosse só isso. Viu-o esticar o pescoço entre as pessoas e se virar para ela com os olhos brilhantes.

— Lá estão os meus! A minha brigada!

Isabelita só via uma coluna de falangistas imitando voluntariosamente o passo de ganso. Mas se aproximou um pouco mais e viu que, de fato, uma representação dos Flechas Azuis fechava o desfile. Raffaele avançou meio metro e ao levantar o braço fez um gesto de dor. Ela não achou que ele o fizera por puro charme: doía-lhe de verdade. Ficou ao seu lado: estava se sentindo bem? Raffaele assentiu, e Isabelita pensou que o interesse que acabara de manifestar era sincero, mas, natural mente, um interesse de enfermeira e não de apaixonada ou de namorada. Passaram muito lentamente quatro tanquinhos Fiat. Atrás marchavam os italianos. A verdade é que dava mesmo prazer vê-los desfilar, com aquela sincronia perfeita, com aquela sensação de alegria e desenvoltura.

— Os meus! — voltou a dizer Raffaele.

Continuava com o braço erguido, e ao seu redor todos fizeram o mesmo. Isabelita, intimidada, levantou o seu também. Perguntou-se quantas daquelas pessoas faziam a saudação fascista só por medo. Quanto mais a família de alguém fosse suspeita para as novas autoridades, mais entusiasmo a pessoa tinha de imprimir àqueles gestos. Todas aquelas mulheres que saudavam com tanto fervor os combatentes, algumas com a boina vermelha, outras com a camisa azul... Quantas delas não estariam em uma situação como a de Isabelita ou ainda pior? Quantas não teriam um parente encarcerado ou foragido? Ou talvez assassinado, como seu próprio irmão? Tentou intuir o drama naqueles rostos e, sem se propor a isso, sentiu por aquela gente uma pena semelhante à que sentia por si mesma.

No terraço do La Maravilla, um café de soldados e jovenzinhas, voltaram a encontrar vários dos Flechas Azuis que tinham acabado de ver desfilando. Os companheiros de Raffaele iam conversar de mesa em mesa e faziam grandes gestos quando passava uma menina bonita. De repente um deles começou a entoar uma canção napolitana e os demais, Raffaele também, fizeram coro. Isabelita sorria, mas não podia evitar se sentir alheia a tudo aquilo, como se fosse uma intrusa em uma festa. O problema era a alegria, que desaparecera de sua vida com a explosão da guerra. Na infância, pensava que a vida era feita de sofrimentos e alegrias em partes iguais; agora, com 17 anos recém-completados, tinha a sensação de que aquela ordem fora alterada e na nova divisão só haviam lhe cabido as dores.

O batalhão estava agora em Villanueva de Gállego, a pouco mais de meia hora na direção de Huesca. Naquela região os combates haviam sido intensos durante meses, mas, quando coube a Raffaele se reincorporar, as milícias republicanas tinham iniciado a retirada, e uma parte dos efetivos fora enviada a Saragoça para desfrutar o devido *riposo*. Em Villanueva tampouco havia muito a fazer. A companhia de Raffaele estava alojada em uns armazéns nas cercanias da aldeia. Alguém pintara toscamente nos muros uma dúzia de fasces e uma ou outra cruz gamada. Em atenção ao seu ainda recente restabelecimento, Raffaele foi dispensado do serviço e autorizado a decorar as paredes com motivos pictóricos destinados a elevar o moral da tropa. Gostava dos temas do Corpo Truppe Volontarie. Apreciava a ideia de que, sempre que entrassem ou saíssem, os soldados recitassem lemas como *Credere, obbedire, combattere* ou *Chi si ferma è perduto*. Também gostava de que ao lado do escudo da divisão estivessem o da Casa de Savoia e, em letras góticas, a frase *Saluto al Re*. Mas a coisa de que mais gostava era imitar a assinatura do *Duce*, que dominava absolutamente todas as paredes dos dormitórios e que ao seu juízo transmitia uma sensação de respaldo e proximidade, como se Mussolini em pessoa estivesse entre eles, fazendo parte daquele mesmo batalhão de Flechas Azuis, compartilhando com os camaradas a alegria das vitórias e a dor pelos caídos.

Gastava o tempo nisso e em urdir maquinações para conseguir uma medalha. Nunca se preocupara muito com essas coisas, mas ficava incomodado pelo fato de que outros com menos méritos do que ele fossem considerados merecedores de uma condecoração. O que haviam feito Rota e Tagliacarne além de cobrir o avanço da infantaria na segurança da trincheira? E Ramezzana e Antellini, que ninguém se lembrava de ter visto no campo de batalha? E Delfini, que fora evacuado nos primeiros momentos com um ferimento mais do que suspeito no pé? Eles e outros semelhantes haviam sido os primeiros a solicitar sua inclusão na lista dos que poderiam receber medalhas, e certamente eram eles que agora se obstinavam em semear dúvidas sobre a coragem de outros que haviam arriscado (e em muitos casos perdido) a vida na primeira linha de fogo. As desavenças, a inveja e a maledicência proliferavam. Raffaele tinha a impressão de que a atmosfera na companhia estava ficando irrespirável. Ele estaria disposto a renunciar a qualquer condecoração se os outros fizessem o mesmo. Mas era evidente que isso não aconteceria, e Raffaele se sentia legitimado para, com a desculpa de revisar sua Gilera ou lhe conseguir maços de Bisonte (seus favoritos) em troca dos seus Tre Stelle, abusar da familiaridade que tinha com Giangrecco e lembrá-lo das palavras pronunciadas no trem-hospital. *Un vero eroe*. Giangrecco lhe dissera que ele se comportara como um verdadeiro herói e o felicitara por sua coragem, e isso era algo que o *primo capitano* devia ter muito presente quando desse sua aprovação à proposta definitiva de promoções e medalhas. Mas Giangrecco guardava uma estrita reserva acerca do assunto e só graças à *Radiomarmitta* Raffaele soube que as coisas iam bem.

— *Ho visto Il tuo nome nelle proposte per i bronzini...* — sussurrou o cozinheiro quando lhe servia a ração de massa.

Raffaele foi incapaz de lhe arrancar mais uma palavra: nem em que posto estava nem quais eram os méritos que lhe reconheciam. Mas a medalha de bronze, *il bronzino...* Em algum momento chegara a fantasiar com a de prata, mas *il bronzino* tampouco era ruim. Raffaele tinha a certeza de que em Roma não colocariam nenhum empecilho. Ao cabo de algumas semanas receberia a confirmação da concessão e sem dúvida sua vida seria diferente a partir de então. Seria convertido oficialmente em um herói de guerra. Seus companheiros de armas o tratariam com admiração e respeito. E quem sabe como reagiria Isabelita... Raffaele não se imaginava mais vivendo em sua pequena aldeia ao lado de Giulia, sua mulher, e Margherita, sua filha deficiente. Agora só se imaginava ao lado de Isabelita. E se via dessa forma como um Raffaele novo, superior. Ela também o veria dessa forma? E sentiria orgulho dele? Se fosse assim, como manifestaria o orgulho? Atirar-se-ia em seus braços, deslumbrada? Aquela medalha serviria pelo menos para reduzir a distância que ainda os separava? Por que não acreditar que essa era a única coisa que faltava para conquistar seu coração?

Corriam tempos difíceis para a família Asín. Não era fácil manter em funcionamento uma fábrica de massas alimentícias, pelo menos não para um homem como Modesto, considerado um desafeto pelo novo regime. Aquela pequena fábrica, na verdade uma fabriqueta, era o resultado de todos os seus esforços e privações. Começara a trabalhar como aprendiz quando tinha apenas 14 anos de idade. Dez anos depois, o proprietário sofreu um ataque de apoplexia que quase lhe custou a vida e acabou convencendo-o a arrendar as instalações e as máquinas. Desde então, mantendo a marca de sempre, La Confianza, criara suas próprias massas, e o negócio não parara de crescer, a tal ponto que chegou a empregar oito pessoas. Mas a prosperidade acabou quando a guerra explodiu. Poucos meses depois, Modesto era, ao mesmo tempo, o diretor da empresa e seu único funcionário. Ele mesmo se ocupava de misturar no amassador a farinha de trigo com a água em ebulição; e de eliminar os grumos em uma máquina chamada de maceradora; e de passar a massa pelos moldes da prensadora, e de estendê-la, finalmente, nas secadoras, umas armações feitas com gradinhas de arame dispostas sobre grandes papelões. Modesto fazia tudo isso sem a ajuda de ninguém. Mas o verdadeiro problema consistia em conseguir matéria-prima. Desde o começo do conflito toda a produção de cereais estava sob controle da autoridade militar. Só graças a sua amizade com alguns de seus antigos fornecedores podia obter de vez em quando algum saco de farinha que eles haviam conseguido desviar aproveitando a distração dos inspetores do exército. Para comercializar o produto, Modesto também tinha de recorrer aos seus contatos anteriores à guerra, que sempre encontravam pretextos para abaixar o preço. Mas pelo menos pagavam, e ele estava disposto a fazer qualquer coisa para salvar o negócio e levar sua família adiante. A morte de sua mulher e, sobretudo, a de seu filho o haviam mergulhado em um estado de fatalismo e desesperança em que este tipo de penúria lhe parecia menor. Era como se estivesse sempre preparado para o pior. Nenhuma desgraça poderia pegá-lo desprevenido, e certamente não se surpreendeu muito na manhã em que um automóvel parou diante do portão da fábrica e alguns jovens gritaram várias vezes seu nome.

Isabelita ficou sabendo de seu desaparecimento porque Rosario, uma vizinha que costumava tomar conta dos pequenos, foi procurá-la no hospital. Bastou vê-la ali para compreender que acontecera algo grave. Foram ao jardim para que ninguém as ouvisse.

— Mas quem eram eles?

— Ah, filha! Como vou saber?

— Falangistas?

— Eu não lhe disse nada! Não quero confusão...

Rosario havia trabalhado em La Confianza até a morte do irmão de Isabelita. Ela mesma pedira demissão, mas não como um gesto de reprovação ou rejeição a algum membro da família Asín. Fizera-o por cautela. Ou melhor, por temor. Seu marido fora amigo de anarcossindicalistas e, se alguém o denunciasse, sua relação com a fábrica de Modesto só poderia prejudicá-la, afinal, haviam matado o outro Modesto, o filho, precisamente por ser ligado à Confederação Nacional do Trabalho, a CNT. Um ano depois daquilo, Rosario era uma mulher murcha e enrugada: aqueles 12 ou 13 meses de medo estavam gravados em seu rosto com todas as suas horas, todos os seus minutos.

— Deixei as crianças sozinhas — disse, evitando o olhar de Isabelita. — Mas não se preocupe com seus irmãos. Se for necessário, podem dormir lá em casa.

Isabelita fez um gesto desolado de agradecimento. Rosario se afastou cabisbaixa. Antes de chegar à rua, voltou.

— Acho que são os mesmos da história de Modesto — sussurrou ao seu ouvido. — Estava lá aquele cara, o Louro. Mas não diga que fui eu quem lhe contou!

— Obrigada, Rosario — murmurou Isabelita, quando a outra não podia mais ouvi-la.

Sentou-se em um banco e fechou os olhos com força. O que fazer? A quem recorrer? Pensou em dom José, o padre da paróquia, que havia casado seus pais e batizado os quatro irmãos, no diretor do colégio dos pequenos, sempre tão afetuoso e respeitoso, e na família do ex-dono de La Confianza, toda ela católica e de direita. Mas todas as pessoas em que pensava iam sendo imediatamente descartadas. Umas, porque um ano antes já haviam se recusado a interceder por seu irmão; outras, porque haviam tentado e não tinham conseguido nada. Quando os falangistas estavam envolvidos, nem sequer ser católico e de direita era de muita serventia.

— Santo Deus, o que mais pode acontecer com a gente? — lamentou Isabelita em voz alta.

Depois entrou no hospital e, alegando uma forte dor de cabeça, pediu permissão à enfermeira-chefe para voltar para casa. Logicamente, não foi este o seu destino. Pegou um bonde e minutos depois estava na rua do Coso. As pessoas paravam diante do Bazar X para olhar a vitrine, decorada com motivos patrióticos. Ao seu lado ficava a Horchatería Mas*, e em cima dela o apartamento onde os falangistas decidiam o que fazer com seus prisioneiros: matá-los naquela mesma noite ou mais adiante ou, coisa que acontecia raras vezes, colocá-los em liberdade. Aquilo não era um julgamento nem pretendia sê-lo. Um chefe da Falange, quem quer que fosse, perguntava em qual organização o preso havia militado ou que cargo ocupara e depois indicava a seus camaradas que podiam levá-lo. Quem era levado dali nunca mais seria visto. Isso era tudo. Modesto ficara trancafiado naquele apartamento, depois fora levado e nunca mais se soube dele. Simples assim.

---

*Estabelecimento que comercializa a *horchata*, bebida típica espanhola feita da erva junça. (*N. do T.*)

Durante um ano inteiro Isabelita se recusara a passar por aquele lugar. A lembrança era muito dolorosa: os falangistas que vigiavam a portaria acendendo uns os cigarros dos outros, seu pai e ela implorando que lhes permitissem visitar Modesto e depois mudando de calçada para tentar reconhecê-lo através de alguma janela; a fila de homens e mulheres com a cabeça raspada e o cartaz que dizia "comunista ou maçom". Que cartaz teriam colocado nele? O de "anarquista"? Ou, simplesmente, o de "vermelho"? Nem seu pai nem Isabelita haviam conseguido vê-lo em algum momento, e só tiveram certeza de que Modesto fora assassinado quando um dos falangistas da portaria os encarou e, arregaçando a camisa, lhes disse:

— Eu já não avisei que não queria voltar a vê-los por aqui? Que não ia adiantar nada? Não adiantou nada.

Isabelita tentara apagar tudo aquilo da memória, e agora, de repente, se via obrigada a passar pela mesma situação, pelo mesmo horror. Não havia ninguém na portaria. Subiu ao primeiro andar, engoliu em seco e tocou a campainha. A porta foi aberta por um falangista muito jovem, um adolescente

— Sou a filha de Modesto Asín.

— De quem?

— Sei que está aqui. Preciso falar com ele.

O falangista negou com a cabeça e fechou a porta. Isabelita voltou a tocar. Desta vez abriu um outro, tão jovem quanto o anterior. Quase todos eram assim. Há alguns anos estavam na escola, fazendo contas de somar e diminuir, e agora se dedicavam a matar pessoas.

— Quero falar com o Louro.

— Que louro? Aqui somos todos louros! — disse o garoto, e às suas costas ouviram-se risadas.

A porta foi escancarada e surgiu o Louro com seus olhinhos claros e seu sorriso desdenhoso. Isabelita só o vira duas vezes. A última, quando, em companhia de outros falangistas armados, apareceu em sua casa e não parou de ameaçar todo mundo até que Modesto saiu do seu esconderijo sob a pia e se entregou. A primeira, quatro ou cinco anos antes, durante as festas do Pilar, quando suas famílias se encontraram no parque de diversões e o pai do Louro insistiu em convidar todos para beber chá de salsaparrilha. Na época Isabelita ainda era uma menina e não prestou nenhuma atenção quando um dos homens (seu próprio pai? o pai do Louro?) declarou que haviam se conhecido durante a palestra de um ateneu republicano. Agora Isabelita suspeitava que naquele primeiro encontro estava a origem de boa parte de suas desgraças. Recordava a expressão de resignação de seu irmão enquanto os falangistas o sacudiam e o arrastavam escada abaixo. Recordava seu pai correndo atrás do Louro, suplicando que não levasse Modesto. E recordava, sobretudo, a careta de ódio que o Louro dirigira a seu pai depois de este ter lhe perguntado o que pensariam em sua casa quando ficassem sabendo daquilo: o pai do rapaz e ele eram amigos há muitos anos, se viam todos os domingos nas tertúlias do ateneu. Meu pai e você são uns vermelhos!, gritou o Louro. Logo chegará sua hora! Naquele instante Isabelita compreendeu que não voltaria a ver o irmão com vida e que a amizade de seus pais só lhe fora prejudicial. Mas nunca chegou a levar realmente a sério as ameaças do Louro a seu próprio pai e ao dela. Os dois eram republicanos moderados, *azañistas** em maior ou menor grau. Em todo caso gente ordeira, pessoas que se atemorizavam diante da simples menção a palavras como socialismo ou revolução. Só agora que Modesto, seu pai, aca-

---

*Seguidores do Ministro da Guerra Manuel Azaña, que, em 1931, iniciou a revisão da legislação militar promulgada na época da ditadura de Primo de Rivera (1923/1931). (*N. do T.*)

bara de ser detido vislumbrava o fundo sinistro e doentio do assunto. Poderia haver alguém tão monstruoso? Alguém que se envergonhava do passado do próprio pai a ponto de tentar eliminar todo aquele que pudesse recordá-lo? Se realmente o Louro era como ela acreditava ser, quantas vidas humanas aquele seu objetivo de corrigir o passado custaria?

— Sou filha de Modesto Asín. Sei que ele está aqui.

— Você está enganada.

Mencionar a amizade entre o pai dela e o dele era a última coisa que Isabelita estava disposta a fazer. Mas, então, o que poderia dizer? Lembrou aquela tarde no parque de diversões, já tão distante. O pai do Louro dera de presente aos meninos umas insígnias do Colégio de Farmacêuticos e depois comprara cartelas para todos em uma tômbola. Modesto e Louro, então com 15 ou 16 anos, haviam testado sua pontaria em uma barraca. Depois o tempo passara e um deles havia assassinado o outro. Mas agora Isabelita não podia se referir a nada disso, a nada que tivesse a ver com o passado.

— Meu pai nunca se meteu em política — disse. — Em toda a sua vida não fez outra coisa a não ser se matar de trabalhar.

— Já lhe disse que ele não está aqui.

— Não peço por mim. Peço pelos meus irmãos. São pequenos, minha mãe morreu há tempos... De que vão viver sem ele?

— Seu pai é um vermelho.

— Não é verdade! Não é! Pergunte a qualquer um. E pergunte por mim no hospital dos italianos. Lá me conhecem muito bem. Trabalho como enfermeira, cuidando de soldados que lutam contra os vermelhos.

O Louro bufou, incrédulo. A voz de Isabelita se quebrou em um soluço:

— Deixe-me vê-lo. Só lhe peço isso. Que me deixe vê-lo por um minuto.

— Pare com isso. Se eu lhe disse que ele não está aqui, é porque não está — voltou a dizer Louro, e fechou a porta com uma batida.

Como tudo era perverso: ser vítima e ao mesmo tempo se sentir culpada. Culpada por não ser muito fascista, culpada por ter familiares que não eram muito fascistas. Mas Isabelita estava disposta a fazer o que fosse necessário para resgatar seu pai. Pensou em passar pela casa de Rosario e voltar com seus irmãos ao apartamento dos falangistas: ninguém podia ser tão bárbaro a ponto de não se comover nem um pouco diante do choro de crianças. Pensou nisso e se sentiu ainda mais culpada, agora por não ter tido essa ideia antes. O que mais podia fazer por seu pai? Que outra ideia que não tivera até aquele momento ainda poderia lhe ocorrer? Fazia estas perguntas vagando sem rumo pela cidade e, de repente, descobriu que estava passando exatamente diante do café La Maravilla. Pensou em Raffaele. Por que não? Por que não acreditar que Raffaele poderia ajudá-la? Entrou no bar, àquela hora meio vazio, e caminhou entre as mesas. O trabalho no hospital a familiarizara com distintivos e uniformes militares. Ao lado do balcão localizou três Flechas Azuis. Em seu italiano rudimentar lhes perguntou se conheciam Raffaele Cameroni. Os soldados fizeram piadas sobre sua pronúncia e ela insistiu. Um deles assentiu com a cabeça. Isabelita chamou o garçom e pediu para deixar um recado escrito.

Quando o bilhete chegou às mãos de Raffaele, este já havia recebido o comunicado de Roma para que fossem reconhecidos seus méritos de guerra com a promoção a sargento e a concessão da medalha de bronze. Dava-se como certo que em numerosos combates demonstrara *freddezza e sprezzo del pericolo dando constante prova di ardimento, di alto senso del dovere, di elevato spirito militare.* Pelo menos era isso o que o documento dizia.

Raffaele se olhava no espelhinho de bolso e o que via refletido era o rosto de um homem que, de fato, desprezava o perigo e possuía um alto senso do dever, um elevado espírito militar. Pouco importava que a redação desses comunicados fosse quase sempre a mesma. Raffaele sabia, mas nem por isso deixava de acreditar que aquelas palavras o descreviam e, sobretudo, o continham. Continham-no do mesmo modo que o mapa de uma região contém a região inteira, e nos momentos de euforia chegava a pensar que aquelas virtudes eram quase exclusivamente suas e que a ele deviam sua vigência: não é verdade que os mapas só existem porque determinada região existe?

O herói tinha agora uma nova missão a cumprir e, como nas narrativas tradicionais, essa missão lhe fora encomendada pela mulher que amava. Assim que terminou de ler o bilhete se encaminhou à praça da aldeia, onde ficavam as casas em que haviam se acomodado os oficiais. Giangrecco saía naquele momento da sua em companhia do comandante Nannini, um *bersagliere* que gostava de se exibir em uniforme de gala. Usava inclusive o estranho chapéu enfeitado com plumas de galo. Raffaele esperou que fizessem uma pausa na conversa e se aproximou do *primo capitano*. Começou a falar, mas o fez de uma maneira tão confusa que Giangrecco imediatamente o interrompeu com um gesto de sagacidade e impaciência. Uma mulher, não é mesmo? Não podia ser diferente! Sempre que algum de seus homens se metia em uma confusão de saias acabava recorrendo a ele! E todos apareciam com a mesma cara! Raffaele tentava esclarecer as coisas, mas Giangrecco, que falava se dirigindo a Nannini, não lhe dava chance de intervir. Sempre a mesma coisa! Quando se dariam conta de que tinham ido para lá combater na guerra e não perseguir todas as garotas que passassem na sua frente? Raffaele desistiu de desfazer o mal-entendido e pensou que este até poderia lhe ser útil. Afinal, todos os oficiais que conhecia tinham simpatia por soldados mulherengos, e Giangrecco não era uma exceção. Bem, do que se tratava? Ia contar ou não? Raffaele respondeu que era uma questão de honra, e o outro fez um gesto de cumplicidade a Nannini e sacudiu a cabeça impetuosamente. Já não dissera? Uma questão de honra! Quer dizer, uma confusão de saias! Até ele, Cameroni, um homem casado e pai de família? A partir desse instante, Raffaele não precisou inventar nenhuma mentira, mas sugeriu algumas: uma bela espanhola que não havia se mostrado insensível aos seus galanteios, um ex-namorado que, para recuperá-la, era capaz de cometer qualquer insensatez, uns falangistas amigos do rapaz que estavam ainda mais loucos do que ele etc. Nannini e Giangrecco olhavam-no condescendentes e entendiam exatamente o que queriam entender.

Só se passara um dia desde a prisão de Modesto. Na manhã seguinte, depois de deixar os meninos na escola, Isabelita foi ao hospital com a intenção de pedir alguns dias de licença. Mas acabavam de chegar caminhões com feridos e era necessário acomodá-los. Por isso, a enfermeira-chefe lhe disse que não podia prescindir de ninguém. Por volta das 15h, as coisas pareciam ter recuperado a normalidade e Isabelita pôde, finalmente, escapulir. Nessa ocasião, no entanto, foi incapaz de subir ao apartamento dos falangistas. Assim como no caso do seu irmão, se limitou a perambular pela outra calçada olhando de relance as janelas e esperando que algo acontecesse. Mas pelo menos da última vez havia esperado na companhia de seu pai. Agora estava sozinha porque seu pai era o detido, aquele que muito provavelmente desapareceria para sempre. Isabelita não conseguira comer nada desde o dia anterior e se sentia próxima do desfalecimento. Uma desconhecida se aproximou para lhe perguntar se estava bem. Ela tentou sorrir e atravessou a rua para pedir um copo de água na *horchatería*.

Ergueu o olhar para o teto. Ali mesmo, a poucos metros de sua cabeça, seu pai devia estar trancafiado, e ela não podia vê-lo, tocá-lo nem falar com ele. Que desespero! Que impotência! Pensou na última imagem que conservava dele: de pijama, com o cabelo despenteado e restos de espuma de barbear no rosto. Era uma imagem da manhã anterior, tão semelhante à de outras manhãs. Seria mesmo a última? Quase sem se dar conta começou a chorar. O dono da *horchatería* lhe pediu em voz baixa que fosse para casa.

— Você está com uma cara péssima — disse ele, tratando-a com uma deferência que ela experimentara poucas vezes ao longo de seus 17 anos de vida.

Se Isabelita não o tivesse escutado e tivesse continuado naquele lugar apenas mais meia hora teria podido ver o que viram o dono da *horchatería* e seus clientes, as balconistas, os clientes do Bazar X, as balconistas e os clientes dos outros estabelecimentos da rua, os moradores das casas vizinhas e os poucos transeuntes que passavam pela rua do Coso. Se tivesse continuado naquele lugar, teria visto vários caminhões militares pararem não muito longe dali, na esquina de Escolapios, e uma centena de Flechas Azuis se perfilar em duas colunas e desfilar até o portão dos falangistas entoando com alegria o *Inno a Roma*. As pessoas os aclamavam e aplaudiam e eles correspondiam com saudações e sorrisos, e os próprios falangistas, desconcertados, apareceram nas janelas para recebê-los com o braço erguido.

Isabelita só viu o que aconteceu cerca de meia hora depois na casa de Rosario, onde fora buscar seus irmãos, e foi muito menos espetacular: um automóvel parou diante da porta e dele desceu o capitão Giangrecco que, com os braços na cintura e um cigarro Bisonte na comissura dos lábios, não parava de protestar em voz alta:

— *È pazzesco! Questi spagnoli sono veramente pazzi!*

Realmente, para alguém como ele, que continuava acreditando que Modesto fora maltratado só para que sua filha fosse pressionada a reatar com o namorado, tudo aquilo tinha de ser uma loucura. Isabelita o ouvia protestar da janela e só passou a compreender o que estava acontecendo quando Raffaele também saiu do carro. Começou então a correr para as escadas e desceu-as a toda velocidade. Com duas passadas atravessou a rua e se plantou diante do carro. Isabelita ainda não podia imaginar que para Raffaele a coisa fora muito fácil: bastou bater na porta do apartamento dos falangistas e pronunciar o nome Modesto Asín. Também não podia imaginar que os aturdidos falangistas haviam se apressado a entregá-lo sem pedir explicações. Isabelita não sabia de nada disso. O que via era Raffaele ajudando a descer do carro um homem de aspecto avelhentado, com a cabeça raspada e manchas roxas no rosto. Era ele. Sim, era seu pai, e ela, trêmula, correu para abraçá-lo, enquanto seus irmãos pequenos observavam-nos a certa distância, constrangidos pela gravidade da cena, quase solenes.

2

Tia Milagros a ensinara a fabricar sabão há quatro anos, mas continuava se comportando como se fosse a depositária do segredo, a única que sabia fazê-lo.

— Você não se enganou, não é mesmo? Primeiro o sebo e depois a soda cáustica — disse, inclinando-se sobre a panela com expressão atenta, como o caçador que se aproxima de uma toca. — Mexemos um pouco, deixamos que cozinhe... Depois o passamos à caixa de madeira e esperamos que esfrie. Então estará pronto para ser cortado em pedaços.

— Blegh! — exclamou Isabelita. — Que nojo!

Só mantinha essa atitude infantil diante de sua tia: ela, que durante anos tivera de fazer o papel de mãe de seus irmãos e que há dois meses era mãe de verdade! Agora que Modesto estava no sanatório, tia Milagros era o único parente de certa idade que lhe restava e por isso, na sua presença, Isabelita recuperava alguns daqueles melindres infantis a que tivera de renunciar antes do tempo.

— Fede que é uma desgraça — insistiu, apertando o nariz com os dedos.

— O que você quer? Tem que se lavar com alguma coisa, já que reserva o sabão do racionamento para o menino...

Como se ouvisse a menção ao seu nome, o pequeno Rafael começou a berrar, e tia e sobrinha, dando falsos gritinhos de susto, correram ao quarto para tranquilizá-lo: pequeno glutão! Como podia ter fome se ainda faltava um bom tempo para a hora de comer? Em apenas um instante Isabelita reassumia seu papel de mãe e tia Milagros, que não se casara e sabia pouco de crianças, aceitava se transformar em uma figura secundária.

— Eu acho que foi acordado pelo cheiro — disse. — Vou fechar a porta e ventilar um pouco a cozinha.

Isabelita acomodou o pequeno no colo e sorriu ao vê-lo procurando avidamente seu peito com a boca.

— Já vai, já vai... — sussurrou.

O menino segurou finalmente o mamilo entre os lábios e, depois de alguns segundos de ansiedade, fechou os olhos e continuou mamando com mansidão. Isabelita sentou na beira da cama e balançou a criatura com suavidade. Deixou que seu olhar repousasse nos quadrinhos das paredes, alguns com representações marinhas e paisagens de cores muito vivas e composição simples, quase pueril. Aqueles quadrinhos faziam parte de seu enxoval. Isabelita os comprara semanas antes do casamento para alegrar a casa, que sempre lhe parecera lúgubre. Na época a ideia do casal era se instalar naquele quarto apenas durante alguns meses, enquanto procuravam seu próprio apartamento. Mas depois as coisas aconteceram como haviam acontecido, e agora ela via seus quadrinhos naquele aposento, o de seu pai, e não podia reprimir uma careta de estranhamento. Saltava à vista que aqueles quadros não haviam sido pensados para aquelas paredes. Entre eles e o resto da mobília (a cama de ferro, o armário de três portas, o abajur) não havia nenhuma harmonia. Isabelita tinha a impressão de que eram um lembrete e a prova de que estavam ocupando um quarto que não era deles. Chegaria algum dia a senti-lo como se fosse seu?

No princípio, com seu pai recém-internado no sanatório, todos acreditavam que ele não ficaria ausente por mais de um ou dois meses. Nem passou pela cabeça de Raffaele e de Isabelita a possibilidade de alterar a distribuição dos quartos. Mas a convalescença de Modesto foi se alongando, e cada vez tinha menos sentido manter fechado o maior dormitório da casa. Quando, finalmente, o casal se instalou no quarto, o fez de forma cautelosa e provisória, sem mudar nada além da roupa de cama. Mas em seguida nasceu Rafael, e com ele chegaram o berço, as fraldas, as roupinhas de bebê... Um dormitório tão bonito!, costumavam exclamar, pois ainda tinham a sensação de que Modesto podia voltar a qualquer momento e eles teriam de ajeitar as coisas para se acomodar em seu pequeno quarto com o berço e os outros pertences do bebê. Estes, além do mais, não paravam de aumentar, e pouco a pouco iam invadindo todos os cantos do aposento. Quando resolveram retirar os objetos que ocupavam uma parte do armário foi apenas por uma questão de ordem: as coisas não podiam ficar tão bagunçadas. E, já acomodados, que motivo havia para não tirar a roupa de Modesto e colocar a deles em seu lugar? Afinal, o tempo necessário para tirar era o mesmo de que se precisava para colocar e, quando Modesto tivesse alta, certamente teriam tempo de deixar tudo como estava. Naquela época ainda iniciavam as frases aludindo ao futuro regresso de Modesto. Quando seu pai voltar..., dizia Raffaele. Quando meu pai estiver de novo com a gente..., dizia Isabelita. O que nenhum dos dois conseguia formular com clareza era um pensamento que ambos sabiam que compartilhavam: o pensamento de que, quando Modesto voltasse, teriam que falar com ele. Certamente compreenderia e não se importaria em lhes ceder o quarto. Mas, para efeitos práticos, acreditar nisso equivalia a acreditar que Modesto nunca voltaria a viver com eles. De fato, falavam do futuro regresso de Modesto, mas viviam como se esse regresso nunca fosse acontecer. Portanto, não tinha nada de estranho que, concluída a ocupação do armário, os quadrinhos tivessem iniciado a das paredes. Isabelita pensou que as casas se comportavam como organismos vivos e complexos, e nem sempre reagiam do mesmo modo. Por exemplo: a ausência de seu irmão Carlos, que estava prestando o serviço militar em Tetuán, já durava um mês a mais que a de seu pai, e, no entanto, tudo no quarto dos meninos continuava como se ele nunca tivesse partido. Por que as casas respeitavam mais umas ausências do que outras? Por que se adaptavam melhor a umas do que a outras? Será que tinham uma espécie de alma e essa alma intuía até o estado de saúde dos ausentes e sabia qual deles voltaria e qual não? Isabelita sacudiu a cabeça para afastar os pensamentos tristes e observou com enlevo a carinha de Rafael, que adormecera e continuava sugando seu peito com os lábios.

— Onde está? Onde está meu príncipe? — disse Raffaele, entrando no quarto com o casaco ainda semivestido.

Pegou com delicadeza a criança e aproximou-a do colo. O menino arregalou os olhos e soltou um arroto ruidoso, que Raffaele comemorou com uma risada. Isabelita terminou de lhe tirar o casaco.

— Como foi seu dia? — perguntou, enquanto dobrava a peça com o forro para fora.

— Problemas e mais problemas... Como sempre.

— A comissão?

Raffaele respirou fundo e ela interpretou aquilo como uma afirmação. Nos últimos meses, quando Raffaele falava de problemas só podia se referir à comissão de cidadãos italianos que colaboravam na construção do mausoléu. Agora Isabelita, intranquila, observava-o levantar o pequeno sobre sua cabeça.

— Tenha cuidado. Acabou de comer.

— E nós? Quando vamos comer?

Tia Milagros já havia posto a mesa e, da cozinha, chegava o cheiro espesso do cozido. Isabelita voltou a colocar o menino no berço e balançou-o um pouco para que pegasse no sono.

— A única solução é vender a igreja aos agostinianos — disse Raffaele, como se respondesse a uma pergunta que sua mulher não formulara. — E com esse dinheiro terminar a torre.

— E os agostinianos vão querer pagar?

Raffaele voltou a respirar fundo, mas desta vez Isabelita não soube se deveria interpretar aquilo como uma afirmação ou como uma negação.

— É melhor deixar para mais tarde a história da visita a seu pai.

— Raffaele!

— Quem sabe? Pode ser que tudo se resolva nesta mesma semana.

— É o que eu espero. Meu pobre pai...

— Não se sinta culpada. Como você quer se enfiar nessas estradas no seu estado? Seria uma loucura.

Talvez tivesse razão, mas Isabelita não se perdoava. Durante todos aqueles meses, não haviam ido uma única vez ao sanatório. A última recordação que tinha de seu pai era a da despedida na rodoviária: seu rosto delgado sorrindo para ela através da janela aberta, ela segurando as lágrimas e jogando-lhe beijos com a mão.

— Ainda não conhece seu único neto — murmurou com voz queixosa.

Raffaele segurou-a pela cintura e beijou sua testa. Tentou consolá-la:

— Prometo que iremos vê-lo logo. Prometo.

Ela se apertou contra seu peito. Era agradável sentir ao seu lado uma presença sólida, protetora.

— Vamos comer — ouviram a voz da tia Milagros.

Ramón, o irmão menor de Isabelita, já estava em seu lugar, preparado para abençoar a mesa. Benzeram-se, e tia Milagros começou a servir o cozido, comentando que teriam de mudar a gaiola do canário de lugar para que tomasse um pouco de sol.

— Cheira *que alimenta* — disse Raffaele, que se divertia com esse tipo de expressão de difícil tradução.

— Hum... — assentiu sua mulher, virando por um momento a cabeça para ouvir os gorjeios do canário, que chamavam de Pipo.

A comissão era formada por Raffaele, o gordo do Imbroglia e um calabrês chamado Benedetti. Os três acompanhavam o capelão Giovanni Bergamini às entrevistas oficiais e o ajudavam nas gestões. Todos conheciam o capelão como padre Pietro. Era um homenzinho enxuto, de olhos pequenos e expressão crispada, a quem a guerra espanhola dera a oportunidade de satisfazer suas duas vocações: a de fascista e a de capuchinho. Como capuchinho, mas, sobretudo, como fascista, havia acompanhado diferentes divisões de voluntários italianos, incentivando-os a derramar seu sangue na luta contra o inimigo. Como fascista, mas, sobretudo, como capuchinho, havia se ocupado de dar o último consolo aos caídos e de procurar uma sepultura digna para eles. Para alguém como ele, nada podia superar em importância o projeto da Torre-Osario, a construção de um grande mausoléu que fosse ao mesmo tempo uma homenagem àqueles novos mártires da cristandade e uma demonstração cabal do crescente poder do *fascio*. Devia ser algo colossal e imorredouro, um legado de grandeza e honra para as futuras gerações de heróis, e o padre Pietro, com a ansiedade própria de quem se sente responsável perante a História, dedicava às obras todo seu tempo e energias.

— Será como Meca é para os mulçumanos. De todos os cantos do mundo virão fascistas para visitá-la! — bramava, e sua veemência era tal que nem o prefeito nem o governador civil ousavam lhe replicar.

Mas o que antes despertava um entusiasmo generalizado fora pouco a pouco se esfriando e, no final de 1943, ninguém tinha certeza de nada, nem sabia se as obras chegariam a ser concluídas algum dia. Naquela altura os trabalhos de construção haviam sido paralisados por falta de investimentos e, embora a igreja estivesse praticamente concluída, a altura da torre só chegava a 20 dos 55 metros previstos. Faltava mais de um milhão de pesetas para concluir tudo, e o novo embaixador italiano, nomeado pouco depois de Mussolini ser derrotado e encarcerado por ordem do Grande Conselho Fascista, acusava o padre Pietro de ter feito uso indevido dos fundos.

— Uso indevido? — protestava o capuchinho. — O que este homem chama de uso indevido? Colocar calefação no templo? Encomendar vitrais artísticos que todo mundo elogiou? O que acontece é que o embaixador é um bolchevique! Um comunista!

Naquele momento, a única autoridade que continuava recebendo a comissão era o chefe local do Movimento. Seu escritório ficava em um conjunto de salas do número 33 da rua do Coso. Para chegar a ele, era preciso primeiro se anunciar a uma das secretárias com o uniforme da Seção Feminina. Então, de alguma das portas saía com ar indolente Amadeo Serrano, um falangista que tinha um cargo impreciso na Chefatura e lhes fazia companhia enquanto seu superior despachava outros assuntos.

— Então? — perguntava. — Como vão as coisas em seu país?

— Bem, bem — respondiam.

Diziam isso para evitar ter que dar explicações. Na verdade, a situação italiana não era nada fácil de explicar, com os norteamericanos no sul, os fascistas no norte e os alemães em todos os lugares. Serrano insistia:

— Mas resistirão ou não?

Não era necessário explicar quem deveria resistir. Todos sabiam que ele se referia aos alemães, que alguns meses antes tinham conseguido deter em Monte Cassino o avanço norte-americano sobre a capital.

— Não diga besteira, Serrano — intervinha o padre Pietro. — Claro que resistirão!

Com isso o assunto era encerrado e o gordo do Imbroglia, tão parecido então com Mussolini, dirigia a Serrano um olhar displicente, como se dissesse: Você não lê os jornais? Era verdade que a imprensa espanhola se empenhava em elogiar as lições de bravura que os exércitos italiano e alemão estavam dando ao mundo, e nenhum daqueles fascistas queria dar crédito a algo que uma leitura atenta daqueles mesmos jornais não parava de sugerir: que a derrota definitiva era uma simples questão de tempo. Não, isso, definitivamente, não. Não queriam nem imaginar. Qual seria então o sentido de tudo? Qual seria o sentido daquela guerra espanhola que haviam ajudado a ganhar? Qual seria o sentido de seus uniformes, de seus hinos, promessas e homenagens, de seus sacrifícios e desvelos, daquele mausoléu cuja construção se esforçavam para levar adiante? Para aqueles fascistas, parecia que suas vidas ficariam vazias se acabassem perdendo a guerra em seu país.

Entraram na sala do hierarca, um gordo com a camisa azul prestes a arrebentar. Os membros da comissão o saudaram com o braço levantado enquanto Serrano tentava recordar seus nomes:

— Padre Pietro e os camaradas Benedetti, Imbroglia e...

— Cameroni — disse Raffaele, que não deu a impressão de se incomodar com aquela pequena desconsideração.

— Isso. Cameroni.

Sem mais preâmbulos, o capelão pôs as mãos na cabeça e anunciou com dramaticidade que, se ninguém impedisse, querido camarada, aconteceria uma coisa horrível, aterradora. O chefe do Movimento, com as costas protegidas por um retrato de Franco e outro de José Antonio Primo de Rivera, chupava um charuto apagado ao qual dava muito mais atenção do que ao religioso. Devia estar farto do histérico padre Pietro, que sempre que aparecia em seu escritório se queixava e denunciava sabe-se quantas conspirações contra ele.

— Aceitei a venda da igreja aos agostinianos! De acordo! Aceitei que se rebaixe a altura da torre! Também de acordo! E aceitei que terminem a obra com materiais menos nobres do que os previstos!

O hierarca o ouvia com expressão de urso em hibernação e nada do que o padre dizia parecia interessá-lo.

— Mas não podem me impor mais nada — continuou o capelão. — Não têm mais nenhuma outra humilhação a me infligir... Não é verdade? Não é verdade? Pois sim! E isto ultrapassa todos os limites do admissível! Isto é um atropelo, um atentado, um...!

Estava tão exaltado que quase não conseguia falar. Levantou-se da cadeira, apoiou os punhos na mesa e aproximou sua testa da do hierarca.

— O senhor sabe o que estão querendo agora? — disse, e então abaixou de tal maneira a voz que nem mesmo Serrano, que estava ao lado do chefe, conseguiu ouvir suas palavras.

O falangista ouviu-o ainda durante alguns segundos com ar sonolento. Depois deu um salto, arregalou os olhos e começou a aspirar e a expirar grandes quantidades de ar pelo nariz. Deu um soco na mesa que fez tremer os retratos de Franco e José Antonio e ao ficar em pé derrubou ruidosamente a cadeira.

— Não vou tolerar! Não vou to-le-rar! — rugiu, apontando enfurecido para algum lugar fictício do outro lado da janela. — Foi para isso que ganhamos a guerra? Foi para isso que derrotamos o comunismo internacional? Para depois ter de homenagear seus mortos? Deveríamos ter queimado aqueles vermelhos para que não restasse nem rastro deles! E agora aparece esse Scotti ou como quer que se chame para nos dizer que vão enterrá-los ao lado de nossos irmãos, os fascistas? Estou pouco me lixando para esse Scotti! Estou pouco me lixando para esse embaixador comunista! Onde ele acha que está? Na Rússia soviética? Era só o que faltava, um estrangeiro nos dizendo o que devemos fazer!

Depois de ter desabafado, voltou à cadeira, que Serrano já colocara no lugar.

— Não se preocupe padre Pietro — acrescentou, mais calmo. — Os brigadistas jamais serão enterrados no mausoléu. Isso eu lhe garanto. Dou-lhe minha palavra de camisa velha — na realidade não o era: só se filiara à Falange no final de agosto de 1936. — Juro pela minha honra de camisa velha que esses vermelhos continuarão onde estão. Falarei com quem tiver que falar. Melhor dizendo: falarei com Franco. E se for necessário dinheiro para acabar as obras — aqui o religioso fez uma expressão pesarosa de assentimento —, nós o conseguiremos. Você se encarregará disso, Serrano! Organize uma campanha de donativos, uma subscrição popular, o que for... Nenhum espanhol bem-nascido se recusará a dar dinheiro a uma causa tão nobre! E agora, se me dão licença...

— É claro, camarada! — exclamou o capelão com alvoroço. Antes de abandonar a sala, fez um sinal para Raffaele, o gordo Imbroglia e Benedetti para que levantassem o braço e gritassem com ele:

— *Arriba España!*

Naquela época, Raffaele estava construindo a primeira secadora estática da La Confianza. Havia visto uma na Feira de Amostras, onde eram exibidas máquinas que ninguém tinha dinheiro para comprar, e, enquanto pedia todo tipo de informações ao atento vendedor, anotava mentalmente medidas e detalhes. Era evidente que não podia comprar uma secadora daquelas, mas havia alguma lei que o proibisse de copiá-la?

— Me dê o plano — disse a Ramón.

O plano era um papel no qual, assim que saiu da feira, o próprio Raffaele desenhara algumas linhas e escrevera uns sinais indecifráveis. Raffaele passou os olhos no papel que seu cunhado lhe entregara e disse:

— Alguns pregos e pronto.

Ramón assentiu com a cabeça, embora não tivesse visto muitas semelhanças entre a máquina e o desenho. Este era suficientemente vago e permitia que qualquer um imaginasse o que quisesse. E assim a secadora acabou sendo pouco mais do que um grande armário com um velho ventilador de teto em seu interior.

— Logo saberemos se aquele homem exagerava ou não — comentou Raffaele.

No dia seguinte, confirmaram que o vendedor não exagerara ao dizer que em uma secadora estática a massa demorava apenas 24 horas para secar. Raffaele passou a mão por cima dos cabelos de anjo e comprovou que não restava o menor vestígio de umidade. Sorriu.

— Parabéns — disse Ramón, naquela época um rapaz reservado e triste.

— Eu gostaria de saber quantas fábricas espanholas têm uma secadora dessas — disse Raffaele, satisfeito.

Se La Confianza não desaparecera durante a guerra isso se devia à tenacidade de Modesto. Mas aqueles primeiros anos do pós-guerra também estavam sendo muito duros, e agora a maior parte do mérito pertencia a Raffaele, que se incorporara à pequena empresa familiar pouco depois de ser desmobilizado. Raffaele tinha grandes projetos para a fábrica e, entre eles, estava o que chamava de mecanização, que consistia em construir quantas secadoras estáticas fossem necessárias. No entanto, o verdadeiro problema não era o tempo que a massa levava para secar, mas o abastecimento de farinha. Para solucioná-lo, Raffaele tinha de recorrer a pessoas ligadas ao regime que conhecera nas reuniões da comissão. O contato que lhe fora mais útil era Amadeo Serrado, o falangista da Chefatura Local do Movimento, mas, por uma simples questão de cautela, fingiam não se lembrar um do outro quando havia gente por perto.

Naquela mesma semana, com o pretexto de lhe mostrar a secadora em funcionamento, convidou-o a visitar a fábrica.

— É uma coisa engenhosa. Não se pode negar — disse Serrano, encaixando o polegar entre a camisa azul e o suspensório.

— Engenhosa? — replicou Raffaele. — É o primeiro grande passo no processo de mecanização da empresa!

Serrano sacudiu a cabeça com ar presunçoso, como se dissesse: E a quem importa a mecanização? Raffaele se fez de ofendido:

— Acelera-se substancialmente o ciclo de produção.

— E para que tanta pressa?

— Para parar de contratar mão de obra supérflua.

— Mas mão de obra é a única coisa que temos de sobra neste país!

— O futuro, Amadeo, o futuro... — disse Raffaele gravemente. — Você ouviu falar dele?

— O futuro, o futuro! Você sempre às voltas com o futuro! — Segurou seu braço e acrescentou, cheio de confiança: — Não é bom ser tão futurista, Raffaele. Não é mesmo.

Os dois homens se viam regularmente. Os pretextos aos quais Raffaele recorria para encontrar Serrano eram os mais variados: uma consulta relacionada à construção do mausoléu, a entrega do boletim editado pelos fascistas na Espanha, a organização de algum ato de confraternização com os falangistas. Mas o motivo verdadeiro era sempre o mesmo, e Serrano esperava pacientemente o momento em que Raffaele lhe perguntaria se havia conseguido desviar alguma parte do carregamento de farinha sem que os inspetores tivessem notado.

— Porque, nesse caso, você sabe que eu... — acrescentava, e começava então um diálogo no qual as frases não eram concluídas, e as últimas sílabas ficavam suspensas durante alguns segundos no ar.

— Não sei, não sei...

— Você me conhece. Sabe que sempre...!

— Não é isso, Raffaele. É que a coisa não está...

— Pois se não está...

— Você me deixe. Deixe que eu...

Meia dúzia de frases não concluídas costumava lhes bastar para chegar a um acordo. Em poucos dias Raffaele estaria recebendo farinha suficiente para que suas máquinas continuassem produzindo massa alimentícia durante mais algumas semanas.

Nem sequer se incomodavam em falar de preço porque tudo ficara acertado quando fizeram o primeiro trato. Naquela ocasião Raffaele apelara para sua condição de ex-combatente. E, por essa vez, o outro lhe dissera sem rodeios:

— Aqui somos todos ex-combatentes, portanto deixemos o patriotismo de lado. Além do mais, tendo um sogro como o seu, é melhor você não tocar nesse assunto. Quer saber o que valem os favores que lhe faço? Então vá um dia à Receita da Província e dê uma olhada na relação dos investigados. Ocultação de mercadorias... Antigamente não era crime. Em outros países tampouco. Mas aqui e agora é. E a lei diz que cabem ao denunciante quarenta por cento da multa. Se a lei diz que é quarenta, e não trinta nem cinquenta, deve ser por algum motivo, não lhe parece?

Raffaele se limitara a assentir com a cabeça. O fato é que desde aquele dia não haviam voltado a discutir o assunto. Transformado em algo como um sócio à sombra, Serrano aparecia de vez em quando na fábrica e, por meio daquele código comum feito de subentendidos, não demoravam em acertar a entrega de um novo carregamento de farinha.

— Como vamos de...? Você sabe se há...?

— Está tudo fodido, mas vamos ver se...

— Vamos ver, vamos ver...

Depois Raffaele mostrava os livros de contabilidade e lhe entregava sua parte em dinheiro, em um envelope fechado: quarenta por cento dos lucros da operação.

Naquele dia, justamente quando Serrano acabara de guardar o envelope, Ramón apareceu com um aspecto assustado:

— Está aqui aquele homem, o capuchinho. E parece nervoso.

Antes que Ramón tivesse concluído a frase, o padre Pietro já havia se enfiado na fábrica. Estava furioso e agitava na mão um envelope enrugado. Sabia o que havia dentro daquele envelope? Sabia? Pois se não sabia, ele iria dizer! Sua destituição! Sim, sua carta de demissão!

— *Quel figlio di puttana, quel traditori di Scotti mi butta via!* — gritava. — *Io, destituito! Io, il cappellano centurione Giovan-*

ni Bergamini! Io, Pietro di Varzi, alma mater del monumento! Chi è questo ambasciatore per licenziarmi? Un comunista, un nemico dell'Italia, un...!

Falava em italiano porque ainda não percebera a presença de Serrano. Levou mais alguns segundos para se acalmar um pouco e reparar nele. Ficou, então, por um instante confuso, como quando alguém flagra involuntariamente um casal de adúlteros em circunstâncias comprometedoras. Raffaele tentou justificar a situação e com isso só conseguiu tornar tudo ainda mais suspeito:

— Padre Pietro, se lembra de Serrano, não é mesmo? — pigarreou. — Estava passando por aqui e teve a gentileza de entrar para me cumprimentar. Eu estava lhe mostrando...

— Falangistas...— O religioso olhava o espanhol com desprezo. — De que valem suas palavras? Muitas promessas, mas depois nada! Deveriam ter vergonha!

Serrano tentou responder, mas o capuchinho fez um movimento de mão para que se calasse. Depois olhou nos olhos de Raffaele, sorriu com astúcia e voltou a fitar Serrano:

— Então estava passando por aqui... O senhor é muito gentil, Serrano. Muito gentil.

Para Isabelita, aquele seria o primeiro Natal sem o pai. Também o primeiro sem seu irmão Carlos. Este, na carta mensal, havia anunciado que voltaria para casa de licença, e ela se apressou em lhe preparar o quarto. Um quarto só para ele. O mesmo quarto que até o nascimento de Rafael o casal ocupara e que nas últimas semanas fora se enchendo com os móveis e pertences de Modesto. Mas antes da data prevista chegou outra carta de Carlos. Isabelita não precisou lê-la para adivinhar o conteúdo: a licença fora cancelada. Parou na sala, ficou olhando a foto da família e fez um rápido cálculo mental. O último Natal que todos haviam passado juntos fora há dez anos. Desde então, desde que tinha 13 anos, sua vida consistira em ver como algumas daquelas figuras se apagavam. Primeiro a mãe, depois o irmão mais velho, agora de repente Carlos e o pai... Era verdade que no meio disso haviam se incorporado novas figuras (Raffaele, o pequeno Rafael), mas ela tinha a sensação de que essa já era outra foto. Certamente tão bonita como a anterior, mas outra foto.

Esperou a chegada de tia Milagros, sua companheira matinal, e lhe pediu que tomasse conta do menino. Depois passou pela fábrica. Ramón estava trabalhando no amassador, mas não se via Raffaele em nenhum lugar.

— Saiu na primeira hora. Disse que iria demorar.

— E não disse aonde ia?

Ramón lavou e enxugou as mãos antes de pegar o envelope. Ela insistiu. Tinha certeza de que Raffaele não dissera aonde ia? Ele encolheu os ombros enquanto lia a carta do irmão com ar compenetrado. Isabelita se despediu, resolveu algumas coisas e voltou para casa. Tia Milagros cortava cebolas e enxugava as lágrimas com a manga.

— É que não é a primeira vez — disse Isabelita. — Na semana passada também fui vê-lo e não estava. E depois não fez nenhum comentário. Pergunto a Ramón e ele não diz nada. Outro dia, de brincadeira, perguntei: Você jura por Deus que meu marido não está fazendo nada de ruim às minhas costas? Jurar por Deus!, disse ele, que ideia. Ou seja, nem jurou e nem prometeu nada. O que você acha, tia?

— Ah, os homens...! — suspirou a outra, mas seus olhos úmidos deram uma gravidade inesperada às palavras.

Quando Raffaele e Ramón chegaram para almoçar, já haviam sido condenados pelas duas mulheres: o primeiro pelo que tivesse feito e o segundo por acobertá-lo. Isabelita permanecia atenta ao comportamento de Raffaele. Via-o arrumar um pouco o cabelo diante do espelho e trocava com sua tia um olhar de entendimento: é como todos os maridos infiéis, que de repente ficam faceiros! Via-o brincar com o menino e voltava a olhar para a tia: como é fácil esconder a culpa quando se tem um bebê nos braços! Tudo o que Raffaele fazia lhe parecia suspeito: às vezes porque realmente o era, e, quando não era, ela o interpretava como a clássica afetação de naturalidade dos adúlteros... E se a naturalidade dele não fosse afetada e sim autêntica, pior ainda, porque isso queria dizer que não havia, na alma de Raffaele, lugar para arrependimentos. Como ela iria passar a vida inteira ao lado de um homem que não tinha arrependimentos e, portanto, não tinha consciência?

Durante o almoço, tia Milagros tentou investigar:

— Isabelita foi vê-lo e você não estava...

— Ramón já me disse... Esta cebola está maravilhosa!

— E então? — interveio Isabelita.

— Então o quê?

— Onde você estava?

— Ah... — disse Raffaele. — Com a comissão.

— Me conte — insistiu Isabelita. — Gosto que você me conte as coisas.

— Você iria se entediar. Problemas, nada além de problemas... Já disse: esta cebola está ótima!

Quando o almoço terminou e os dois homens voltaram à fábrica, Isabelita procurou sua tia querendo consolo: ele havia mentido, não se dera conta? Inventara a história da comissão! Tia Milagros abraçou em silêncio a sobrinha, que apoiou a cabeça em seu peito e continuou proferindo lamentos: o que estava acontecendo? Por que seu marido se jogava nos braços de outras mulheres se ela nunca lhe negara carinho? Tinha ficado feia de repente?

— Diga-me, tia — insistiu, chorosa. — Eu fiquei feia de repente?

— Você está mais bonita do que nunca — tranquilizou-a a outra.

— Então por que ele faz isto comigo? — disse Isabelita entre soluços. Depois limpou o rosto e acrescentou, em tom ameaçador: — Eu gostaria de saber como são essas reuniões da comissão. Queria ver que tipo de orgia organizam! Esse padre Pietro deve ser um Rasputin!

Tia Milagros, que crescera em Monzón e passara a guerra em Barcelona, nunca tivera nenhum namorado ou pretendente. Em relação aos homens era, portanto, tão ou mais inexperiente do que a própria Isabelita, e, no entanto, esta considerava suas opiniões pouco menos do que infalíveis.

— Você deve esticar a corda, mas tenha cuidado para que não acabe se rompendo — aconselhou.

— O que você quer dizer?

— Faça-o saber que descobriu tudo, mas sem dizer nada. Ele irá reconsiderar e voltar a se comportar como Deus manda.

Naquelas circunstâncias, Isabelita lamentava duplamente a falta do pai. Sua ausência a fazia se sentir mais vulnerável e insegura. Naquela mesma tarde lhe escreveu uma carta. Nela, não dizia nada de especial. Falava do pequeno Rafael, de como era fascinante observá-lo quando estava adormecido, de como a cada dia descobria nele uma coisa nova, um gesto, um esgar, um traço no qual não reparara antes... Só mencionava Raffaele e Ramón no final, para dizer que estavam bem e lhe mandavam abraços, esperando um rápido restabelecimento. E no pós-escrito acrescentava que todos tinham muita vontade de vê-lo e iriam visitá-lo assim que o tempo melhorasse. Esta última frase reavivou o rancor que sentia por seu marido. Não, Raffaele não podia perder um dia viajando ao sanatório, mas quem era capaz de dizer quanto tempo dedicava àquelas suas amigas, àquelas rameiras...

Só então Isabelita se deu conta de que naquela casa não havia mais lugar para seu pai. As mudanças pequenas e provisórias haviam acabado por gerar uma grande transformação com ares de definitiva. Eles dois e a criança haviam tomado posse do quarto de Modesto; Ramón ficara com o que tinha sido seu e de Carlos, e a este, enquanto se esperava que Rafael crescesse e precisasse ter um quarto próprio, fora reservado o que primeiro fora o aposento de Isabelita, mais tarde o de Isabelita e Raffaele e no final acabara sendo uma espécie de depósito. E seu pai? Qual seria seu dormitório? A coisa estava clara: Modesto havia sido expulso de sua própria casa. Como se ela mesma não tivesse tido nenhuma participação naquele processo, Isabelita responsabilizou o marido pela expulsão, e as portas e as paredes do apartamento refletiam seu ressentimento e ao mesmo tempo o alimentavam. Mas as coisas iam ainda mais além. De repente, passou a achar que Raffaele era um intruso, um aproveitador, o homem que ia substituindo seu pai em tudo: na casa e também na fábrica, que agora administrava como se fosse sua e nada mais do que sua, como se Modesto jamais tivesse existido.

— Pobre do meu pai — exclamou, deixando-se cair sobre a colcha e dando as costas ao lado da cama no qual Raffaele costumava dormir.

Raffaele, logicamente, reparara no humor instável de sua mulher, que nos últimos tempos só lhe dirigia a palavra para inquirir. Mas não dava a isso maior importância. Essas coisas, como as dores de cabeça e os resfriados, chegavam quando você menos esperava, e, do mesmo modo como chegavam, acabavam indo embora. Além do mais, naquela época tinha outros assuntos em que pensar.

Havia, claro, o trabalho em La Confianza. Havia, também, a questão dos mortos. O padre Pietro não era mais o responsável pela construção do mausoléu, mas continuava se ocupando da busca e conservação dos cadáveres. Aproveitando-se do obscuro poder que adquirira sobre Serrano e Raffaele desde que os encontrara juntos, recorria com frequência a eles para pedir ajuda, e nenhum dos dois ousava negá-la. Ao primeiro, em virtude de seu posto, solicitava autorizações, veículos oficiais, gasolina... E usava Raffaele, que, afinal, era italiano e fazia parte da comissão como ajudante em algumas tarefas de localização e translado.

Uma manhã foram a Villanueva de Gállego, onde o batalhão de Raffaele havia combatido enquanto ele se recuperava de seus ferimentos no Núcleo Cirúrgico Chiurco. Viajavam em um dos veículos que Serrano costumava lhes ceder, um furgão negro com o jugo e as flechas pintadas em vermelho, e com eles ia um jovem capuchinho espanhol, o irmão Iluminado.

— *Il cimitero* — disse o padre Pietro, apontando para um lado. — Por ali.

— Por aqui — contradisse Raffaele, que dirigia.

— Por ali.

— Você vai dizer isso a mim? *Ho fatto la guerra qui!*

— *Anch'io ho fatto la guerra qui!* Nestas aldeias devo ter batizado centenas de crianças! É por ali. Tenho certeza.

Mas nenhum dos dois tinha razão. O irmão Iluminado apontou outro lugar.

— Olhem. Ali está... O cemitério.

Procuraram as cruzes: Onofri Antonio (1912-1937), Camporese Vittorio (1918-1937), Battaglia Giuseppe (1914-1937). Embora levassem três pás, o único que cavava era o irmão Iluminado. O padre Pietro se entretinha examinando uns papéis e Raffaele aproveitava para fumar.

— Conheci Camporese — comentou. — *Un bravo ragazzo, un buon fascista*. Se todos fossem como ele, os americanos nunca teriam desembarcado na Sicília.

— Membro da tropa — disse o irmão Iluminado fitando o capelão.

Isso queria dizer que a etiqueta com a identificação estava atada a uma perna. Quando o morto pertencia à oficialidade, levava a etiqueta amarrada no braço.

— Vamos voltar ao furgão — disse o padre Pietro.

Foram depois a outra aldeia próxima e repetiram a operação. Durante a guerra haviam passado pela região vários batalhões do Corpo Truppe Volontarie e em todos os cemitérios havia algum italiano sepultado. Passado o meio-dia, empreenderam a viagem de volta. No furgão levavam os restos de cinco homens. Três deles iam dentro de caixões de madeira que, embora rudimentares, estavam em condições bastante razoáveis. Os outros dois, por sua vez, haviam sido enterrados envoltos em lençóis, e estes tinham apodrecido com o tempo e deixavam a descoberto ossos desconjuntados e sujos de terra. De tanto mexer com mortos, o irmão Iluminado sentia as tripas reviradas. Tiveram de parar algumas vezes para que ele se aliviasse. Raffaele o viu voltar ao furgão com os olhos úmidos e a cara branca e, longe de se compadecer dele, lhe dirigiu um sorriso zombeteiro.

— Me parece que você não vai comer carne por muito tempo — disse.

Raffaele não gostava nada daquelas expedições com o padre Pietro, e voltar para casa o deixava de bom humor. Cruzaram o rio pela Ponte de Pedra. Agora só faltava se livrar da carga.

— Aonde vamos? — perguntou Raffaele.

— *Da te* — disse o capelão.

— *Come? Da me?* — exclamou Raffaele, dando um pulo. — Você não está pretendendo que eu guarde esses mortos em minha casa!

O padre Pietro sorriu melífluo e negou com a cabeça: ao dizer *da te* não havia se referido à casa dele, mas à fábrica, La Confianza. Aquilo pegou Raffaele tão desprevenido que ele não soube o que responder. Padre Pietro aproveitou esse desconcerto para constrangê-lo com explicações: o armazém já estava cheio, o sem-vergonha do embaixador não lhe dava dinheiro para alugar outro e o que ele iria fazer, se os mortos não paravam de chegar? Felizmente sempre haveria bons italianos como Raffaele, dispostos a contribuir para o enaltecimento da memória dos heróis... Quando o furgão parou diante da entrada da fábrica, o religioso elogiou o edifício, com um armazém tão espaçoso...

— *Ma è il magazzino della farina!* — protestou Raffaele, implorante. — O que o senhor pretende? Que eu tire a farinha para colocar os mortos? E onde ponho a farinha?

— Ah, a farinha. Você não vai querer que falemos da farinha... — exclamou o capelão, e não lhe foi necessário acrescentar nada para Raffaele saber que ele estava por dentro de seus acertos com Serrano em torno do assunto da farinha.

Na realidade, o edifício não era nada do outro mundo. Visto da rua, parecia ainda menor: duas janelinhas com grades, um relógio de sol acima do velho logotipo de La Confianza e um estreito portal que dava acesso ao cubículo usado como escritório. Só quando era visto por trás transmitia uma aparência um pouco melhor: uma chaminé de tijolos, uma parede alta sem janelas e uma entrada de mercadorias que dava a um pátio ensolarado. O caminhão da Falange estava parado no meio do pátio, e Ramón, como sempre silencioso, ajudava o irmão Iluminado a descarregar os mortos e a enfiá-los no armazém.

Enquanto isso, junto à secadora estática, Raffaele ouvia com expressão sombria os comentários do padre Pietro, que sustentava que, para um bom fascista, dar guarida àqueles restos não devia ser considerado um sacrifício, mas uma honra.

— *Certo, certo. Un onore* — assentia Raffaele, e em seu foro íntimo desejava ao padre Pietro todas as desgraças imagináveis.

Raffaele só o acompanhava aos cemitérios da província. Dos mortos enterrados em lugares mais afastados se ocupavam o padre Pietro e os outros capuchinhos, e ele nem sequer se incomodava em perguntar. Um dia chegaram com três novos cadáveres, os três envoltos em sudários. Raffaele via o irmão Iluminado ir e vir com a empilhadeira.

— E estes, por que não estão identificados? — perguntou.

O padre Pietro fez um gesto de impaciência e Raffaele compreendeu.

— Oh, não! — exclamou, consternado.

Nesse momento, um minúsculo ratinho cruzou o pátio e o irmão Iluminado abandonou a empilhadeira, perseguiu-o aos berros e com um tremendo chute esmagou-o contra a parede. O capelão cruzou os braços e ficou esperando ao lado da empilhadeira. O irmão voltou segurando o riso. Não devia ter nem 18 anos. O padre Pietro o repreendeu como se faz com os meninos travessos.

— Iluminado!

Raffaele, alheio a tudo, se aproximou lentamente do padre Pietro.

— *Ma non può essere...* — disse, ainda com ar de desolação.

— Claro que pode ser.

— Mas... Eram comunistas!

— Eram italianos.

Não havia como recuar: os brigadistas italianos tombados na Espanha seriam enterrados ao lado dos fascistas na Torre-

Osario. E não apenas isso; ele, Raffaele Cameroni, teria de lhes arranjar um lugar em sua fábrica enquanto as obras do mausoléu eram concluídas... Em circunstâncias normais, um ataque de cólera teria sido mais do que justificado e, no entanto, Raffaele se sentia incapaz de se enfurecer.

— *Che cosa dice Muffone?* — perguntou.

Muffone era o representante na Espanha da República Social Italiana, ou seja, da Itália fascista. O padre Pietro encolheu os ombros:

— O que vai dizer? Que os americanos acabarão se retirando e então...

— É verdade! — protestou debilmente Raffaele. — Os americanos acabarão se retirando. Os alemães nunca abandonarão Monte Cassino.

— Que estupidez — falava o padre Pietro sem acritude. — Conseguirão aguentar durante quanto tempo? Um mês? Mais dois meses? Logo os americanos chegarão a Roma e aí, adeus fascismo. Para sempre. Para sempre.

Algumas semanas depois os cadáveres armazenados em La Confianza eram mais de trinta. O capelão prometera enfiá-los em caixões de madeira, mas a coisa ia sendo adiada. Suas explicações pareciam convincentes: não era possível encomendar caixões enquanto não se soubessem as medidas exatas, e isso dependia do espaço que lhes seria destinado na torre, um espaço que os novos responsáveis continuavam empenhados em reduzir (ao que parece, a altura da torre seria reduzida dos 55 metros previstos a 20). O fato é que, enquanto isso, Raffaele guardava em seu armazém os restos de trinta e tantos homens, e quase metade deles carecia de ataúde. Aquele não era, certamente, um espetáculo agradável: as caveiras rachadas ou rotas, os ossos enrolados em farrapos de lençóis, dois braços descarnados assomando de um ataúde sem tampa... Com a única exceção da temperatura (o armazém ficava no lado mais fresco da fábrica), aquilo se parecia muito com as representações tradicionais do inferno cristão.

E esse inferno foi o que Isabelita descobriu na véspera do Natal.

Aquele dia 24 de dezembro caiu em uma sexta-feira. Uma gélida sexta-feira para quem, como ela, passara mais de uma hora na fila do racionamento. Não previra nenhum prato especial para a ceia natalina, mas tia Milagros a convencera a passar a tarde preparando juntas uma sobremesa. As cadernetas de racionamento, que até pouco tempo haviam sido familiares, agora eram individuais, e cada uma delas autorizava a compra, todos os meses, de um litro de azeite, um quilo de açúcar e cem gramas de chocolate. Com isso, mais algumas amêndoas e a farinha que Raffaele lhe trazia da fábrica, as duas tentariam fazer um bolo que fosse pelo menos decoroso. Isabelita decidira que, dentro das limitações habituais, aquela noite deveria ser especial, e ao voltar para casa comprou também cigarros contrabandeados, para o caso de acabarem os de Raffaele. Mas essa preocupação em relação ao marido não indicava nenhuma mudança de atitude. Era mais o contrário: na confusa e ingênua interpretação que Isabelita fazia da realidade, aquele bolo e aqueles cigarros pretendiam lembrar a Raffaele onde estavam sua casa e sua família, quais eram suas obrigações com sua mulher e seu filho pequeno. Aquele bolo e aqueles cigarros eram uma maneira de lhe dizer: Pense em como seria seu Natal sem sua mulher e seu filho! Quem se preocuparia em evitar que lhe faltassem cigarros? Quem seria capaz de sacrificar suas tardes para lhe fazer um bolo? As suspeitas de Isabelita, portanto, permaneciam, e isso apesar de ela continuar sem ter uma única prova que de fato comprometesse seu marido: nenhum cabelo enroscado no ombro do paletó, nenhum bilhete misterioso nos bolsos do casaco, nenhum nome de mulher pronunciado no meio dos sonhos... Mas isso não demonstrava nada. Naturalmente, era uma prova da assustadora habilidade de Raffaele para ocultar suas infidelidades, o que obrigava Isabelita a redobrar a vigilância. Aparecia em La Confianza com qualquer pretexto, procurando exclusivamente comprovar se também naquele dia seu marido tinha alguma das supostas reuniões com a comissão.

Naquela manhã, sobrecarregada como estava, não previra parar na fábrica. Mas houve algo que a fez mudar de opinião. Quando se dispunha a dobrar a esquina da sua rua, viu passar a certa distância um furgão negro com os símbolos da Falange. Acompanhou-o com o olhar. A direção que o furgão tomou levava ao caminho que ficava atrás de La Confianza. Talvez seu destino não fosse aquele e sim qualquer um dos prédios vizinhos, mas o fato é que aquilo a deixou inquieta: como ver um veículo daqueles e não se lembrar das prisões de seu irmão e de seu pai? Correu para o portão da casa, deixou as compras em um canto e deu um grito à tia Milagros para que fosse pegá-las. A tia surgiu na janela e a viu se encaminhando depressa para a fábrica.

Em vez de bater na porta da frente, Isabelita preferiu contornar o edifício. A entrada de mercadorias continuava aberta, e o furgão estava atravessado no meio do pátio, com a porta traseira virada para o armazém de farinha. Ramón e o irmão Iluminado descarregavam trabalhosamente um ataúde, mas Isabelita não podia vê-los. De onde estava via seu marido conversando com um homem com o hábito de capuchinho. Chamou Raffaele pelo nome, e este reagiu com nervosismo:

— Olá, querida. O que você faz aqui? Conhece o padre Pietro?

Isabelita intuía que estava prestes a descobrir algo importante e, embora não soubesse se queria aquilo de verdade, já era tarde para recuar. Avançou até a parte traseira do furgão e viu os outros dois sustentando o ataúde inclinado.

— Podem me explicar...? — disse, mas não chegou a terminar a frase.

Entrefechou os olhos para dar uma espiada no interior do armazém. De algum modo adivinhara que aquilo que precisava descobrir, fosse o que fosse, estava ali dentro. Era como se por todos os lados (no furgão e no ataúde, nos corpos e nos olhares dos outros) tivessem aparecido setas e indicações, e como se todas elas apontassem para o armazém. Começou a andar, e Raffaele tentou se interpor.

— Não entre aí! Eu a proíbo! — disse, e até Ramón rompeu seu habitual laconismo para dizer:

— Você não ouviu? Ele disse que não é para entrar!

Mas naquele momento não havia nada que pudesse detê-la. Entrou com passo decidido no armazém e esperou até que as pupilas se adaptassem à escuridão. E então viu. Viu os caixões fechados e os abertos, os esqueletos que se mantinham inteiros e os que haviam sido reduzidos a simples amontoados de ossos, os crânios soltos, os fêmures com ou sem identificação, as costelas caídas, os restos dos sudários. Observou tudo em silêncio enquanto ao seu lado Raffaele só conseguia dizer:

— Isabelita, eu... Isabelita...

Isabelita permanecia séria, mas algo dentro dela lhe dizia que a situação era bastante ridícula: o cuidado com que seu marido lhe ocultara toda aquela andança de italianos mortos, as suspeitas que ela alimentara durante várias semanas, a suposta infidelidade que, no final, havia dado em nada! Quis improvisar uma frase qualquer para sair do caminho, mas não lhe ocorreu nada. Depois não pôde conter o riso. A primeira gargalhada brotou com tal força que ela mesma se surpreendeu, e aquela gargalhada foi seguida de outras igualmente potentes e incontidas. Ali, no meio daquele espetáculo de morte e putrefação, Isabelita não conseguia parar de rir. Ria com um alvoroço insólito, como só as crianças são capazes de rir. A expressão assustada e perplexa dos quatro homens não fazia mais do que avivar sua hilaridade. E foi assim (o corpo frouxo, as lágrimas correndo pelas faces, o riso impetuoso e libertador brotando dela) que tia Milagros a encontrou. Ela a seguira desde o portão e, sem entender nada, olhava espantada para aquele depósito de horror. Isabelita continuava rindo, e sua tia, passados alguns segundos, disse com ar de preocupação:

— Mas será que esta menina ficou louca?

A visita ao sanatório só aconteceu no final de fevereiro. Modesto fora avisado por carta e naquela manhã acordou nervoso. Estava muito magro, mas a pele bronzeada e os banhos de sol lhe conferiam um falso aspecto saudável. Foi tomar o café da manhã e ocupou seu lugar habitual ao lado de um madrileno baixinho que tinha uma relojoaria, um jovem de Bilbao com veleidades artísticas e duas irmãs de Navarra que estavam sempre juntas e passavam o dia discutindo. A vida no sanatório era organizada em função da classe social do enfermo: a tabela de preços definia quem dormiria em um pavilhão ou em outro, se tomaria sol em um lado específico do terraço, se comeria nesta ou naquela mesa. A mesa de Modesto era de classe média, mas as conversas que se desenvolviam nela não se diferenciavam muito das mantidas nas mesas dos enfermos ricos ou nas dos pobres. De fato, todos falavam da mesma coisa: da doença, de seus sintomas, de seu tratamento. Modesto observara que só os pacientes recém-chegados insistiam durante um tempo em falar de sua vida anterior. Mas duas ou três semanas eram suficientes para que esquecessem seus antigos afazeres, suas casas, suas mulheres ou maridos, e exibissem uma rara familiaridade com o novo idioma da doença. Então passavam a falar apenas de dispneias, velocidades de sedimentação, dores pleurais, cirurgias, punções, hemoptises.

— Ontem soltei um escarro vermelho grande e quatro pequenos — disse o relojoeiro madrileno. — Devem ser da garganta, vocês não acham?

Todos os doentes contavam seus escarros e sempre havia um que tentava se enganar e procurava o apoio dos demais. Modesto imaginou a si mesmo como um estranho que chegasse de visita e assistisse a uma conversa daquele tipo: acharia sinistro, aterrador. Mas é que tudo no sanatório lhe parecera sinistro e aterrador no dia da sua internação: a certeza de que em sua cama haviam morrido muitos dos doentes que o tinham precedido, a notícia de que no porão havia meia centena de ataúdes esperando, os murmúrios com que alguém anunciava que certo paciente não saía mais de seu quarto e com toda segurança desapareceria da forma mais discreta em uma noite qualquer. Ali a presença da morte impregnava tudo, e talvez fosse essa presença o que justificava a impudicícia com que uns e outros falavam das intimidades do corpo, de seus desarranjos e transtornos. Os décimos de febre, os escarros pequenos e grandes, os vômitos de sangue se incorporavam com naturalidade às conversas habituais. Modesto recordava as antigas refeições em família, tão ruidosas, mas também tão pudorosas e higiênicas, e compreendia que tudo aquilo pertencia a outro mundo, ao mundo dos sãos, não ao seu, o mundo dos enfermos, dos tuberculosos. Daí seu nervosismo: como seria visto por Isabelita e os demais, vindos daquele outro mundo que lhe parecia tão distante no espaço e no tempo?

Sua filha teria as mesmas sensações que ele tivera no primeiro dia? Ela também veria aquele sanatório como uma embaixada da morte, um lugar em que se entrava com facilidade, mas do qual era tão difícil sair?

Depois do desjejum, os enfermos foram se encaminhando ao terraço voltado para o leste. A primeira coisa que o paciente aprendia era a forma de se envolver no cobertor: era uma coisa feita com consciência e cuidado para que as dobras tivessem a devida tensão e não ficasse nenhuma brecha pela qual o frio pudesse penetrar. Depois chegava a enfermeira para medir a temperatura de cada um, e Modesto gostava daqueles minutos em que todos permaneciam imóveis e em silêncio. Até que a enfermeira voltasse para tirar os termômetros de suas bocas não teria de ouvir o relojoeiro madrileno falando de seus escarros nem as irmãs de Navarra discutindo. Desta vez a enfermeira chegou antes do tempo.

— Visita para o 56 — disse.

Modesto se ergueu. Esse era o número de seu quarto, aquele que também estava bordado em seus lençóis, toalhas e lenços. As enfermeiras tinham mais facilidade de identificar os enfermos pelos números do que pelos nomes.

O vestíbulo era um dos poucos lugares do sanatório em que não se percebia o cheiro da enfermidade. Não havia ali escarradeiras, baldes nem enfermeiros de jaleco. O balcão da entrada recordava a recepção de um hotel de certa categoria, talvez o de um balneário. Antes de ir ao encontro de sua família, Modesto passou pelo quarto para se assear e se pentear. Queria estar apresentável. Queria que elogiassem seu aspecto e o tratassem como se ele fosse uma pessoa sã. Queria que se falasse o menos possível de sua doença.

De fato, os recém-chegados o esperavam no vestíbulo. Haviam viajado todos: Isabelita, Raffaele, o pequeno Rafael, tia Milagros, Ramón. Como não existia uma boa conexão de ônibus para chegar até ali, Raffaele tomara a liberdade de usar o furgão negro da Falange, e nas aldeias que atravessavam sempre havia gente que os saudava com o braço erguido. Eles respondiam colocando um braço para fora da janela, mas o faziam de um modo mecânico, sabendo que devolviam uma saudação que não era destinada a eles.

— Não fique preocupada — sussurrou Raffaele a sua mulher.

Isabelita tentou sorrir. Desde que descobrira os cadáveres no armazém da fábrica, tudo ia bem no casamento. Que tola fora ao desconfiar de seu marido, e com que intensidade voltara a amá-lo! Tinha agora uma imagem dele que não era nem um pouco parecida com aquelas que ela tivera nos piores momentos de desconfiança. Raffaele não era mais o homem que usurpara o negócio familiar, mas aquele que lutava todos os dias e se sacrificava para mantê-lo vivo, não mais o que havia deslocado seu pai de todos os quartos da casa, mas aquele que generosamente custeava seu tratamento no sanatório.

— Tenho certeza de que está quase curado — disse Raffaele, e por algum motivo Isabelita sentiu orgulho dele.

Ainda tiveram de esperar mais alguns minutos para que Modesto aparecesse no vestíbulo. Isabelita o viu surgir, envelhecido e magro, mas sorridente como em suas recordações de infância, e correu para se atirar em seus braços. Em seguida, Modesto cumprimentou uns e outros até chegar ao menino, que a tia Milagros trazia nos braços.

— Meu neto! — exclamou.

Esse foi o único tropeço em um dia perfeito. Modesto aproximou as palmas das mãos, como se estivesse se preparando para pegar o pequeno, e tia Milagros, ficando de lado, ajeitou-o para que ele pudesse vê-lo, mas não tocá-lo. Houve então um múltiplo intercâmbio de olhares. Isabelita e Raffaele fitaram-se, tia Milagros olhou para Isabelita, e Modesto olhou para todos e soube que naquele instante só pensavam na possibilidade de que o menino se contagiasse.

— Que pequenino tão bonito, que preciosidade de criança! — disse tia Milagros para aliviar a tensão.

Em vez de lhes mostrar o sanatório, Modesto sugeriu que fizessem um passeio.

— Vocês vão ver que paisagem!

Nevara uns dias antes e ainda havia restos de neve nas zonas de sombra. Modesto se abaixou para pegar um punhado e o atirou ao outro lado do caminho. Estava muito animado, ou pelo menos parecia. Insistia em falar de coisas irrelevantes: das aborrecidas noitadas musicais com uma violinista amadora, de um doente que haviam surpreendido fumando e ameaçavam expulsar, de como eram frequentes os namoros entre internos.

— Vamos ver se você também arranja uma namorada! — brincou Isabelita, que caminhava de braço dado com ele.

Em um lado do caminho estava um pintor com um cavalete, tela e pincéis. Era o jovem de Bilbao, que nos quase oito meses em que estava no sanatório fizera umas trinta paisagens do Moncayo e seus arredores. Ficaram um tempo vendo-o pintar e elogiando seu talento. Depois continuaram a caminhar e Modesto insistiu que o colocassem em dia com os assuntos da empresa.

— Você tem que me contar tudo — dizia a Raffaele. — Eu estou bastante bem. Os médicos podem me dar alta a qualquer momento. Que vontade tenho de recuperar o tempo perdido! Vocês não sabem como é incômodo me ver transformado em uma carga... Mas, logicamente, quando eu voltar a trabalhar, acertaremos as contas. Os gastos com a internação serão descontados do meu salário. Até a última peseta.

O caminho serpenteava entre bosques de pinheiros e faias. Chegaram a uma clareira, e todos, como girassóis, viraram o rosto para o céu.

— Que solzinho mais gostoso — exclamou tia Milagros, fechando os olhos.

No caminho de volta ao sanatório, Raffaele e Ramón expuseram a Modesto seus projetos para La Confianza. Isabelita e tia Milagros se revezavam para carregar o pequeno Rafael. Passaram ao lado do cavalete; sem dúvida, fora abandonado pelo bilbaíno na hora da refeição. Modesto parou para contemplar a pintura e, de passagem, recuperar o fôlego. A caminhada o cansara e provocara palpitações, mas ele não queria que os demais percebessem. Agora que o artista não estava ali, os comentários sobre o quadro eram muito mais maliciosos. Tia Milagros e Isabelita fingiam se escandalizar.

A conversa continuou no vestíbulo do sanatório. Quando começaram a notar movimento de gente no refeitório, Modesto se levantou:

— Vou me atrasar para o almoço. — disse.

Desta vez, ao se despedir, não tentou se aproximar do menino. Todos brincaram sobre futuras visitas. Para que fazer planos se em uma ou duas semanas o pai estaria de novo com eles? Modesto saiu para se despedir e não fez nenhum comentário sobre o jugo e as flechas do furgão. Estava feliz porque durante todo aquele tempo não cuspira sangue e quase não tossira. Isabelita continuou sorrindo e lhe dando adeus com a mão até que o perderam de vista depois da primeira curva da estrada. E justamente nesse momento ela fechou os olhos e começou a chorar em silêncio. Chorava porque sabia que nunca mais voltaria a vê-lo.

3

— Chegaremos tarde ao cinema, Isabel! — gritou Raffaele do corredor.

Isabelita começara a ser Isabel após o nascimento de Francisco, seu terceiro filho. Menos de dois de meses depois só tia Milagros continuava usando o diminutivo para se referir a ela. Agora Isabelita era Isabel para quase todos. Para seus dois irmãos — Carlos, que estava em Madri metido em negócios de compra e venda de máquinas de costura e de vez em quando lhe escrevia uma carta de texto empertigado e burocrático ("Querida irmã Isabel, em resposta a sua carta de 3 do corrente..."), e Ramón, que sentira o chamado da religião e acabara de ingressar em um seminário em Gerona — e também para seu marido que, às vezes, na presença de algum empregado de La Confianza ou algum vizinho, chegava até a lhe agregar um "dona": Dona Isabel veio? Dona Isabel deixou algum recado?

Desde então, desde o nascimento de seu terceiro filho, haviam se passado dois anos, e ainda havia ocasiões em que o som de seu nome continuava lhe parecendo estranho e deslocado. O que havia mudado?, perguntava aos seus botões, O que mudou em mim para que todo mundo tenha me retirado a intimidade de sempre e começado a me tratar como se eu fosse uma senhora? E a verdade é que aparentemente nada mudara em Isabel. No outono de 1949 tinha quase 30 anos, mas seus traços suaves a faziam parecer muito mais jovem, e, apesar dos partos, mantinha uma bela aparência e uma pele firme e viçosa. E, quanto ao caráter, o nascimento de seus filhos havia lhe aportado uma jovialidade esquecida desde sua primeira adolescência... Por que então a vida se empenhava em tratá-la como se ela fosse mais velha do que era?

— Isabel, por favor! — continuava gritando Raffaele.

Quando finalmente Isabel acabou de se arrumar, levaram mais alguns minutos se despedindo de tia Milagros e das crianças. Raffaele beijou Rafael e Alberto na testa. Depois se deteve diante do berço de Francisco, aproximou seu rosto ao da criança em uma tentativa de atrair seu olhar e sussurrou algumas palavras no seu ouvido. Isabel se interpôs para ajeitar as dobras do lençol e censurou seu marido. De novo afligindo o pequeno! Por que tinha sempre que estar lhe perguntando a mesma coisa? O menino sabia quem era quem! Ele só não gostava de falar! Depois acariciou as bochechas do filho e afinou a voz para perguntar:

— Não é mesmo, tesouro? Você não sabe que este senhor é seu papai?

— Bem, vamos — voltou a apressá-la Raffaele.

Na verdade, havia tempo de sobra para o começo da sessão. A pressa de Raffaele obedecia unicamente ao seu desejo de fazer uma parada no meio do caminho. Estavam procurando havia alguns meses um apartamento para comprar e Raffaele gostara de um que ficava na rua Bolonia, a não mais de 50 metros da esquina com a avenida General Mola. Sempre que ia ao centro ele acabava parando alguns minutos diante do portão. Escrutava a gente que entrava ou saía, fitava as varandas e janelas, entrava nas lojas próximas. Tentava se imaginar comprando naqueles estabelecimentos, vivendo naquela rua, convivendo com aqueles vizinhos. Precisava de um sinal inequívoco que lhe dissesse: sim, este é o apartamento que você está procurando, um apartamento em que poderá viver o resto de sua vida. Mas havia encontrado esse sinal no exato momento em que viu no jornal o anúncio de venda: "rua Bolonia, vende-se apartamento de 200 metros..." Antes da guerra, aquela rua se chamara rua da Arte, e o município, em agradecimento ao envio de armas e tropas ordenado por Mussolini, trocara esse nome pelo da cidade italiana. De que outro sinal alguém como Raffaele poderia precisar? Não era evidente que era esse o apartamento que devia comprar?

— Sim, mas é muito dinheiro — disse, como se estivesse falando consigo mesmo.

Os outros apartamentos que haviam visto também não eram uma pechincha, e Isabel, segurando o braço do marido, ia repassando em voz alta os defeitos de uns e outros: o da Hernán Cortés tinha pouca luz, o da General Franco precisava de obras, o da Predicadores ficava em um bairro do qual não gostava muito. Pensando bem, se vamos comprar um apartamento, espero que seja este, disse ela, e Raffaele se mostrou mais hesitante do que nunca. Tinha certeza de que gostava da rua? Sim. E do apartamento? Também. Pois então não havia muito mais o que conversar! E Raffaele fazia um gesto de falsa resignação, como se estivesse disposto a comprar aquele apartamento para satisfazer os caprichos de sua mulher e não porque ele mesmo o escolhera desde o princípio. Ah, mas se você não está convencido..., protestava então Isabel, e Raffaele se apressava a balançar a cabeça: Então está bem, então está bem! Acho que pode ser bom! O que ele queria é que fosse sua mulher a tomar a decisão, uma decisão que ele já tomara em seu foro íntimo, e agora, quando olhava a fachada do edifício, este lhe parecia mais familiar, mais seu.

— Fica na parte mais distinta da rua — disse. — E se lembre de como é espaçoso! Agora poderemos ter uma empregada e não será necessário incomodar sua tia toda vez que...

— Ninguém consegue entender você! — interrompeu-o Isabel. — Um minuto atrás dizia que era muito dinheiro e agora está falando em contratar domésticas! Vamos logo. Você não estava com muita pressa?

Chegaram ao cinema quando todas as luzes já tinham se apagado e estava sendo exibido o habitual noticiário/documentário que antecedia o filme principal. Seguiram o lanterninha até a primeira fila, a única em que restavam poltronas livres. O cinema, o Dorado, havia sido reinaugurado poucos dias antes, e sua decoração vanguardista era objeto de debate entre os habitantes de Saragoça. Alguns, os mais benévolos, a defendiam por ser original e moderna, mas a maioria a considerava uma besteirada e uma aberração. Isabel e Raffaele teriam de esperar que o filme terminasse para poder julgar por eles mesmos. Ruim era o fato de que, na ponta da primeira fila em que estavam, não conseguiam desfrutar direito o filme. Se você não tivesse demorado tanto..., murmurou Raffaele, mal-humorado, e Isabel replicou: Se não tivéssemos parado para olhar o prédio...

O filme era *Night and Day*, com Cary Grant no papel de Cole Porter. Raffaele perdeu o interesse pela história e lembrou o começo de sua relação com Isabel, quando se encontravam para comentar com entusiasmo (era assim que ele recordava) seus filmes favoritos. Na época gostavam de cinema, e durante os últimos meses do noivado e os primeiros anos do casamento se habituaram a ver três e às vezes até quatro filmes por semana. Naquela época, não perdiam nenhum lançamento importante. Depois as crianças começaram a chegar e de repente tudo mudou. Por um motivo ou outro (mas sempre por um motivo justificado) cada vez que faziam planos de ir ao cinema acabavam adiando para outra ocasião. Ou diretamente cancelando-os, e isso não parecia causar o menor aborrecimento a sua mulher, que já não sabia mais quais eram as novidades em cartaz. Agora não faziam esse tipo de plano porque, simplesmente, ir ao cinema deixara de fazer parte de suas vidas. Para que resolvessem ir ver um filme era necessária uma razão especial. Como, por exemplo, que fosse reaberta uma sala com uma decoração de que todo mundo falava... Na realidade, Raffaele reconhecia que não lhe importava muito o filme, a que mal prestava atenção. Mas, em vez de atribuir essa falta de interesse à própria história (desde quando se importara com a vida de compositores americanos?), o que fazia era responsabilizar sua mulher pela morte de seu *hobby*, uma perda que por um instante lhe pareceu uma verdadeira tragédia. Virou-se para ela e se fixou em seu rosto iluminado e em seus olhos brilhantes. Curiosamente, Isabel parecia acompanhar com interesse o que estava acontecendo na tela, mas isso não impediu que Raffaele sentisse uma intensa pontada de ressentimento.

À saída se detiveram diante de uma parede na qual estava pintado algo que podia ser uma flâmula antiga, mas também um touro de patas delgadas ou uma cabeça geométrica desenhada por uma criança. Todas as figuras que decoravam o cinema tinham essa mesma ambiguidade: peixes que pareciam gotas d'água, bocas com formas de pássaros, olhos que eram alvos. Isabel pensou muito antes de falar e ao final disse:

— É abstrata.

Disse aquilo como se o termo implicasse algum tipo de avaliação e Raffaele achou que era um elogio.

— Abstrata? Veadagem! — replicou com displicência, e sua mulher achou que aprendera aquela palavra com alguns dos amigos com os quais costumava sair para ir aos touros.

A caminho de casa, o casal entrou no bar com vontade de beber uma caneca de cerveja com limão. Em uma das mesas estavam alguns conhecidos. Isabel cumprimentou-os com um sorriso. Raffaele, por sua vez, fingiu não vê-los. Isabel conhecia muito bem aqueles acessos de mau-humor de seu marido. De repente algo lhe caía mal e seu rosto adotava uma expressão concentrada e sombria. Nesses casos podia passar várias horas quase sem falar, entrincheirado em um laconismo que queria dizer: Lembre-se de que estou chateado, lembre-se bem. Encontraram dois lugares no balcão, por desgraça não muito longe da mesa dos conhecidos. Isabel deu um gole em sua caneca e se perguntou o que o teria irritado desta vez. O atraso com que haviam chegado ao cinema? O próprio filme? Talvez algo que tivesse a ver com o apartamento que pretendiam comprar? Preferiu não pensar muito e começou a falar da saúde dos meninos: Rafael tivera um pouco de febre, ela achava que eram as amígdalas, pela manhã avisaria ao médico... Na realidade, o importante era falar. Falar precisamente porque ele não falava. Falar de qualquer coisa para que ninguém pudesse pensar que formavam um casal que não tinha nada a se dizer. É verdade que teria preferido não estar tão perto da mesa dos conhecidos, mas no fundo não se preocupava muito com o que aquelas pessoas pudessem pensar. O que a preocupava não era o quem, e sim o quê. Se alguém, quem quer que fosse, tivesse uma opinião negativa sobre sua vida conjugal, isso significava que esta talvez não merecesse uma opinião muito melhor. Ou, o que dava no mesmo, o fato de que fosse possível duvidar de sua harmonia doméstica ameaçava semear essa mesma dúvida em seu interior, e para não admitir essa possibilidade Isabel estava disposta a falar durante horas e horas. Falar das amígdalas de Rafael. Falar da última carta de seu irmão Carlos. Falar da compra que fizera naquela manhã no mercado. Falar... Algo tão simples como falar, e como era difícil para Raffaele quando ficava daquele jeito!

— Raffaele, não fique tão calado — se atreveu a protestar. — Diga alguma coisa.

— E o que você quer que eu diga?

— Não sei. Qualquer coisa.

Raffaele negou com a cabeça e pareceu que ia mergulhar de novo no silêncio. No entanto, disse:

— Por que você nunca me contou a história do seu irmão?

Isabel balançou a cabeça:

— Não estou entendendo.

— Por que você me escondeu? Sabia que cedo ou tarde eu acabaria sabendo... Por que só fiquei sabendo de tudo quando os falangistas levaram seu pai?

— Estávamos em guerra, Raffaele, e eu... Já faz tanto tempo...

Isabel, confusa, falava com o tom envergonhado e sussurrante que as meninas adotam em suas primeiras confissões. A voz de seu marido continuou soando severa.

— Você não tem culpa de ter tido um irmão desses — disse. — Não, claro que não. Pode acontecer com qualquer um: um irmão vermelho, um anarquista... Por que então me escondeu?

Isabel fechou os olhos e não disse nada. Por um instante, como no dia em que foi interceder por seu pai perante o Louro, voltou a ser uma vítima que se sentia culpada.

— Deixa pra lá — disse Raffaele, e fez um sinal para o garçom. — Quanto lhe devo?

No dia seguinte o médico veio e deu uma olhada nas amígdalas de Rafael, que, de fato, estavam inflamadas. Isabel se movimentava nervosa ao redor do médico e o bombardeava com perguntas. O que teria de fazer se a febre subisse muito? Tinha certeza de que não havia risco de complicações? Achava que o resto da família acabaria se contagiando? O homem, pachorrento, gesticulava, querendo indicar a Isabelita que não havia motivos para se inquietar. Depois escreveu algumas receitas, olhou Alberto por cima dos óculos e lhe perguntou o que queria ser quando crescesse. Abra a boca e mostre a língua, disse-lhe, e pouco depois voltou a gesticular: Tudo bem. Sua expressão bonachona e um pouco sonolenta só se alterou quando ele quis examinar também Francisco, que observava tudo com um sorriso cândido. Venha, homenzarrão, agora é a sua vez, disse, mas Francisco nem abriu a boca nem mostrou a língua. Quantos anos ele tem?, perguntou o médico. Fez 2 este mês, disse Isabel. E ainda não fala? Isabel abaixou os olhos, envergonhada: a verdade era que não. O homem segurou com delicadeza a carinha redonda de Francisco e agitou-a algumas vezes de um lado a outro. Depois bateu palmas três ou quatro vezes, cada uma delas a uma distância diferente do menino. Dava a sensação de estar brincando, e Rafael e Alberto trocaram um olhar divertido. É possível que ele tenha algum problema de audição, disse o médico, pensativo. O senhor acha?, perguntou Isabel. Será necessário examiná-lo, respondeu o homem, que desta vez não fez nenhum gesto com a mão.

Na verdade, Raffaele não gostava de touradas. Parecia-lhe um espetáculo brutal e primitivo. Quando via o infeliz animal dessangrando entre mugidos, tinha de fazer um esforço para não fechar os olhos ou afastar o olhar. Mas que importava que gostasse ou não daquilo, já que se tratava de fazer negócios? Para isso não havia nenhum lugar melhor do que a praça. Tinha uma cadeira cativa na sombra ao lado do alambrado e bem próxima de onde, além de Amadeo Serrano, costumavam ficar um dos chefinhos do Abastecimento, alguns oficiais da Intendência, certos funcionários do Governo Civil... Nenhum deles ocupava um posto de grande responsabilidade, mas todos tinham o que interessava a Raffaele: capacidade para decidir sobre compras e vendas, para flexibilizar ou endurecer condições, para autorizar pagamentos, para extraviar expedientes... Era fundamental se dar bem com aquela gente, e o difícil tinha sido conseguir que o aceitassem como um dos seus. Durante muitas tardes tivera de ficar grudado em Amadeo para fingir um encontro casual. Passara tardes distribuindo charutos a uns e outros, seguindo a onda deles e rindo de suas piadas. Mas, finalmente, havia conseguido. Agora ninguém discutia mais seu direito de ficar com eles na arquibancada. A única coisa que tinha de fazer era continuar fingindo que gostava do espetáculo. E, logicamente, se esforçar para não fechar os olhos nem afastar a vista quando o touro agonizava a poucos metros de onde estavam.

— Isso, assim! Arriscando! Como os homens! — Raquel ficava às vezes incentivando o matador (também não era ruim que o considerassem um entendido).

— Com garbo, com elegância de toureio — juntou-se aos seus gritos um dos outros. — Você sabe tudo, Luis Miguel!

A estrela daquele ano era Luis Miguel Dominguín, que toureava em quatro das cinco corridas. Mas, além das corridas, aconteciam as novilhadas (as quais Raffaele e os outros nem sempre assistiam), e quem de verdade causou sensação foi um novilheiro que havia cortado quatro orelhas, dois rabos e duas patas. Raffaele ouviu um dos aficionados comentar a proeza e se perguntava se tinham ficado loucos. Duas patas! A simples ideia de que pudessem cortar a pata de um touro para que depois o toureiro a exibisse como um troféu lhe provocava estupefação. Cortá-la ali mesmo, na arena, no meio da praça, à vista de todos! Com o que fariam aquilo? Com um machado? Com uma serra? Com um daqueles grandes facões de açougueiro? Não podia ser tão simples assim cortar uma pata! Em outras circunstâncias, Raffaele teria deixado escapar um gesto de repugnância, mas naquela tarde ninguém que o estivesse observando teria percebido qualquer coisa estranha na expressão de seu rosto. Aprendera a ser como Amadeo Serrano e os outros, e, portanto, a ocultar todas as reações que pudessem diferenciá-lo. Tinha aprendido a ser como eles, e graças a isso conquistara uma situação privilegiada que por nada no mundo queria colocar em risco.

A simulação era algo natural nos negócios. Para levar alguma coisa adiante com aquela gente você tinha que estar sempre fingindo. Tinha de fingir que se interessava pouco por algo que na verdade lhe interessava muito, tinha de fingir que sabia mais do que sabia e podia mais do que podia, tinha de fingir amizades que eram meras alianças inspiradas pela conveniência... Se você dominasse certos códigos e respeitasse algumas regras básicas, poderia fechar muitos acordos vantajosos naquelas tardes de touradas. Os negócios que eram fechados ali não costumavam ser muito grandes, mas também havia dias em que lidavam com cifras bem consideráveis. Em todo caso, se tratava sempre de negócios que deviam ser conduzidos com reserva e discrição. Raffaele preferia não saber muito dos obscuros acordos que Amadeo fazia por conta de certas partidas de penicilina importadas da França. De fato, ele mesmo poderia ter participado do negócio ao lado de Amadeo e algum dos outros, mas no último momento preferira se retirar. Fizera-o, sobretudo, por uma questão de escrúpulos. Era possível que Amadeo tivesse razão quando dizia que, afinal de contas, os enfermos que haviam aceitado pagar uma quantia extra pela penicilina não estavam menos necessitados de ajuda do que aqueles que não tinham aceitado. Sim, o resultado final podia acabar sendo o mesmo, e certamente o número de pessoas que seriam curadas não variaria. No entanto, não seriam as mesmas pessoas, e Raffaele não queria carregar a responsabilidade de determinar quem se salvaria e quem não. Em algum hospital ou sanatório haveria alguém a quem aqueles negócios de Amadeo talvez condenassem à morte, e ele não queria ter nada a ver com aquilo, por mais que jamais tivesse conhecido o infeliz nem soubesse nada a seu respeito. Seu negócio, por sua vez, não fazia mal a ninguém. Quem poderia ser prejudicado pelo fato de que um daqueles homens lhe facilitava o fornecimento de farinha e depois outro autorizava a compra de algumas partidas de massa alimentícia?

Visto a distância, podia parecer um negócio redondo: a administração lhe fornecia a matéria-prima e comprava seu produto final. Mas as coisas não eram tão simples. Na realidade, Raffaele não se sentia à vontade em um mundinho como aquele, no qual os acertos eram apalavrados e não existia outra garantia além da confiança mútua. Tinha, além do mais, a sensação de estar correndo muitos riscos. Corria o risco de que se interpusesse alguma oferta mais lucrativa e o sócio da vez não respeitasse a palavra dada. Corria o risco de que algum daqueles homens (entre os quais nem sempre as relações eram harmoniosas) ameaçasse delatá-lo e a operação fosse frustrada. E embora toda aquela gente gozasse, em princípio, da proteção do regime, corria também o risco de que um dia alguém que soubesse do que se tratava iniciasse uma investigação e tudo fosse para o espaço... Logicamente, esses riscos tinham de ser cobrados. Raffaele acreditava que seus ganhos estavam mais do que justificados e reagia com dureza quando um ou outro daqueles homens pretendia aumentar a própria comissão ou diminuir sua margem de lucro. Em geral não podia se queixar. O volume de negócios de La Confianza não deixara de crescer nos últimos anos. Seus ambiciosos planos iam se cumprindo ponto a ponto. A fábrica dispunha agora de meia dúzia de secadores novos, muito mais eficientes do que o primeiro, e trabalhavam nela dez empregados, dois a mais do que em seus momentos de esplendor anteriores à guerra. Raffaele era um apaixonado por fazer contas, e a referência que costumava adotar era o mês da morte de Modesto, seu sogro. Desde maio de 1944, os lucros da empresa haviam triplicado. E não existia nenhum motivo para pensar que no futuro próximo as coisas não pudessem ir igualmente bem ou até melhor. Em princípio, a compra do apartamento da rua Bolonia não tinha por que provocar algum transtorno em suas finanças. Só o temor de que algo pudesse dar errado em sua relação com aqueles homens o levava a hesitar. Mas ele tomaria as devidas precauções para que tudo continuasse como sempre.

— Um charutinho? — perguntou quando o terceiro touro já surgia no touril, oferecendo sua cigarreira de couro a quem estava mais perto.

Uma noite, voltando de uma corrida, encontrou sua mulher chorando ao lado do berço do pequeno. Rafael e Alberto estavam em um canto do aposento com ar contrito e de expectativa. Raffaele pediu que saíssem e abraçou Isabel, que, soluçando, tentou reproduzir as explicações do médico. O anjinho..., disse, o anjinho não é como as outras crianças... As palavras saíam de seus lábios entrecortadas e confusas. Mas Raffaele só a ouvia parcialmente, porque havia meses que se dera conta de tudo. Daí sua inquietação cada vez que lhe estendia o dedo e o menino se recusava mansamente a segurá-lo. Daí também seu desgosto quando lhe pedia que dissesse alguma palavra e Francisco não reagia de maneira nenhuma.

Desde quando Raffaele sabia que seu terceiro filho não era uma criança normal? Qual fora o gesto concreto ou o traço exato que lhe havia revelado isso? Era incapaz de recordar o momento em que percebera, mas sabia, sim, que desde muito pequeno o menino lhe lembrava Margherita, *la poveretta*, a filha deficiente que abandonara na Itália. Aquele olhar que nunca parecia se deter em algum ponto, aquele rosto que se diria inconcluso, aquela ausência de sentido nas atitudes e reações: vira tudo aquilo antes em Margherita, e não lhe custava o menor esforço reconhecer esses traços agora em Francisco. E como se sentia incomodado na presença do pequeno, que ressuscitava inocentemente em seu âmago recordações que acreditara sepultadas e lhe devolvia o sentimento de culpa em relação à sua já distante traição! Durante meses se preparara para aquele momento, mas quase com surpresa descobriu que a cena que se desenvolvia no quarto coincidia em boa medida com a que ele prefigurara. O sono plácido do pequeno no berço, o interminável lacrimejar de sua mulher, seu próprio braço segurando-a pelos ombros e estreitando-a lentamente contra si... A única coisa que não se encaixava eram os relatórios escritos pelo médico, que Isabel apertava com força contra o peito. Raffaele sempre acreditara que ela acabaria descobrindo tudo por si mesma, sem necessidade de médicos, mas estava claro que Isabel resistira a aceitar a realidade até o final.

— Não fique tão triste. Isto não quer dizer que o menino não possa ser feliz e que não possa nos fazer feliz... — sussurrou ao seu ouvido.

Suas palavras de consolo, suaves, afetuosas, convincentes, brotavam de sua boca como se as tivesse ensaiado durante meses:

— Às vezes estas crianças são muito mais capazes de dar amor do que as outras crianças, aquelas que chamamos de normais. Podem ser até muito mais generosas do que elas, mais humanas, melhores em muito sentidos... Afinal, são inocentes! Elas não têm culpa de ser como são! É verdade: nunca poderemos lhes pedir grandes feitos acadêmicos ou profissionais. E tenho certeza de que Francisco não descobrirá nenhuma fórmula matemática que vá revolucionar a história da humanidade... Mas quem sabe que outro tipo de satisfação nos dará no futuro!

Enquanto Raffaele falava, pensava igualmente em Francisco e em Margherita, a quem vira pela última vez quando ela tinha mais ou menos a idade de seu filho mais novo. Suas palavras soavam como um arrulho nos ouvidos de Isabel, que ia pouco a pouco se acalmando e parando de chorar. Abandonou depois os papéis do médico sobre a colcha e, com os olhos fortemente fechados, abraçou o marido. Fazia calor no quarto, mas estava agradável. Um calor como o da cama nos invernos da infância, quando escondiam uma bolsa de água quente entre os lençóis. Raffaele soltou um suspiro fundo junto ao pescoço de Isabel e, por mais paradoxal que possa parecer, sentiu no rosto a levíssima, mas inequívoca, carícia da felicidade. Durou apenas um segundo, talvez menos, e durante essa minúscula fração de tempo Raffaele se descobriu pensando que aquela desgraça, a desgraça de seu filho Francisco, o estava unindo naquele momento a sua mulher como poucas coisas os haviam unido nos últimos anos. Ele também fechou os olhos e, como quem desperta no meio de um sonho agradável e se esforça para prolongá-lo, tentou reter aquele instante. Mas não foi possível, porque logo Isabel se afastou e voltou a agitar o informe médico.

— Precisamos resolver como vamos contar isso aos meninos — disse.

Rafael tinha então 6 anos, olhos pequenos e claros que observavam as coisas como se fossem atravessá-las. Três anos mais novo, Alberto era uma criança de bom caráter e faces coloridas que se submetia sem protestar à autoridade do irmão mais velho. Os dois estavam na pequena sala, recortando um jornal, mas, na verdade, vigiavam tudo com o canto do olho: haviam intuído que estava acontecendo alguma coisa na casa. Isabel e Raffaele entraram na saleta e os dois meninos abandonaram os recortes e ficaram esperando. Raffaele os viu tão pesarosos que não pôde reprimir um sorriso. Depois pensou que recordariam aquele momento durante toda sua vida e demorou algum tempo para escolher as palavras. E o curioso é que entre as palavras que escolheu não estava Francisco, e sim Paquito. Raffaele disse que Paquito era um menino especial. Disse que todos teriam que cuidar de Paquito. Disse que isso não queria dizer que Paquito... Disse Paquito mais algumas vezes, e, ao seu lado, Isabel tentava sorrir e nem sequer se surpreendia diante da irrupção daquele diminutivo. Mas, no fundo, por que haveria de se surpreender? Por que precisamente ela haveria de se surpreender, ela que, com a passagem do tempo, deixara de ser Isabelita para virar Isabel? Não estava dentro da mesma lógica que seu filho Francisco tivesse passado a ser Paquito justamente então, quando souberam que viveria preso a uma infância definitiva, interminável?

— Paquito, Paquito — repetiu em voz baixa, e o que Raffaele achava estranho agora era que em algum momento tivessem podido chamá-lo de outra maneira.

Talvez Isabel não tivesse se dado conta, mas era evidente que mudara, e muito. Havia, por exemplo, a sua inusitada facilidade de ficar obcecada pelas coisas mais simples. Quando o primeiro dente de leite de Rafael caiu, ela o embrulhou em um papel de seda e guardou-o durante semanas em um compartimento de sua *nécessaire*, esperando resolver o que faria com ele. Sem dúvida, não pensava em jogá-lo fora. Aquela peça minúscula não era para ela um dejeto, mas uma verdadeira pedra preciosa, uma joia. Como as pérolas que os mergulhadores de certos mares exóticos encontravam dentro das ostras, mas com o acréscimo de que aquela pérola se formara no interior do organismo de um filho seu. Como poderia descartar uma coisa daquelas? Isabel olhava aquele dentinho e sua humilde beleza a comovia. Como era estranho o corpo humano, que prescindia daqueles dentes quando estavam em um estado de perfeição e plenitude e ainda não tinham tido tempo de ficarem podres! Aquilo não infringia as leis da natureza, a qual para todos os membros de todos os seres vivos, prescrevia uma etapa de deterioração prévia à expiração definitiva? Isabel tinha a sensação de que, com os dentes de leite, a vida e a morte ignoravam suas próprias regras, e essa exceção e essa raridade os tornavam duplamente valiosos. E não representavam também todas as coisas bonitas que o tempo e a vida obrigavam a deixar para trás? Quem não fosse capaz de se emocionar pelo menos um pouco diante de um daqueles dentinhos carecia por completo de sensibilidade.

Quando Rafael perdeu o segundo dente de leite, Isabel procurou em seus pertences uma caixinha com tampa em que guardava uma medalha que fora de sua mãe. E ali, ao lado da medalha, colocou os dois dentinhos. Mas estava claro que se tratava de uma solução provisória. Precisava encontrar uma que fosse definitiva e que servisse também para o futuro, para seus outros dois filhos, e a verdade é que não sabia em que ela consistia. O que era preferível? Três caixinhas diferentes ou um estojo com três compartimentos independentes? E por que não procurar algo que acrescentasse uma pitada de fantasia? Que tal uma caixa de música? Sim, não era má ideia, mas que canção soaria cada vez que ela abrisse a caixa para rever os dentes de leite de seus filhos? As dúvidas a mantinham em um ligeiro, mas quase permanente, estado de alerta. Sempre que ia às compras ficava atenta à possibilidade de que em um lugar qualquer surgisse de repente a solução que procurava.

Logicamente, fazia tudo isso pelas costas de Raffaele, mas não por medo de que ele proibisse ou a censurasse. Havia, simplesmente, coisas que não compartilhava com ele, segredos pequenos e inofensivos que pertenciam só a ela. Entre essas coisas estavam também as poucas cartas que Isabel enviara ou recebera antes de conhecer Raffaele, uma boneca da infância pela qual sempre sentira carinho, um fóssil recolhido em uma antiga excursão com a escola, uma medalha que fora de sua mãe... Todas essas ninharias tinham pouco interesse para seu marido, mas para Isabel eram seu tesouro, um tesouro modesto, de qualquer forma. Incorporaram-se a ele os primeiros dentes de leite de Rafael e, um pouco mais tarde, as caixinhas que ela acabou comprando para os dentes de leite de seus três filhos. Encontrou-as na vitrine de uma farmácia que expunha vários modelos de porta-comprimidos. Ela gostou das de baquelita, chatas, ovaladas, com uma inicial no centro. Comprou uma com um *eme*, outra com um *a* e outra com um *efe*, porque então Paquito ainda era Francisco. Depois, quando chegou em casa, mudou os dentes de Rafael de caixa e colocou as caixinhas junto ao resto do tesouro. E teve a sensação de estar fazendo uma coisa que, embora pequena, era importante. Era importante porque era para sempre, como as estradas e as pontes.

No fundo, Isabel resistia a aceitar a passagem do tempo. Incomodava-a que tudo se empenhasse em recordar que as coisas caducavam. As pessoas cresciam e envelheciam, as folhas das árvores caíam e secavam, os objetos perdiam o brilho e se deterioravam. Não havia nada ao seu redor que pudesse transmitir uma sensação de permanência e imutabilidade? A extrema dedicação que imprimia aos cuidados com os móveis e com as roupas era uma prova dessa sua necessidade de se aferrar ao passado. Tudo o que usava se mantinha novo durante muito tempo. As louças da cozinha haviam aguentado anos e anos intactas, as toalhas e os lençóis continuavam sendo os mesmos de quando se casaram, e até as solas de seus sapatos pareciam não ter sofrido o menor desgaste, como se, em vez de caminhar, Isabel tivesse se acostumado a flutuar a alguns centímetros do chão. Só de vez em quando, para se adaptar aos gostos do momento, ia à costureira renovar seu guarda-roupa, e então as peças rejeitadas iam parar em caixas que ela guardava no alto do armário. Esmerava-se em dobrar e empilhar as blusas, as batas, as jaquetas, que, uma vez enfiadas nas caixas, pareciam recém-compradas e ainda a estrear. Ver aquelas velhas peças transformadas de repente em novas lhe dava um prazer inconsciente e melancólico. Era como quando um sabor ou um cheiro a fazia recuperar alguma recordação da infância. Por um instante conseguia aliviar a sensação de perda. A ilusão de que o tempo podia ser abolido se tornava tão real como as lágrimas ou o riso em alguns de seus sonhos.

Caixas pequenas, caixas grandes, sempre caixas... Isabel tinha a mania de não jogá-las fora. Quando comprava louça, sapatos ou tesouras, resistia a se livrar das caixas porque fazer isso seria condenar aqueles artigos a um súbito e irremediável envelhecimento: um minuto atrás aquela louça ou aqueles sapatos ou aquelas tesouras, enfiadinhos em suas caixas, eram novos, e um minuto depois, só porque haviam sido tirados das caixas, tinham deixado de sê-lo. Embora fosse, certamente, incapaz de expressar seus sentimentos com palavras, Isabel tinha a sensação de que, destruindo as caixas, colocaria em marcha um processo de desgaste que não admitiria retrocesso. Ou pelo menos lhe parecia que desse modo atestaria a irreversibilidade desse processo. Por que, então, não guardá-las? Por que não guardar aquelas caixas durante dias, semanas, talvez meses? Tudo lógico, tudo razoável. Mas a consequência foi que as partes superiores dos armários ficaram cheias de caixas. Caixas grandes que continham caixas médias que continham caixas pequenas que continham caixas ainda menores... E isso já não era tão lógico nem tão razoável. As caixas já não guardavam, mas eram guardadas. A caixa, pensada e feita para conter, havia se convertido em conteúdo.

Isabel estava sempre guardando, empacotando, organizando coisas, mas sua aparente obsessão pela ordem só encobria seu medo das mudanças. Para alguém como ela, poucas experiências podiam ser mais terríveis do que uma mudança.

— Já está comprado — disse Raffaele uma manhã, tirando as luvas. — Na semana que vem assinamos a escritura.

— Mas assim, tão de repente? — disse Isabel, embora fizesse mais de dois meses que seu marido lhe falara pela primeira vez do apartamento da rua Bolonia.

O edifício era mais bonito por fora do que por dentro. A elegante fachada modernista sugeria uma suntuosidade que não se via refletida no saguão apertado e nas escadas estreitas. No entanto, tinha elevador. Raffaele imaginava a si mesmo ajeitando o cabelo diante do espelho cada vez que chegasse em casa depois do trabalho. De fato, a ideia que ele tinha da distinção e do luxo incluía uma abundância anormal de espelhos. Espelhos no vestíbulo, no salão, na sala de jantar, no quarto... Para Raffaele, eram como o quadro perfeito, um quadro que mostrava não uma paisagem ou uma natureza-morta que nada tinha a ver com a casa nem com seus moradores, mas a própria casa, sua gente e sua vida. Se Isabel tivesse consentido, teria enchido de espelhos a nova moradia familiar. Mas Isabel lhe disse que tantos espelhos tornariam a casa parecida com um salão de cabeleireiro e Raffaele cedeu. Ninguém pôde impedi-lo, porém, de colocar no vestíbulo um grande espelho de parede, o mesmo diante do qual muito tempo depois ele e seu neto se fotografariam uma vez por ano vestidos de fascistas.

Foi essa a sua principal e quase única contribuição à decoração do apartamento. De todo o resto se ocupou Isabel, que contratou encanadores e eletricistas, discutiu com pedreiros e vidraceiros, coordenou gesseiros e pintores. Raffaele passava pelo apartamento a cada dois ou três dias e comprovava com inquietação que as coisas avançavam mais lentamente do que o previsto. E quase nem se dava conta de que sua mulher ia ficando cada vez mais cansada e nervosa.

— Já resolvi a mudança — dizia Raffaele. — Amadeo vai me emprestar um de seus caminhões. Meus empregados se encarregarão de carregar os trastes. Como estão as crianças?

Quando Raffaele estava na fábrica, Isabel não apenas se ocupava de supervisionar a reforma do apartamento, mas também de preparar as coisas para a mudança. E esta, logicamente, não seria fácil. Era preciso selecionar, organizar, empacotar e encaixotar... Finalmente todas as caixas iam servir para alguma coisa. Isabel guardava primeiro os objetos que não fossem ter uma utilidade imediata e colava nas caixas etiquetas que diziam "roupas-crianças-verão" ou "toalhas de mesa-quadros" ou "candelabros-bandejas". Depois de um tempo, quando faltava pouco para o transporte, as caixas já haviam invadido boa parte da casa, mas, misteriosamente, os armários pareciam tão cheios como no começo. Como era possível que todos aqueles objetos ocupassem muito mais espaço agora do que quando estavam organizados e no seu lugar? Rafael e Alberto, agitados, pulavam e corriam entre as caixas. O pobre Paquito emitia com a boca fechada gritos prolongados que recordavam o guincho das corujas. Nesses momentos Isabel gostaria de ter o marido a seu lado para compartilhar com ele as incertezas e preocupações, mas a verdade é que Raffaele nunca estava quando ela precisava dele. Isabel se sentia só, muito só, entre os gritos dos filhos e todas aquelas caixas. Por Deus, que esta maldita mudança acabe o quanto antes!, murmurava.

Mas a mudança não era a única coisa que a deixava inquieta. Há algumas semanas vinha observando o comportamento de Raffaele e tinha a sensação de que ele nunca dava a menor atenção a Paquito. Quando chegava em casa, agarrava Rafael e Alberto e lhes fazia cócegas, levantava-os sobre a cabeça, atirava-os no tapete... Por outro lado, não dedicava uma carícia ou um gesto a Paquito. Depois, passava perto dele e era como se em nenhum momento tivesse notado sua presença no berço. A comparação lhe pareceu terrível, mas Isabel chegou a pensar que, para seu marido, Paquito era pouco mais do que um bichinho doméstico trancado em uma gaiola. Como um canário ou um pintassilgo. Ou nem sequer isso, porque se fosse assim Raffaele se deteria de vez em quando ao seu lado, mesmo que fosse só para escutar seu canto... Que triste seria se aquilo fosse verdade! Que triste pensar que ele podia achar que Paquito era inferior a um simples pássaro! Tentara chamar sua atenção algumas vezes, dizendo que o melhor para Paquito era que o tratassem como se fosse uma criança normal. Raffaele a olhara com irritação: O que você quer dizer? Que eu o trato pior do que os outros dois? Fazer-se de ofendido era uma coisa muito típica de Raffaele. Também era muito típico dele dizer uma coisa com os gestos e outra com a voz. Isabel lhe falava dos tímidos progressos de Paquito, que aprendera a fazer torres com cubos de cartolina... Raffaele dizia: Que bom, fico muito feliz, mas com os gestos dava a entender que tinha vergonha daquele filho que não sabia fazer absolutamente nada.

A questão é que Isabel dava mais atenção ao que ele dizia através dos gestos do que através das palavras e então o criticava e acabavam discutindo. Mas eu disse apenas que acho bom e que fico muito feliz!, lamentava-se Raffaele. Não é para você ficar desse jeito! Enfim... Isabel se recordava das palavras de consolo que Raffaele pronunciara quando receberam o informe médico e se perguntava como ele pudera mudar tanto desde então. O que acontecera para que não houvesse mais no coração do marido um lugar para seu pobre filhinho retardado? Mas, quando pensava melhor, também não recordava que seu comportamento anterior tivesse sido muito diferente. Era estranho: jamais demonstrara ao bom Paquito aquele afeto alvoroçado e risonho que desde o primeiro instante manifestara em relação aos outros dois filhos. Isso queria dizer que não o teria amado como aos outros mesmo que Paquito fosse uma criança saudável e normal? Ou talvez quisesse dizer que Raffaele nunca o considerara nem saudável nem normal? Ah, Isabel não tinha certeza de nada. Quanto mais pensava, mais achava tudo complicado. Havia momentos em que acreditava que tudo aquilo eram meras fantasias suas. Era impossível, antinatural, um pai não amar seu filho! O que acontecia era que ele não conseguia, não sabia tratá-lo como aos outros. Vistas assim, as coisas pareciam muito mais claras. A pergunta, então, era a seguinte: por que Raffaele daria a Paquito a mesma atenção que a seus irmãos, se o caçula era tão diferente deles? E como não excluí-lo de uma série de diversões e brincadeiras das quais Paquito era, simplesmente, incapaz de participar? De qualquer maneira, Isabel se acostumara a proporcionar ao filho mais novo as doses de carinho que ele não recebia do pai. Tinha de amá-lo por si mesma e por Raffaele. Tinha de velá-lo pelos dois. Às vezes, quando lhe dava banho, trocava sua roupa ou o alimentava, percebia em seu olhar quase ausente um brilho levíssimo de gratidão que a comovia: ai, meu Deus, que vida levaria aquele pobrezinho!

Inexplicavelmente, Isabel construíra a ideia de que tudo aquilo era provisório. Achava que as coisas andariam melhor quando estivessem instalados no novo apartamento. Contratariam uma empregada para ajudá-la com a casa e com Paquito.

Os meninos disporiam de um quarto para brincar. Raffaele teria seu próprio escritório e passaria mais tempo com a família... Nessas circunstâncias, nada poderia dar errado. Enfim, o apartamento da rua Bolonia aparecia em sua imaginação muito mais bonito do que de fato era.

Por mais que se esmerasse na decoração, havia coisas que jamais poderia ajeitar: o corredor alongado e estreito, quartos que eram ou muito grandes ou muito pequenos, uma estrutura repleta de cantos inúteis, uma cozinha irregular a qual haviam sido agregados pedaços dos aposentos adjacentes... Mas o que importava tudo isso? Onde uma pessoa exigente teria visto desproporção, descuido, improviso, Isabel só via amplidão, luminosidade, harmonia. Resistia a encontrar defeitos no novo apartamento, pois isso seria admitir que sua vida ali também seria defeituosa. Sua impaciência e suas fantasias cresciam à medida que se aproximava a data prevista da mudança.

Quando, finalmente, chegou o dia, Raffaele apareceu com um dos caminhões da Chefatura e cinco ou seis rapazes da fábrica. A mudança foi feita em apenas quatro horas e Isabel premiou os trabalhadores com um almoço frio preparado na casa de tia Milagros e levado em marmitas. Porém, o mais pesado começaria depois. Tinha de tirar tudo das caixas e colocar em ordem. Tinha de acabar com aquela bagunça e fazer com que o apartamento virasse uma casa de verdade. E isso não seria tarefa para um ou dois dias, nem mesmo para uma semana.

— Esse será nosso quarto e aquele, ou seja, o da frente, será do pequeno, quero dizer, de Paquito — dizia, falando daquela maneira embaralhada e nervosa que se tornara característica dela. — Paquito, meu filho! Gostou do seu quarto? O que não entendo é por que o varal tem de estar nesta janela... Mandarei mudá-lo. Vou tomar nota. E a campainha da porta também. Você gosta dela, Raffaele? Eu nem um pouco. Soa como os chocalhos das vacas!

Foi realmente uma temporada de muita andança para Isabel, que vivia em estado de permanente ansiedade. Passava o tempo recordando em voz alta as mil coisas que tinha de fazer. Nem mesmo anotá-las em uma lista a livrava de continuar recitando-as: comprar lona encerada e tachinhas para forrar as prateleiras da despensa, trocar as lâmpadas do dormitório, consertar a porta da geladeira... Agoniada e tensa como estava, transmitia agonia e tensão a quem a cercava. Nada lhe dava descanso ou satisfação. Quando Raffaele mandava algum rapaz da fábrica para ajudá-la, a presença daquele estranho em casa só lhe parecia uma nova fonte de preocupações. Via em todos os lugares novas obrigações, novos deveres. Por que tudo não era mais simples? Vivia como se algum perigo sempre a espreitasse, mas esse perigo só era uma gaveta mal fechada ou uma luz que alguém deixara acesa ou uma porta que ameaçava bater. Andava sempre com pressa, fazendo muitos trejeitos, muitos gestos menores e desnecessários: era daquelas mulheres que davam a impressão de fazer muito mais coisas do que na verdade faziam.

— Raffaele!

A voz de Isabel soou premente, pungente, como se algo verdadeiramente grave tivesse acabado de acontecer. Raffaele, que naquele momento estava lendo o jornal, saiu do escritório e no outro extremo do corredor viu sua mulher sustentando algo na palma das mãos.

— Não, meu Deus! Não! — voltou a ouvi-la gritar.

Raffaele correu até ela e envolveu suas mãos nas suas, sem saber muito bem o que temia encontrar dentro delas. Mas ali só havia uma caixinha vazia.

— Os dentes — gemeu Isabel — , os dentes de leite de Rafael... Onde estão?

— Ah, era isso? Não sei. Encontrei-a um dia aberta, durante a mudança. Vi aquilo e pensei que era uma porcaria e...

— E jogou fora? Jogou os dentes no lixo? Raffaele, por Deus! Como você pôde? Como pôde fazer uma coisa dessas?

Raffaele balançou a cabeça e dirigiu a sua mulher um daqueles sorrisos condescendentes que costumam ser reservados às crianças pequenas.

— Mas, mulher... — disse. — Eram apenas uns dentes amarelados e meio apodrecidos!

Isabel fechou os olhos e começou a chorar em silêncio. Raffaele, que parecia achar tudo muito divertido, emitiu um risinho e pediu que o perdoasse, mas que também não fosse tão infantil. Que importância podiam ter aqueles dentes sujos? Quem poderia ficar daquele jeito por tão pouca coisa? Isabel mal o escutava. Apertava as pálpebras com força, porque não queria chorar. Ou, melhor dizendo, apertava-as porque não queria que seu marido a visse chorar.

4

Entre os livros de Rafael havia um intitulado *Espanhóis escravos na Rússia*. Era fininho e repleto de palavras que ele não conseguia entender. Palavras que falavam de crianças abandonadas em regiões inóspitas (o que queria dizer inóspitas?) onde a noite durava nove meses, e de crianças que passavam o dia catando e contando piolhos, e de crianças que viam seus irmãos pequenos morrerem vítimas das mais diversas epidemias (epidemias?), e de crianças que eram obrigadas a trabalhar como bestas enquanto a fome as consumia pouco a pouco, e de crianças que para escapar daquele pesadelo se escondiam em maletas e baús... E aquelas crianças eram espanholas. Como ele. Como seus irmãos. Como seus colegas de colégio. Uma frase do livro ficara gravada, e às vezes ele a pronunciava na presença de Alberto:

— "Sibéria, a Mongólia asiática, Samarcanda e outros lugares malditos são o cemitério de muitas crianças espanholas."

— Samar o quê? — perguntava Alberto.

— Samarcanda! — dizia Rafael, enrouquecendo a voz.

— E onde fica?

Rafael imaginava que Samarcanda fosse um deserto escuro onde vagavam sem descanso centenas de meninos acorrentados. Mas essa imagem procedia do desenho que ilustrava a capa. Na realidade, esse desenho era o que mais o impressionara no livro. Nele se via meia dúzia de crianças que, atadas umas às outras com correntes, caminhavam na direção de um horizonte no qual sobressaíam gigantescas guloseimas com forma de borboletas, sombrinhas, pirulitos. Por que aqueles braços abertos e aqueles rostos inexpressivos? Por que aquele ar ausente, como o dos hipnotizados? Rafael achava aquela ilustração tão perturbadora quanto os pesadelos em que distinguia uma escada suspensa sobre um abismo e de repente seus pés o desobedeciam e ele começava a andar até ela e não havia maneira de desviar os passos nem de frear...

— Aqui está Samarcanda! — exclamou, mostrando-lhe o livrinho, e, ao perceber um brilho de temor nos olhos do irmão, sentiu-se reconfortado.

Os ônibus esperavam com as portas abertas e os motores ligados. Havia uma dúzia deles diante da Faculdade de Medicina. Os demais estavam na outra calçada, a da Capitania. As pessoas iam de um lado a outro procurando algum em que houvesse lugares disponíveis. Os primeiros ônibus fecharam as portas e começaram a andar, e por um momento Raffaele chegou a temer que fossem ficar para trás. Virou-se para Rafael e Alberto, que bocejavam e esfregavam as pálpebras. Não se preocupem, disse, embora o único preocupado fosse ele. Nas escadas da faculdade havia alguns homens que sustentavam bandeiras da Espanha e faixas com lemas contra a União Soviética. No meio daqueles homens viu um conhecido. Me esperem aqui, disse Raffaele com aquele tom autoritário que se tornara habitual nele, e as crianças viram-no subir os degraus de dois em dois. Alberto, cansado, se sentou em cima da maleta e acariciou seu braço esquerdo, que ainda estava enfaixado devido a um absurdo acidente acontecido dois meses atrás. Seu pai reapareceu em seguida, abrindo caminho entre as pessoas e fazendo-lhes sinais com as mãos.

— Venham! — disse. — Naquele ali há três lugares.

Raffaele pegou a maleta e começou a andar para a Capitania. Os dois meninos atravessaram a rua atrás dele. O motorista olhou para Raffaele com aborrecimento: para que tanta bagagem, se naquela mesma noite estariam de volta? Raffaele deu-lhe as costas e apressou seus filhos: Vamos! Vamos! Depois enfiou a maleta onde pôde e localizou os lugares livres, que, afinal, não eram três, mas apenas dois.

— Viajaremos um pouco apertados, mas... — disse.

Acomodaram-se nos assentos: Rafael ao lado da janela, Alberto no meio e Raffaele na ponta. Em pé no corredor, um homem com uma braçadeira amarela e vermelha esperava com impaciência o começo da viagem.

— Há, pelo menos, quarenta ônibus — comentou, fitando Raffaele.

— Se fossem sessenta, os sessenta teriam ficado lotados.

— E até cem! — assentiu o outro com veemência.

O ônibus arrancou e Alberto, embutido entre os outros dois, não demorou a adormecer. Rafael observou seu pai, que mantinha o olhar fixo no cinzeiro do encosto.

— Eu também quero uma dessas... — sussurrou o menino, fazendo um sinal para a braçadeira.

Seu pai assentiu vagamente e voltou a se concentrar no encosto. Rafael pensou que com aquela expressão o pai parecia mais velho do que realmente era. Mas esse pensamento ocupou-o apenas um segundo. Em seguida se ergueu no assento para observar os outros viajantes. Alguns usavam braçadeiras e medalhas, mas a maioria não usava nada. Um lençol cobria a janela traseira do veículo. Nele estava escrito "Bem-vindos patriotas — Rússia assassina", mas de dentro do ônibus as letras eram vistas ao contrário e Rafael levou alguns minutos para decifrar seu significado. Quando quis voltar a se sentar, Alberto escorregara até ocupar seu lugar, e ele, sem o menor cuidado com o braço lesionado do irmão, empurrou-o contra o pai. Alberto bufou levemente, em protesto, e continuou dormindo. Rafael se lembrou então do livro sobre as crianças espanholas na Rússia. Talvez aqueles militares que naquela tarde eles receberiam no porto de Barcelona soubessem algo a respeito. Provavelmente tinham estado na Sibéria, ou na Mongólia asiática ou em Samarcanda, e haviam encontrado as crianças vagando por qualquer um daqueles desertos de noites intermináveis.

Ele também acabou adormecendo. Quando acordou, o ônibus, meio vazio, estava parado diante de um restaurante de beira de estrada. Foi até a janela e deu uma olhada nos outros ônibus. No meio do formigueiro de gente que entrava e saía do restaurante reconheceu seu pai e seu irmão, que dividiam um sanduíche. Desceu do ônibus e correu até eles. Conseguiu chegar antes que Alberto tivesse terminado sua parte do sanduíche. Arrancou-lhe um pedaço de pão.

— Onde estamos?

— Em Fraga — respondeu seu pai com a boca cheia.

— Onde?

Desta vez Raffaele não respondeu, porque estava atento ao que se dizia em um grupinho próximo. Com a ponta do sapato, alguém traçara na terra seca o que pretendia ser o roteiro do *Semíramis*: aquilo era Odessa, isto o Bósforo e Istambul, agora devem estar por aqui... Os outros homens discutiam algum detalhe: e Marselha? Haviam esquecido Marselha? Em geral, ninguém parecia ter grandes conhecimentos geográficos, que fossem além daqueles estampados nos jornais dos últimos dias. Para aquele grupo, nenhuma notícia tivera mais importância do que a repatriação dos divisionários espanhóis. Um homem saiu do restaurante com um odre de vinho e notícias frescas. O grupo se abriu para acolhê-lo e depois se fechou em torno dele. Raffaele, na ponta dos pés, tentava ouvir algo por cima da cabeça dos outros. Alberto, agarrado a sua calça, puxava-o pela perna:

— O que está dizendo? O que está dizendo?

O homem estava dizendo que, poucos momentos antes, jornalistas da Rádio Madri tinham conseguido entrar em contato com o navio e toda a Espanha testemunhara o primeiro reencontro, por ora apenas verbal, de alguns repatriados com suas famílias. Havia sido lancinante ouvir uma mulher começar a chorar ao ouvir a voz do filho, de quem não soubera nada nos últimos 13 anos e achava há muito tempo que estava morto e enterrado. Depois esse mesmo divisionário contara sua experiência na União Soviética: seu aprisionamento na batalha de Krasny Bor; a longa marcha até Leningrado quando os compatriotas que desfaleciam eram assassinados sem rodeios; as cirurgias em que outros companheiros, sem nenhum tipo de anestesia, haviam amputado dedos da mão ou extraído estilhaços do pulmão... Então outros divisionários tomaram a palavra. Todos falaram do muito que haviam sofrido, sobretudo nos primeiros anos, e dos campos de concentração, onde eram tratados como verdadeiros escravos, obrigados a passar o dia transportando madeira e carrinhos de terra. E não só não dispunham de medicamentos quando ficavam doentes, como nem sequer recebiam uma alimentação suficiente. Comiam ervas, raízes e cogumelos que encontravam ao longo dos caminhos! Os repatriados haviam se revezado junto ao microfone para dar seu testemunho, cada qual mais aterrador. De vez em quando o jornalista os interrompia para entrevistar de novo a mãe do primeiro, que começara novamente a chorar e fora incapaz de articular uma frase completa. Meu filho, meu pobre filhinho!, exclamava sem parar. Os divisionários também tinham começado a chorar e até o próprio locutor tivera dificuldade de conter as lágrimas.

— Miseráveis comunistas! — exclamou alguém.

De volta ao ônibus, Rafael tentou assustar seu irmão com detalhes horripilantes da vida na União Soviética: ele sabia que a religião era proibida e que os sacerdotes eram assassinados? E que também eram assassinados os parentes dos sacerdotes e depois os porcos eram alimentados com sua carne? E que bebiam o sangue dos cristãos e brindavam com ele como se fosse vinho? Alberto o fitava com os olhos arregalados e depois se voltava para o pai, e Rafael também se virava e dizia: Não é verdade, papai? Não é verdade que bebem sangue? Ouvira algumas dessas histórias serem contadas; outras, inventava na hora. A excitação do momento o impedia de distinguir entre o ouvido e o inventado, mas, em todo caso, não lhe parecia que suas invenções fossem exatamente falsidades: por que não brindariam com sangue humano em um país onde os sacerdotes eram assassinados?

— Na Rússia quem manda é o demônio e qualquer horror é possível! — exclamou Rafael, e Alberto abriu ainda mais os olhos.

Na realidade, as histórias de Rafael eram sua contribuição particular à exaltação que se respirava no ônibus. Contando tudo aquilo, se sentia mais próximo dos jovens que, nos bancos traseiros, entoavam palavras de ordem carregadas de fervor patriótico e anticomunismo, e, à sua maneira, não fazia nada além de imitar aqueles homens e mulheres que, em ambos os lados do corredor, falavam com unção dos valorosos voluntários da Divisão Azul, relatavam algum episódio memorável da Guerra Civil ou recordavam, emocionados, algum parente morto na frente... Logicamente, tampouco faltavam elogios à proverbial sagacidade do *Caudillo*, que ajeitara as coisas para resgatar aquelas três centenas de presos espanhóis sem ter que dar nada em troca aos soviéticos. Os gritos de Franco! Franco!, Franco! percorriam todo o ônibus, excitando o coração dos viajantes. Era difícil ficar indiferente àquela manifestação de triunfalismo e afirmação coletiva. De fato, a única pessoa que parecia não participar daquele entusiasmo era Raffaele, que mantinha uma expressão concentrada e ausente e se limitava a assentir com a cabeça cada vez que seu filho mais velho lhe fazia uma consulta: Não é verdade, papai? Não é verdade que na Rússia afastam as crianças de suas famílias e depois ninguém sabe quem é seu pai nem quem é sua mãe?

Na parada seguinte, nas cercanias de Igualada, Raffaele não desceu para esticar as pernas. Limitou-se a fechar os olhos e a pensar em sua mulher, cujo rosto por um instante lhe apareceu como se o tivesse à sua frente ou o visse em uma fotografia. Um rosto em que não restava nada da desvalida ingenuidade que tanto o atraíra quando se conheceram. Um rosto crispado por um ricto de aspereza e severidade. Quem teria imaginado alguns anos antes que aquela carinha doce e infantil fosse capaz de adotar uma expressão como aquela? Sacudiu a cabeça com desgosto e ficou em pé para olhar pela janela. Os dois meninos já corriam para informá-lo das novidades: o navio (diziam o navio porque nenhum dos dois aprendera a pronunciar corretamente *Semíramis*) já estava em águas espanholas! No rádio haviam dito que podia ser avistado das aldeias da costa!

— Que boa notícia — comentou ele, dando-lhes moedas para que comprassem alguma fruta.

Cada um deles voltou com duas belas maçãs. Comeram-nas com avidez e jogaram os restos na estrada. O ônibus estava de novo em movimento e faltavam poucos quilômetros para chegar. Os viajantes, com energias renovadas, cantavam hinos falangistas e canções de missa.

— Barcelona! — gritou o motorista ao sair de uma curva, e todos se levantaram para olhar.

A entrada da cidade estava engarrafada pelas centenas, talvez milhares de veículos que haviam acorrido para dar as boas-vindas ao *Semíramis*. Havia carros e ônibus vindos dos lugares mais distantes (da Andaluzia, da Extremadura, da Galícia). Um clamor semelhante ao das festas das aldeias se apoderara das ruas. Soavam alto-falantes e buzinas. Dos ônibus escapavam fragmentos de cânticos, que em seguida se entreteciam com os gritos de Espanha!, Espanha! Jovens temerariamente debruçados nas janelas agitavam bandeiras nas quais se lia "Pamplona contra o marxismo" ou " Albacete saúda seus heróis". Nos balcões mais próximos as pessoas aplaudiam e acenavam. Enquanto isso, pouco a pouco ia se organizando a caravana em direção ao centro da cidade. Os guardas indicavam a uns e outros os melhores lugares para encontrar estacionamento. O ônibus em que Raffaele viajava desceu pelo Paseo de San Juan e se deteve em um descampado próximo ao parque da Ciudadela. As pessoas começaram a sair enquanto o motorista, incansável, repetia:

— Essa rua leva diretamente ao Paseo de Colón. Às 20h, partiremos! Às 20h em ponto!

Raffaele agarrou a maleta e fez um gesto a seus filhos para que o seguissem. Na direção indicada pelo motorista avançava uma verdadeira maré humana que parecia se adensar na distância. Raffaele, por sua vez, começou a andar em direção ao parque. Tinha vontade de urinar. Junto a uma árvore que crescia grudada em um muro encontrou o lugar afastado e discreto que estava procurando.

— Vocês também — disse aos meninos.

E ali estavam os três, mijando em uma árvore, enquanto do outro lado da rua continuavam chegando os gritos de Franco! Franco! e Espanha! Espanha! da gente que descia dos ônibus. Rafael foi o primeiro a acabar e, nervoso como estava, não lhe ocorreu outra coisa além de agarrar a maleta que seu pai sustentava entre o cotovelo e o flanco e partir correndo.

— Ei, você! Venha cá! Me devolva isso! — gritou Raffaele, apressando as últimas gotas. — Não me ouviu? Me devolva isso!

O menino, rindo, chegou à vereda de cascalho e se agachou atrás de um loureiro-rosa com a maleta sobre os joelhos. Dali viu seu pai procurando-o, com a calça ainda meio desabotoada.

— Maldita criança! Onde se meteu? Alberto! Procure seu irmão!

Rafael, em seu esconderijo, tinha de fazer um grande esforço para conter o riso. Entre os galhos do arbusto, via seu pai andar de um lado a outro se esgoelando, e a excitação da brincadeira deixava o menino novamente com vontade de urinar.

— Sei que você está me ouvindo! — ouvia-o gritar. — Quando encontrá-lo vou lhe dar uma boa surra! Saia agora mesmo, se não quer que lhe aconteça algo pior! Está me ouvindo! Estou mandando sair!

Seu tom de voz parecia inequívoco. Em poucos segundos, o que começara como uma brincadeira havia se transformado em coisa séria e se, no princípio, o menino se recusava a sair por diversão, agora se negava por temor. Conhecia aquela entonação furiosa e aquela expressão desfigurada. Sabia que depois delas viriam as reprimendas, os castigos, as chibatadas. Mas também sabia que quanto mais tempo demorassem a encontrá-lo, mais graves seriam as consequências. Viu seu pai se deter na metade da vereda, olhar para todos os lados e dizer:

— Está bem! Vou contar até dez. Se você sair antes que eu acabe de contar não acontecerá nada. Se não, já pode ir se preparando! Um, dois, três...!

Rafael conteve a respiração e, trêmulo, se preparou para se levantar. Antes que chegasse a fazê-lo, ouviu a voz do irmão gritando Está aqui, papai, eu o encontrei! Então tudo aconteceu muito depressa. O pai se plantou diante dele com duas passadas e lhe arrancou a maleta das mãos. Apertou-a por um instante contra o peito. Depois, segurou-a com a mão esquerda e com a outra deu uma bofetada tão forte no filho que o atirou no chão. Rafael protegeu a cabeça com os braços e ouviu seu pai gritar:

— *Cosa facevi? Imbecille! Stupido! Non mi sentivi?*

A partir desse momento, tudo andou mal entre eles. Caminharam até o porto, onde milhares e milhares de pessoas esperavam a chegada do barco. Rafael, aborrecido, fantasiava a ideia de se perder no meio da multidão. Como seu pai reagiria se de repente se virasse para ele e descobrisse que desaparecera? Ficaria assustado? Iria se sentir culpado? Mas o que desejava de verdade era que no meio de toda aquela gente houvesse algum sequestrador de crianças que o raptasse, e que depois o assassinasse. Alguns mergulhadores recuperariam seu cadáver do mar e seu pai teria que identificá-lo. Aí sim se sentiria culpado e choraria por ele e se arrependeria do bofetão que acabara de lhe dar! E naquele instante não havia nada tão simples como se perder. Bastaria se deter por uns segundos e a multidão o devoraria e o afastaria de seu pai e de seu irmão. Mas, pensando bem, assim só conseguiria que seu pai voltasse a se aborrecer com ele; e voltaria a gritar alguns daqueles insultos que em italiano soavam tão ásperos. Preocupou-se, portanto, em não perdê-lo de vista. Quanto mais se aproximavam do porto, mais densa era a multidão e maiores os esforços que tinha de fazer para não se distanciar. Em torno da estátua de Colombo, já era praticamente impossível dar um passo. A polícia montara um cordão de isolamento. Só os familiares dos divisionários podiam entrar no cais da Estação Marítima. Alberto subiu nos ombros do pai.

— Está vendo alguma coisa?

— Cabeças. Só cabeças.

— E no mar?

— Muitos barquinhos com bandeiras.

Ao final de um quarto de hora, começou a se perceber entre a gente uma agitação que Raffaele interpretou como um presságio.

— Está vendo alguma coisa?

Antes que o menino tivesse tempo de responder, o som distante de uma sirene se tornou audível. Este som foi seguido pelo de vários foguetes lançados do mar. Era o *Semíramis* anunciando sua presença pouco antes de atravessar a entrada do porto. Agora também as embarcações que haviam saído para recebê-lo faziam soar suas sirenes. Do porto se elevavam novos foguetes ao mesmo tempo em que do quartel de Montjuïc eram disparados vários morteiros. Em algum lugar, uma banda de músicos começou a tocar os briosos acordes de uma marcha militar. Tudo era ruído ao redor. Os gritos de entusiasmo das pessoas formavam uma espécie de massa densa e compacta na qual nenhuma voz se alçava acima das demais nem se distinguia delas. Não era fácil ver o navio entre as cabeças das pessoas. Raffaele tirou Alberto dos ombros e ficou na ponta dos pés sobre o meio-fio. Já os vejo! Já os vejo no barco!, exclamou. Por Deus, estou sufocando, gritou então uma mulher, e em ato contínuo agarrou o ombro de quem estava mais perto. Dois homens tentaram sustentá-la enquanto um terceiro a abanava com um chapéu. Abram espaço! Ela ficou tonta!, gritavam, e espontaneamente se formou um corredor estreito que levava ao cordão policial. Enquanto os homens carregavam a mulher, procurando um lugar mais vazio, a multidão se movimentava como por ondas e não demorou a ultrapassar os limites que os policiais defendiam tão corajosa como inutilmente. Poucos segundos depois, Raffaele e seus filhos estavam postados na própria borda do cais e continuavam avançando até o lugar em que presumivelmente o barco atracaria. Os empurrões não cessavam. Raffaele chegou a temer que em uma daquelas avalanches pudessem cair no mar. Alberto agarrou com força sua mão. Uma mulher vestida de preto agitou com frenesi uma fotografia e gritou Meu filho, meu filho! E todos a fitaram com simpatia e piedade porque supuseram que ela acabara de reconhecer seu filho entre os homens que se amontoavam no convés do *Semíramis*. Agora o clamor era enorme. A emoção era transmitida com facilidade. Era como se cada uma daquelas pessoas tivesse um filho ou irmão entre os repatriados. Como se todas elas, e não apenas as duzentas ou trezentas pessoas que esperavam junto às autoridades, fossem reencontrar um ser querido que não viam há muitos anos.

— Aplaudam! — gritou Raffaele a seus filhos, mas nenhum dos dois obedeceu. Rafael porque continuava aborrecido, Alberto porque, se aplaudisse, seu braço doeria.

O navio finalmente atracou. Parecia que a partir daquele momento tudo aconteceria com rapidez, mas não foi assim. Operários do porto começaram as intermináveis manobras para colocar a passarela. Enquanto isso, no convés, os divisionários não paravam de fazer gestos e de chamar aos gritos seus pais e irmãos. Respirava-se ansiedade e Raffaele não gostou que seus filhos se mostrassem tão pouco participativos.

— Se não aplaudirem, iremos embora! — ameaçou-os.

Tinha a sensação de estar vivendo um momento histórico, transcendente, e não entendia que Rafael e Alberto, por mais crianças que fossem, não o tivessem percebido em toda a sua grandeza. Aquele barco cheio de homens abatidos, chorosos e gesticulando era um sinal inequívoco da derrota do comunismo diante das forças da ordem e da civilização. Só a certeza de que recordaria aquele instante durante toda a vida afastou dele o desassossego que o atazanava havia algumas horas ou, melhor dizendo, alguns meses e até anos. Já pensava em sua vida e em seu destino dali a algum tempo, quando tudo aquilo tivesse terminado! Como, afinal, eram pequenos os seus problemas diante das penúrias que aqueles homens haviam tido que suportar! E como era reconfortante se deixar levar pela exaltação do triunfo! Algumas palavras de Rafael tiraram-no do ensimesmamento.

— Eu não aplaudo — ouviu.

— O quê?

— Não tenho vontade de aplaudir. Você disse que se não aplaudíssemos iríamos embora. Pois eu não estou aplaudindo! Vamos!

— Você vai aplaudir e se calar.

— Não.

— Sim!

— Não! E Alberto também não vai aplaudir! Não é verdade, Alberto?

— Vamos, Alberto! Quero vê-lo aplaudindo! E com força! Para ser ouvido!

Alberto, intimidado, olhava para um e outro e não sabia o que fazer. Sua natureza conciliadora e pacífica o habituara a driblar as crises domésticas adotando atitudes neutras e equidistantes. Mas naquela ocasião nem a neutralidade nem a equidistância eram possíveis. Ou aplaudia ou não aplaudia. Ou enfrentava seu irmão ou enfrentava seu pai.

— Está doendo — disse para ganhar tempo, e apontou o braço na tala.

— Não é verdade. Não está doendo mais.

— Cuidado com ele! Vai cair! — As pessoas começaram a gritar exatamente nesse momento.

Um jovem, exasperado com a lentidão dos operários, havia se dependurado de um salto em uma das cordas que amarravam o navio. Agora, diante da expectativa geral, se esforçava para chegar a bordo. Do convés se esticavam dezenas de braços desejosos de acolhê-lo e ajudá-lo. Seu exemplo logo foi seguido por outros jovens. Cada vez que algum deles atingia seu objetivo, a multidão o celebrava com vivas e ovações. Enquanto isso a passarela terminou de ser instalada e os oficiais do *Semíramis* se prepararam para receber as autoridades presentes. Com elas também subiram alguns ex-divisionários empregados dos Correios que levavam sacos com correspondências vindas de todas as regiões da Espanha. Houve um delírio geral quando os primeiros repatriados, auxiliados pelo pessoal da Cruz Vermelha, começaram a descer pela passarela. Os gritos e os aplausos ficaram mais fortes. Centenas de faixas e bandeiras eram agitadas ao vento. Os divisionários choravam ao pisar em terra firme e abraçavam a primeira pessoa que viam, fosse conhecida ou não. Um dos repatriados caiu de joelhos e beijou com fervor o que parecia ser uns cartões ou necrológios. Alguém explicou que eram as lembranças do funeral que havia sido celebrado em sua memória quando ele fora dado oficialmente como morto. Que lágrimas de felicidade as daquelas mães que 12 anos atrás haviam se despedido de um filho de 22 anos e agora o recuperavam com 34! Os fotógrafos e os jornalistas pugnavam para captar toda a intensidade do instante. Não muito longe de Raffaele e cercado por uma porção de curiosos, um dos divisionários recitava diante de um microfone as muitas dificuldades que tiveram de passar. Falava de tuberculose e de cirurgiões que operavam com ferramentas de carpintaria. Falava da fome e do pão que comiam, feito com cascas de batatas. Falava dos castigos desumanos que eram impostos àqueles que, nos campos de concentração, não cumpriam seu trabalho... Os outros repatriados continuavam descendo um a um pela passarela. Todos eram acolhidos com o mesmo alvoroço. De vez em quando se destacava um grito isolado. Manolo, sou eu! Ramiro, meu filho, estou aqui! O mencionado começava a correr entre a gente e, chorando, se atirava nos braços de alguém. Aquilo tinha algo de catarse coletiva. Naquele violento choque entre a dor e a alegria, os corações ficavam repentinamente limpos, purificados. O próprio Raffaele experimentava a rara e prazerosa sensação de ter se convertido por uns instantes em uma pessoa diferente, superior. Voltou a pensar em Isabel, e nesta ocasião, inexplicavelmente, o rosto dela surgiu com o aspecto viçoso, cândido e irresistível de quando ele a vira pela primeira vez, há 17 anos. De fato, a via em uma das salas de tratamento do Hospital Legionário Italiano, vestida com o uniforme de enfermeira, sorrindo com timidez enquanto organizava sobre uma mesa rolinhos de ataduras e compressas... Por quê? Por que sua memória e sua imaginação se aliavam agora para evocar uma imagem daqueles tempos distantes e felizes? Sua alma estaria tentando lhe transmitir alguma mensagem? Nesse caso, que mensagem poderia ser?

De novo, algumas palavras de Rafael interromperam seus pensamentos.

— Vamos embora ou não?

— Mas como podemos ir embora justamente agora? — respondeu seu pai. — Não está vendo que ainda não desceram todos? E depois temos que ir à catedral para a ação de graças!

— Isso é que não! Eu não vou à catedral!

— Cale a boca! — gritou Raffaele, fazendo um gesto de que ia esbofeteá-lo.

O que mais o aborrecia era que, com suas impertinências, o filho tivesse afastado definitivamente dele aquela imagem feliz de Isabelita. Na verdade, ele também estava começando a ficar cansado, e naquele momento gostaria de poder se sentar em qualquer lugar tranquilo, longe de todo aquele alvoroço e daquela gente. Até a maleta, que pesava muito pouco, agora lhe parecia uma carga incômoda. Procurou com o olhar o melhor caminho para sair dali. No meio da multidão se abrira um corredor para que os divisionários e suas famílias entrassem nos ônibus que depois subiriam pelas Ramblas. Assim, o razoável seria andar até o Paseo de Colón e a Barceloneta.

— Está bem. Vamos embora — disse. — Mas é porque eu quero!

Era a primeira vez que os meninos viajavam a outra cidade. Raffaele, que, na verdade, passara muito rapidamente por Barcelona pouco depois do fim da guerra, se armou de paciência e lhes deu umas explicações desanimadas: os romanos haviam vivido na região durante quase 2 mil anos, a montanha que se via ao fundo se chamava Tibidabo... Mas seus filhos também não mostravam um interesse especial e então ele se calou e procurou uma cafeteria onde pudessem se sentar e esperar. Mas esperar o quê? Se, de fato, planejava escapar de sua mulher e de sua casa, não havia nada a esperar. Sem dúvida não esperaria o ônibus, que simplesmente voltaria sem ele e sem os meninos. Ninguém sentiria sua falta quando eles estivessem dando os primeiros passos em direção a sua nova vida. O problema era que Raffaele já não tinha tão claro o verdadeiro objetivo que naquela mesma manhã o levara a entrar no ônibus e viajar a Barcelona.

Olhou para o relógio de parede da cafeteria. Faltavam alguns minutos para as 19h, o que queria dizer que ainda podia postergar a decisão por uma hora. Uma hora! Como tomar em tão pouco tempo uma decisão da qual dependeria o resto de sua vida? Pouquíssimas vezes tivera de enfrentar uma situação semelhante. Por exemplo, 18 anos antes, quando deixara seu país para lutar na Espanha contra o marxismo. Arrependia-se agora da decisão que havia tomado? Arrependia-se de tudo o que fizera depois, de ter levado adiante uma empresa arruinada, de ter proporcionado a seus filhos uma vida decente e sem privações? O ruim era, precisamente, o fato de ter muitos motivos para sentir orgulho de si mesmo. Mas o problema continuava existindo, e o problema se chamava Isabel...

— O que vai beber, senhor? — perguntou o garçom ao seu lado.

Estava tão distraído que nem sequer o ouvira chegar. Pediu qualquer coisa e fez um gesto para que os meninos também pedissem. Depois deu uma olhada em um grupinho que se apinhara ao lado do rádio para acompanhar a transmissão do ofício religioso que era celebrado na catedral. Rafael e Alberto esperavam que o garçom chegasse para se atirarem nos refrescos. O pai os observou com atenção e tentou identificar nos rostos deles os traços de Isabel e os seus próprios: aquele nariz e aquelas orelhas de Rafael e aqueles olhos e aquelas pestanas de Alberto eram iguaizinhos aos dela. E aqueles queixos e aquelas testas em que todo mundo reconhecia os traços de Raffaele... Estranhamente, vieram à sua memória a última ceia de Natal e as risadas de Rafael quando Alberto, com absoluta inocência, perguntou: Papai, até que idade se pode acreditar nos Reis? Eram bons meninos, cada um à sua maneira (gritador e temperamental o mais velho, acomodatício e permissivo o segundo), e, em todo caso, ele, Raffaele, não tinha nenhuma reprovação séria a lhes fazer.

Recordou o momento exato em que decidira abandonar sua mulher. Havia sido na tarde anterior, ao voltar de La Confianza, quando anunciou em casa que viajaria de madrugada com os meninos para receber o *Semíramis*. Você está louco? Vai levar os meninos?, havia protestado Isabel. Raffaele tinha a sensação de que sua mulher o contrariava sistematicamente, e naquele instante pensou que, se tivesse anunciado que viajaria só, ela o teria alfinetado: E não pensou em levar os meninos? A questão era que não tinha previsto viajar com os três meninos, mas só com dois, os mais velhos, e isso provocou uma nova discussão entre eles. Isabel, que era capaz de defender com idêntico ardor duas opiniões contrapostas, protestou outra vez: Ah, não, se ia levar os meninos tinha que levar todos! Paquito também tinha direito! Então irei só, disse Raffaele, e Isabel ficou furiosa e o acusou de ser um péssimo pai... Ou seja, primeiro o proibia de viajar com os meninos e depois o insultava porque ele lhe dava razão e aceitava ir sem os meninos: não havia quem pudesse entender Isabel!

No fundo de tudo estavam as eternas críticas de Isabel a Raffaele a respeito de Paquito, com quem, segundo ela, o pai não se mostrava terno nem afetuoso. Mas, se normalmente estas repreensões provocavam discussões que costumavam culminar em desagradáveis subidas de tom (Não é que o trate como se fosse anormal, é que ele é anormal, Isabel! Nosso filho é idiota!), naquela ocasião Raffaele optou por ficar calado e aguentar. Só depois saiu de casa com a desculpa de que esquecera uns papéis no escritório da fábrica, que há algum tempo ocupava salas modernas e espaçosas perto do Canal Imperial. Logicamente, o que Raffaele ia buscar não eram papéis. Tinha um plano, e naquele momento lhe parecia um plano perfeito. Abriu o caixa-forte e colocou ordenadamente dentro da maleta todos os maços de notas. Era o dinheiro destinado a financiar uma parte da mecanização definitiva da empresa: uma prensadora que lhe permitiria reduzir três quartos da mão de obra, um amassador automático que aceleraria de forma considerável o processo de produção... A quem importavam agora a mecanização da empresa e o processo de produção? No que lhe dizia respeito, La Confianza podia ir com todas as suas máquinas para o inferno. Sim, para o inferno! Raffaele queria ser livre, livre para começar uma nova vida longe da tutela de Isabel, e, para consegui-lo, estava disposto a renunciar à fábrica, ao apartamento, ao que fosse necessário. Não compensava assim generosamente o fato de que Isabel tivesse de ficar com o filho deficiente? Ele, por ora, se estabeleceria em outra cidade com os outros dois meninos, e depois veria o que ia fazer. A questão era que, enquanto enfiava os maços de dinheiro na maleta, não havia nada de errado em seu plano. No entanto, agora, naquela cafeteria barcelonesa, só via seus defeitos. E se os meninos quisessem voltar para a mãe? E se Isabel o denunciasse? E se, em consequência dessa denúncia, descobrissem que há alguns anos ele já abandonara uma mulher e uma filha? Logicamente, a ideia de voltar para elas estava descartada. Nunca tivera certeza de ter amado Giulia, sua esposa italiana, e quanto a Margherita, a única coisa que sua recordação lhe inspirava era pena e sensação de culpa. Mas abandonar de novo uma mulher e um filho anormal... Não eram muitas traições na vida de um único homem? Por sorte, toda a coisa ainda tinha jeito. Bastava subir naquele ônibus, saudar sua mulher com um beijo quando chegassem em casa, devolver no dia seguinte o dinheiro com o qual faria frente aos pagamentos pelas máquinas... E ninguém nunca suspeitaria do que estivera prestes a acontecer. O que fazer, então? Voltar para casa ou deixar que o ônibus partisse sem ele? O problema era que nenhuma das alternativas parecia satisfatória, o que queria dizer que as duas eram erradas. Fizesse o que fizesse, estava condenado a se equivocar. Ah, como a vida pudera levá-lo àquele beco sem saída? Voltou a olhar o relógio da cafeteria. Faltavam vinte minutos para as 20h. A rádio concluíra a transmissão religiosa, e na rua, embora com menos intensidade, voltava a ser sentida a anterior animação dos gritos, as faixas, as bandeiras. Dedicou a sua mulher um último pensamento de ódio e se levantou.

— Vamos, meninos — disse agarrando a maleta. — Não podemos perder o ônibus.

5

Uma história dos absurdos acidentes da família Cameroni: esse poderia ser o título deste capítulo. E não que os acidentes fossem muitos. Não, não foram tantos a ponto de merecer um capítulo à parte, mas a maioria deles refletia muito bem como era e vivia aquela família, e alguns deles, como se verá, condicionaram para sempre sua história.

O mais curioso é que os acidentes sempre aconteciam em anos terminados em quatro. O primeiro ocorreu em 1944, mais concretamente em um dia do final do mês de maio. Naquela época, tia Milagros continuava ensinando a sua jovem sobrinha seus vastos conhecimentos domésticos. Entre eles estavam várias técnicas para aproveitar — de uma maneira que fosse a mais decorosa possível — os alimentos que sobravam do almoço ou do jantar. Por uma simples razão de economia, não se jogava nada fora, e o modo como essas sobras reapareceriam transformadas em algo diferente, mas igualmente saboroso, representava um desafio à criatividade culinária das duas mulheres. Com o pão não havia problemas: migas, sopas de alho, pão ralado. Com a carne tampouco: recheios para empanadas ou croquetes, molho para a massa, algum refogado. E para todo o resto elas podiam sempre recorrer à palavra mágica: purê. Tia Milagros tinha dado de presente a Isabel (que então ainda era Isabelita) um espremedor, e por ele passavam habitualmente cenouras, ervilhas, acelgas, tomates, lentilhas, berinjelas, couves, pepinos, abobrinhas, maçãs, beterrabas. O espremedor era um destino inevitável para quase todas as sobras mais ou menos comestíveis, e o resultado (o prato mais frequente na mesa dos Cameroni, ao lado, logicamente, das massas de La Confianza) era um creme que quase nunca tinha o mesmo sabor ou cor, mas que sempre, indefectivelmente, evocava sabores e cores recentes. Naquela manhã de maio de 1944, quando a vizinha bateu na porta, havia em um caldeirão um purê preparado com lentilhas do almoço do dia anterior e feijões-verdes do jantar, assim como umas batatas-doces que tia Milagros usara em um recheio. Isabelita pegou Rafael no colo e foi abrir. A vizinha lhe entregou uma carta que o carteiro deixara para ela, e da cozinha a tia perguntou de quem era. Mas Isabelita não respondia. De quem é? A tia foi ver o que estava acontecendo e encontrou sua sobrinha com os olhos fechados e a testa apoiada na parede. Ao ver na carta o timbre do sanatório, imaginou tudo. Mãe do amor misericordioso..., murmurou, e Isabelita abraçou-se a ela e escondeu o rosto em seu colo para chorar: seu pai, seu pobre pai! E ela ali, sem pensar nele, sem se preocupar! Vá saber o que estava fazendo enquanto ele agonizava! Sentia uma dor tão intensa que só podia expressá-la através da censura a si mesma: quase não o visitara no sanatório, o abandonara nos últimos meses, se comportara como uma filha má. Tia Milagros acariciava sua cabeça e fazia o que podia para consolá-la e enquanto isso já pensava nas questões práticas: avisar a Raffaele e a Ramón, escrever a Carlos, encomendar o funeral. À vizinha (que, logicamente, não se afastara do patamar) se uniram logo mais três ou quatro, que em seguida invadiram a casa e se ofereceram para ajudar no que fosse necessário. Umas lhe diziam que se sentasse e outras que se deitasse. Tia Milagros, que via sua autoridade menosprezada, se opunha igualmente a umas e a outras e improvisava opiniões e conselhos contraditórios. Agitado pela bagunça, o pequeno Rafael engatinhou um pouco entre os pés de todas. Depois viu a porta aberta e saiu tranquilamente, sem que ninguém o visse. Aproximou-se do primeiro degrau. Aquela perspectiva da escada era insólita para ele, pois até então sempre o haviam subido ou descido nos braços. Mas agora era diferente. Agora podia tocar em tudo. Podia se aproximar da borda do primeiro degrau e comprovar a estranha relação que aquilo tinha com seu próprio corpo. Esticou o braço para o degrau seguinte. Muito distante. Mas aquela descida continuava sendo sedutora. Arrastou-se até o corrimão e agarrou os barrotes. Conseguiu se levantar, o que lhe deu uma satisfação imediata. Esperou alguns segundos até se sentir firme sobre os pés e virou-se sorrindo para a porta. Mas ninguém na casa testemunhara sua façanha. Agora só precisava esticar a perna direita e descê-la até sentir o contato com o degrau. Tentou. O degrau, no entanto, continuava muito distante. Quando o pé estava prestes a encontrar apoio, uma das mãos se soltou do barrote. O corpo miúdo de Rafael, levado por seu próprio peso, girou bruscamente e por um instante o menino ficou meio no ar, com um pé apoiado na borda do segundo degrau, uma única mão agarrando o corrimão e a cabeça e o tronco balançando em difícil equilíbrio acima dos degraus inferiores. Se nesse instante os dedos de sua mão esquerda tivessem cedido, o pequeno teria se precipitado escada abaixo até o portal. Mas os dedos aguentaram, e Rafael, assustado, se apressou a voltar ao patamar: curiosamente, subir foi mais fácil do que descer. Entrou no apartamento justamente no momento em que acontecia o acidente, o primeiro dos acidentes absurdos da família Cameroni. Soou um estalido seco seguido de um ruído metálico, e as mulheres pararam de tagarelar e correram para a cozinha. O caldeirão, tampado e esquecido no fogo, acabara de explodir, e o purê, transformado em fedorenta argamassa, disparara em direção ao teto. Como se fosse uma metralhadora, uns grumos escuros e fumegantes haviam se incrustado nas paredes e nas louças, e da gaiola do canário pendiam grandes nacos engordurados. Tia Milagros correu e abriu a janela para que tudo se ventilasse, e ao parar ao lado da gaiola descobriu o passarinho caído de barriga para cima. Pobre Pipo! Morreu queimado!, exclamou, mas a verdade é que o bichinho devia ter morrido de susto, porque o purê alcançara as grades da gaiola, mas não chegara a atravessá-las.

Dez anos depois aconteceu o acidente pelo qual Alberto teve de viajar com o braço imobilizado quando foi com seu irmão mais velho e seu pai receber o *Semíramis*. Tudo se deveu a uma brincadeira que Rafael tinha inventado e na qual Alberto o acompanhara com sua habitual mansidão. Cada um ficava em um lado da rua Bolonia e, quando viam algum veículo se aproximar, se agachavam, agarravam a ponta de uma corda imaginária e a puxavam com força, fingindo retesá-la a meia altura. O motorista, como era de se esperar, freava bruscamente e então eles saíam correndo entre seus impropérios. Em uma ocasião fizeram isso quando passava uma bicicleta, mas o corpulento ciclista, em vez de frear, girou violentamente o guidão, percorreu alguns metros em ziguezague e, quando perdeu definitivamente o controle, foi cair justamente sobre Alberto, esmagando com seu peso e fraturando o braço esquerdo do menino. Alberto tinha na época 8 anos e começou a berrar como um desesperado. O bom homem, um empregado de uma carvoaria da rua La Paz, não sabia se brigava com ele ou se tentava se desculpar. Nenhum dos irmãos jamais esqueceria da expressão atordoada do homem, nem seu rosto e suas mãos tisnadas de carvão.

No verão de 1974, Alberto voltaria a quebrar o mesmo braço, além do nariz e de algumas costelas. Por essa época, Elisa e ele tinham acabado de comprar um carro, um Renault 10, e, com a desculpa de amaciar o motor, costumavam fazer excursões nos fins de semana. Aquelas excursões consistiam em andar quilômetros e quilômetros no Renault até que Alberto encontrava uma paisagem bonita, exclamava ali! e parava o carro. Então Elisa pegava Juan pela mão, se postava onde seu marido lhe indicava e, pacientemente, se submetia à enésima sessão de fotos. Nada parecia mais bonito a Alberto do que aqueles retratos de sua mulher e de seu filho em um lugar singular. O problema era que seu ideal de beleza só admitia paisagens montanhosas e escarpadas, e cedo ou tarde teria de acontecer o que aconteceu. Naquele dia estavam na Foz de Lumbier, em Navarra, e a foto que Alberto queria fazer devia abranger o velho túnel da estrada de ferro, a parede rochosa onde os abutres faziam seus ninhos e ao menos um pedacinho de rio. E, logicamente, Elisa e Juan. Mas, para que tudo isso coubesse na mesma foto, o fotógrafo precisava ficar sobre uma das pedras situadas na própria borda do desfiladeiro. A mulher e o menino já estavam havia alguns segundos posando com um sorriso um pouco forçado e Alberto, procurando uma localização perfeita, os observava através da objetiva e continuava recuando centímetro a centímetro sobre as pedras. Era tão evidente que Alberto acabaria caindo se continuasse assim, que Elisa nem sequer achou necessário adverti-lo. E de repente viram-no desaparecer. Os sorrisos se congelaram em seus rostos. Correram até o despenhadeiro e conseguiram vê-lo dando as últimas cambalhotas pouco antes de chegar ao rio. Estou bem, não foi nada!, gritou Alberto, com o rosto cheio de sangue e o corpo totalmente moído.

Porém, o mais absurdo e, sem dúvida, o mais trágico dos acidentes familiares foi o de 1964, que provocou a morte de Isabel e marcou para sempre a vida dos Cameroni.

Naquela época, já fazia dois anos que Isabel saíra de casa e seu casamento havia acabado definitivamente. A convivência continuara se deteriorando e os atritos entre ela e Raffaele eram cada vez mais frequentes. Tão frequentes que haviam virado rotina. Apesar de tudo, Isabel preferia continuar considerando-os ocasionais: sim, discutiam muito, mas era porque casualmente surgiam muitos motivos para divergências, e um dia, também por acaso, essas razões deixariam de surgir e eles parariam de discutir. O problema, portanto, não estava neles e sim no mundo exterior, em todo o resto. Era reconfortante para Isabel pensar assim porque dessa maneira se via isenta de qualquer responsabilidade e, felizmente, inabilitada para a procura de soluções. Naturalmente, jamais pensou em separação. Pelo menos não pensou seriamente no assunto até que uma tarde, depois de uma de suas discussões, Raffaele lhe fez a mesma pergunta que lhe fizera há alguns anos em um bar. Por que você não me contou a história do seu irmão?, disse-lhe, Por que tentou me ocultar que tinha um irmão desses, um vermelho? Isabel fitou-o, desanimada. Passara quase um quarto de século desde então. Até quando teria de continuar se envergonhando de pertencer aos vencidos? E quantos anos mais teriam que transcorrer para que seu delito prescrevesse, um delito que nem sequer cometera? Porque, inevitavelmente, ela seria para sempre a irmã de seu irmão... Foi nesse instante que Isabel pensou que, na realidade, o problema de seu casamento estava mesmo neles e não tinha mais solução.

— Vou embora — disse.

— E para onde vai? — perguntou Raffaele.

— Para a casa da tia.

— Logo estará de volta.

Chegou à casa da tia Milagros enraivecida e soluçando. As duas arrumaram o quarto de hóspedes e enquanto isso Isabel recordava em voz alta algumas das humilhações sofridas ao longo dos anos. É para ir embora ou não é?, perguntava, para concluir: Eu devia ter partido muito antes! Tia Milagros arqueava as sobrancelhas e permitia que desabafasse, mas não conseguia lhe dar razão. Para ela estava claro que cedo ou tarde Isabel teria de voltar. Não lhe disse nada até a manhã seguinte, quando estavam comendo rabanada no café da manhã. Que venha e me peça!, respondeu Isabel. A coisa teria sido simples se Isabel e Raffaele tivessem tido um pouco menos de orgulho e um pouco mais de flexibilidade. No fundo, tanto ela como ele estavam convencidos de que Isabel acabaria voltando, mas nenhum dos dois queria fazer a menor concessão. Tia Milagros, transformada em mediadora, ia de uma casa a outra com mensagens otimistas e esperançosas que só refletiam parcialmente as reações: Seu marido estaria disposto se... Sua mulher aceitaria voltar se... Mas sua estratégia, longe de lograr o efeito desejado, considerava ambos os cônjuges iguais em sua qualidade de ofendidos, e as novas condições que apresentavam para uma reconciliação eram cada vez mais difíceis de cumprir: Primeiro tem que me pedir perdão! Antes quero que se humilhe! Passados três dias, a solução parecia bem mais distante que no começo. Ao final, em um de seus encontros com Raffaele, tia Milagros desistiu: Não aguento mais! Tenho idade! Estou velha! Por que tenho de passar por essas coisas? Raffaele, comovido, lhe prometeu que naquela mesma tarde iria pedir a sua mulher que voltasse. Quando chegou, Isabel já fora avisada. Ela sabia que ele sabia que já fora avisada, e ele sabia que ela sabia que ele sabia. Mas isso não impediu que cada um deles preparasse o encontro como se fosse uma coisa espontânea e inesperada. Isabel, contra o parecer de tia Milagros, se empenhou em lavar e trocar as cortinas de toda a casa e tia e sobrinha estavam envolvidas nisso quando a campainha tocou. Isabel queria que seu marido a visse trepada em uma escada, enfiando argolas nas cortinas e fixando-as no apoio da parede; que ele não acreditasse que ficara chorando por ele nem de braços cruzados à espera de sua chegada! Que compreendesse que nunca teria problemas para se incorporar a outro lar ou iniciar uma nova vida! Tinha até mesmo previsto fazê-lo esperar alguns segundos e não descer da escada até que tivesse terminado com aquela cortina. O que não imaginara era que, quando chamassem à porta, não seria Raffaele quem entraria na casa e sim seus três filhos. Paquito tinha 15 anos, Alberto, 16 e Rafael estava prestes a completar 19. Isabel, que não os via há quatro dias, deixou pela metade o que estava fazendo e se apressou a descer da escada para abraçá-los e cobri-los de beijos. Raffaele, segundo disseram os meninos, estava tomando algumas providências e só poderia chegar um pouco mais tarde, mas a verdade é que chegou pouco depois, justamente quando ela repassava com ar preocupado a indumentária dos filhos: os botões mal-abotoados de Paquito, a camisa amarrotada de Alberto, os sapatos novos de Rafael. A cena era, portanto, bem diferente da que Isabel previra, e ela percebeu na atitude de Raffaele uma ligeira altivez que lhe pareceu irritante: era como se com aquele estratagema de fazer subir primeiro os três meninos ele soubesse que conseguira desarmá-la e vencera uma pequena batalha. Isabel, de qualquer modo, havia tomado uma decisão, e essa decisão era a de voltar. E o teria feito se, no último momento, quando os meninos já haviam saído e ela estava se despedindo da tia, Raffaele não tivesse pronunciado aquela frase.

— Depois você me dirá o que iria fazer sozinha, vivendo por conta própria — comentou Raffaele, e Isabel se virou para ele e disse:

— Por que você tem sempre que estragar tudo? Saia daqui. Vá embora e me deixe em paz.

A próxima mensagem que tia Milagros teve de transmitir a Raffaele dizia que Isabel não só descartava a possibilidade de voltar ao lar conjugal, mas que começara a procurar um apartamento para alugar. Raffaele se enfureceu: já estava cansado de tanta asneira! A única coisa que ela tinha de fazer era voltar para seu marido e seus filhos! E que não pensasse muito, pois possivelmente teria uma surpresa! Mas, se Raffaele achava que se tratava de um ardil ou de um blefe, se equivocava. Em poucos dias Isabel já tinha apalavrado um apartamentinho na rua San Miguel e só faltava seu marido lhe dar o dinheiro para os primeiros aluguéis e a autorizar a assinar o contrato. Tia Milagros assistia um pouco trêmula à torrente de novidades, e a própria Isabel não teve coragem de lhe pedir que fizesse mais uma vez o papel de menina de recados.

Pegou um táxi e deu ao motorista o endereço de La Confianza. O negócio não parara de crescer. Embora não tivessem se passado dez anos desde a inauguração da nova fábrica junto ao Canal, as instalações, em um processo de ampliação cujo fim não era possível prever, continuavam invadindo os imóveis e terrenos mais próximos. Os escritórios eram mantidos, no entanto, na parte mais antiga. Isabel percorreu o corredor sem se preocupar em devolver os cumprimentos e se deteve um instante diante da sala de Raffaele. Mas não se deteve para bater à porta, mas para respirar fundo. Ao vê-la entrar, seu marido pensou por um momento que ela vinha se render. Por isso sua indignação foi maior quando soube das verdadeiras intenções de Isabel. O quê? Ia viver por conta própria e ainda por cima pretendia que ele pagasse o aluguel do apartamento? O que estava pensando? Que ele ficara louco? Os gritos de Raffaele devem ter sido ouvidos no recanto mais distante do último setor da fábrica. Mas isso não intimidava Isabel, que permanecia sentada tranquilamente enquanto ele continuava gritando. Que disparate, uma mulher casada vivendo longe de sua família! Quando se viu uma coisa dessas? Uma perdida! É isso que você é, uma perdida e uma imoral! Que exemplo quer dar aos seus filhos? Isabel, de momento, já conquistara uma coisa: apesar da raiva e dos gritos, seu marido renunciara a lhe exigir o retorno imediato ao apartamento da rua Bolonia e parecia se conformar com que ela ficasse vivendo na casa de tia Milagros. Era, logicamente, uma questão de salvar as aparências, mas para ela naquele momento as aparências importavam muito pouco e isso aumentava a exasperação de Raffaele. Minha resposta é não, não e não!, ele esganiçava. Não vou deixar que você tenha o que quer e, de qualquer maneira, não pense que vai tirar de mim nem um centavo! Quando por fim Raffaele se cansou de gritar e tentou procurar uma saída mais ou menos decorosa, Isabel soube que chegara o momento de atacar. Disse: Mas você ainda não entendeu que nem a casa e nem tia Milagros têm nada a ver com isso? Ainda não entendeu que o que eu quero é me separar, me separar de você? Raffaele voltou a negar com a cabeça: não só não pensava em lhe dar nenhuma permissão, mas também, como chefe de família, proibia-a de assinar qualquer contrato de aluguel. Ela havia entendido aquilo? Isabel se levantou, muito tranquila, e pronunciou as palavras decisivas: Devo lembrar que tudo isso continua sendo meu. La Confianza continua sendo minha e de meus irmãos. Posso fazer uma coisa pior do que me separar de você. Posso demiti-lo.

Naquela mesma semana, depois de outro encontro tão tenso como aquele, mas muito menos ruidoso, acertaram a questão da autorização e do dinheiro. No começo do mês seguinte Isabel já estava instalada em sua casa da rua San Miguel. A entrada tinha aquele cheiro um pouco ácido dos edifícios modestos. A parte central da borda de madeira dos degraus estava desgastada. O apartamento não era muito melhor do que isso. Escuro, pequeno, tinha o chão mal nivelado. Rachaduras delgadas percorriam as paredes de cima a baixo. Reclamava com urgência reformas mais do que severas. A cozinha, por exemplo: as manchas de fuligem e gordura chegavam ao teto, e a madeira dos armários estava abaulada e meio apodrecida. O banheiro só dispunha de uma latrina e de uma minúscula banheira com as torneiras oxidadas e o encanamento aparecendo pelas falhas do esmalte. Mas Isabel não tinha pressa. Depois que tornou tudo um pouco mais decente e instalou os móveis e utensílios estritamente necessários, achou que o apartamentinho reunia condições mínimas de habitação e optou por deixar para mais adiante qualquer ajuste que implicasse algum tipo de obra. Não que não quisesse fazer aquelas obras. É que não se sentia com forças para fazê-las naquele momento. E logo descobriu que, vivendo sozinha, não era difícil se adaptar àquela precariedade. A pequena quantidade de alimentos de que precisava cabia em qualquer lugar. Para aquecer a comida, lhe bastava um fogareiro. Quanto à higiene pessoal, Isabel sabia que cedo ou tarde teria de instalar um lavabo e trocar a banheira estropiada por um chuveiro, mas enquanto isso não acontecia desenvolveu sua própria técnica de asseio, que consistia em proceder por partes: primeiro se ajoelhava sobre a banheira para fazer abluções e lavar a cabeça, depois enfiava as pernas até os joelhos e as lavava cuidadosamente, finalmente ia deslizando dentro da água e esfregava com uma esponja as partes do corpo que haviam ficado de fora. Naturalmente, não havia nada que se parecesse com conforto, mas Isabel pensava que, se pudesse viver uma semana daquela maneira, poderia viver assim toda a sua vida. Não deixava de ser curioso. Fora muito cuidadosa e detalhista em relação ao apartamento da rua Bolonia e agora se preocupava muito pouco com aquele. Era como se não o considerasse importante. Como se, por não ser destinado à sua família, mas somente a ela, não merecesse os mesmos cuidados e atenções. Tia Milagros se escandalizava com seu desleixo e a ameaçava de aparecer qualquer dia com uma turma de pedreiros e pintores. E a repreendia como se ela fosse uma menininha. Por que está fazendo isso? Para se mortificar? Então pare, pois vai acabar ficando louca! Nenhuma pessoa boa da cabeça poderia viver nesta pocilga! Alberto também achava que aquela casa não era digna de sua mãe e, ajudado por Paquito, dedicava algumas de suas horas livres para torná-la mais decente: os dois taparam rachaduras, pintaram paredes, envernizaram portas. Já está bom!, rebelava-se Isabel de vez em quando. Vocês vêm visitar sua mãe e não são capazes de parar um minuto para conversar comigo.

Rafael, por sua vez, jamais se preocupou com as condições em que sua mãe vivia. Estranhamente, foi ele quem mais sentiu a separação. Ou melhor, quem se ofendeu com ela. Para Rafael as coisas estavam claras: a única responsável pela separação era a mãe, por ter abandonado o lar, e o ressentimento e a raiva de seu pai lhe pareciam mais do que justificados. Que direito ela achava que tinha de abandonar a casa, o marido e os filhos para ir viver sozinha em um apartamento como uma qualquer? Onde já se vira uma mulher decente fazer uma coisa daquelas? Uma mãe que renunciava a seus filhos não podia depois estranhar que eles não tivessem vontade de vê-la. Ele, naturalmente, não queria saber nada dela. Não havia sido ela que fora embora? Que aguentasse as consequências! Rafael era então um jovenzinho bonito e altivo, adepto das roupas caras e da brilhantina, acostumado a conviver com os filhos das melhores famílias. A nova situação doméstica o envergonhava profundamente. Se os outros haviam optado por conduzir o assunto com discrição, ele rejeitava diretamente a realidade. Aos olhos de todo mundo, deviam continuar sendo uma família normal. Ninguém devia suspeitar que sua mãe os deixara. Mas isso implicava uma elaborada estratégia de ocultação que, por exemplo, o impedia de convidar seus amigos à sua casa. Vivia mergulhado em um temor constante de que alguém se interessasse pelas frequentes entradas e saídas de sua mãe em uma portaria da rua San Miguel ou (pior ainda!) que pudessem vê-la na companhia de outro homem. Considerava-se, na verdade, tratado muito injustamente pelo destino: por que seus amigos não se viam forçados a ocultar nada e ele sim? Por que eles viviam livres do desânimo que o afligia sem parar? Em suas fantasias, preferia acreditar que sua mãe não os abandonara, mas que tinha morrido. Como tudo seria diferente se tivesse sido assim: não só não sofreria por culpa dela, como, inclusive, continuaria amá-la nas recordações. Comportava-se, de fato, como se sua mãe jamais tivesse existido: nenhum de seus amigos ouvia-o mencioná-la, nunca perguntava por ela a seus irmãos, em nenhum momento passou por sua cabeça a possibilidade de visitá-la. Apesar da ideia de que alguém pudesse se compadecer dele por sua situação familiar fosse repulsiva e atroz, ela não teria causado desgosto se sua hipotética condição de órfão inspirasse algum sentimento de pena e simpatia.

O distanciamento do filho mais velho angustiava Isabel. Havia visto Rafael na casa de tia Milagros no dia das cortinas e depois não voltara a saber dele. E ele nunca respondia às afetuosas mensagens que ela lhe fazia chegar por meio de Alberto.

— Mas o que ele disse? — perguntava Isabel, e Alberto encolhia os ombros, dando a entender que seu irmão não dissera nada.

Depois foi pior, porque Rafael o proibiu de voltar a lhe dar qualquer recado da parte daquela mulher. Disse assim: daquela mulher. Quando Isabel ficou sabendo, teve de fazer um grande esforço para reprimir as lágrimas. Não entendia. Não entendia a reação de seu filho. Por que encarar as coisas daquele jeito, da pior maneira possível, e não como o próprio Alberto, que aceitara sem problemas a nova situação? Ah, como achava o ser humano complicado...

Em 1º de novembro, Rafael fez 19 anos. Isabel comprou uma capa impermeável e pediu a Alberto e Paquito para que a entregassem ao filho mais velho. Não era uma capa impermeável qualquer. Era uma daquelas gabardinas curtas e sem cinturão que estavam na moda na época e, embora para sua nova situação econômica fosse um sacrifício enorme, valia a pena, se servisse para obter de seu filho uma palavra ou um gesto. No dia seguinte, Alberto e Paquito voltaram com o pacote e deixaram-no sobre uma cadeira: seu irmão Rafael não se dignara nem a abri-lo. A última tentativa de Isabel em estabelecer algum tipo de contato com seu primogênito foi feita nas festividades natalinas. Dava por certo que não poderia estar com seus filhos em nenhum dos encontros mais significativos (a ceia e o almoço de Natal), pois isso seria, para Raffaele, como reconhecer que ela preservara na família uma posição de autoridade que perdera ao ir embora. Mas não havia nenhum motivo para que não pudesse almoçar com Rafael, Alberto e Paquito no domingo, dia 23. Reservou uma mesa para quatro no restaurante do Gran Hotel e pediu a Alberto que informasse a seu irmão.

— Mamãe, você acha que...? — começou a dizer Alberto.

— Diga-lhe e veremos — interrompeu — ela.

Na hora aprazada, Isabel entrou no restaurante com a sacola de presentes. Alberto e Paquito, um pouco aturdidos, esperavam-na à mesa, e, logicamente, Rafael não estava. Isabel beijou-os e distribuiu os presentes. Os dois dos meninos e também os de Rafael: deu as luvas de couro que comprara para ele a Alberto e o cachecol de lã escocesa a Paquito. Chamou depois o maître e com seu melhor sorriso disse que, afinal, seriam apenas três. A partir desse instante tentou se resignar. Tivera três filhos, mas agora só tinha dois: simples assim. Claro que a coisa não seria tão fácil. O rosto de Rafael aparecia em seus sonhos e cochilos e depois não havia maneira de afastá-lo da cabeça. Ao cabo de algumas semanas admitiu aos seus botões que tinha uma irreprimível necessidade de vê-lo, de falar com ele, de abraçá-lo, de lhe pedir perdão. Mas, naturalmente, não podia nem pensar em ir à casa da rua Bolonia: Raffaele lhe dissera que só voltasse ali para se ajoelhar diante dele. No Natal seguinte voltou a almoçar com Alberto e Paquito. Transcorrera um ano e durante todo esse tempo só vira seu filho mais velho em duas ocasiões, e, nas duas, de longe: uma vez dirigindo uma Vespa, a outra esperando para entrar em um cinema. Em nenhuma delas se atrevera a se aproximar ou a chamá-lo, mas o simples fato de vê-lo bastava para avivar sua ânsia. Desistira de perguntar a Alberto se alguma vez, mesmo que tivesse sido por engano, Rafael falara dela em sua presença. Mas não podia desistir de averiguar tudo sobre ele. Ou pelo menos de perguntar a Alberto. De perguntar como iam os estudos do primogênito, com que amigos ele estava saindo agora, se tinha namorada ou não, se parecia feliz. Alberto a informava com certo desânimo porque tampouco suas relações com o irmão eram muito boas, mas isso bastava a Isabel para saber que tudo corria bem.

Um dia, Alberto lhe disse que Rafael estava planejando passar uma temporada na Itália.

— Na Itália? — perguntou ela — E para quê?

— Vá saber! — respondeu Alberto. — Talvez ache que Mussolini ainda manda lá.

Fazia tempo que Rafael falava em viajar para a Itália. Costumava dizer que era seu outro país e que, se encontrasse uma garota bonita, ficaria vivendo lá. Mas ninguém levava suas palavras a sério. Só sua mãe. Só Isabel, que sonhava com a reconciliação e compreendia que esta seria impossível se, pelo motivo que fosse, Rafael partisse para outra cidade ou outro país. Nesse caso o perderia definitivamente. E parecia que o projeto da viagem era sério. Alberto a mantinha a par dos preparativos e seu desassossego aumentava sem parar.

Quando ficou sabendo da data e da hora da partida, achou que era sua última oportunidade. Agora ou nunca. Naquele dia do início de julho de 1964, Isabel acordou com a sensação de que tudo vinha abaixo: sua vida, seu mundo, tudo. E a única possibilidade de remediá-lo passava por ver seu filho, mesmo que fosse só por um instante. Quem iria impedi-la? Quem poderia impedir seu acesso à plataforma? Chegou à estação quando faltavam poucos minutos para a partida do trem. Naquele momento Raffaele e Paquito estavam se despedindo na porta do vagão. Quando Rafael a descobriu na multidão ficou paralisado. Observou-a durante alguns segundos quase com espanto; depois, afastou bruscamente o olhar e apressou os últimos abraços antes de subir no trem. Logicamente, não fez o menor sinal à sua mãe, que, no entanto, estava disposta a permanecer ali até que a composição partisse. A atitude de Isabel era um verdadeiro desafio: se você não quer me ver, eu quero, e continuarei olhando-o enquanto puder. Rafael, com a passagem em uma mão e a maleta na outra, avançava pelo corredor procurando seu assento, e sua mãe o seguia pela plataforma, detendo-se quando ele se detinha, retomando a caminhada quando ele o fazia. Meteu-se finalmente em um compartimento no qual estavam três freiras, guardou a maleta e ocupou o lugar mais distante da janela. Isabel, de fora, viu-o cravar o olhar em uma das paisagens típicas espanholas que decoravam as paredes. Grudou o rosto na janela e as freiras olharam-na com curiosidade. Rafael, por sua vez, continuou olhando a foto. Sua expressão era concentrada e ausente, como a de um cientista que examina uma lâmina em um microscópio. Isabel percebeu no reflexo da janela que alguém parara atrás dela. Era Raffaele, que lhe disse: Mas você não se dá conta de que ele não quer vê-la? Então soou o apito do chefe da estação e o trem começou a andar lentamente. Isabel avançou alguns metros em paralelo e, embora soubesse que seu filho continuaria ignorando-a, levantou a mão para dizer adeus. Rafael desapareceu em seguida de sua vista, e ela teve a sensação de que aquele adeus era para sempre.

Com as coisas desse jeito, não parece injustificada a surpresa que Isabel experimentou quando, duas semanas e meia depois, ao voltar do mercado, encontrou seu filho esperando por ela diante do prédio. Carregava a mesma maleta do dia da estação, mas suja e surrada. De fato, todo ele transmitia uma impressão de sujo e surrado.

— Não me pergunte nada, por favor — disse Rafael. — Posso subir? Posso dormir na sua casa?

No apartamento só havia uma cama e Isabel fez questão de cedê-la. Rafael tinha um aspecto esgotado e doentio. Passou os três primeiros dias praticamente dormindo. Só se levantava de vez em quando para comer em silêncio uma fruta, e Isabel aproveitava para alisar os lençóis e ventilar o quarto. Comportava-se com ele como uma enfermeira, como a que fora na epóca da guerra. Durante o pouco tempo que passavam juntos, ela se limitava a sorrir e a segurar as mãos do filho entre as suas. Por nada no mundo o faria dizer alguma coisa que ele não quisesse. Rafael levou uma semana inteira para se recuperar por completo, e o que disse então foi:

— Perdão. Me perdoe por ter sido tão idiota.

— Você já disse ao seu pai que voltou? — perguntou Isabel.

— Não quero saber nunca mais dele.

Sua transformação fora radical. O filhinho de papai petulante e frívolo dera lugar a um jovem desalinhado e lamuriento que em seguida rompeu com seus velhos amigos e abandonou o curso de direito para se matricular no de medicina. Passava pouco tempo em casa e, quando estava, costumava se trancar para estudar no minúsculo quarto que sua mãe arrumara para ele. Durante as refeições, só falavam de assuntos supérfluos. Em todo caso, nunca falavam de Raffaele nem da viagem à Itália. Entre os poucos assuntos que despertavam seu interesse estava o papel que a família tivera durante a Guerra Civil. Perguntava frequentemente por seu tio Modesto, o anarquista, e pelo outro Modesto, seu avô, aquele que havia sido detido ilegalmente pelos falangistas. Quando ela, cheia de dor, recordava o que acontecera com um e outro, ele não se privava de manifestar seu ódio em relação aos sicários do franquismo. Suas vagas simpatias pelo fascismo italiano tinham se desvanecido de repente, o lugar delas era ocupado por severas reservas em relação ao regime de Franco. Isabel o contemplava temerosa e preocupada. Meu filho, dizia, você está se metendo com coisas da política? Mas nem mesmo essa inquietação turvava a harmonia que se instalara entre mãe e filho. Isabel, que finalmente pôde almoçar com todos os seus filhos no restaurante do Gran Hotel, era então uma mulher feliz.

Essa felicidade, no entanto, não duraria muito. Foi Rafael quem, voltando da universidade, viu a água que saía do banheiro e já encharcava metade do corredor. Foi ele também quem abriu a porta aos tropeções e descobriu Isabel com a cabeça mergulhada na água da banheira. Mamãe!, Mamãe!, gritou com um timbre de voz estranhamente infantil. Ao agarrá-la pelos cabelos comprovou com horror que estava morta. Morrera afogada. Devido à temperatura muito alta da água ou, talvez, a uma queda de pressão, perdera os sentidos no pior momento, justamente quando, seguindo suas próprias técnicas de asseio, se inclinava sobre a banheira e se dispunha a lavar o cabelo. A má sorte fez com que o peso do corpo não se deslocasse para trás e sim para a frente, e que seu rosto afundasse na água. Quando Rafael abraçou com desespero a mãe morta, esta tinha o rosto avermelhado, desfigurado, monstruoso. A pele adquirira a consistência de cebola fervida e se desprendia na testa e nas faces como uma máscara mal-encaixada. Aquele foi, sem dúvida, o mais lamentável dos acidentes da família Cameroni.

O que acontecera na Itália naquele verão de 1964?

É necessário começar dizendo que as veleidades fascistas de Rafael eram, sobretudo, decorativas. Naquela Espanha provinciana e uniforme, seus cinquenta por cento de sangue italiano lhe davam um toque de exotismo e distinção que alguém como ele não podia desprezar. Por isso enfatizava seus traços mais genuinamente italianos: se penteava como os atores da Itália que apareciam nas revistas, adotava ao falar uma modulação suave e melodiosa (que contrastava com o duro sotaque aragonês) e se despedia sempre com um enérgico *ciao, ciao*. Às vezes até fingia que no meio da conversa lhe escapava alguma expressão como *per carità*, *mamma mia* ou *porca miseria*. Sua mentalidade fabuladora havia erguido um mito em torno dos italianos. Certamente porque lhe convinha: o fato de considerar a Itália como um país superior lhe permitia (a ele, meio italiano) se sentir um pouco acima da realidade espanhola, tão vulgar. E defendia Mussolini pelos mesmos motivos pelos quais defenderia qualquer coisa que viesse da Itália: o Fiat 500, o sabor do Martini, as canções de Rita Pavone, os filmes de Sofia Loren. Diante de seus amigos, todos de famílias ligadas ao regime, enaltecia os italianos que tinham vindo lutar por Franco. Nas homenagens do Memorial Militar se colocava, logicamente, entre os fascistas italianos e não entre os espanhóis, que lhe pareciam barulhentos e vulgares. Às vezes dava a impressão de que se comportava como um italiano que estivesse de passagem pela Espanha, e cada vez sentia mais vergonha de reconhecer em público que jamais estivera no país de seu pai. Rafael tinha motivos suficientes para não continuar adiando a viagem e, naquele verão, quando só lhe faltavam quatro meses para completar 21 anos, decidiu partir para sua adorada Itália.

Para chegar a Gênova teve de mudar três vezes de trem. Reservou um quarto em um albergue próximo à estação e se deitou para descansar. Dormiu até as 7h. Depois foi conhecer a cidade. Passeou pelo porto e pelos arredores da catedral. Tudo o que via lhe parecia interessante, mas em tudo encontrava imperfeições: manchas de umidade nas fachadas, roupas estendidas nos balcões, letreiros de neon meio desabados. Não sabia o que esperava encontrar exatamente, mas, fosse o que fosse, tinha de ser superior ao que já conhecia, à Espanha. E aquelas imperfeições demonstravam que tampouco havia tantas diferenças. Procurou um lugar para jantar e se deu conta de que, para os horários italianos, já era um pouco tarde. Conseguiu que o aceitassem em uma *trattoria* onde já estavam desligando os ventiladores. A mulher que atendia às mesas tinha um dente de ouro. Rafael tentou entabular uma conversa, mas lhe custava entender o que ela dizia. Primeiro se perguntou se aquela mulher estaria falando um dialeto; depois, se os genoveses tinham seu próprio dialeto. Mas o pior era que também ele não conseguia se expressar com exatidão: na metade das frases descobria que não sabia como terminá-las, e as que conseguia concluir lhe soavam ocas e artificiais. Que decepção! Sempre acreditara que falava bem italiano, e agora que pela primeira vez o colocava realmente à prova se dava conta de que mal o arranhava. Quando acabou de jantar, pediu por sinais a conta e saiu do estabelecimento. Não teve problemas para encontrar o caminho de volta ao albergue. Mas ainda não era muito tarde, e para matar o tempo entrou na estação. Observou os painéis com os horários, e por um instante passou por sua cabeça a ideia de voltar. O principal já tinha sido feito: agora não se podia dizer que nunca estivera na Itália... Pensou: Que curioso, basta ter estado uma vez em um lugar e já se esteve para sempre. Uma vez. Uma única. Como é grande a distância que há entre o zero e o um, muito maior do que a existente entre o um e qualquer outro número, por mais elevado que seja... Bocejou. Tinha sono e tinha cama, assim tampouco podia se queixar.

De manhã estava com um humor melhor, e agora não percebia as deficiências do dia anterior. De repente gostava de tudo em Gênova: da luminosidade, do cheiro do mar, do constante bulício de crianças e gaivotas. Gostou também da viagem pela costa da Ligúria. Cada vez que o trem parava em alguma estação imaginava a si mesmo fazendo parte de qualquer um dos ruidosos grupos de veranistas que subiam ou desciam. Pensou em como teria sido sua vida se seu pai, em vez de se instalar na Espanha, tivesse levado sua mãe para a Itália. Que amigos teria? Que hábitos? Teria orgulho de sua parte espanhola como se orgulhava agora da italiana? Tinha a sensação de que estava vivendo apenas uma das vidas que lhe cabia viver e de que pelo menos uma das outras vidas estava ali, na Itália. Por isso, tudo o que via pela janela despertava sua curiosidade: qualquer uma daquelas casas poderia ter sido a sua, e qualquer uma daquelas pessoas poderia ter sido seu amigo, sua namorada, seu vizinho... Em Pisa, não teve tanta facilidade como em Gênova para encontrar uma pensão. Acabou se acomodando na casa de uma família que alugava quartos. A família era formada por uma viúva, sua mãe idosa e dois adolescentes que passavam todo o tempo desmontando e voltando a montar uma velha motocicleta Guzzi. Embora sua relação com eles fosse quase nenhuma, compartilhar a cozinha, o chuveiro e a sala de estar lhe permitiu vislumbrar algo daquela vida paralela que nunca chegaria a viver. Mas, uma vez visitados os principais monumentos, tampouco em Pisa havia muitas coisas a fazer, e depois de dois dias pegou um trem com destino a Florença. O trajeto lhe inspirava certa curiosidade porque na metade do caminho entre as duas cidades ficava Montecarlo, a aldeia de seu pai. Rafael sorriu ao recordar aquele nome: quantas vezes, ao mencioná-lo diante de desconhecidos, dera a entender que sua família procedia da outra Montecarlo, a dos aristocratas e dos famosos. Mas ele sabia que a sua era uma Montecarlo de camponeses, gente simples. De fato, isso era quase tudo o que sabia da aldeia de seu pai, que nunca falava de sua vida na Itália antes da Guerra Civil. Quando o trem se pôs em movimento, Rafael ficou atento à vista que tinha da janela, uma paisagem feita de suaves colinas, de oliveiras, de vinhedos, de casinhas de campo nas quais sempre havia algum cachorro dormitando debaixo de uma figueira.

Na estação de Lucca disseram que o trem demoraria um quarto de hora para prosseguir viagem. Rafael, como outros viajantes, aproveitou para descer à plataforma e beber um refresco. Voltou ao seu assento. O trem começou a andar. Após alguns minutos supôs que já deviam estar perto de Montecarlo. Quando notou que a composição diminuía de velocidade ficou em pé para se aproximar da janela. A estação era muito modesta. Adivinhava-se a aldeia, pequena e de casas baixas, atrás do muro e das árvores. O trem parou apenas alguns segundos, o tempo exato para que descesse uma mulher de preto que ele vira subir em Lucca. Mas aqueles segundos foram suficientes para que Rafael se perguntasse se não ficara na aldeia alguém da família. Não era estranho que seu pai não tivesse lhe dado nenhum endereço, mandado nenhum recado? Era a primeira vez que um de seus filhos viajava à Itália e, portanto, o lógico teria sido lhe pedir que visitasse os parentes e mandasse saudações e pequenos presentes ou fotografias. Porque também ele, seu pai, devia sentir curiosidade pelo que acontecera com a família que havia deixado na Itália... E, no entanto, Raffaele, ao saber da viagem do filho, não fizera a menor alusão a nada nem a ninguém. Seria verdade que não restava ninguém? Mas isso não era possível. Sempre restava alguém: um tio, um primo, quem quer que fosse.

Em Florença, Rafael teve a primeira noção do que era o fenômeno do turismo. Enquanto passeava pelas ruas principais e fazia fila para visitar os monumentos, ouvia conversas em inglês, francês, alemão. Isso, paradoxalmente, o fazia se sentir ao mesmo tempo protegido e desamparado. Protegido porque ele não era o único estrangeiro, e desamparado porque na realidade os estrangeiros nem sequer despertavam curiosidade. Mas, definitivamente, o que mais se sentia era só. Em seu hotel se hospedavam várias jovens norte-americanas que estavam ali para estudar. Durante o café da manhã, compartilhou uma mesa com duas delas e, meio em francês, meio em italiano, convenceu-as a passearem juntos depois do almoço pela cidade. Mas na hora combinada não apareceu ninguém no vestíbulo do hotel, e Rafael as desculpou pensando que não tinham compreendido bem a hora do encontro. Vê-las aparecer à noite bêbadas e abraçadas com dois jovens italianos doeu no recanto mais profundo do seu amor-próprio. Foi então que disse a si mesmo que já vira monumentos demais e decidiu dar um sentido diferente a sua viagem. Por que não modificar uma parte do roteiro e investigar um pouco as origens da sua família? Na manhã seguinte voltou à estação e comprou uma passagem para Montecarlo: ali não teria nenhuma dificuldade para imaginar como seria sua outra vida, a vida que levaria se tivesse nascido na Itália.

Como em sua passagem anterior por aquela estação, só uma pessoa desceu do trem. Só que desta vez era ele. Carregou a maleta até o lugar que lhe pareceu ser o centro da aldeia. Fazia calor e as ruas estavam desertas. Cortininhas se agitaram em uma janela e Rafael soube que estava sendo observado do interior das casas. Previra alugar um quarto e ficar alguns dias, mas valeria realmente a pena? Em uma pracinha havia uma porta com um anúncio da Pepsi. Entrou. Seus olhos demoraram alguns segundos para se adaptar à penumbra, e então viu que todos os presentes, dez ou 12 homens que jogavam cartas, haviam se virado para ele e o observavam. Cumprimentou-os com um movimento de cabeça. Os homens voltaram ao que faziam e ele se sentou em um canto, ao lado de um aquário. Um dos jogadores gritou "Tommasina!" e em seguida apareceu uma mulher de avental. Primeiro lhe perguntou o que queria beber, e depois, enquanto o servia, se era a primeira vez que estava na aldeia, se fazia tanto calor no lugar de onde vinha etc. Rafael achou que a loquacidade poderia lhe ser útil e soube orientar a conversa para o assunto de seu interesse. Tommasina fez a expressão carrancuda de quem se esforça para despertar a memória. Cameroni?, repetiu, e entre os homens houve alguns que a olharam e assentiram vagamente, como se aquele nome lhes dissesse algo, mas não soubessem exatamente o quê. Então, sem parar de jogar, começaram a conversar entre eles, mas falavam tão depressa que Rafael não os entendia muito bem. Falavam de um tal de Graziani e de uns campos que havia no outro lado do monte. Discutiram entre si sobre a localização exata daqueles campos. Depois falaram de uma viúva. *La vedova, la vedova*, repetiam, e Tommasina olhava para ele como se dissesse: Você já ouviu. Sim, Rafael ouvira, mas era como se não tivesse ouvido. Tentou averiguar algo mais. Um dos homens comentou que quem podia informar de verdade era o padre, *il prete*. Rafael fez um gesto de agradecimento, e Tommasina lhe disse que esperasse e saiu do bar. Os homens, atentos ao jogo, se despreocuparam do resto. Rafael, enquanto isso, matou o tempo contemplando as poucas fotografias que decoravam as paredes. Tommasina voltou com um endereço anotado em um papel. Era um endereço de Lucca. Rafael quis perguntar outras coisas, mas a mulher só falava de dom Francesco, *il prete*, e da excelente memória que o religioso conservava aos seus 84 anos. Bem, pelo menos tenho um dado que antes não tinha, pensou Raquel, dando uma nova olhada no pedaço de papel.

Durante a breve viagem de trem tentou colocar em ordem o que averiguara e descobriu que tinha mais dúvidas do que certezas. Sim, havia uma viúva Cameroni que vivia em Lucca, mas, na realidade, não sabia quem era. Uma irmã de seu pai? Uma prima? A viúva de algum irmão ou de algum primo? Como seu pai nunca falava de sua família, haviam dado por certo que esta não existia. Mas todo mundo tinha alguém em algum lugar. Quando chegou a Lucca era muito tarde para começar a investigar e se conformou em encontrar um quarto em um hotelzinho fora das muralhas da cidade. Jantou qualquer coisa em um bar da estrada e se deitou cedo. No dia seguinte, antes de retomar suas investigações, aproveitou para fazer um pouco de turismo. Deu um passeio seguindo o curso do fosso, perambulou entre as barracas do mercado da praça do Anfiteatro, espiou o interior de mansões e jardins. Quando viu as altas torres que coroavam os *palazzi*, fantasiou a possibilidade de que, no passado, algum daqueles belos edifícios tivesse sido propriedade de um antepassado seu. Estava claro que seu pai nascera no seio de uma família pobre, mas quem podia garantir que em algum século anterior os Cameroni não tivessem sido poderosos e ilustres? Levava no bolso o bilhete do padre de Montecarlo. Naturalmente, o endereço não era o de nenhuma daquelas construções senhoriais. Perguntou a um transeunte, que por sua vez perguntou a um entregador, que por sua vez perguntou a um empregado de uma loja que saíra para xeretar. Só este último conhecia a rua, mas disse que ali não havia nada, *solo gatti* e *immondizie*. Rafael seguiu suas indicações e encontrou a rua, que era pouco mais do que um fedorento beco sem saída. Em um lado havia uns latões de lixo amontoados sem nenhuma ordem. E em frente ficava a única porta. Mas era impossível que alguém vivesse ali. Rafael se aproximou com certa apreensão e procurou em vão alguma campainha ou aldrava. Depois trepou em umas caixas para olhar através do vidro rachado de uma janela. A luz era escassa, mas suficiente para confirmar que aquilo não era nem nunca havia sido uma habitação: talvez um armazém ou uma oficina. Na parede mais afastada havia velhos cartazes com desenhos de calças e paletós. Entrecerrou as pálpebras. O que estava escrito? *Manifatture* e o quê? Podia ser *Manifatture Vittoria*? Bem, aquilo não teria muita importância àquela altura... Rafael decidiu abandonar a busca. O que tinha ali? Uma parente de seu pai que, tempos atrás, emigrara para Lucca e trabalhara em um ateliê de costura. Isso era tudo. Ou nem sequer isso, porque o ateliê estava fechado há anos, e quem sabia o que fora feito realmente da mulher? Era o que tinha: uma pista que não levava a lugar nenhum. Nada, portanto, e Rafael ficava satisfeito ao pensar que pelo menos teria alguma coisa interessante para contar quando voltasse à Espanha. Contaria que estivera na aldeia da família e que soubera da existência de uma parente viúva que, por fim, não conseguira encontrar. Perguntaria a seu pai quem era aquela viúva, que grau de parentesco os unia etc. Voltou ao hotel com a intenção de descansar um pouco. Mais tarde, durante o jantar, decidiria o itinerário do dia seguinte. Desceria até Roma ou voltaria a Florença para seguir até Veneza? O certo é que adormeceu e não despertou até que, pela manhã, começou a ouvir no corredor o barulho das faxineiras. Desceu para a cafeteria. Tomando o café da manhã, viu alguém comprar fichas de telefone e lhe ocorreu pedir a lista telefônica ao garçom. Nos filmes nunca se recorria a uma coisa tão corriqueira como a lista quando se tratava de localizar uma pessoa, mas ele não vivia em um filme, e sim na realidade, e talvez tivesse que começar por ali. Procurou a letra cê e não havia ninguém que se chamasse Cameroni. Sorriu. Seria simples demais. Como se a *vedova* o estivesse esperando e lhe tivesse preparado o caminho. Deixou a lista sobre o balcão e continuou tomando o café. Depois voltou a pegá-la e a abriu no eme de *Manifatture*. Ali estava. A empresa não havia fechado, apenas se mudara. Copiou o endereço em um guardanapo de papel e saiu à rua.

O novo ateliê ficava em uma pequena zona industrial nas cercanias da cidade. Diante da entrada de mercadorias, alguns homens descarregavam de um caminhão enormes rolos de fazenda estampada. O ateliê ficava nos fundos, depois das máquinas de cortar. Ninguém pareceu notar sua presença até que, depois de percorrer todo o corredor, ele bateu à porta da primeira sala. Ao jovem que o atendeu, aquele sobrenome,

Cameroni, não dizia nada. Mas não se importou de perder alguns minutos examinando uns fichários que ficavam às suas costas. Então apareceu um homem mais velho, que talvez fosse seu pai, e o jovem o informou do motivo de sua procura. Cameroni, Cameroni, repetiu o velho, e balançou a cabeça como se o nome lhe fosse familiar.

— *Una vedova, no? Di Capannori?* — perguntou.

— *Di Montecarlo* — corrigiu Rafael.

— *Una donna così...* — disse o velho, e as mãos na cintura e o queixo afundado sugeriram algo que podia ser tanto de seu temperamento, quanto de sua corpulência.

Rafael assentiu com a cabeça, embora, logicamente, não pudesse saber se se tratava de uma coisa ou de outra. O fato é que já a encontrara. Tinha o endereço e poderia lhe fazer uma visita naquela mesma manhã. Assim não precisaria alterar seus planos. À noite estaria em Roma ou em Veneza.

A mulher vivia no segundo andar de um edifício sem elevador da praça San Francesco. Enquanto se dirigia para lá, Rafael calculava o tempo que levaria na volta para chegar à estação depois de pegar a maleta no hotel; se não se distraísse muito, poderia pegar um trem por volta das 13h. Mas não contava que naquele momento não haveria ninguém em casa. Tocou várias vezes a campainha, mas não ouviu nenhum ruído do outro lado da porta. O que fazer? Se ficasse esperando, correria o risco de alterar definitivamente seus planos. Mas também não podia ir embora sem mais nem menos, agora que a tinha encontrado. Na placa da caixa de correio leu o nome: Giulia Rossi. Resolveu dar um último passeio por Lucca e voltar a tentar um pouco mais tarde. E aí, se não a encontrasse, deixaria um bilhete de saudação. Chegou à praça Napoleone e se sentou para escrever apoiando o papel em uma mesinha. Como lhe era difícil escolher as palavras! Optou por começar o texto com um *Cara*

Giulia e se apresentou como Rafael Cameroni, o mais velho dos três filhos de Raffaele Cameroni, que se estabelecera na Espanha depois de combater na Guerra Civil. Explicou os motivos de sua viagem pela Itália, *la mia seconda patria*, e lamentou não ter podido saudá-la pessoalmente em sua breve passagem por Lucca. Terminou o bilhete com uma frase cortês e se despediu manifestando seus melhores votos. Depois enfiou o papel em um envelope e se encaminhou de novo à praça San Francesco. Subiu ao segundo andar e tocou a campainha. Também agora não havia ninguém. Desceu à portaria, deixou o envelope na caixa de correio e foi embora.

Mas o fato é que não conseguiu ir embora de todo. Pouco depois de sair, cruzou com duas mulheres que o observaram por um instante com curiosidade. Uma delas devia ter 50 e tantos anos: a outra, uns 30. Rafael se fixou nesta, na mais jovem, e percebeu nela algo que lhe pareceu familiar, inquietantemente familiar. Parou, se virou para olhá-las e confirmou que entravam no mesmo edifício do qual acabara de sair. Isso sem dúvida explicava sua curiosidade anterior. O cérebro de Rafael trabalhava a toda velocidade, tentando fazer com que as peças do quebra-cabeça se encaixassem. A primeira coisa a fazer era descobrir de uma vez quem aquela mulher, a trintona, recordava. Aquele rosto, que seria bonito se não fosse tão anódino... Aquele olhar úmido e um tanto letárgico, aquele sorriso sem caráter... Vira tudo aquilo antes, em outra pessoa. De fato, estava acostumado a vê-lo. Sim, mas onde? Em quem? A outra mulher, logicamente, tinha de ser Giulia Rossi, *la vedova*, e de repente esta palavra lhe pareceu ser a chave de tudo. Um pressentimento aterrador percorreu sua coluna. Se aquela mulher era a viúva e a outra, sua filha, podia ser que... Começou a andar até o edifício. Aproximou-se do vão da escada temendo que suas intuições se tornassem realidade. Naquele momento já sabia quem a filha recordava: seu irmão caçula. Seu inocente irmão caçula. Paquito. Chegou ao patamar, mas não tocou a campainha. Os pensamentos se agitavam em sua cabeça como peixes presos em uma rede. Entendeu que a falsa viúva estava lendo naquele momento as primeiras frases do seu bilhete. Entendeu que, ao mesmo tempo em que ele tentava reconstruir toda a sua existência à luz das descobertas, ela estava fazendo o mesmo com os últimos 27 anos de sua vida. Entendeu que a qualquer instante ela abriria a porta com a certeza de que o encontraria esperando na penumbra da escada...

De fato, Giulia abriu a porta. Durante alguns segundos os dois permaneceram imóveis, apenas se olhando, enquanto a outra, do corredor, saudava com ambas as mãos o recém-chegado e se bamboleava como um joão-bobo. Depois a mais velha soltou um soluço, ou nem sequer isso, um gemido, e desabou no chão, inconsciente. Rafael se apressou a socorrê-la. Arrastou-a para a sala de estar, deitou-a como pôde em um pequeno sofá, abanou-a com uma revista. Sua filha tentava ajudar, mas não fazia mais do que dificultar tudo. Não parecia preocupada, apenas nervosa. Rafael enviou-a à cozinha (*Presto! Un bicchiere d'acqua!*), e, enquanto isso, descobriu fotos de seu pai em cima da cômoda. Eram três fotos, as únicas que havia no aposento: uma homenagem a um passado feliz. Na do casamento, um empertigado e magérrimo Raffaele fitava com arroubo Giulia sobre um sofisticado tecido de flores. Na da família completa, exibia um sorriso apagado, os ombros levantados e a menina sentada em seus joelhos. Na terceira só se via ele, de uniforme e com *il bronzino*, ao lado da insígnia do batalhão: o herói de guerra que nunca mais voltaria para casa. Será que Rafael imaginara as diferentes vidas que cada pessoa poderia viver? Naquelas três fotos estava concentrada a outra vida de seu pai, e naquela vida nem ele nem seus irmãos haviam existido, como de fato eles tampouco tinham existido para Giulia ou para Margherita, sua desconhecida meia-irmã. Rafael observava as fotografias abalado e absorto, sentindo a perturbação de não saber qual das duas vidas era a verdadeira: se a sua e de seus irmãos ou a outra, a de Giulia e sua filha deficiente. *La lettera, Margherita, la lettera!*, ouviu, e se virou um instante para ver Giulia agarrando com uma mão o copo e com a outra apontando um pequeno armário. Olhou para mãe e filha. Pareciam-se pouco: só pelos grandes peitos e pescoço largo. Margherita se parecia mesmo era com Paquito. Na verdade, o que Rafael reprovava em seu pai não era a bigamia. Tampouco que tivesse abandonado uma mulher e uma filha. O que reprovava era que, trinta anos atrás, tivesse abandonado sua filha por ser anormal e que, algum tempo depois, tivesse discriminado outro filho pelo mesmo motivo... Aquelas fotos explicavam muita coisa a respeito de seu pai. Explicavam os mistérios acerca de sua origem e de seu passado, mas, sobretudo, explicavam sua constante, embora nunca admitida, hostilidade em relação a Paquito. Ou em relação a si mesmo: o que havia pensado ao perceber pela primeira vez que o pequeno Francisco mostrava os mesmos sintomas de retardamento mental de sua filha? Naqueles dias, enquanto o médico se preparava para emitir um diagnóstico que já conhecia, Raffaele deve ter achado que era perseguido por algum tipo de malefício. Não importava que fosse na Itália ou na Espanha, com uma mulher ou com outra... O sangue ruim, pensou Rafael, o sangue ruim. Agora Giulia dava à filha indicações confusas acerca das coisas que guardava no pequeno armário: algum contrato antigo, vários recibos amarelados, a documentação necessária para o recebimento da pensão, muitas cartas e cartões-postais. Margherita estava agachada, e entre todos aqueles papéis esparramados encontrou o envelope que sua mãe estava procurando. Rafael estendeu a mão, Giulia assentiu com a cabeça e Margherita entregou a ele o envelope. Não havia o nome do remetente. A carta era assinada simplesmente por um Giuseppe, sem sobrenome. Na realidade, mais do que uma carta, era uma mensagem de pêsames. Nela, o tal de Giuseppe se declarava profundamente *addolorato* pela morte de seu companheiro de batalhão e bom amigo Raffaele Cameroni, que tão heroicamente defendera o bom nome da Itália em terras espanholas... Por que naquele texto Raffaele era Raffaele Cameroni e o signatário, ao contrário, era só Giuseppe? E por que aquela prosa abstrata e protocolar, imprópria de alguém que compartilhara sofrimentos com o morto e tivera de estar muito próximo dele nos últimos momentos? Prestou atenção na caligrafia. As maiúsculas eram estranhas, quase pitorescas, mas em algumas minúsculas não lhe custou reconhecer, propositalmente deformada, a letra irregular de seu pai... Velho vigarista! O curioso era que imaginava-o no ato de escrever aquela carta. Rafael o via com a idade e o aspecto que ele tinha então, no verão de 1964, e não com a idade e o aspecto que devia ter naquele dia do começo de janeiro de 1939 em que estava datada a carta. Não odiava aquele jovem soldado anterior ao seu nascimento; odiava seu pai, e seu pai era o Raffaele da atualidade. Deixou a carta cair ao lado dos outros papéis e se virou para as duas mulheres. Giulia havia tapado o rosto com as mãos e emitia um longo e desarticulado lamento que recordava o grito dos touros ao morrer. Margherita, ao seu lado, continuava sem entender nada e observava sua mãe com expressão assustada. Rafael pensou que tinha muito mais coisas em comum com aquelas duas mulheres do que com seu pai. Eram, como ele próprio, vítimas inocentes. Aproximou-se do sofá, ajoelhou-se diante delas, segurou suas mãos. Mas não disse nada. Logo teriam tempo para dizer tudo.

SEGUNDA PARTE

1

O garoto que a convidara para sair se chamava nada menos que Escolástico, e Elisa não gostava nem um pouco dele. Não gostava do garoto, não gostava de ciclismo e também não gostava de aglomerações... Não havia nenhum motivo para que naquela tarde abafada de maio ela estivesse ali, acompanhando o trote nervoso de Escolástico, avançando lentamente entre os grupos de pessoas que esperavam os corredores. O garoto se virava a cada instante e a apressava com sorrisinhos impacientes. Por-por que tanta pressa?, dizia Elisa. Na sua família, quando uma mulher gaguejava era porque alguma coisa não estava indo bem. Era assim com sua avó, era assim com sua mãe e suas tias. Os lábios crispados, o pescoço um pouco esticado, o gaguejar... As mulheres de sua família eram mais parecidas quando estavam aborrecidas. E Elisa estava aborrecida naquela tarde, mas o garoto não precisava saber. Por-por que tanta pressa?, dizia, e ele, naturalmente, achava que ela gaguejava por curiosidade ou por agitação.

Deviam ter soltado rojões, porque havia um cheiro de pólvora. E também de azeite queimado dos carrinhos de churros. Os alto-falantes despejavam uma música estridente que de repente era interrompida para que uma voz recitasse uma lista de nomes. Anunciantes, supôs Elisa, ou patrocinadores. Havia um *trailer* gigantesco com propaganda de refrigerante. Duas jovenzinhas vestidas de amarelo distribuíam balões inflados com hélio. De vez em quando algum daqueles balões escapava e voava até o céu. No meio do alvoroço se distinguia o grito desolado de uma criança. Elisa caminhava cada vez mais devagar. Em certo momento achou que tinha perdido Escolástico na multidão. Parou. As pessoas desfilavam em todas as direções. Levou um empurrão pelo qual ninguém tentou se desculpar. Chega, vou voltar para casa, pensou, mas naquele exato momento o garoto reapareceu com duas viseiras de cartolina. Ajustou uma à testa e lhe ofereceu a outra:

— Me deram na cabine de informação. Não vá achar que dão pra todo mundo...

— Não aguento mais. O calor está muito forte — protestou ela.

Escolástico nem a ouviu. Vou levá-la a um lugar melhor, disse, e, segurando seu cotovelo, tentou guiá-la no meio da multidão. Naquele momento Elisa não soube resistir e, enquanto se deixava levar, olhava para todos os lados como se estivesse procurando uma escapatória. Por que não nos sentamos em algum lugar? Por que não esperamos na cafeteria?, sugeriu, mas o outro se limitou a dar de ombros, ao mesmo tempo em que continuava guiando-a pelo cotovelo. Elisa levantou o olhar e viu a palavra "chegada" em grandes letras vermelhas. Logo a faixa ficou às suas costas, e na contraluz se lia "adagehc". No outro lado, o da basílica, distinguiu o palanque das autoridades: senhores de gravata e óculos escuros, suarentos homens de uniforme, e também a rainha das festas cercada pelas damas de sua corte, todas elas com o traje regional. Naquele momento, Escolástico finalmente soltou seu cotovelo. Estavam junto à linha dos cavaletes e um homem com uma imensa pinta na face direita levantou a voz acima do estrondo dos alto-falantes para dizer: Não, aqui não há ninguém com esse nome! Pelo visto, Escolástico devia conhecer uma pessoa que trabalhava na organização e por isso queria que lhe dessem acesso à zona reservada, ali onde ficavam os jornalistas e os técnicos das equipes. Pronunciou outra vez o nome de seu amigo, mas o da pinta, funcionário do serviço de segurança, repetia que não podia deixá-los passar e lhe indicava com gestos que não obstruísse a passagem. A discussão não demorou a chegar a um impasse: Mas estou lhe dizendo o que me foi dito! Pois eu lhe digo que ele me disse! Cansada, Elisa resolveu ir embora e deixá-los ali plantados. Que interesse ela tinha de ver o final da corrida daquele lugar ou de qualquer outro? Nenhum, absolutamente nenhum. Por que, então, devia suportar todo aquele calor e aquela gritaria esperando que aqueles dois idiotas chegassem a um acordo?

Mas aconteceu que justamente nesse instante o homem afastou o cavalete metálico para permitir a entrada de três pessoas, e isso a irritou:

— Por que eles podem entrar, e a gente não? — perguntou, agitando no ar a viseira de cartolina.

O funcionário, que não havia reparado nela, disse muito sério:

— Porque estão credenciados.

— Pois muito bem! Onde devemos nos credenciar?

De repente se sentiu ofendida pela proibição de cruzar uma barreira que nunca desejara cruzar. Por mais contraditório que fosse, sua indignação ia crescendo:

— Ora! O senhor nos diga onde, e nós nos credenciaremos! Ou esses aí são mais bonitos ou mais espertos do que a gente?

O homem da pinta disse Senhorita, acalme-se, e suas palavras surtiram o efeito contrário. Que ela se acalmasse? Quem era ele para mandá-la se acalmar? Estava calma, calmíssima! Logo apareceu outro funcionário do serviço de segurança, e um pouco mais tarde um terceiro e este, que parecia ser o chefe, ameaçou chamar a guarda municipal.

— Isso mesmo! Peçam reforços! Vocês são só três contra uma pobre menina — ironizou Elisa.

Mas então Escolástico já a agarrara pelo braço e a tirava dali aos tropeções. Depois quis lhe agradecer e ela, jogando a viseira no chão, interrompeu-o.

— E você não podia ter inventado uma história melhor?

Sua mãe dizia que ela era daquelas garotas que sempre acreditam merecer mais do que têm. Naturalmente, naquele momento Elisa achava que merecia um acompanhante mais interessante do que aquele menino de nome estúpido. E também um passatempo mais interessante do que aquele espetáculo ciclístico que tanto demorava. Perguntava a si mesma por que devia passar por aquelas coisas, por que precisamente ela... A breve discussão com o segurança se transformara em uma humilhação irreparável, e dentro dela o desgosto dera lugar ao rancor. Ah, mas estava presente aquela consciência, aquele senso de decoro que a impedia de fazer o que queria de fato: dizer quatro desaforos àquele idiota e ir embora. Escolástico, além do mais, se comportava de novo como se nada tivesse acontecido e já estava outra vez conduzindo-a no meio da multidão e apressando-a porque os ciclistas estavam prestes a chegar. Elisa tentava não pensar em nada. Dizia a si mesma: vou me resignar. Vou me resignar e aguentar mais alguns minutos.

Foi aí que ouviu pela primeira vez o nome? Em caso negativo, quando foi exatamente? Quando o garoto e ela abriam passagem entre cotoveladas e protestos até uma das barreiras? Antes ou depois de ter ido parar em sua blusa o sorvete que um menino sentado nos ombros de seu pai tentara atirar na calçada? Em todo caso, ouvira-o em um dos momentos de maior agonia: quando estavam prestes a soar os primeiros aplausos, quando o público já se remexia animado e começava a agitar as bandeirinhas da Espanha. Apareceram por fim as motos da organização. O ruído dos alto-falantes foi abafado por um estrépito de buzinas. Entre as cabeças e as bandeirinhas, Elisa conseguiu ver dois ciclistas que se erguiam nos pedais e aceleravam. O da esquerda é Manzaneque! E o outro, Colmenarejo!, anunciou Escolástico, exultante. Pelo menos desta vez ganhará um espanhol!, exclamou um homem gordo que não parava de empurrar. Pouco depois apareceu o resto dos ciclistas, que em sua grande maioria pareciam vagabundear. O homem gordo voltou a falar: Ali vai Bahamontes! Está acabado. Passou o pelotão, passaram os carros e as peruas. Alguns minutos foram tudo o que aquele absurdo desfile levou para passar diante de Elisa e se perder fora do alcance de seu olhar... Era isso? Já havia terminado? Ela desejara com toda a sua alma que aquilo acabasse o quanto antes e, no entanto, agora não encontrava motivos para o alívio, mas para um novo ressentimento. Tantos preparativos para aquilo? Tanta espera, tantos incômodos para depois assistir a um espetáculo que não havia durado mais do que uns poucos minutos?

Mas essa também não foi sua última contrariedade. Em seguida o público afastou as barreiras e invadiu o asfalto. As pessoas iam de um lado a outro ignorando os protestos dos motoristas e as indicações dos guardas. Então Elisa viu que Escolástico lhe dirigia um gesto ambíguo (mais de despedida, porém, do que de convite) e que aproveitava a desordem para se enfiar no meio dos carros da organização. Havia conseguido, aquele malandro! Havia conseguido entrar na zona reservada, e ela, tão entediada até então em sua companhia, se viu improvisando novas críticas: quem aquele palhaço achava que era? Não podia deixá-la assim, sem mais nem menos! Nunca ninguém a ofendera daquela maneira...! Estava muito aborrecida. Estava tão aborrecida que não sabia se devia ir para casa ou esperar Escolástico para recriminar sua atitude. Por ora, enquanto o espaço ia se esvaziando, a única coisa que fez foi se remoer, se sentir cada vez mais humilhada e mais sozinha.

E aí ouviu aquele nome:

— Alberto Cameroni!

Então teve, pelo menos, a consciência de estar ouvindo aquele nome, e também de tê-lo ouvido não muito antes. Alberto Cameroni, repetiu aos seus botões, e quase simultaneamente voltou a soar nos megafones:

— Alberto Cameroni! Compareça à cabine da organização!

Elisa conhecia filmes e canções que falavam de amores à primeira vista. Mas nunca ouvira falar de nenhum amor à primeira audição, e foi isso o que aconteceu com ela. Apaixonou-se por aquele Alberto Cameroni, quem quer que fosse. Apaixonou-se pelo menos por seu nome. Aquelas duas palavras a seduziram como se fossem uma promessa de uma vida superior e mais intensa. Sua musicalidade estrangeira lhe falou de mundos melhores, mas acessíveis, e pela primeira vez ela sentiu que podia ser resgatada de sua cidade, de sua gente, de si mesma...

Um instante depois, corria à procura da cabine da organização. A circulação continuava difícil perto da faixa de chegada e por isso evitou a área cercada. Conseguiu penetrar pela parte de trás, onde muitos ciclistas esvaziavam grandes garrafas de água enquanto os repórteres esperavam para entrevistá-los. Uma cara e uma pinta conhecidas impediram sua passagem. O funcionário do serviço de segurança lhe exibiu as palmas das mãos, e Elisa compreendeu que dessa vez não pensaria duas vezes.

— Estou procurando um amigo — disse. — Seu nome é Alberto Cameroni.

— Aqui não há nenhum *Camaroni*. Como se chamava mesmo o de antes?

— Mas acabaram de chamá-lo pelo alto-falante!

O homem segurou seu braço com força e levou-a até o outro lado da barreira. O estúpido estava machucando-a; depois indicou um ponto indeterminado no final da praça e soltou-a com um leve empurrão: Longe daqui! Fora! Está ouvindo? Elisa esfregou o braço dolorido e, com a maior dignidade de que foi capaz, protestou: Aqui eu posso ficar!

Sim, podia ficar, mas dali só conseguia ver a parte traseira da cabine da organização. A porta, o balcão ou o que quer que houvesse do outro lado estava fora do alcance de sua vista. Ficou olhando com atenção os homens que iam e vinham. Qualquer um deles podia ser Alberto Cameroni. Seria o do gorro azul que sustentava no alto uma chamativa máquina fotográfica? O dos óculos de sol, que implorava comicamente com as mãos? O ruivo que era festejado pelos demais com abraços e sorrisos? Era possível que Alberto Cameroni fosse um daqueles homens, mas também podia ser que não, e isso autorizava sua fantasia a criar livremente os traços e virtudes dele: talvez fotógrafo ou jornalista, divertido e sociável, bom amigo dos amigos... Mas, de qualquer maneira, a única coisa certa era que Alberto Cameroni era inalcançável para ela. Imaginava-o viajando sempre daqui para lá, percorrendo sem descanso os cinco continentes. Dizia a si mesma que talvez a volta ciclística o trouxesse de novo no ano seguinte. Ou talvez não. Em todo caso, dificilmente chegariam a se conhecer. Ai!, suspirava, como seria triste se Alberto Cameroni fosse de fato o homem de sua vida!

Deu uma última olhada na cabine e resolveu ir embora. O segurança não tirara os olhos de cima dela. Elisa se afastou alguns metros e, antes de apressar o passo, virou-se para ele e gritou: Imbecil!

Tinha certeza de que nunca voltaria a ouvir aquele nome, mas se equivocara.

Passou-se mais de meio ano. Uma colega do pré-universitário comentou que na avenida de Madri estavam rodando um filme e foram até lá espiar. Uns sujeitos mal-encarados lhes indicaram onde podiam ficar e onde não. Obedeceram. Dali se via pouquíssima coisa: a passagem subterrânea da avenida transformada em saída de metrô, os figurantes esperando em seus lugares com ar pensativo, a equipe técnica cercando aquele que parecia ser o diretor. E tudo se repetia: o assistente de direção dava uma ordem e as pessoas começavam a se movimentar; em seguida se ouvia um grito de "corta!" e todos ficavam olhando os técnicos como se estivessem perguntando o que falhara naquela ocasião. Aquele ali não aparece em um anúncio?, perguntou Elisa. Como cinema é chato!, suspirou Alicia, sua amiga. Viram o assistente, exasperado, pegar um dos figurantes pelo braço, levá-lo a um lado e obrigá-lo a tirar a gabardina. Depois um dos sujeitos mal-encarados se aproximou do grupo de Elisa e perguntou:

— Cameroni? Algum de vocês se chama Alberto Cameroni?

— Cameroni? — repetiu ela, quase sem fôlego: achava inacreditável que a vida tivesse lhe concedido uma segunda oportunidade.

Atrás do sujeito estava o figurante. Um ou dois anos mais velho do que Elisa, estatura mediana, cabelo castanho, a testa ampla, o nariz muito reto. Deveria lhe parecer bonito, mas não lhe parecia.

— Você o conhece ou não? — disse o ajudante.

— Na realidade... — disse.

— Vou deixá-lo aqui. Tome conta dele.

O outro avançou até Elisa com expressão envergonhada e submissa, como as crianças quando sabem que vão ser castigadas. Alicia deu uma cotovelada em sua amiga e sufocou um risinho nervoso.

— Como você se chama? — perguntou Elisa.

— Francisco.

— E Alberto? E Alberto? — disse duas vezes, pois pronunciar aquele nome lhe dava um estranho prazer.

— É meu irmão. Vamos procurá-lo!

Alicia riu porque bastava vê-lo para compreender que o garoto não era normal. Elisa sugeriu que esperassem Alberto, mas Francisco pegou sua mão e a puxou. Vamos procurá-lo!, voltou a dizer. Tinha um jeito de andar muito estranho. A cada passo inclinava o tronco como se o tórax quisesse ir para um lado e o abdômen para outro.

— Adeu-u-s — cantarolou Alicia, zombeteira.

A situação não podia ser mais absurda: Elisa de mãos dadas com um retardado mental, procurando pelas cafeterias da região um homem que nunca havia visto e pelo qual se acreditava apaixonada... Entraram em uma delas. Francisco se aproximava para olhar o rosto dos clientes e depois voltava até ela e lhe fazia um gesto de estranheza. Entraram depois em outra, e a estranheza virou decepção. Por que você está procurando por ele?, perguntou Francisco. É você quem está procurando, corrigiu Elisa, embora aquilo fosse uma meia verdade. É, admitiu ele com tristeza, e se sentou em um degrau da entrada. Seus gestos lembravam os dos atores do cinema mudo. Seu estado de espírito se manifestava em todo o corpo. Nos braços e nas mãos, nos olhos e nas sobrancelhas, que a cada momento se coordenavam para transmitir uma mensagem inequívoca e elementar. E agora, o que faremos?, perguntou, e para fazer o gesto de refletir levou uma mão ao queixo e franziu o cenho. Elisa se agitou com impaciência e, por um instante, temeu que estivesse sendo contagiada por sua expressividade rudimentar.

Qual foi a rua que você pegou para vir para cá?, perguntou. O outro se levantou de um pulo, olhou para todos os lados e perguntou onde ficava La Espiga. Referia-se ao bar La Espiga, perto do Paseo de la Independencia, em pleno centro da cidade? O garoto estava totalmente desorientado e, no entanto, começou a andar sem esperá-la: se fossem até o La Espiga o encontrariam! Chegaram à igreja do Portillo e a rodearam em direção à praça de touros. Quando se dispunham a atravessar, alguém o chamou pelo nome: Paquito! Este dirigiu a Elisa um sorriso triunfal:

— Eu lhe disse! Eu lhe disse que tínhamos de ir ao La Espiga! É verdade ou não que eu lhe disse?

Alberto. Alberto Cameroni. Alberto Cameroni se aproximava por trás deles. Em poucos segundos Elisa o teria à sua frente. Então seu cabelo, seus olhos, sua boca seriam como realmente eram e não de nenhuma das muitas maneiras como os imaginara. Fechou os olhos, sentindo-o chegar. Um passo, outro passo e ali estava. Alberto Cameroni. Estatura mediana, cabelo castanho, testa ampla, nariz muito reto...

— Onde você se enfiou, Paquito? Eu não lhe disse para não sair do lugar? Por que você é tão desobediente? Ficamos muito preocupados. E se lhe acontecesse alguma coisa?

Paquito e ele eram muito parecidos, tão parecidos que à primeira vista podiam passar por irmãos gêmeos. Mas só à primeira vista. Bastava vê-los discutindo para que as diferenças superassem as semelhanças. Elisa pensou em duas versões de uma mesma canção, uma executada por um solista experiente e a outra por um tosco aprendiz.

— Não sou desobediente! — protestava Paquito. — Não sou! Não, não e não! Foi aquele homem, o que me tirou a gabardina! Tirou a gabardine e me disse que estava de saco cheio! Mas eu só estava tentando fazer o melhor possível! — Soltou de repente um forte soluço, se atirou nos braços de Alberto e começou a chorar. Dizia entre uma série de soluços: — Eu fiquei observando tudo para ver se estava fazendo direito e me diziam que não olhasse para a câmera... Começamos de novo e eu não conseguia evitar. Olhava outra vez para ver se estava fazendo certo e eles voltavam a se aborrecer.

Alberto tentava consolá-lo dando-lhe tapinhas no ombro. Bem, bem, já foi, já foi, já passou tudo... Elisa não encontrava uma chance de intervir. Como se chama?, perguntou. Paquito, disse Alberto. Não, sorriu Elisa, o filme. Alberto também sorriu e disse que não tinha a menor ideia e Paquito se afastou do irmão e protestou. Queria aparecer no filme. Quero aparecer, quero aparecer! Alberto tentou dissuadi-lo: era claro que não permitiriam. Mas Paquito insistia: pelo menos queria ver como faziam! O outro balançou a cabeça e disse:

— De qualquer maneira temos que pegar Belén. Ficou com o pessoal da filmagem para ver se você voltava.

Belén? Quem seria aquela Belén? Na melhor hipótese, sua irmã, e, na pior, sua namorada. Elisa já sabia o nome daquela irmã ou noiva ou o que fosse, mas nem Alberto nem Paquito mostravam a menor curiosidade de saber o seu. Vou com vocês!, anunciou com falsa despreocupação, ao ver que começavam a andar. Caminhavam lentamente, dando tempo de Paquito espiar os portais.

— É como uma criança de 6 anos — comentou Alberto. — Se você soubesse quantas vezes tive de sair para procurá-lo... Tem no bolso um papel com meu nome, o número do telefone, todas as indicações. Quando se perde, sabe que só precisa procurar um guarda e lhe mostrar o papel.

— Como no dia da volta ciclística?

Pela primeira vez se sentiu observada com interesse. Achou que Alberto tinha um olhar muito bonito, com aquele piscar tão lento e aquelas pestanas tão longas. Apertaram-se as mãos. Apresentaram-se: Alberto. Elisa.

— Alberto, Alberto!

Quem agora repetia seu nome era uma lourinha com o uniforme do colégio Sagrado Corazón: saia de flanela até os joelhos, suéter azul-marinho, meias também azuis. Durante alguns segundos Elisa odiou aquela tal de Belén como nunca odiara ninguém. Odiou sua bela figura e seu andar de bailarina e seu sorriso ingênuo. A típica grã-fininha do Sagrado Corazón, pensou para se consolar, mas a verdade é que não conhecia nenhuma menina que estudasse no Sagrado Corazón. Posso saber onde você estava?, perguntou a garota a Paquito, e ao fazer isso acariciou o queixo dele com alarmante familiaridade. Paquito respondeu: Por aí com ela. Mas eu quero aparecer no filme! Quero aparecer! Foram até o local das filmagens. Belén sugeria a Alberto possíveis presentes para uma tia chamada Milagros, que na semana seguinte faria 70 anos. Um relógio? Nem pensar: não se devia lembrar aos velhos que lhes restava pouco tempo. Que tal um porta-retratos de prata? Uma mulher tão religiosa... E um porta-retratos com a foto do Papa? Elisa estava ao seu lado, mas era como se não estivesse. Depois Alberto perguntou pelo assistente de direção, e a garota e Elisa não trocaram uma só palavra enquanto o viam falar com uns e outros. Paquito, ao lado delas, acompanhava a cena com nervosismo: É aquele! É ele quem sempre se aborrece comigo! Ao lado da cadeira do diretor, apoiada em umas caixas, estava a claquete. Nela, escrito em grandes letras brancas, aparecia o título do filme, *Um culpado para um delito*. Alberto voltou após um tempinho:

— Disse que nós somos os responsáveis. Pode ficar perto daquele refletor, mas que por nada neste mundo deve olhar para a câmera. E que nós dois temos que ficar com ele.

Elisa, logicamente, não estava incluída naquele "nós dois". Alberto falava olhando para Belén, que balançou a cabeça: Assim, de uniforme e sem me arrumar? Nem pensar! Alberto juntou as mãos em atitude implorante, e Paquito retomou sua cantilena de "quero aparecer, quero aparecer". O assistente se aproximou e os pressionou, mal-humorado: Bem, e então? Elisa compreendeu que aquela era sua oportunidade. "E se eu for no seu lugar?", perguntou. A garota a observou boquiaberta, odiando-a tanto quanto Elisa a odiara minutos atrás. Claro, claro!, disse o assistente, mas rapidinho, fiquem ali e esperem as instruções. Foram. Devolveram a gabardina a Paquito. Deram a Elisa uma bolsa preta e a Alberto um guarda-chuva. "Um guarda-chuva com este tempo?", protestou ele. Elisa não poderia dizer se estava irritado ou confuso. Certamente as duas coisas, e ela, que em outras circunstâncias teria se arrependido de seu próprio descaramento, se sentiu, pelo contrário, orgulhosa de sua astúcia. Desejou que Alicia não tivesse ido embora e fosse testemunha do que estava acontecendo. Mais tarde lhe explicaria tudo. Explicaria que encontrara o homem da sua vida. Que ele estava ali, diante dela, à sua disposição, obrigado a olhá-la e a ouvi-la e lhe dar atenção enquanto sua namorada a odiava à distância. E pensou que sua felicidade tinha um matiz perverso, e que esse matiz era como uma especiaria que intensificava seu sabor. Repetiu com ar profissional as palavras do assistente:

— Vocês já ouviram: comportem-se com naturalidade. Somos um grupo de amigos que vai pegar o metrô. Quando disserem "ação", começamos a andar e a fingir que estamos conversando sobre qualquer coisa. Depois paramos nas escadas e olhamos o homem do punhal... E você, Paquito, se lembre de não olhar para a câmera.

Paquito, muito animado, não parecia ouvi-la. Alberto a observava com seriedade.

— O que você sabe da volta ciclística? — perguntou em voz baixa.

— Estava lá e ouvi seu nome. Foi repetido várias vezes no alto-falante.

— Mas isso foi há meses! Como pôde lembrar?

— Lembro.

— Quem é você? Uma dessas garotas superdotadas?

Ela deu uma gargalhada que soou muito sincera e se apressou a falar de si mesma: de suas notas ruins no ano anterior, do curso em que fora matriculada pelos pais. Alberto, mais do que ouvir, estudava as palavras, como se estivesse procurando nelas uma senha escondida. Elisa tinha consciência de seus receios, mas não sabia como combatê-los. Seu monólogo se tornava cada vez mais confuso. Sua intenção era fazer uma faculdade, mas ainda não sabia qual... Ela não era uma dessas que só pensam em se casar... Naturalmente, não tinha namorado nem vontade de ter um...

— E essa garota, a Belén, faz muito tempo que vocês saem juntos? — acrescentou, e enquanto falava se deu conta de que sua curiosidade a delatava.

— Atenção! Vamos rodar! — gritou alguém da equipe em um megafone de lata.

Mantiveram-se em silêncio até que ouviram a ordem de ação. Assim como os outros figurantes, eles também avançaram até a falsa entrada do metrô. As pessoas iam e vinham, e todo mundo sabia o que devia fazer. Uns fingiam ter pressa, outros pareciam vadiar. Haviam dito a eles que conversassem um pouco e por isso Elisa começou a falar e disse a primeira coisa que lhe veio à cabeça:

— Na realidade não me importa se Belén e você estão saindo... Quero dizer que me importa sim, mas que não devia ter perguntado. Ainda não temos confiança suficiente... Apague tudo! O que eu quero dizer é que acabamos de nos conhecer e...! Bem, acho que estou me enrolando...

Paquito estava demasiadamente agitado para prestar atenção neles. De qualquer maneira, Alberto disse em voz baixa:

— Só vou lhe dizer uma coisa: não sei o que você sabe do dia da volta ciclística, mas espero que não lhe ocorra sair contando por aí.

Já estavam nas escadas. Um ator caiu no chão, outro sustentou no ar um pequeno punhal ensanguentado. Voltaram-se todos para ele. O assistente lhes dissera para fingir surpresa e espanto.

— Te amo, Alberto — sussurrou-lhe Elisa ao ouvido. A surpresa e o espanto de Alberto não pareceram fingidos.

Nos dias seguintes não foi à escola. Sentia-se doente, doente de verdade, embora seu pai não se atrevesse a emitir nenhum diagnóstico. Auscultava-a, colocava o termômetro, tomava seu pulso, verificava a pressão. E depois dava uns tapinhas no travesseiro e dizia:

— Mal-estar geral, falta de apetite, fraqueza... É verdade que você está com uma cara ruim, mas não pode ser muito grave. Nada que não possa ser curado com repouso e uma alimentação saudável.

Seu pai era médico e resolvia quase tudo da mesma maneira, recomendando repouso e alimentação saudável. Talvez essa fosse uma das razões pelas quais não lhe faltavam clientes, que o procuravam com a certeza de que ele transformaria suas enxaquecas e lombalgias em um transtorno menor, que não requereria um tratamento específico. Curar, pode ser que não curasse muito, mas suas maneiras suaves e seu modo calmo de falar inspiravam confiança nos enfermos, que certamente não procuravam nada além de palavras de ânimo e uma vaga promessa de melhora. Em todo caso, seus métodos não surtiam nenhum efeito em Elisa. Com o passar dos dias seu estado de saúde não fazia outra coisa além de piorar: tinha dificuldade de conciliar o sono e, quando conseguia, acordava no meio da noite envolta em suores frios. Sua mãe, que trabalhava como enfermeira com o marido, abandonava com frequência o consultório para lhe fazer companhia sentada ao pé da cama. De vez em quando a olhava preocupada e comentava que, se continuasse assim, chamaria Bellido e Romero, dois companheiros de formatura de seu marido (sua fé na competência profissional deste era limitada). Elisa, naturalmente, sabia qual era a origem de seus males, mas não podia lhes contar. Para seus pais, pelo menos tal como os via naquela época, falar de depressão ou de dor de cotovelo teria sido como degradar o problema, convertê-lo em uma ninharia: quer dizer que isso era tudo? Só porque um garoto não ligava para ela, ficava assim? Elisa o imaginava arqueando as sobrancelhas e exclamando: Isso acontece porque você vê muitos filmes! As meninas de hoje não deveriam ir tanto ao cinema! E imaginava a mãe assentindo, condescendente, com a cabeça: Eu sempre disse que você é uma menina muito sensível.

Nunca percebia divergências nos comentários deles. Para Elisa, as opiniões de seus pais eram sempre iguais. Uma opinião comum que nos lábios de seu pai podia ser modulada de uma maneira e nos de sua mãe de outra. Talvez isso fosse habitual entre os jovens da época, que tendiam a ver seus pais como uma unidade consistente, uma aliança simples e perfeita. Assim os viam e assim exigiam que fossem: casamentos estáveis, sem altos e baixos nem crises, obrigados a todo momento a se professar o mesmo afeto do primeiro dia, fortalecidos pela persistência com que combatiam ameaças que sempre vinham de fora. Aos 17 anos, Elisa ainda tinha dificuldade de acreditar que existira um tempo em que seus pais não se conheciam. Às vezes se perguntava como seriam naquela época e lhe surgiam como criaturas apagadas e incompletas, simples esboços daquilo que só começariam a ser quando o destino os unisse. Perguntava-se, por exemplo, se seu pai já cheirava a graxa e a pastilhas de cânfora e se depois do almoço adormecia na poltrona com a boca aberta. Perguntava-se também se sua mãe já era apaixonada pelas sopas de letrinhas e pelas palavras cruzadas e se enfiava na bolsa os cubinhos de açúcar que sobravam nas cafeterias. Sim, estava claro que haviam tido uma vida anterior, mas sua vaidade ou sua inocência lhe pareciam um mero prólogo, uma etapa de preparação para a vida autêntica, que se iniciara com seu nascimento e a qual suas próprias recordações ilustravam com nitidez e profusão. Assim, os vários empregos que seu pai tivera para financiar a faculdade não passavam de pistas falsas que o destino usara para distraí-lo antes de lhe abrir o caminho correto. E esse caminho o levara (com um catálogo de artigos de ortopedia debaixo do braço) à loja de seu avô e, naturalmente, à sua mãe, que depois do colégio ajudava no negócio familiar. Então vieram o breve noivado com música do cantor cubano Antonio Machín, famoso por suas baladas românticas, um casamento com roupa emprestada, porém digna, os apertos dos primeiros anos, a ansiedade em ter uma descendência que se empenhava em se retardar e, por fim, a irreprimível bênção de seu nascimento. Elisa achava que tudo o que acontecera antes não era nada além de passos necessários para chegar àquele final (que na realidade era o começo) e que esse final (que era o começo) os justificava e dotava de sentido.

O processo, portanto, se iniciara há muitos anos (quando seu avô abriu a ortopedia?; quando seu pai resolveu estudar medicina?). O resultado fora uma providencial união de seus pais, um casal compacto e sem segredos cujas existências eram, na realidade, uma única existência, entregues como estavam uma à outra e subordinadas as duas à felicidade de Elisa, sua filha. Mas a ideia que eles tinham da felicidade de sua filha não coincidia com a da própria Elisa. Eles pensavam em sua segurança e em seu futuro e nada disso importava para ela. Haviam previsto para a filha uma vida sem grandes riscos, mas também sem grandes mudanças, e ela estava disposta a correr qualquer risco para mudar de vida. Ou, pelo menos, para experimentar outras vidas: em outras cidades, em outras casas, com outras pessoas. Qualquer vida lhe parecia melhor do que a sua. Como lhes falar de seu amor por Alberto sem mencionar tudo isso? E como falar de tudo isso sem feri-los? Não podia contar nada ao pai porque ele se ofenderia, e não podia confiar nada à sua mãe porque ela contaria ao marido e então os dois se ofenderiam. Seu amor solícito e vigilante a mantinha reclusa em sua própria casa. Ficou de cama durante cinco ou seis dias. Ao longo de todo esse tempo não saía de sua cabeça a lembrança dos momentos passados com Alberto. Revisava mentalmente o que dissera e fizera naquela tarde e se perguntava em que havia falhado, em que momento se equivocara. Teria sido ao mencionar a volta ciclística? Ou quando, com toda a desfaçatez do mundo, substituíra a namorada dele na filmagem? Ou um pouco mais tarde, quando foi incapaz de conter seu atordoamento e disse tantas coisas que não devia dizer, entre elas aquele intempestivo *eu te amo*? O fato é que naquela tarde, depois de filmar a última tomada, Alberto foi embora quase sem se despedir. Desde então Elisa permanecia prostrada na cama, sem vontade de fazer nada, nem de sair e nem de ver ninguém.

Seu pai herdara alguns clientes de um médico já aposentado com quem havia dividido um consultório. Continuavam cobrando desses clientes, todos idosos, a mensalidade de uma espécie de convênio, e a encarregada de fazê-lo era ela, Elisa, que dedicava toda a manhã e parte da tarde do segundo sábado de cada mês a fazer a ronda nos domicílios. Sua mãe preparava os recibos na sala de estar, enfiava-os em envelopes de cor sépia, escrevia à máquina os endereços e carimbava com delicadeza o selo da Clínica Mardones (assim era chamado o consultório, instalado na própria residência da família). Naquele segundo sábado de fevereiro, Elisa ouviu sua mãe ir e vir pelo corredor. Pelo ruído dos saltos deduziu que se preparava para sair. Chamou-a da cama:

— Já preparou os envelopes?

— Continue dormindo — disse sua mãe pela porta entreaberta.

— Estou curada.

Era verdade. O abatimento, a fraqueza, os suores noturnos haviam acabado: para que fechar os olhos e se aferrar ao sono, para que chorar e se lamentar? De repente, a última coisa que lhe apetecia era continuar respirando o ar viciado do seu quarto.

— Com este frio, é melhor não sair — disse sua mãe.

— Mas eu já disse que estou curada.

Em sua casa chamavam aquela atividade de "ronda do convênio". Até dois ou três anos antes, quem se ocupava dela era sua mãe. Nessa época, Elisa costumava acompanhá-la, e os clientes lhe diziam "como você está bonita" ou perguntavam por seus estudos ou adotavam um ar misterioso para lhe dar uma bala. Conheciam-na desde menina. Haviam visto ela crescer, e ainda estranhavam que aquela mulher fosse a mesma que quando pequena costumava se apertar contra o casaco da mãe. Mas, por sua vez, Elisa sempre os achara velhos. Achou na primeira vez em que os viu abrir a porta e continuava achando agora. A única coisa que mudava era que de vez em quando alguém morria e ela não tinha mais de voltar àquela casa com o recibo. Seu itinerário, portanto, sofrera mudanças. Elisa se lembrava daquele passatempo em que é preciso completar uma figura unindo os pontos por uma linha. No princípio, seus passos traçavam uma trajetória definida. O ponto inicial ficava na rua Cervantes, que era onde o antigo sócio de seu pai tivera um consultório. A morte, no entanto, apagara vários desses pontos. A figura fora se perdendo e se desfazendo até ficar irreconhecível.

Mas naquele sábado de fevereiro o ponto que de fato orientava sua trajetória estava fora daquela figura, em uma região na qual não vivia nenhum dos clientes do convênio. Por volta das 13h, na metade da ronda, foi à loja de seu avô, um local estreito e tenebroso, decorado com desenhos de seres humanos nos quais sempre aparecia o esqueleto: em alguns era o da coluna vertebral, em outros, um osso do braço ou da perna. Os negócios de ortopedia haviam tido certa prosperidade nos anos 1945, quando a Espanha era um país cheio de mutilados, mas as coisas tinham mudado e era raro Elisa encontrar algum cliente em suas visitas. Seu avô tivera, inclusive, que despedir os empregados e, sozinho como estava, agradecia que de vez em quando a neta lhe fizesse uma visita. A daquele dia foi particularmente breve.

— Já vai? Achei que vinha me fazer companhia! — protestou ele, ao ver que ela se preparava para sair.

— Puxa! — suspirou Elisa. — Tenho um montão de coisas a fazer!

Bem, tinha de fazer uma coisa, a única que lhe importava, a que a levara até ali. O que pensaria seu avô se soubesse que fora visitá-lo só porque a loja dele ficava na mesma rua do bar supostamente frequentado pelo homem que amava? Bastava atravessar a rua e percorrer 50 metros em direção ao passeio e pronto. La Espiga. A única referência exata que Elisa possuía dos hábitos de Alberto. O lugar que naquela manhã era o ponto principal de seu mapa imaginário. O epicentro de tudo. Era tomada igualmente pela curiosidade e a vergonha, a ânsia e o medo. O que faria se o encontrasse? Que cara fazer, que palavras dizer? Chegou à entrada do bar (uma cristaleira, escadas que desciam) e conteve a respiração. Depois se limitou a seguir lentamente adiante e a olhar longamente o interior: 15 ou vinte pessoas, mas não ele, não Alberto. Soltou um suspiro que era ao mesmo tempo de desgosto e de alívio, e continuou, avançando até o passeio.

Seu encontro com ele acabaria sendo muito diferente do que Elisa imaginara. Em 28 de fevereiro completou 18 anos (na realidade, havia nascido no dia 29, mas nesse ano, como em tantos outros, comemorou-o no dia 28) e seus pais lhe deram de presente uma Velosolex, que era uma espécie de elo perdido entre as bicicletas e as motos: uma bicicleta um pouco maior que o habitual com um motor e um tanque bem menores que o habitual. A de Elisa era preta, com um selim de couro e uma cestinha para carregar as pastas, e ela gostava muito de cobrir a cabeça com um lenço e subir em sua Velosolex para ir à aula.

Alberto a esperava na saída da escola. Elisa o achou mais baixinho do que da outra vez. Achou-o também mais nervoso e inseguro.

— Olá! — disse ele, tentando se fazer de simpático. — Você por aqui! Ah, é uma dessas meninas modernas que andam de moto... Muito bem, muito bem! Você me lembra Audrey Hepburn em *A princesa e o plebeu*. Viu este filme?

— Aquela era uma Vespa.

O curioso era que ela não estava nem um pouco nervosa. De alguma maneira intuía que o encontro não era de todo casual, e isso lhe permitia se comportar com naturalidade e até com indiferença. Alberto insistiu:

— Você gosta de cinema, não é?

As meninas do colégio observavam Elisa com curiosidade e lhe faziam caretas nas costas de Alberto. Ela estava quase mais atenta às colegas do que a ele.

— Claro que gosta — continuava Alberto. — Por isso estava naquele dia na filmagem. Eu também. Eu adoro. Na semana passada...

Elisa o deixava falar enquanto arrumava suas pastas e se acomodava no selim, e lhe pareceu que isso o deixava ainda mais nervoso.

— Você não irá embora — disse com ar contrariado, e ela encolheu os ombros porque não queria ir embora, mas fingir que ia embora. — Preciso falar com você.

— Suponho que não levou a sério o que eu lhe disse.

— O quê?

Agora Elisa estava incomodada com a proximidade de suas amigas, que trocavam cotoveladas e risinhos. Abaixou a voz:

— Aquela besteira de que o amava. É preciso estar louco para achar que uma garota que acabou de conhecer...

— Está se referindo a isso? Nem me lembrava! — Soltou uma risada e em seguida mudou de tom. — Preciso falar com você sobre o que aconteceu no dia da volta ciclística. Podemos ir a outro lugar?

— Aqui está bom.

— Como quiser — disse. — O caso é que aconteceu aquele incidente... Você sabe, a história de Paquito e as recepcionistas. Outro dia me perguntava se você não seria uma delas. Ou talvez amiga de alguma? Dá no mesmo. Mas tente me entender. Eu não posso ficar todo o tempo em cima dele. Há vezes em que foge e... Bem, é possível que não faça nada e é possível que faça coisas como naquele dia. Seu cérebro é o de uma criança de 6 anos, mas para todo o resto é um rapagão de 19! De qualquer maneira, não foi assim tão grave: a única coisa que fez foi espiá-las quando estavam se trocando...

— Economize as explicações — interrompeu-o ela, um pouco chateada. — Eu não era nenhuma daquelas garotas.

— Não vim lhe dar explicações. Vim lhe pedir um favor.

— Um favor? — repetiu Elisa, e ele, de repente, começou a falar muito depressa.

— O quarto dele e o meu são grudados, e até há pouco tempo todas as noites eu o ouvia... Está entendendo o que quero dizer? As molas do colchão, o atrito dos lençóis, gemidos que pareciam de um animal... Disse todas as noites e repito: todas as noites! Paquito não consegue dormir antes de se aliviar. Algumas noites eu o ouço fazer aquilo duas, três vezes...

— Você precisa me contar tudo isso? — protestou ela, temendo que suas amigas pudessem ouvi-lo, mas ele não lhe deu importância e continuou:

— Eu acho que ele está sempre no cio. Ficar excitado é seu estado natural. O fato é que um dia resolvi lhe mostrar... Você me entende, não é? Fiz para evitar aquela coisa de todas as noites, mas também, digamos, por motivos de higiene.

— Quer dizer que...?

— Me tranquei com ele no banheiro e lhe disse: você segura assim e estica, esfrega assim e assim e assim e se limpa assim...

Ao mesmo tempo em que contava aquilo, Alberto fazia com as mãos gestos escandalosamente óbvios.

— Chega! Pare com isso! Não me interessa saber como os irmãos Cameroni se masturbam!

— O que foi? Não acha que fiz bem?

— Você disse que queria me pedir um favor...

— Sim, mas não é mais necessário.

Temendo tê-lo desapontado, Elisa pediu que lhe dissesse e ele disse que não diria, e ela que sim e ele que não, e assim até que se cansaram. Depois começaram outro diálogo absurdo, ele dizendo que não queria aborrecê-la e ela lhe garantindo que não se aborreceria, e ele que sim e ela que não etc., até que Elisa se cansou e exclamou:

— Prometo que não vou ficar aborrecida!

— Está vendo? — disse ele com um sorriso. — Já ficou.

Elisa teve que sorrir e ele aproveitou para disparar:

— Quero levar meu irmão às putas e preciso que você me ajude. Temos que levar Paquito a um bordel.

Era nessa hora que ela deveria ter ficado aborrecida e, no entanto, não ficou. Simplesmente perdeu a fala. Alberto continuou como se nada tivesse acontecido: não achava que era correto? Um dia Paquito teria de saber o que era tocar uma mulher despida, abraçá-la, trepar com ela. Tantas punhetas, tantas punhetas, e nem uma única trepada em sua vida! Que tristeza, na verdade... Além do mais, quem garante que isso não o ajudaria a se acalmar um pouco? Alberto falava como se Elisa não fosse a virgem que era, mas uma mulher experiente e mundana, e ela não encontrava uma maneira de contradizê-lo sem se sentir ridícula. Sentia-se ridícula, pequena, aturdida, idiota. Sempre acontecia isso? Sempre que uma garota dizia "eu te amo" acabava acompanhando alguém a um bordel?

— Compreenda — disse ele. — Nunca fui ao puteiro. Preciso que alguém me acompanhe.

— E por que eu? — disse ela.

— Porque mal a conheço. Se a conhecesse melhor, não me atreveria a lhe pedir.

Elisa se ajeitou no selim e fez com a mão um sinal rápido para que ele saísse da frente. Mas não estava aborrecida. As coisas haviam tomado um rumo embaraçoso. Ela só queria sair dali, escapar. O ruim era que para escapar tinha de ligar a Velosolex e para ligá-la era obrigada primeiro a manobrar um pouco e depois dar meia dúzia de pedaladas. As Velosolex funcionavam assim. Você impelia os pedais até alcançar um mínimo de velocidade e só então podia ligar o motor, que costumava se anunciar com um breve estouro seguido de um murmúrio. Havia, pois, uns segundos em que a Velosolex ainda era uma bicicleta e não uma moto, e para Elisa aqueles segundos pareceram eternos. Que maneira ridícula de escapar, com Alberto ao seu lado, caminhando sem esforço à mesma velocidade que ela, suplicando-lhe que não o levasse muito a sério, lembrando que prometera não ficar aborrecida...

— Elisa, por favor!

Pronunciara seu nome. Certamente foi isso que a levou a apertar os freios. O fato de Alberto ter lembrado seu nome significava muito para ela, talvez porque a primeira coisa que soubera a respeito dele havia sido precisamente seu nome. Parou a Velosolex ao lado do meio-fio e esperou Alberto, de quem, afinal, se distanciara poucos metros.

— Você vai me ajudar, não é? — disse ele.

O bordel ficava nos arredores, em um caminho meio asfaltado que levava à estrada de Logroño. Em um lado havia uma cobertura de caniço e no outro um descampado que, a julgar pelas marcas dos pneus, era usado como estacionamento para caminhões. Mas naquela tarde não havia nenhum caminhão. Alberto estacionou sob a cobertura, entre um carro com aspecto de abandonado e um furgão de entrega de uma padaria.

Saíram do Seat 600 e se encaminharam à entrada, diante da qual havia três grandes lixeiras cheias de restos de comida.

— Você não podia ter encontrado outro lugar? — perguntou Elisa.

— Conhece algum melhor?

Voltado para a estrada, havia um daqueles sorridentes cozinheiros de madeira que sustentam uma lousa com o cardápio do dia. O estabelecimento funcionava como restaurante e como bordel. Talvez algumas horas de um modo e outras de outro, talvez as duas coisas ao mesmo tempo. Quando entraram, não devia ser horário de restaurante, mas tampouco de bordel. O fato é que o lugar estava vazio. Paquito observava tudo com os olhos arregalados. Algumas mesas forradas com encerado, um balcão de tijolo com superfície de lajota, um sombreiro mexicano pregado na parede, uma prateleira com garrafões de vinho e odres de vários tamanhos. Paquito olhava tudo e depois se virava para os outros dois e encolhia os ombros como se perguntasse onde, diabos, estavam as pessoas. Alberto limpou com os dedos a saliva da comissura dos lábios do irmão. Depois pigarreou: "Olá!" Ouviram ruídos atrás de uma porta e apareceu um homem alto com uma chave inglesa e a camisa suja de graxa. Alberto voltou a pigarrear e pediu para falar com a gerente. O homem contemplou Paquito com expressão divertida, como se houvesse nele algo que lhe recordasse alguma velha piada. Depois deu um grito, "Amalia!", e falou da companhia elétrica, dos apagões e de como tinha sido acertado ter comprado um gerador: não fosse pelo gerador, as meninas acabariam fodendo a metade das noites na cabine dos caminhões...

— E isso não dá — acrescentou. — Amalia!

— Já estou indo! — ouviram, e o homem continuou a falar do gerador.

Alberto e Elisa não sabiam o que dizer e de vez em quando assentiam com a cabeça. Paquito, incapaz de conter seu nervosismo, batucava com os nós dos dedos no tampo de uma mesa. O sujeito do bordel piscou para ele de um modo pícaro e, ao mesmo tempo, paternal. Adotou um ar profissional para perguntar se queriam beber algo: a casa convidava para os refrescos, mas a garota devia ser paga antes. Alberto colocou algumas notas no balcão. Elisa supôs que ele tinha perguntado o preço por telefone e que deixara a quantia exata separada em um bolso. O homem contou o dinheiro e, por um momento, pareceu que ia entregar um recibo. Alberto e Elisa trocaram um olhar fugaz. Comportavam-se como se na verdade estivessem acompanhando Paquito ao podólogo ou ao dentista. De fato, quando Amalia finalmente chegou e o levou escada acima, Elisa pensou que ela tinha modos de enfermeira.

— Venha comigo, querido, você verá como vai se sentir bem — disse a mulher. Ao mesmo tempo em que com uma mão tirava um grampo do cabelo, com a outra agarrava a mão de Paquito.

O homem os deixou a sós. Elisa disse:

— Você foi capaz de ter ligado para marcar hora...

— Não sei como estas coisas funcionam. Por que acha que pedi sua ajuda?

— Podia ter pedido a ajuda da sua namorada...

Disse isso esperando que ele respondesse algo como: Belén não é minha namorada. Ou então: Era, mas não é mais. Ou até: Rompi com ela pouco depois de conhecer você, rompi com ela por sua causa... Mas estava claro que isso seria esperar muito. Alberto se limitou a dar um gole em sua laranjada. Falaram de qualquer coisa. Paquito e a puta estavam dando uns amassos a pouquíssimos metros dali e eles mantinham a mais convencional das conversas. E cada vez em que o silêncio se instalava entre eles o pensamento de Elisa começava a correr escada acima e se detinha para escutar diante da porta que imaginava escura e encardida. É possível que a mesma coisa acontecesse com Alberto. O fato é que os dois, empertigados como estavam, falavam só por falar ou, o que dá no mesmo, para afastar a ameaça do silêncio. É claro que em vários momentos teria sido melhor ficarem calados, pois naquelas circunstâncias qualquer alusão ou gesto era carregado de significados imprevisíveis. Como quando Elisa perguntou a hora e Alberto disse que ainda era cedo.

— Você quer dizer que ele ainda vai foder muito? — perguntou ela, com descaramento.

— Quero dizer que...

— Dá no mesmo. Não enrubesça.

— Não enrubesci.

Era inegável que uma parte deles continuava plantada diante da porta do quarto, imaginando as preliminares da mulher, calculando a resistência de Paquito, cronometrando-os. E Elisa acabara achando aquilo engraçado.

— Você imagina se justamente hoje dessem uma batida? — disse.

— Uma batida?

— Lembre-se de que a prostituição é ilegal. Seria divertido, não? A polícia me tomaria por uma prostituta, e a vocês por tarado. Grandes malandros os irmãozinhos, que não são capazes nem de esperar que o bordel abra as portas!

A cara que Alberto fez significava que aquilo lhe parecia qualquer coisa, menos divertido. Elisa sorriu para mostrar que só estava brincando. Você está muito tenso à toa, disse, e levou as mãos aos ombros dele para lhe fazer uma suave massagem. De onde tirava aquela espontaneidade? Estavam no balcão de um bordel, um garoto e uma garota sozinhos e, além do mais, esperando que outro garoto acabasse de foder... Fosse qual fosse a atitude adequada em uma situação daquelas, parecia evidente que fugia por completo do habitual. Elisa pensou que as pessoas sabiam como se comportar em um ônibus, em um teatro ou em um funeral, mesmo que fosse pela primeira vez, mas que as regras que valiam para a vida normal não eram adequadas àquele lugar. De maneira que podia inventar suas próprias regras, como as crianças quando brincam e se fazem passar pelo que não são. Sim, certamente aquela sua espontaneidade se assemelhava muito à das crianças. O fato é que, quando soaram as primeiras risadas, já estavam abraçados. Paquito apareceu no alto da escada. Com uma mão segurava a cintura de Amalia e com a outra a de uma puta desconhecida. Riam porque, grudados daquele jeito, mal cabiam entre o corrimão e a parede, e seus pés tropeçavam em cada degrau.

Alberto deu um pulo e se afastou de Elisa. Disfarce!, sussurrou ela, e ele enrouqueceu a voz: Tudo bem, Paquito? Este sorria com uma expressão de felicidade absoluta e parecia mais bobo do que nunca. Temos que voltar!, dizia, prometa-me que voltaremos! As putas pararam no primeiro degrau e, enquanto Alberto abotoava a japona do irmão, este acenava para ela com as duas mãos. Parecia uma criança depois de uma festa de aniversário.

Aquele tempo passado no bordel determinou a relação entre ambos. A intimidade e o sexo passaram a ser apenas uma questão de tempo. De pouquíssimo tempo, aliás. Naquela mesma tarde, depois de fazê-la esperar alguns minutos dentro do Seat 600, Alberto pegou Elisa e, meio às escondidas, levou-a a um apartamento da rua Marcial. Ela se deteve para observar uma parede cheia de quadros de temática religiosa: várias virgens, uma Última Ceia, a descida da cruz. "Mas quem vive aqui?", perguntou, quando Alberto já havia abaixado o zíper da sua saia e a apressava.

— Corra, corra! Temos quarenta minutos! Ou menos ainda, pois as missas estão cada vez mais curtas!

O raciocínio era mais do que absurdo, mas Elisa não estava ali para ficar discutindo minúcias. Alberto desabotoava sua blusa com nervosismo e ela lutava com os botões da braguilha dele. De repente, a roupa se tornara um estorvo e não havia maneira de se desembaraçar dela. As peças ficavam enredadas nos pulsos e nos joelhos, e eles se abraçavam com força e rolavam lentamente sobre o tapete. Naqueles instantes, como um achava o outro belo! Que beleza ele descobria nas feições dela, que intensidade ela via no olhar dele... E que prazer experimentavam beijando e se sentindo beijados! Elisa percorria com as mãos o corpo de Alberto e percebia as mãos deste percorrendo seu próprio corpo. As sensações de tocar e ser tocada se confundiam gozosamente. Quantos cantos de seus corpos ainda restavam para explorar? Que parcelas de sua pele ainda não haviam recebido o contato de dedos? Cada uma dessas partes era diferente. Cada uma tinha uma consistência, uma textura, um toque, até uma temperatura peculiar... E estes não eram sempre iguais. Mudavam de acordo com o lugar, o momento e a posição, de modo que o corpo, tanto o próprio como o alheio, lhes oferecia possibilidades ilimitadas. Que maravilha poder acreditar que aquela promessa de beleza e prazer beirava o infinito! E, diante disso, não tinha a menor importância que a manga da camisa continuasse enganchada no pulso, e que a fivela do cinto volta e meia se cravasse em suas costas, e que batessem sem parar com a cabeça nos pés da mesa...

Alberto não tinha uma grande experiência erótica. Uma amiga com a qual perdera a virgindade, algumas aventuras com garotas que depois haviam fingido não conhecê-lo, uma trepada ou outra, apressada e furtiva, com sua namorada: isso era tudo. Belén tinha uma relação culpada com sexo. Sempre que iam para a cama acabava repetindo entre lágrimas: Me trate como uma puta porque é o que sou! Sim, sou uma puta! Ai, se minha mãe soubesse o que acabo de fazer! Mas isso fora, sobretudo, no começo da relação. Mais tarde, nem mesmo isso. Depois Belén optara por colocar freios nos apetites de Alberto. A única coisa que consentia eram alguns beijos e abraços mais apertados nas plataformas da estação (ali a tolerância era maior porque ninguém diferenciava os casais que se despediam de verdade e os que, como eles, só simulavam). A vida sexual de Alberto ficara reduzida a isso. A isso e às inevitáveis punhetas para aliviar os ardores. De fato, quando procurara Elisa para lhe expor o problema de Paquito, estava, em parte, falando de seu próprio problema: ele também andava muito necessitado de tocar uma mulher despida e de abraçá-la e trepar com ela. O que fazer com todo aquele desejo que o mantinha em um estado de combustão permanente? Se aquela energia imensa e tão pujante continuasse não tendo finalidade acabaria sendo queimado por dentro! O encontro com Elisa foi particularmente feliz porque pela primeira vez ele sentiu que seu vigor tinha um sentido, e esse sentido era ela. Apesar dos tropeços e das cabeçadas, que harmonia sublime percebeu haver entre seus corpos... Como todos os amantes felizes, chegou a acreditar que o seu era um caso único no universo. Não era apenas que fossem feitos um para o outro. Era que só eles eram feitos um para o outro. Nunca na história da humanidade acontecera um acasalamento tão perfeito. E certamente nunca aconteceria!

— Você não disse que tínhamos quarenta minutos? — perguntou Elisa.

— É verdade... Vista-se! Depressa!

Voltaram a se ver na tarde seguinte, e na seguinte, e muitas tardes mais nas semanas seguintes. Tia Milagros costumava ir à missa das 20h, e não havia missa que eles não aproveitassem para fazer amor no apartamento dele. Alberto aparecia com Paquito para buscar sua tia e os acompanhava à igreja. Deixava-os bem sentadinhos em um dos primeiros bancos e corria para encontrar Elisa, que o esperava perto do portão. Quando estavam entrando no elevador, ela perguntava temerosa: "Tem certeza de que seu irmão aguentará e não aparecerá de repente?" Ele a beijava no pescoço e dizia: "Ora! Paquito adora as missas. Fica sempre muito atento à cerimônia. É como se fosse uma peça de teatro em que não muda quase nada..." Chegavam ao apartamento, e era fechar a porta e arrancar a roupa e se entregar imediatamente um ao outro. E diante do olhar extasiado das virgens e da expressão aflita dos apóstolos começavam uma nova celebração da carne e dos sentidos. "Como estamos de tempo?", perguntava ela de vez em quando. E ele respondia: "Resta-nos um tempinho; ainda devem estar no ofertório." Ou então: "Como passou depressa! O padre já deve estar dando a bênção!" Depois, enquanto Alberto se vestia a toda pressa, Elisa xeretava os objetos de tia Milagros. Em uma vitrine havia pequenas antiguidades: leques, figurinhas de porcelana, uma pequena coleção de dedais de prata, uma Bíblia encadernada em pergaminho. Também um estojo de nácar com uma mecha seca de cabelo escuro.

— E isso? — perguntou, sufocando um risinho.

— É da minha mãe — disse Alberto.

— Me perdoe. Não sabia que ela já morreu.

O pouco que soube então da família de Alberto ficou sabendo pelas fotos que tia Milagros tinha na sala de estar. Isabel aparecia em quase todas elas. Havia uma na qual era uma menina com seus irmãos, outra feita no dia do seu casamento, várias fotos cercada por seus filhos em diferentes idades... Havia também uma, a mais recente, em que Isabel, meio sentada no espaldar de um banco, apontava para a câmera e sorria. Do lado do corredor chegou o som da descarga de uma privada. Alberto entrou ajeitando a camisa e viu Elisa observando a foto.

— Fui eu quem a tirou — disse. — Você gosta?

— Ela é muito bonita. E quem é esse?

— Meu irmão Rafael. Está nas Canárias, prestando o serviço militar. Vamos! É tardíssimo!

Elisa esperava com impaciência, a cada dia, o momento de se encontrar com Alberto. Seus pais, se haviam percebido alguma mudança em seu comportamento, evitavam muito exteriorizá-lo. A única coisa que ela parecia perceber era certa ironia especial quando o pai se despedia dela dizendo: "Adeus, filha! Não demora muito e você nos apresentará seu namorado!" Mas era a mesma piada doméstica que ele usara com ela desde que começara a sair sozinha, e certamente a ironia só existia em sua imaginação. Meu namorado, pensava imediatamente Elisa, que palavra mais estranha! Ela não sabia o que era ter namorado. Só sabia o que era estar apaixonada. Amor: essa palavra, sim, era bonita... O amor comandava tudo em sua vida e dava sentido a todos os seus atos, por menores que fossem. Achava que ir para a cama com Alberto era a realização máxima (e talvez a única possível) desse amor. Tinha, é verdade, a sensação de que Alberto a considerava uma vagabundinha, e dizia a si mesma que sê-lo não dependia dela. Se aquela namorada dele, Belén, fosse uma piranha, talvez ela tivesse conseguido se comportar como uma daminha virtuosa e recatada. Mas as coisas eram daquele jeito e, de fato, na primeira tarde até tinha ocultado dele sua condição de virgem. Às vezes, quando estava sozinha, começava a pensar que naquele momento Alberto e Belén estariam juntos, e então via a si mesma como o buraco que uma desconhecida deixava vazio. Simples assim: se a outra fosse esperta, ela teria de ser ingênua, e se a outra fosse cautelosa e responsável, ela devia se mostrar imprudente e maluquinha. E se compadecia de si mesma: Elisa, a menina bissexta, que até comemorava seu aniversário numa data em que eram outros, e não ela, que faziam aniversário...

Paquito queria que o levassem de novo ao bordel e não parava de insistir. Alberto protestava: A gente levou você faz pouco tempo, Paquito! Isto não é necessidade! Isto já é vício! Mas acabou cedendo e voltou a pedir ajuda a Elisa. Esta viu a si mesma como uma peculiar fada madrinha que contribuía para a satisfação sexual de boa parte da família Cameroni.

— Só me falta agora cuidar também do seu pai — brincou.

Naquela tarde as coisas aconteceram mais ou menos como na primeira vez. Foram ao bordel da estrada de Logroño, estacionaram sob a cobertura de caniço, perguntaram por Amalia... Depois, quando esta desceu para buscar Paquito, eles voltaram ao carro para esperar. Começou a chover e os vidros não demoraram a ficar embaçados. Trocaram palavras de amor, se beijaram, se tocaram. Elisa, brincalhona, tirou a carteira do bolso de Alberto e fez um gesto de que ia abrir a janela para jogá-la fora. Nem pense nisso, ali há um charco, disse Alberto. Ela agitou-a no ar e ele, rindo, esticou a mão. Você não consegue pegá-la! Consigo sim! A carteira saiu voando, se abriu no ar, repicou no volante e acabou caindo de pé no estreito vão do painel. Ficou ali meio encaixada. Em um lado estava a carteira de identidade de Alberto e no outro uma foto de Belén com o uniforme do Sagrado Corazón.

— Esta também foi você quem tirou? — perguntou Elisa.

Alberto se apressou em esconder a carteira. Depois, como se nada tivesse acontecido, voltou a enfiar a mão debaixo da saia dela procurando as nádegas. Mas não era mais a mesma coisa. O que está acontecendo?, disse ele. Es-estou pensando, disse ela, com o gaguejar típico dos momentos difíceis. Em quê?, perguntou ele. Elisa encolheu os ombros. Se Alberto achou que ela estava pensando em Belén e nele, se equivocou. Por estranho que pareça, Elisa estava pensando no negócio de ortopedia de seu avô, em todos aqueles desenhos de vértebras, fêmures e clavículas que apareciam nas imagens de corpos de jovens aparentemente sãos. Vou ver se já acabaram..., disse Alberto, abrindo a porta. Elisa assentiu em silêncio.

A chuva havia ficado mais forte quando ele e Paquito saíram do bordel. Correram até a cobertura e não perceberam a ausência de Elisa até que abriram a porta do carro. Alberto foi para a estrada e avistou-a se afastando pelo acostamento. Subiu no Seat 600 e acelerou para alcançá-la. Chegou até ela. Esticou-se para abrir a porta do copiloto. Suba!, disse. Elisa continuou andando, chorosa, empapada, com a roupa decomposta. O carro avançava a seu lado com a porta aberta. Suba!, estou dizendo!, insistiu ele. Me deixe em paz!, gritou ela, apertando o passo. Mas posso saber o que está acontecendo com você?, perguntou Alberto. Elisa agitou a cabeça: Não está acontecendo nada comigo! Um caminhão que se aproximava por trás buzinou. No assento traseiro, Paquito, assustado, tapou a boca com a mão. A buzina do caminhão soou de novo, agora muito perto, intimidante. Alberto girou o volante e abandonou a pista. A porta ricocheteou contra a carroceria e o 600 ficou meio atravessado, cortando o caminho de Elisa. Esta se deteve, desafiante. Não lhe disse para me deixar em paz?, gritou. Depois segurou a porta, e bateu-a com toda firmeza de que era capaz e, driblando o carro, seguiu seu caminho debaixo da chuva.

2

— Vocês acham que esse sou eu? — perguntou Raffaele.

O desenho mostrava um homem de avental que se inclinava sorridente sobre um rolo de massa.

— Acham que sou eu? — voltou a dizer. — E de que me vestiram? De cozinheiro? Vocês me viram alguma vez disfarçado de cozinheiro? Hem? Me viram?

Alberto, aflito, balançou a cabeça. Um dos homens da agência, o que parecia mais velho, limpou a garganta.

— Não se trata de quem é ou de quem não é o desenho — disse. — Trata-se de transmitir uma ideia e...

— Não! Trata-se de que eu lhes pago para pensar!

— Papai, por favor... — quis interromper Alberto.

— Deixe-me! — Raffaele o fez se calar com um gesto e continuou se dirigindo aos outros dois: — Eu pago a vocês para pensar e isso é tudo o que lhes ocorreu? Me desenhar vestido de cozinheiro! E por que não de coroinha? Ou de astronauta? Isso. Vocês também nunca me viram vestido de astronauta. Por que não me desenham com o capacete, o tubo e todo o resto?

— É uma marca de massas alimentícias — argumentou o da agência, e o outro, que tinha o cabelo mais comprido, tentou intervir:

— A equipe de criação achou que...

— A equipe de criação? Um bando de...!

Alberto temeu que seu pai fosse concluir a frase com a palavra veados. Mas Raffaele, depois de um instante de hesitação, continuou:

— Um bando de iludidos! É isso o que vocês são! Estou há muitos anos nesse negócio e sei muito bem o que é preciso fazer para que as pessoas comprem meus produtos. Vamos ver — apontou com ar inquisidor o leiaute do desenho, em que se lia "Maccheroni Cameroni". — A quem ocorreu este joguinho de palavras? E que besteira é essa de "Los auténticos macarrones?" As pessoas não são idiotas! Estão vendo que são macarrões e não é preciso que se diga isso em vários idiomas!

Gastou ainda alguns minutos apontando outros defeitos no desenho da campanha. Sua irritação se alimentava dela mesma e não parava de crescer. Como tinham podido escolher um tipo de letra tão espantoso? E a quem acreditavam que enganavam com aquelas cores, as da bandeira italiana? Se havia algo que ele não suportava era a incompetência! Apontou depois uma das fotos da parede. Era uma foto de quando La Confianza fora fundada, tão antiga que entre os empregados que nela posavam diante do velho armazém de farinha ainda não aparecia Modesto Asín. Logicamente, tampouco Raffaele, mas isso não o incomodava. Teria que lhes falar da história da empresa? Teria que lhes recordar como tudo aquilo fora construído? Respeitando sempre seus clientes ou, o que era a mesma coisa, oferecendo-lhes a cada momento produtos melhores? Essa fora a chave de seu sucesso, e tantos anos depois não havia nenhum motivo para mudar! Os homens da agência, que conheciam os ataques de Raffaele, trocavam olhares furtivos de advertência e tentavam não perder a compostura. Alberto, de sua parte, desinteressou-se pelo assunto e se sentou em uma poltrona fazendo um ostentoso gesto de cansaço. Era um gesto que estava destinado àqueles dois homens. Um gesto que queria dizer: Não pensem que porque meu pai é assim eu também sou. Não me odeiem por culpa dele. É melhor se compadecerem de mim.

Não era a primeira vez que assistia a uma cena daquele tipo. Sabia muito bem o que aconteceria em seguida. Seu pai exibiria as fotos que restavam dos primeiros anos de La Confianza, com especial atenção nas dos anos 1940 (aqueles que chamava de os mais difíceis), e mostraria depois as fotos da etapa atual, as da expansão. Enquanto isso, desfiaria o relato quase épico de sua trajetória empresarial, sem deixar, em nenhum momento, de ponderar as qualidades que apreciava em si mesmo: seu afã de superação, seu faro para os negócios, sua capacidade de adaptação aos novos tempos.

— Agora trabalhamos com processos contínuos, completamente automatizados, mas se vocês tivessem visto como era quando comecei! Fiz o primeiro secador estático com minhas próprias mãos, copiando um que havia visto na Feira de Amostras. Como tudo era diferente naquela época!

Os homens da agência assentiam vagamente e fingiam interesse, e assim Raffaele foi pouco a pouco se acalmando até que os dispensou, quase de bom humor, com um "Vamos, vamos trabalhar!" Depois, quando ficou sozinho com seu filho, disse, satisfeito:

— Enquadrei os caras. Você verá como começarão logo a ter boas ideias.

Alberto se encaminhou a sua sala sem dizer nada e ele voltou a chamá-lo para acrescentar, com ar zombeteiro:

— Logicamente, na próxima vez em que contratarmos uma agência dessas, procure evitar que sejam todos veadinhos.

O comentário pretendia ser jocoso, mas Alberto evitou sorrir e lhe deu as costas. Olhou o relógio do corredor e pegou sua gabardina.

— Vai buscar Paquito? — perguntou Raffaele, distraído.

Alberto bufou, assentindo, e fez soar as chaves do carro como se fossem uma cascavel, em sinal de despedida. Nessa época não tinha mais o Seat 600, mas um Simca, comprado de segunda mão com o salário dos primeiros meses de trabalho em La Confianza. Enfiou-se no Simca e, antes de ligar o motor, se entreteve tentando descolar do painel uma imagem de são Cristovão deixada pelo proprietário anterior. Era como um tique. Fazia aquilo sempre que entrava no carro, mas sempre com pouca convicção. Enfim, o são Cristovão insistia em ficar naquele lugar havia mais de meio ano. Naquela vez Alberto também acabou desistindo e o Simca começou a andar sobre o pavimento irregular.

Quando chegou à casa das freiras, buzinou três vezes. Paquito apareceu em uma janela do segundo andar e saudou-o levantando acima da cabeça um copo de leite e um sanduíche. Alberto sorriu. Naquele chalé, cerca de vinte meninos deficientes faziam pequenos trabalhos, geralmente enfiar cartões de propaganda em envelopes. Em troca, as freiras mantinham-nos distraídos, lhes ensinavam canções e os alimentavam. Paquito apareceu com os restos de um sanduíche e um bigode de leite sobre o lábio superior.

— Você sempre enche meu carro de migalhas — disse Alberto, abrindo a porta.

— A irmã Inmaculada disse que não devo comer depressa porque posso me engasgar.

— Só estou dizendo para você não falar com a boca cheia.

— A irmã Inmaculada disse que muita gente morreu engasgada. Mas eu não sei comer devagar. Você acha que eu vou morrer engasgado?

— Vamos ver se conseguimos encontrar Juan. Que tal?

Naquela hora, se a tarde estivesse boa, Elisa costumava dar uma volta com o pequeno Juan pela General Mola. O Simca avançava lentamente pela avenida. Paquito estava encarregado de localizá-los. Erguia-se no assento, esfregava com nervosismo os joelhos e, com a expressão em alerta dos cães de caça, virava freneticamente a cabeça à direita e à esquerda, tentando localizá-los entre a gente que caminhava pelo bulevar e pela calçada. Era como um jogo no qual só Paquito podia ganhar. Alberto não se importava de ter de percorrer várias vezes a avenida até que, por fim, seu irmão conseguisse vê-los. Ao passar diante do Cine Elíseos, avistou sua mulher olhando os cartazes dos filmes e diminuiu a velocidade.

— Ali! Estão ali! — gritou Paquito com ar triunfal, e depois enfiou a cabeça e os braços pela janela e gritou: — Oi, Elisa! Oi, Juan! Somos nós!

Deixaram o carro na entrada de uma rua próxima. Elisa tirou a criança do carrinho para que fosse até eles com seus próprios pés. Na frente de Alberto, Paquito avançava dando grandes passadas. Fui eu quem viu!, dizia, eu sempre ganho!, sou eu quem sempre acha! Alberto beijou a mulher e o filho e sugeriu que fossem lanchar na cafeteria Imperia. Paquito se negou. Queremos brincar!, disse, falando em nome de Juan, e levantou nos braços o pequeno. Os dois começaram a peidar e a rir. Tio e sobrinho se entendiam muito bem: este adorava ter um adulto com quem brincar, e aquele agradecia que pela primeira vez houvesse alguém na família que lhe reconhecesse alguma autoridade.

— Cuidado ao atravessar! Esperem o verde! — gritou Elisa, desnecessariamente.

Enquanto Juan e Paquito se perseguiam entre os bancos do bulevar, Alberto desabafava com sua mulher. Fazia-o com frequência, e sempre começava com a mesma frase: Você sabe o que o velho fez hoje? Chamava seu pai de velho, embora este só tivesse 57 anos, e pronunciava com força o *vê*, como se o cuspisse. Então Elisa se armava de paciência e, tirando penugens do suéter dele, dizia: Me conte, o que fez desta vez? O que Raffaele fizera tampouco era grave: alguma inconveniência, alguma saída de tom, alguma impertinência como as que naquele mesmo dia havia se permitido diante dos dois homens da agência. Definitivamente, nada do outro mundo, e Elisa, mais atenta aos passinhos do filho que aos lamentos do marido, quase sempre soltava um "isso é tudo?"

— Como, isso é tudo? — reagia Alberto com irritação. — Acha pouco? Acha que ele tem o direito de tratar as pessoas dessa maneira? Me lembro de quando éramos pequenos e estávamos à mesa. Se alguma das crianças tentava contar algo, ele imediatamente começava a dar batidinhas nos talheres. "Comer e calar!", dizia, "não se fala à mesa!" Quando comíamos todos juntos, só os adultos tinham o direito de falar. E éramos vistos comendo calados, concentrados em engolir a sopa sem fazer barulho, escutando conversas que nunca chegavam a acontecer porque meus pais falavam pouco entre eles... E na fábrica é a mesma coisa! Trata os empregados como se fossem menores de idade. "Menos conversa e mais trabalho! Já chega de fofoca!" É como se ele se considerasse o único adulto em um mundo de crianças. E, é claro, depois eu tenho de administrar as coisas: "Desculpem-no, não levem em conta, vocês já sabem como ele é..." Pelo menos quando éramos pequenos não tínhamos que pedir desculpas!

— Sempre falando de quando era pequeno... — interrompeu-o Elisa. — Quando você esquecerá tudo isso? Até os delitos mais graves acabam prescrevendo. Para você, ao contrário, tudo que seu pai fez no passado continuará sempre vigente.

— Você não entende! Vejo-o se comportar assim e sinto vergonha por ele.

— O que você sente é medo. Toda a sua vida você teve medo dele. E continua tendo.

— Medo, eu? Sou um homem adulto, pai de família, tenho ensino universitário, minha própria vida... Você acha que uma pessoa assim poderia ter medo do velho?

— Paquito, Juan, não se aproximem tanto dos carros!

— Você não me respondeu...

— Acho.

— Acho, o quê?

— Que sim. Que você tem medo dele.

Às vezes Elisa emitia opiniões cuja contundência desarmava Alberto e o deixava sem palavras. E aí ele não conseguia deixar de admirar essa sua clareza, que tornava simples as coisas complicadas. Sim, era possível que o problema se reduzisse a isso: que sempre tivera medo de seu pai. Medo na mesa quando lhe escapava um riso ou deixava algum prato sem terminar, medo sempre que o contradizia ou fazia algo que não devia, medo de ser objeto de sua ira quando Isabel os abandonou, medo que depois da morte dela seu frágil equilíbrio doméstico desmoronasse... Pensando bem, Elisa tinha razão, a relação dele com seu pai era a história de um medo constante, embora poucas vezes reconhecido. Porém, o mais curioso era que, no fundo, descobertas como aquela não o aborreciam. Pelo contrário: o medo constituía um elemento novo a acrescentar ao seu repertório de agravos, e ver crescer esse repertório lhe dava satisfação e consolo.

A relação entre pai e filho esteve a ponto de se romper no dia em que Alberto lhe anunciou seus planos de casamento. Essa, decerto, foi uma das poucas ocasiões em que teve consciência do medo que seu pai lhe inspirava. Casar?, disse Raffaele, Mas você nem terminou a faculdade! Alberto engoliu em seco e disse que Elisa era a mulher da sua vida e que para ele não tinha sentido esperar. E onde você vai viver? E de quê?, acrescentou o pai, com uma careta desdenhosa. Alberto só soube dizer: Sou crescidinho; disso cuido eu. Naturalmente, Raffaele considerava aquele casamento precipitado e parecia se divertir expressando os piores augúrios sobre o futuro do casal: decisões daquele tipo não eram tomadas como se não fossem nada. Alberto e Elisa ainda eram crianças, imaturos, não estavam preparados para criar sua própria família etc. Disse: Você precisa saber, que se se casar antes de acabar a faculdade, fará isso sem minha bênção. Disse assim, sem minha bênção, e Alberto achou que se ele se opunha ao casamento era unicamente por egoísmo: para não ficar sozinho com Paquito. Mas não chegaram a falar de Paquito naquele dia, porque Alberto cortou bruscamente a conversa quando seu pai começou com aquelas insinuações. Por que tanta pressa?, disse o pai. O que você quer dizer, disse o filho. Por que tanta pressa?, voltou a dizer Raffaele e, como Alberto não respondia, foi mais explícito: Diga-me a verdade. Vocês mijaram fora do penico. É isso, não é? Claro que sim! Vocês mijaram fora do penico! Alberto, então, se sentiu ofendido, e a única coisa que conseguiu responder antes de lhe dar as costas foi: Você está me insultando e está insultando aquela que vai ser minha mulher! Quem o ouvisse, acharia que o irritava a possibilidade de que o pai estivesse colocando em dúvida a virtude de Elisa. Mas Alberto não era nem puritano nem moralista. Via a si mesmo como um jovem de seu tempo, inimigo das velhas convenções sociais, tolerante em questões de sexo, uma pessoa que achava anacrônico que os casais chegassem virgens ao casamento. Por que então reagira diante do pai como o paladino da honra e da castidade? O que deveria ter lhe dito era: Se você acha que se trata de um casamento de barriga está muito equivocado, mas claro que minha namorada e eu vamos para a cama sempre que podemos! Desde que começamos a sair juntos! Há mais de um ano! Quando contou a história a Elisa, esta pronunciou uma frase que Alberto não esqueceria jamais: O mal das pessoas más é que nos tornam piores do que nós somos. Era verdade. Ao lado de seu pai, ele sempre se sentia uma pessoa pior: rancorosa, mesquinha, suspicaz... Resolveram marcar a data do casamento para o começo de julho, e durante as semanas seguintes pai e filho fizeram tudo o que era possível para evitar um ao outro. O filho achava que já dissera tudo o que tinha a dizer, e o pai pensava que, se o outro quisesse algo, logo pediria. Por outro lado, desde que Alberto começara a trabalhar pelas manhãs entregando notificações de um cartório, tampouco lhes era tão difícil se evitar. Dedicava o resto do tempo a passear com Elisa e a frequentar as aulas noturnas na faculdade. Por isso, só encontrava o pai nos fins de semana, em algum almoço ou jantar. E então falavam pouco e arreganhando os dentes. Por que você aceitou esse trabalho, se eu sempre lhe dei dinheiro?, perguntava Raffaele. Casar nunca é barato, respondia Alberto. Ah, você continua com essa ideia?, dizia Raffaele, fingindo surpresa, e Alberto fazia com a cabeça um sinal para o resto da casa: Deixei-lhe um convite em sua mesinha, você não viu? E aí Paquito, que só de pensar no casamento ficava nervoso e não havia maneira de fazê-lo se calar, intervinha para dizer: E onde eu vou sentar? É a primeira vez que vou a um casamento! Poderei jogar arroz em vocês, não é mesmo? Vocês não ficarão aborrecidos se eu jogar arroz na sua cara? No dia em que Alberto teve consciência do medo que seu pai lhe inspirava, Paquito não estava presente para interromper. Nesse dia Raffaele nem sequer parecia estar de mau humor. Alberto foi ao apartamento pegar umas anotações para a faculdade e, ao passar diante da cozinha, viu seu pai tirando alguma coisa da geladeira. Um tempo depois encontrou-o na poltrona da sala com um prato de tangerinas sobre os joelhos. Raffaele enfiou um par de gomos na boca e com um som anasalado lhe ofereceu uma tangerina: Hum...? Não, obrigado, respondeu Alberto. Seu pai lhe fez um gesto com a mão e ele esperou que Raffaele terminasse de cuspir os caroços. Aqueles segundos se tornaram longos demais. Estava pensando, disse Raffaele, estava pensando que, se o que você quer é sair de casa, por que tem de se casar? Alberto não sabia aonde ele queria chegar. Se o que o preocupa é Paquito..., tentou dizer, mas seu pai o interrompeu: Quem está falando de Paquito? Estou falando de você. E o que você quer é fazer como sua mãe e seu irmão. Afastar-se de mim. Desaparecer da minha vida. Depois deixou o prato sobre a mesinha do telefone, olhou-o fixamente e acrescentou: Mas não tem colhões. Não tem colhões para romper com tudo e carregar a culpa. Não quer se sentir responsável por nada que possa acontecer. Não quer que ninguém possa lhe dizer: "você se equivocou, Alberto, e veja o que aconteceu depois." E, no entanto, pode ser que esteja se equivocando. Pode ser que alguém lhe diga um dia que, exatamente para não se equivocar, você acabou se equivocando... E tudo porque não tem colhões, Alberto. Tem certeza de que não quer uma tangerina? Em seu tom de voz não havia ameaça nem reprovação, e talvez por isso suas palavras atravessaram Alberto sem encontrar resistência. Como esteve perto então de se render, de admitir seu erro e de mandar o casamento para o caralho e ajoelhar-se aos pés do pai para pedir perdão! Tinha a impressão de estar traindo algo importante. De ter desafiado algo que estava acima dele: uma ordem superior, uma autoridade indiscutível. O medo era uma das muitas coisas (e não a menor) que o uniam a seu pai. No fundo, se sabia incapaz de romper um vínculo tão poderoso. Não, obrigado, voltou a dizer, recusando com a cabeça a tangerina, e agarrou com força seus apontamentos e foi embora. Mais tarde, quando encontrou Elisa, não se atreveu a comentar com ela nada do que aconteceu. Em seguida a conversa entre eles devolveu as coisas ao seu curso natural: o pequeno apartamento que iam alugar, a igreja onde contrairiam o matrimônio, o número de pessoas que pensavam convidar... A companhia de Elisa tinha um efeito terapêutico. Ao seu lado, ele recuperava a sensação de força e voltava a se sentir dono de seu próprio destino. E o destino que queria para si mesmo incluía se casar com ela. Depois das palavras de seu pai, não era só o que desejava: era, além do mais, o que necessitava. O casamento era, definitivamente, a única solução que encontrava para seu enfrentamento. O casamento era, ao mesmo tempo, o problema e o remédio, e só restava um detalhe para resolver: Paquito. Desde que Isabel saíra de casa, e talvez desde antes, Alberto recordava seu pai resmungando. O que eu vou fazer com este menino?, ouvia-o dizer entre os dentes cada vez que Paquito fazia uma besteira. Essa pergunta, que sempre havia sido retórica, parecia agora exigir uma resposta, e aquele futuro adormecido ao qual aludia se tornara concreto. Não era mais um resmungo, mas uma acusação: O que eu vou fazer com este menino quando você tiver se casado e nos deixado sozinhos? Não importava que ultimamente o tivesse ouvido pronunciar essa frase em poucas ocasiões e que nada, salvo sua própria suspicácia, permitisse presumir nela uma intenção oculta. Sair de casa implicava deixar Paquito com seu pai, e isso bastava para que se sentisse culpado. A solução não parecia simples. Ele não se importaria em levar seu irmão com ele, mas não acreditava que pudesse impô-lo a Elisa, pelo menos não no momento, recém-casados e com um futuro imediato que se previa incerto. Para sua alegria, foi ela mesma quem lhe sugeriu. Será uma catástrofe deixar aqueles dois sozinhos..., disse Elisa, que conhecia pouco Raffaele, mas sabia bem qual era seu ponto fraco, e Alberto, agradecido, abraçou-a com força.

Em seu trabalho no cartório, Alberto costumava usar a Velosolex de Elisa. Uma tarde, quando se preparava para pedalar a fim de colocá-la em movimento, viu seu pai chegar. Ali mesmo lhe disse: Elisa e eu achamos que Paquito ficará melhor conosco. Raffaele fingiu resignação e se dispôs a contribuir todos os meses para o sustento do filho. E Alberto pensou: Grande sacana! Com que facilidade você faz com que pareça generosidade o que é puro egoísmo! Mas estava feliz: para ele, levar seu irmão equivalia a manter o núcleo familiar unido, como se Paquito fosse precisamente o centro em torno do qual orbitava a vida dos outros membros da família. As coisas, no entanto, não seriam tão simples. À noite, ao voltar da faculdade, ouviu gritos no outro extremo da sala. Raffaele golpeava com os nós dos dedos a porta do banheiro. Quando viu Alberto chegar, fez com os braços um gesto de impotência: Está há uma hora trancado! Alberto tentou em vão abrir a porta e interrogou seu pai com o olhar. Agora diz que não quer sair de casa!, disse Raffaele. De dentro do banheiro chegou a voz chorosa de Paquito: Não, papai! Eu quero viver aqui! Raffaele voltou a gritar: Mas é para o seu bem! Vamos, Alberto, diga você... Alberto tentou convencê-lo a abrir a porta. Paquito respondeu que não sairia dali até que lhe prometessem que poderia ficar em casa. Depois de muito insistir, Alberto fez um gesto de rendição. Mas já estávamos todos de acordo..., protestou Raffaele. Está certo, Paquito!, prometemos, disse Alberto. Ele também, ouviram, que ele também prometa, quero ouvi-lo dizer! Raffaele bufou e disse: Eu lhe prometo, meu filho, eu lhe prometo, mas abra de uma vez! Ouviu-se por fim o trinco correr. O rosto enrubescido de Paquito apareceu entre a porta e o umbral. Com a mansidão dos cachorros velhos, se aproximou do pai e abraçou-o com força. Ainda chorando, mas já acalmado, começou a repetir que não o expulsasse de casa, que queria viver sempre com ele, ao seu lado, e Raffaele, comovido, acariciava sua cabeça e dizia: Claro que sim, meu filho, claro que sim.

O incidente serviu pelo menos para diminuir a tensão entre Alberto e Raffaele. Este cedeu em sua oposição ao casamento. Não apenas lhes deu sua bênção como inclusive se ofereceu para arcar com as despesas do banquete. Mas, em troca, se reservou o direito de acrescentar alguns nomes à lista de convidados. Haviam optado por se casar em julho para que Alberto pudesse se preparar com calma para as provas finais do quarto ano. Mas tal precaução acabou sendo inútil porque de qualquer maneira suas notas foram péssimas. Só conseguiu ser aprovado em uma matéria, e em mais outra que se arrastava desde o terceiro ano. Tiveram, pois, que se resignar à ideia de que a ansiada formatura seria adiada por mais um ano do que fora previsto. Pensar que pelo menos durante outros dois anos teria de continuar em seu precário trabalho no cartório mergulhou Alberto em um profundo desassossego, mas, apesar disso, ele se esforçou por exibir seu melhor sorriso durante a cerimônia. Para oficiá-la, tio Ramón viajou de Valladolid (onde ficava sua paróquia), e por insistência de Raffaele foi celebrada na igreja de San Antonio de Padua, anexa ao Memorial Militar Italiano. Faltou Rafael, que na época já estava em paradeiro desconhecido e que, para não reencontrar seu pai, certamente tampouco teria comparecido caso o tivessem localizado. O avô de Elisa e tia Milagros foram os padrinhos. Entre os convidados era fácil identificar os que vinham da parte de Raffaele: o grupinho dos amigos falangistas (que rodeavam Amadeo Serrano, então governador civil de uma província do sul), o dos principais clientes de La Confianza e o dos italianos, com o gordo do Imbroglia à frente. Paquito estava sentado na primeira fila e, nas pausas da liturgia, Alberto ouvia com nitidez sua respiração forte e descompassada. De fato, havia momentos em que tinha a sensação de que aquele som ocupava tudo, como se o templo inteiro fosse um pulmão cansado e doente. Paquito cumpriu sua ameaça de lhes jogar arroz no rosto. A mãe de Elisa, que durante todo aquele tempo conseguira conter a emoção, alegou que um grão entrara em seu olho para poder chorar com liberdade.

A família de Elisa havia se oferecido para ser avalista de um financiamento para a compra de um apartamento, mas eles preferiam não dever nada a ninguém e optaram por viver de aluguel. O apartamento ficava no Barrio de la Quimica. Nem o apartamento e nem a rua eram particularmente bonitos: o relevante era que entre aquelas paredes se sentiam livres, livres de verdade. Pela primeira vez em sua vida, Alberto e Elisa tinham a sensação de que podiam ser tudo aquilo que queriam ser. Diante disso, o que importavam os incômodos e os apertos que tivessem de enfrentar? Dispunham de pouco dinheiro para fazer frente aos muitos gastos iniciais, no entanto, nada os assustava. Além do mais, queriam ter um filho. E queriam tê-lo logo. Imaginavam a si mesmos como pais jovens e modernos, diferentes de quase todos os outros pais, tão preocupados, tão sérios. Ingenuamente, viam o futuro como um tempo no qual os anos passavam mais depressa para a criança do que para eles, jovens eternos a quem seu filho acabaria alcançando. Quando Elisa teve o segundo atraso, correram para comunicar a seus pais. Com os dela não houve surpresas: tudo foram beijos e abraços e lágrimas de alegria. Raffaele, por sua vez, recebeu a notícia em completo silêncio. Elisa se voltou para Alberto sem ocultar sua contrariedade. Só após vários segundos Raffaele esboçou um sorriso e improvisou uma piada sobre a pressa que estavam tendo para transformá-lo em avô, e então as suspeitas de seu filho já haviam ganhado forma. Para Alberto não havia nenhuma dúvida sobre o motivo da estranha reação paterna. Você não percebeu o que o velho ficou fazendo durante aqueles instantes?, comentaria depois, em particular. Estava calculando os meses! Ainda acredita que nos casamos porque você estava grávida! Mas se equivocara. Raffaele levara alguns segundos para felicitá-los só porque de repente fora assaltado pelo maior e mais secreto de seus medos. O medo de seu sangue ruim. O medo de tê-lo transmitido aos seus. Durante aqueles instantes de silêncio, ficara sobressaltado diante da possibilidade de que seu primeiro neto também fosse deficiente, como Paquito e como aquela menina que deixara na Itália e que ainda em alguns pesadelos lhe aparecia para acusá-lo com seu pranto... Mas como Alberto poderia imaginar uma coisa dessas? Quando o médico lhes anunciou que Elisa completaria nove meses de gravidez no princípio de abril, exatamente nove meses depois do casamento, ele também permaneceu alguns instantes em silêncio, fazendo cálculos. E se a criança nascesse de sete meses e não em abril, mas em fevereiro? Quem então convenceria Raffaele de que o pequeno não fora concebido antes do casamento? Embora nunca a tivesse compartilhado com Elisa, esta preocupação o acompanhou durante boa parte da gestação. Todos os pais principiantes vivem esse período com certa ansiedade. No caso de Alberto, não se tratava de ansiedade, mas de verdadeira angústia. Esforçava-se para evitar que sua mulher fosse submetida a qualquer tipo de emoção ou desgosto, mas também a preocupações, incômodos, mudanças de temperatura, ruídos desagradáveis e maus cheiros. Com frequência lhe recordava que não devia fazer exercícios bruscos nem correr ou subir escadas... Tudo para que a gravidez progredisse com naturalidade e a data do parto não se antecipasse. Até Elisa, que no princípio estava encantada com tantas atenções e desvelos, acabou um pouco cansada dessa vigilância, e não deixava passar nenhuma ocasião para gozá-lo. Estou pensando em lixar as unhas, lhe dizia, você acha que isso pode ser prejudicial ao feto? No final de março, Alberto pôde relaxar um pouco: então todos os cálculos deixavam bem claro que não haviam mijado fora do penico.

A bolsa d'água de Elisa se rompeu dois dias depois da data prevista, e à meia-noite nasceu um menino moreno e careca. Para surpresa de Alberto e Elisa, foi Raffaele quem manifestou mais entusiasmo diante do nascimento do pequeno Juan. Mas está passando bem? Os médicos fizeram todos os exames? Tem certeza de que ele não tem nada com que devamos nos preocupar? As perguntas revelavam um interesse que não podia ser fingido. Alberto se sentia ao mesmo tempo confuso e gratificado. Durante todos aqueles meses, Raffaele mostrara em relação ao filho e à nora uma discrição estranha. Respeitando sua intimidade e sua independência, só os visitava em sua casinha do Barrio de la Quimica quando eles o convidavam, e de vez em quando lhes telefonava para saber da saúde de Elisa e da sua gravidez. As coisas mudaram depois do parto. Agora Raffaele não era apenas pai e sogro, mas também avô. E quem ia negar a um avô o direito de estar com seu neto? Sua ajuda, além do mais, era muito útil porque, enquanto Alberto estava ocupado com seu emprego do cartório, Raffaele acompanhava Elisa quando ia vacinar o menino e fazer as revisões, os exames e buscar os resultados. Eram quase sempre assuntos médicos. Alberto achava um pouco estranho porque, quando criança, seu pai jamais o levara para ser vacinado ou fazer uma revisão. Tinha se desinteressado até pelos exames e tratamentos de Paquito. Mas acaba-se encontrando uma explicação para tudo. Alberto achou que, sendo seu pai um homem não habituado a exteriorizar seus sentimentos, a atenção que dava à saúde de Juan devia ser interpretada como uma manifestação de carinho. Raffaele lhes mandou um encanador para consertar a instalação de água quente, e Alberto também interpretou isso como uma manifestação peculiar de afeto. Que fique claro que não faço isso por vocês, mas pelo menino, disse Raffaele quando foram lhe agradecer. Pouco depois, também enviou pintores, que mudaram os papéis de parede da sala e pintaram o quarto de Juan com cores muito alegres escolhidas por Elisa. Alberto se dava conta de que, aceitando que seu pai interviesse em sua vida, renunciava a uma pequena parte de sua recém-conquistada liberdade. Mas lhe parecia que desta vez a interferência era para o bem. Em todo caso, seus sogros também os presenteavam com pequenos eletrodomésticos e aproveitavam suas visitas para lhes encher a despensa. Naquela época, as relações entre Raffaele e Alberto atravessavam uma fase agradável e quase harmoniosa, e Alberto dizia que não havia nada como virar pai para começar a entender o próprio pai.

Em setembro do ano seguinte, quando o filho tinha 1 ano e meio, Alberto conseguiu ser aprovado nos últimos exames de direito. Começou a procurar trabalho assim que teve nas mãos a papeleta com a última aprovação. Sua intenção era se dedicar à advocacia. Havia visto vários episódios da série *Perry Mason* e era atraído pela ideia romântica de defender os desfavorecidos. No Colégio de Advogados lhe deram uma lista com todos os escritórios da cidade. Escolheu os que lhe pareciam mais prestigiosos e melhor situados, e escreveu a cada um deles uma carta oferecendo seus serviços como estagiário. Apenas oito escritórios responderam. Cinco deles para notificá-lo de que agradeciam seu interesse, mas não tinham prevista nenhuma ampliação de pessoal. Dos três restantes, dois diziam que estariam dispostos a admiti-lo se durante um período de experiência indeterminado ele renunciasse a receber honorários. Apenas o último, o de um advogado chamado Enríquez, lhe permitiu alimentar algum otimismo: "Depois de uma primeira avaliação de sua proposta, gostaríamos de agendar um encontro pessoal etc." Foi à entrevista à hora combinada e, sem mais demora, uma secretária o fez entrar no escritório de Enríquez. Este, um homem gordo com aspecto de quem tinha dormido mal, olhou-o por cima dos óculos e submeteu-o a um breve interrogatório: o que o interessava mais, o civil ou o penal? Tinha alguma experiência em direito trabalhista ou em recursos humanos? E conhecimentos de contabilidade ou administração de empresa? Com suas respostas, Alberto deu a entender que nenhum desses campos lhe era alheio e que em qualquer um deles poderia ser eficiente. Enríquez assentia lentamente com a cabeça. Ao final, enquanto oferecia a mão, lhe disse com uma ponta de ironia: Você vale tanto para um roto como para um esfarrapado, meu jovem. Alberto saiu daquele escritório com a sensação de que tudo correra bem, e na sexta-feira daquela mesma semana, quando chegou em casa, não ficou surpreso ao encontrar na caixa de correio uma carta na qual confirmavam que estava habilitado para o posto. Subiu os degraus de três em três. Eu sabia! Eu sabia!, exclamou ao ver Elisa. Sabia que me contratariam! A carta, que evitava entrar em detalhes, informava o telefone para o qual ele deveria ligar no horário comercial. Isso queria dizer que até a manhã de segunda-feira não saberia das características de sua nova ocupação. Podia ser que a incumbência fosse insignificante e as condições abusivas, mas também (por que não?) que Enríquez tivesse percebido nele o talento de bom jurista e estivesse disposto a testá-lo dando-lhe uma tarefa de certa responsabilidade. Durante o fim de semana, fantasiou a ideia de ganhar com brilho seu primeiro caso e inaugurar assim sua promissora carreira de advogado. Na manhã da segunda-feira, fez um parêntese em sua jornada de cartorário e voltou para casa a fim de fazer comodamente sua ligação telefônica. Elisa, nervosa, sentou ao seu lado e com o dedo indicador fez um gesto de advertência a Juan: Agora caladinho, que o papai precisa telefonar. Alberto discou o número e, se esforçando para controlar o nervosismo, anunciou o motivo da chamada. Fizeram-no esperar alguns segundos antes de conectá-lo com outra pessoa. Reconheceu a voz no mesmo instante. O que você está fazendo aí?, perguntou, confuso. No outro lado da linha, seu pai respondeu: E onde você quer que eu esteja? Você ligou para os escritórios de La Confianza. E Enríquez?, perguntou Alberto, e Raffaele respondeu: Enríquez é meu advogado. Ele me falou de sua carta e eu lhe disse que o convidasse para uma entrevista. Decerto, muito bom isso de que você tem experiência em administração de empresas! Elisa, que não podia ouvir Raffaele, viu seu marido passar do desconcerto à decepção e desta ao enfado. Não entendo por que você tem que me fazer perder tempo com este ridículo fingimento!, exclamou Alberto antes de desligar, e ela, embora não conseguisse entender o que estava acontecendo, tentou animá-lo: Não se preocupe. Tudo se ajeitará. E eu procurarei um trabalho assim que o menino começar a ir à escola... Alberto lhe deu um beijo. Depois beijou também Juan e, sem dar mais explicações, foi continuar a entregar notificações na Velosolex.

Durante o resto da manhã não fez nada além de imaginar o risinho de seu pai enquanto falavam ao telefone. Um risinho que queria dizer: Por essa você não esperava, hem? Reconheça que fui mais esperto do que você! Mas o que lhe parecia uma brincadeira de mau gosto na verdade não era. Raffaele insistiu em lhe oferecer um emprego nos escritórios de La Confianza. Por que ir a outro lugar podendo trabalhar com seu pai na empresa da família? Além disso, havia a questão do dinheiro... Quanto achava que ia receber como aprendiz (assim o disse) de advogado? Tinha uma mulher, tinha um filho... Não se preocupava com seu bem-estar? Alberto hesitou muito antes de aceitar a proposta de seu pai, e não demorou a se reprovar. Sim, ganhava um salário digno, ocupava um belo escritório, tinha certo nível de responsabilidade na direção de La Confianza... Mas agora Raffaele não era apenas seu pai, mas também seu chefe, e Alberto, que achava ter conseguido escapar da sua autoridade, havia tropeçado nela em dobro.

No começo da primavera de 1970, não fazia nem meio ano que começara a trabalhar em La Confianza, e em tão pouco tempo não haviam cessado de se acumular queixas graves contra seu pai. O próprio fato de ter se sentido induzido a trabalhar ao lado dele despertava seu ressentimento. Não só não lhe agradecia por ter solucionado seus problemas financeiros, mas com seus botões até o acusavam de lhe ter imposto um destino não desejado. Sim, era possível dizer que Raffaele o designara seu sucessor à frente da empresa, mas alguma vez se incomodara em consultá-lo a respeito? Quem pensava que era para escolher por ele, para decidir seu futuro e sua felicidade? Alberto se considerava um refém de seu pai, e essa sensação de ter a liberdade limitada se projetava no futuro e também trazia o passado à tona. Volta e meia ele exumava antigas desavenças em suas conversas com Elisa. Esta não sabia muito bem que postura adotar. Por exemplo, quando Alberto lhe dizia que seu pai sempre boicotara seu temperamento artístico e sua criatividade... Segundo ele, em sua infância Raffaele ironizava tudo sobre sua paixão pela literatura, o teatro e a arte: ela não sabia como era difícil para uma criança se sobrepor aos sarcasmos do pai. Podia ser. Podia ser que em algum momento Alberto tivesse tentado escrever uns versos ou pintar um quadro, mas, desde que ela o conhecia, não tinha a sensação de que essa criatividade tivesse lutado para se manifestar. E as excursões com a Sociedade Fotográfica? E as exposições?, replicava ele, contrariado. Ah, se referia a isso, a seu gosto por tirar fotos e participar das coletivas da Sociedade? disse Elisa. O que está havendo?, perguntava Alberto. Você acha que a fotografia não é uma arte? É claro que é, querido, contestava sua mulher, é claro que é.

Elisa se acostumara a conviver com as constantes suspeitas de Alberto, e naquela tarde, enquanto esperavam que Juan e Paquito se cansassem de brincar, optou por contemporizar.

— O que você acha que ele me disse quando eu estava vindo para cá? — monologava Alberto. — Ora, o de sempre: "Você vai buscar Paquito?" Toda tarde tenho que ouvi-lo dizer: "Você vai, você vai...?" Como se ele fosse todos os dias buscá-lo nas freiras e desta vez estivesse ocupado e, excepcionalmente, se visse obrigado a me pedir um favor. Quantas vezes terá ido desde que trabalho em La Confianza? Hem? Quantas? Quatro? Cinco? Sempre, sempre vou eu: você sabe. Mas que fique claro que não me queixo. Gosto de ir buscar Paquito e trazê-lo para cá e ver como se diverte com Juan... E digo mais: gosto de me encarregar de buscá-lo porque assim posso vê-lo todos os dias. E nem sequer me importa ter de ficar atento e não poder perdê-lo de vista nem um segundo! O que não gosto é que me chantageiem. Porque é claro o que meu pai quer me dizer com essa frase: que ainda não me perdoou por eu ter saído de casa e o deixado com Paquito, com o filho bobo... É chantagem ou não é chantagem? Pois sim! É chantagem, e me aborrece. Me aborrece que, depois de tanto tempo, ele continue contra meu casamento! — Aqui fez uma pausa e em seguida acrescentou, imitando o sotaque italiano do pai: — "Você vai buscar Paquito? Você vai buscar Paquito?" Pois é claro que vou! Como não irei? Mas não me queixo, hem? Você sabe, Elisa, que não estou me queixando!

— Paquito! Juan! — disse ela. — Vamos!

Nenhum dos dois pareceu ouvir. Estavam sentados no chão, de costas para eles. Aproximaram-se para ver o que faziam e os descobriram dispondo em círculo várias pedras do tamanho de um punho. Ao redor de cada uma dessas pedras havia cinco menores.

— Gacados — anunciou Juan, muito sério.

— Cágados — corrigiu-o o outro, rindo.

Depois Juan apontou as pedras pequenas que cercavam uma das grandes e disse:

— As patinhas, a cabeça...

— A irmã Inmaculada vai me dar de presente um cágado! Disse que elas têm muitos e que não precisam de tantos...

— Vamos, Paquito — disse Alberto. — Vá se lavar na fonte.

Paquito obedeceu e, enquanto lavava as mãos molhando tudo, gritou:

— Vai se chamar Francisco. Como eu. Assim todos saberão que é meu.

Estavam a apenas duas esquinas da rua Bolonia. Alberto entregou seu lenço ao irmão e acompanhou-o até o apartamento do pai. Este abriu a porta para eles com a testa cheia de manchas negras e uma toalha amarrada no pescoço: naquela época ocultava seus cabelos brancos com tintura capilar.

— Você já comprou o aquário? Já comprou o aquário para o cágado? — perguntou Paquito.

— Primeiro se cumprimenta, não? — disse Alberto.

— Sim. Olá. Comprou o aquário? Comprou?

Raffaele, sem ligar para ele, se encaminhou ao banheiro. Para que a tintura não escorresse pelo seu rosto, andava com a cabeça jogada para trás, como se olhasse o teto, e enquanto isso falava com Alberto.

— Estive com Monti. Acho que é um perfeito idiota. Que necessidade a gente tem de gastar dinheiro com alguém como ele? As pessoas não gostam de experimentar. E aqui, na Espanha, menos ainda. Não tire dos espanhóis os macarrões e as aletrias de toda a vida. Se quisessem comer *ravioli* ou *bucatini*, não seriam mais espanhóis. Seriam italianos.

Esta última tirada deve ter lhe parecido afortunada, porque através do espelho ele enviou um sorriso aos filhos, que o observavam do corredor.

— Eu acho que é uma boa ideia — disse Alberto.

— Você acha que é uma boa ideia porque a ideia é sua.

Paquito se aproximou do pai, que agora estava limpando a testa, e ficou prestando muita atenção em suas ações: cortar pedaços de papel higiênico, umedecê-los sob a torneira, aplicá-los nas manchas tendo o cuidado de não tocar a raiz do cabelo... Depois Raffaele deu um suspiro de satisfação e lavou as mãos, e Paquito voltou à carga com a questão do aquário para o cágado.

— Não! Não penso em comprar nenhum aquário! — exclamou seu pai, enxugando as mãos na toalha que lhe caía sobre o peito. — Não quero bichos em casa!

E saiu do banheiro. Alberto se aproximou do irmão para lhe dar um beijo de despedida e sussurrou ao seu ouvido:

— Não se preocupe, ele vai comprar. Senão, eu comprarei.

Aos 24 anos, Alberto havia se transformado em um homem de hábitos. Para fazer parte de sua vida, bastava fazer parte de alguns de seus hábitos. Como Paquito e o passeio familiar de todas as tardes. Também como a tia Milagros e a visita que a cada duas ou três semanas lhe fazia para fotografá-la.

— Quem você acha que vai ganhar? — perguntou ela, pouco depois de abrir a porta.

— Não tenho a menor ideia. Quem?

— Eu acho que o homem. O dos pássaros.

Falavam de um programa de perguntas e respostas da televisão que se intitulava *Las diez de últimas*. Em uma daquelas noites iriam transmitir a esperadíssima final. Haviam chegado a ela uma especialista em temas cervantinos e um ornitólogo amador que chamavam de bedel de pássaros. Tia Milagros era uma fã incondicional deste último. Quando falava dele, o fazia com familiaridade, como se o conhecesse pessoalmente. Dizia: Secundino tem seus momentos, tomara que esteja em um de seus dias bons! Dizia também: O tempo que este homem passa no campo! Até a cara dele é de pintassilgo! Tia Milagros já estava idosa e saía pouco de casa. Os personagens da televisão eram sua principal companhia e seu assunto favorito.

— Como você vai se vestir hoje? — interrompeu-a Alberto.

— Daqui a pouco você vai ver.

Alberto ficou esperando na sala, instalando o tripé e as luzes e fazendo medições com o fotômetro. Enquanto isso, tia Milagros se trancou no quarto para se arrumar. Assim exigia o ritual. Para cada sessão fotográfica devia usar uma roupa diferente. Ela achava graça em voltar a usar algum dos muitos vestidos que ao longo das décadas haviam se acumulado em seu guarda-roupa. Os primeiros retratos foram feitos com peças de seu vestuário mais recente. Só quando este se esgotou recorreu a roupas fora de moda. Primeiro às dos últimos anos e depois às mais antigas, voltando, portanto, no tempo, percorrendo inversamente as pequenas efemérides da história familiar: Usei este no enterro de Isabelita, este no batizado de Paquito... O contraste era curioso e (por que não dizê-lo?) inquietante: enquanto tia Milagros envelhecia lentamente, sua roupa rejuvenescia a toda a velocidade, e as duas semanas de intervalo entre uma sessão fotográfica e a próxima podiam representar um retrocesso de vários anos em suas vestes.

— Não lhe ofereci nada — ouviu-a dizer do quarto. — Quer uma tacinha de moscatel?

— Não, obrigado.

— Preparado?

A porta do quarto se abriu e surgiu tia Milagros. Usava uma blusa branca de gola redonda, um *tailleur* cinza com cinto ajustado e saia abaixo do joelho, uns sapatos de salto alto, um gorrinho com um laço e uma bolsinha de alça curta.

— Você está muito bonita — disse Alberto, sorrindo.

Ela negou com faceirice e, obedecendo a suas indicações, se colocou diante da câmera.

— Bah, roupa velha... Mas como ia jogá-la fora se me custou tanto fazê-la? Na época todas sabíamos um pouco de corte e costura... O modelo me foi dado por uma amiga que estava sempre por dentro das novidades da moda. Que tempos! Quando isto estava na moda você nem sequer havia nascido. Não adivinha quando o estreei? No casamento de seus pais. Já faz 30 anos! E dá para perceber, ora se dá: veja como engordei desde então.... Não consegui nem fechar os colchetes da saia! O ruim não é ser velha: o ruim é estar gorda... Estou bem aqui? Vamos ver quando você vai me mostrar essas fotos. Ainda não terminou o rolo de filme?

Sempre se comportava assim. Nervosa como uma jovenzinha, no princípio falava muito e de forma embaralhada. Depois ia pouco a pouco se acalmando, e Alberto tirava as fotos e lhe dava trela.

— Ele voltou a ligar?

— Quem? Rafael?

— E quem poderia ser? Onde está agora?

— Quem vai saber... Nunca me diz.

Tia Milagros era a única pessoa da família que mantinha algum contato com Rafael. Ele a visitara em alguma oportunidade depois de ter acabado o serviço militar, e de vez em quando telefonava.

— Sempre me pergunta por Paquito e por você.

— E o que você lhe diz?

— Que estão bem.

— Mais duas fotos e pronto...

Alberto pronunciava com frequência frases assim: Está quase, já vamos acabar... Ouvindo-o, qualquer um acharia que tentava se desculpar pelos incômodos causados ou pelo tempo roubado. Mas os dois sabiam que aquelas frases também faziam parte do ritual e eram desprovidas de um conteúdo verdadeiro. Nada indicava que a sessão estivesse prestes a terminar.

— E seu pai, como vai?

— Bem, como sempre.

Na frente dela, preferia não mencionar as tensões familiares. Melhor assim. Melhor que a tia achasse que sua relação com seu pai era boa e que Paquito não era nenhum problema. Melhor que pensasse que conservava intacto seu afeto por Rafael, apesar de há cinco anos ele não dar praticamente sinais de vida. Colocou a tampa na objetiva e se sentou ao lado da tia.

— Bem — disse —, agora, sim, eu tomaria o moscatel.

Às vezes, depois de deixar Paquito, ia no começo da noite ao hotel onde Monti se hospedava e o convidava a tomar alguma coisa na cafeteria. Encontravam-se todos os dias na fábrica, mas preferiam se ver assim, às escondidas de Raffaele. Por causa das pressões deste, Monti estivera várias vezes prestes a pedir demissão. Alberto se esforçava para apoiá-lo e animá-lo. O que você está fazendo é muito importante, dizia, até meu pai acabará lhe agradecendo. Não dizia isso por dizer. Os dois últimos anos fiscais haviam fechado com um balanço desfavorável para La Confianza, e a crescente implantação de outras empresas do ramo não permitia prever nenhuma prosperidade futura. Alberto compreendeu o que acontecia assim que se incorporou à empresa. Em apenas três meses traçou um plano de recuperação, que consistia em criar uma linha de massas diferentes, tipicamente italianas, mas novas na Espanha, e vendê-las como se fossem produtos importados de qualidade. Mas não podia fazer tudo sozinho. Por isso contratara uma agência de publicidade e trouxera da Itália o engenheiro Monti. A primeira devia se encarregar de criar uma nova marca que, aproveitando o sobrenome italiano da família, transmitisse uma impressão de tradição e autenticidade; o segundo, de adaptar as máquinas para a fabricação de *tagliatelle*, *ravioli*, *rigatoni*, *bucatini*... A partir daí, Raffaele só criou problemas. Chegou a acusar o filho de fazer uso indevido do seu sobrenome (como se Alberto também não fosse um Cameroni). A única objeção razoável era de caráter econômico, pois o projeto implicava volumosos investimentos que a duras penas a empresa podia se permitir na época. Gastar, gastar!, protestava Raffaele, sempre pensando em gastar! Mas precisamente por isso, pelas dificuldades econômicas, era mais necessário do que nunca levar aquilo adiante. Se as contas de La Confianza estivessem saudáveis, não haveria necessidade de se lançar a essa aventura! Para Alberto, aquilo se transformara em um grande desafio profissional. Mas também era seu grande desafio pessoal, pois aquele era o único âmbito no qual se atrevia a encarar seu pai. Por isso nada podia falhar. Era fundamental que Monti não cedesse à pressão e o abandonasse.

Uma tarde, durante um desses encontros com o engenheiro, o garçom se aproximou para lhe dizer que sua mulher estava ao telefone. Estranhou. Elisa nunca ligava para o hotel de Monti. Falou com ela pelo aparelho que ficava na ponta do balcão. Voltou à mesa um minuto depois e não chegou nem a se sentar.

— Tenho que ir — disse. — Meu irmão desapareceu.

Pegou o carro e se dirigiu a sua casa. Tocou a campainha da portaria. Elisa apareceu na janela.

— Diga ao seu pai para descer. Vamos procurá-lo.

Raffaele apareceu fechando o zíper do blusão de camurça. Alberto o apressou a entrar no Simca e arrancou.

— O que aconteceu?

— Não sei. Ele se perdeu...

— Não se perdeu. Fugiu. Por quê?

Raffaele não respondeu. Parecia constrangido. Alberto insistiu.

— Vocês discutiram e ele fugiu de casa. Por quê?

— Suponho que deva ser por causa daquele bicho, o cágado... Estava morto e eu o joguei na latrina. Quando Paquito viu o aquário vazio...

Alberto freou bruscamente e encarou seu pai, que desviou o olhar e pareceu se concentrar no são Cristovão do painel.

— Não estava morto, não é mesmo?

— Não se mexia!

— Não estava morto e você sabia!

— E daí? Era um animal asqueroso. Tenho certeza de que viverá melhor no esgoto.

— É a mesma história daqueles dentes, não é mesmo? Naquela vez você jogou fora os dentes de leite, e agora o cágado.

Agora, sim, Raffaele fitou seu filho, com um misto de espanto e curiosidade.

— Ela me contou quando vocês já estavam separados — disse Alberto. — Sempre soube que você fez aquilo de propósito e nunca o perdoou.

Raffaele voltou a ficar em silêncio. Alberto pisou no acelerador. Estavam passando diante da estação. Apesar da hora, os faróis continuavam apagados.

— Aonde vamos? — perguntou Raffaele.

— Às freiras. Não me ocorre outro lugar.

O Simca parou diante da grade do chalé, e só Alberto desceu. Seu pai o viu bater na porta e falar com umas freiras. Quando voltou ao carro, trazia uma caixa de papelão com vários buracos na tampa. Estendeu-a a seu pai, que não precisou abri-la para imaginar o conteúdo.

— Não passou por aqui — disse Alberto, que depois se virou para Raffaele e o admoestou. — Lembre-se: não é um novo, é o mesmo cágado. É Francisco, que havia se perdido em casa e reapareceu. Está claro?

Não disseram mais nenhuma palavra até que o carro freou na esquina da avenida General Mola com a rua Bolonia.

— Prefiro procurá-lo sozinho — disse Alberto.

Raffaele assentiu com a cabeça, segurou bem a caixa e abriu a porta. Antes de sair, disse:

— Por que tudo se estropiou de repente? Por que, quando vocês deixaram de ser crianças, as coisas começaram a andar mal? Suponho que é a lei da vida, mas tenho o direito de perguntar. Por que teve que ser assim? Por que, de repente, vocês deixaram de gostar do que eu faço, digo ou penso?

Disse isso sem se lamentar, quase censurando o filho. Depois saiu e se encaminhou em passos curtos para o portão. Alberto não esperou para vê-lo entrar. A avenida estava quase deserta e o Simca avançava lentamente, lhe dando tempo de dar uma olhada nos transeuntes. Era como o jogo que costumavam praticar na hora do passeio, só que agora Paquito não era quem procurava e sim quem era procurado. Alberto não acreditava que seu irmão fosse capaz de entrar sozinho em um trem ou em um ônibus, e por isso, sem dúvida, ainda estaria na cidade. Sim, mas em que parte? Rodeou a praça Paraíso e percorreu o Paseo de Pamplona até a Puerta del Carmen. Ali virou à direita. Chegou ao Palacio de la Audiencia e se enfiou pela rua do Coso. Procurou Paquito na praça de Espanha e no Paseo de la Independencia e novamente na praça Paraíso. Procurou-o de novo no Paseo de Pamplona. Tentou se colocar em seu lugar. Pensou que, se fosse Paquito, não teria ido a qualquer lugar, mas a um que tivesse significado para ele. Ao passar diante do Grande Hotel, se recordou dos almoços natalinos com a mãe. De repente teve um pressentimento. Entrou na rua San Miguel por um dos becos que a comunicava com a rua do Coso. Quando estava prestes a chegar à casa em que sua mãe vivera nos últimos anos, reduziu a velocidade. E ali estava ele, encolhido no lado menos visível do portão, tão escuro e imóvel como uma lata de lixo ou um embrulho qualquer. Alberto abriu a porta do Simca e Paquito levantou a cabeça e piscou, como se a débil luz interna do carro fosse suficiente para ofuscá-lo. As lapelas da jaqueta estavam levantadas e ele parecia ter chorado. Alberto se agachou ao seu lado e o abraçou. Mas não disse nada. Após alguns segundos, Paquito falou:

— Por que mamãe morreu? Essas coisas não deviam acontecer. Por que ele teve que morrer? — disse com voz lamurienta. — Não entendo como alguém pode morrer assim, sabendo que vai deixar os outros tão sozinhos...

— Vamos, Paquito — disse Alberto. — É tarde e faz frio. Vou levá-lo para casa.

— Não quero. Não quero voltar a viver com ele.

— Mas não é verdade que ele atirou o cágado na latrina. Você vai ver. Vamos até sua casa e você vai ver que não aconteceu nada com Francisco.

— Tem certeza? — perguntou o outro, duvidando. — Você não está me enganando?

— Não estou enganando, Paquito. Você sabe que não.

Paquito balançou a cabeça como se assentisse, mas depois disse:

— Para mim tanto faz. Não quero voltar a viver com ele. Nunca. Nunca mais.

3

— “Estranho incidente em uma farmácia central da capital” — leu Alberto, enquanto mexia o café com leite.

— Olhe, papai! — gritou Juan, que brincava no corredor com um ioiô de propaganda da Fanta.

— Tem que ser agora?

— Sim! Olhe!

Elisa estava colocando a roupa suja na máquina de lavar. Disse:

— Quer deixar seu pai tomar o café da manhã em paz?

Alberto abandonou o jornal aberto sobre a mesa e foi até o menino, que agora lutava para desenredar o barbante e o enredava ainda mais. Alberto desfez pacientemente os pequenos nós apertados, brincou um pouco com o filho e voltou à cozinha. Elisa já havia limpado a mesa e afastado o jornal, e ele o abriu em uma página qualquer e se esqueceu para sempre do estranho incidente acontecido na farmácia. De qualquer maneira, se houvesse se entretido lendo a notícia, tampouco encontraria nela algo que permitisse relacioná-la, ainda que superficialmente, com Rafael.

Quanto tempo fazia que não via seu irmão? Uns dez anos. O que sabia dele caberia em pouquíssimas linhas. Sabia que depois da morte de sua mãe Rafael abandonara a universidade para prestar o serviço militar; que depois vivera no vai da valsa, mudando muitas vezes de cidade e executando diversos trabalhos; que, vez por outra, passando por Saragoça, havia parado para visitar tia Milagros... Isso era praticamente tudo o que sabia de Rafael. A verdade era que não o entendia: não entendia por que no princípio rejeitara a mãe e depois fora viver ao lado dela, rejeitado o pai e, finalmente, dando a impressão de rejeitar a família inteira... Durante vários anos, seus sentimentos em relação ao irmão mais velho haviam sido complexos. Por um lado, admirara a coragem que demonstrara ao sair de casa. Por outro, o amaldiçoara por tê-lo deixado cuidando de Paquito, fugindo da sua cota de responsabilidade familiar. Mas agora, passado o tempo, Rafael não lhe inspirava nenhum sentimento. Às vezes sentia certa tristeza: por que também ele, assim como seu pai, deixara de fazer parte de sua vida? O que ele, Alberto, fizera para que Rafael o repudiasse com a mesma firmeza que seu pai?

É que Alberto não podia, de jeito nenhum, imaginar como havia sido a vida de seu irmão durante aqueles últimos anos.

No verão de 1966, ao se licenciar do serviço militar e voltar à península, Rafael conseguiu entrar em contato com diversos núcleos da oposição antifranquista. Alguns atuavam nos meios universitários de Madri e Valencia, outros no cinturão industrial de Bilbao, outros nos campos da Andaluzia e da Extremadura. A conexão entre os grupos era mínima. Sua composição era tão heterogênea que em alguns deles podiam se misturar comunistas das mais variadas tendências e ex-falangistas convertidos ao socialismo, e, em outros, anarquistas e cristãos. Em geral, eram jovens de classe média unidos por uma vaga mitificação do mundo do trabalho: em sua ingenuidade, acreditavam que qualquer operário metalúrgico ou boia-fria, pelo mero fato de sê-lo, teria de estar do seu lado, o que distava bastante da realidade. Naturalmente, também os unia a aversão comum ao regime. Para Rafael isso era o mais importante. Sonhava com uma Espanha na qual a injustiça, a opressão e a desigualdade fossem abolidas para sempre. Em suas fantasias, vislumbrava um futuro verdadeiramente feliz no qual não existiriam conflitos sociais nem problemas econômicos (e talvez tampouco as enfermidades). Era necessário acabar com o franquismo. E era preciso fazê-lo o quanto antes, porque cada dia que passava era um dia a menos para desfrutar o sonhado paraíso. Para uns, derrubar o regime era um assunto de normalização histórica; para outros, um primeiro passo para conquistas posteriores do proletariado. Para Rafael, entretanto, se tratava de uma questão quase pessoal, como se só derrubando o general Franco pudesse acertar as contas com seu próprio passado e com seu pai. Daí que não admitisse dilação alguma e que, nas reuniões e assembleias clandestinas, denunciasse como contemporizadoras as instruções que recebiam de remotos e fantasmagóricos comitês. As condições objetivas! Que importavam a ele essas condições objetivas de que tanto falava uma namoradinha comunista que teve enquanto vivia no bairro de Cuatro Caminos, em Madri? Rafael se declarava partidário da ação direta, e aí Charo, a namoradinha, o chamava de individualista e pequeno-burguês e o instava a fazer autocrítica. Vamos ver se você entende que defender a Revolução até a morte pode ser muito contrarrevolucionário! O que você acha que o capital espera da gente?, censurava-o esfregando com um pedaço de flanela as grossas lentes de seus óculos. Depois, quase meiga, acrescentava: E você não quer fazer o jogo do capital, não é mesmo? Charo era um pouco mais moça do que ele, mas parecia mais velha. Sobretudo quando, armando-se de paciência, tentava lhe explicar alguns conceitos básicos da teoria marxista. Então o tratava como se ele fosse um menino travesso que se nega a estudar a lição, e Rafael observava o ricto de severidade que contraía seus traços e não lhe custava nenhum esforço imaginar o rosto que ela teria quando fosse velha.

Um irmão de Charo deu a Rafael um emprego em uma padaria. Trabalhava à noite, descarregando sacos de farinha e carregando depois grandes cestos com bisnagas de pão recém-preparado. O horário não o incomodava. O que o incomodava era o calor dos fornos no verão, e ao cabo de alguns meses conseguiu que o aceitassem como auxiliar de mecânica. Agora seu trabalho não tinha horários. Se uma máquina enguiçava, não podia ir embora antes de tê-la consertado. Seu chefe direto era um homenzinho risonho que todos chamavam de El Chapas. Dizia-se que ele estivera no cárcere por usar peças provenientes de veículos roubados para consertar caminhões. Podia ser. El Chapas era muito hábil com todo tipo de máquinas, e não se podia descartar que tivesse usado sua perícia para ganhar algum dinheiro à margem da lei. A primeira coisa que ensinou a Rafael foi soldar. Ensinou-o a usar o ferro de soldar com estanho e o maçarico usado nas soldas autógenas, feitas com o próprio metal da peça. Em pouco tempo chegou a fazer soldaduras tão perfeitas que nem a vista e nem o tato distinguiam a cicatriz no metal. O primeiro a ficar surpreso foi o próprio Rafael, que jamais demonstrara predisposição ou qualquer dom para trabalhos manuais. Nos momentos livres, que eram muitos, El Chapas abria uma das suas caixas cheias de ferramentas e peças e lhe explicava o funcionamento e a utilidade desta válvula ou daquele rolamento. Era capaz de desmontar e voltar a montar em pouco tempo qualquer artefato grande ou pequeno: uma caldeira, uma balança, uma empilhadeira hidráulica. Rafael o observava fascinado e pouco a pouco ia se familiarizando com os mais diversos mecanismos. Parecia-lhe que em tudo aquilo havia uma lógica modesta, elementar, mas que talvez essa lógica fosse a mesma que regia uma maior, como o movimento dos corpos celestes ou as paixões humanas. Algumas tardes, Charo o arrastava a cursos sobre marxismo na cozinha do apartamento de um companheiro, e Rafael se sentava em um lugar discreto e aproveitava para cochilar. O apartamento era tão pequeno que a cozinha dava diretamente para a porta principal e, quando ouviam ruídos na escada, todos guardavam um silêncio atento. Isso, essa atmosfera de conspiração, era a única coisa de que gostava daquelas reuniões. Tinha-se muito medo de uma possível delação e, cada vez que chegava alguém novo, era submetido a um interrogatório exaustivo. Alguns, os mais prudentes, usavam codinomes, que quase sempre eram monumentais: um deles, o mais acovardado de todos, aquele que parecia menos dotado para encabeçar uma eventual revolução, se fazia chamar de Lênin. Rafael, no entanto, continuou sendo Rafael, mas agora não usava o primeiro sobrenome e sim o segundo, Asín, como se dessa maneira pudesse apagar o fato de sua família pertencer à turma dos vencedores.

Charo trabalhava na companhia telefônica. No começo do outono de 1967 foi informada de que seria transferida para Alicante. Rafael lhe garantiu que a seguiria até o fim do mundo, mas no último momento se arrependeu. Charo armou um escândalo. Já não o chamou de individualista ou de pequeno-burguês, mas sim de verme e safado. Para não se expor a um conflito com o irmão dela, Rafael abandonou o trabalho na padaria. Um companheiro dos cursos de marxismo lhe falou de um amigo de Gijón que controlava a compra e venda de peixe. Quando chegou a Gijón, perguntou por ele nos bares e oficinas do porto e lhe garantiram que ali nunca trabalhara ninguém com aquele nome. Foi tentado pela ideia de se alistar na tripulação de um pesqueiro, mas logo se imaginou ficando mareado ao primeiro solavanco da embarcação e desistiu. Passou toda uma manhã na rodoviária tentando decidir seu novo destino. Um homem que estava havia algum tempo observando-o perguntou o que sabia fazer e ele disse: Quase tudo, sou muito habilidoso. O homem tinha duas serralherias. Levou Rafael a uma delas e colocou sobre o balcão as peças soltas de uma fechadura. Monte-a, disse. Rafael vira El Chapas fazer aquilo e não teve dificuldade. Em poucos minutos ajustou a mola, colocou as rosetas, encaixou o eixo no rotor do cilindro e introduziu os pernos nos orifícios das porcas. O homem assentiu com a cabeça e disse: Agora abra. Rafael achou que ele só queria confirmar se funcionava e disse: Me dê a chave. Sem chave, disse o outro. Rafael fez um gesto de impotência. O homem pegou um pedaço de arame com a ponta retorcida e o enfiou lentamente no buraco da fechadura. Em alguns segundos, o trinco pulou e o homem estalou a língua. Preciso de um serralheiro que esteja disponível a qualquer hora do dia e da noite, disse. Se você é capaz de aprender, o trabalho é seu. O homem, que se chamava Eliseo, ensinou-o a abrir vários modelos de fechaduras, os mais simples. Com os modelos mais complicados, recomendou que usasse uma broca e as trocasse por uma nova.

Gijón tinha fama de ser uma cidade operária e de esquerda. Quando estava adaptado a sua nova vida, Rafael procurou entrar em contato com alguma organização antifranquista. Mas a coisa não era simples. Naturalmente, não poderia contar com seu chefe para isso, pois ele tinha em sua sala uma fotografia na qual Franco lhe entregava uma distinção ao mérito no trabalho. Tampouco com seus rudes companheiros de serralheria, que eram todos sobrinhos e primos mais ou menos distantes de Eliseo e pareciam ser tão reacionários quanto ele. Passaram-se algumas semanas. Uma noite o chamaram na pensão para que fosse abrir uma porta. Eram quatro jovens, três rapazes e uma garota, e estavam esperando por ele na rua. Os quatro tinham uma aparência de desolação absoluta. Tentou animá-los: Vocês deixaram a chave no lado de dentro, não? Não precisam ficar tão preocupados..., disse Raquel. O que você sabe?, perguntou a garota. Subiram. A fechadura era antiga e simples: levaria poucos minutos para abrir a porta. Dos fragmentos de conversa que se cruzavam às suas costas deduziu que alguém havia morrido, alguém importante. Finalmente o mecanismo cedeu e Rafael perguntou: Mas o que está acontecendo? Quem morreu? A garota, sempre displicente, pegou seu porta-níqueis e disse: Não vem ao caso. Certamente você não o conhece. Quanto lhe devemos? Um dos rapazes acabou de abrir a porta e disse: O Che. O Che Guevara. O nome lhe diz alguma coisa? Foi assassinado na Bolívia. Rafael soltou um longo suspiro: também para ele a revolução cubana era um mito. Deu uma olhada no apartamento e, amontoados junto à parede, reconheceu alguns dos livros que Charo costumava levar aos cursos de marxismo. Bem, disse a garota, você vai me dizer quanto é? Nada, disse ele. Depois pegou sua caixa de ferramentas e foi embora escada abaixo. Mas, se não lhes cobrou, não foi para ganhar a simpatia deles, mas por orgulho. A maneira como o haviam tratado o ofendera e Rafael achava que assim tinha lhes dado uma lição.

Desde que chegara a Gijón levava uma vida muito rotineira. Durante a jornada de trabalho ajudava no armazém da serralheria e fazia duplicatas de chaves. Passava o resto do tempo em seu quarto, ouvindo rádio e lendo. Quando saía para passear pela praia ou tomar um café, ligava a cada meia hora para a pensão a fim de saber se tinha algum recado. Na tarde de um domingo lhe deram um endereço que lhe era familiar. Quando chegou, encontrou os quatro esperando na rua, como na vez anterior. Idiotas, pensou, pois precisava ser idiota para esquecer as chaves duas vezes em tão pouco tempo. Mas agora estavam simpáticos e o receberam com bom humor. Subiram ao apartamento. Rafael nem sequer chegou a abrir a caixa de ferramentas porque um deles se apressou em pegar um chaveiro. Queríamos lhe agradecer por não ter cobrado na outra noite, disse a garota, abrindo a porta. E me fizeram vir para isso?, replicou ele, sério. Não fique assim, homem, interveio outro, e com gestos convidou-o a entrar. Na sala havia um sofá velho, quatro cadeiras de taboa e uma mesa desmontável. Havia também um par de prateleiras com livros. Rafael se entreteve examinando as lombadas. Um dos rapazes, o que parecia viver na casa, lhe disse para levar o livro que quisesse e lhe entregou um que pegou ao acaso: poderia devolvê-lo depois. Prepararam café para todos e tiraram de algum lugar uma garrafa de conhaque barato. Depois alguém levantou as tábuas da mesa e tirou uma caixa de papelão cheia de propaganda comunista. Não deve ser a primeira vez que você vê uma coisa dessas..., disse a garota com um meio sorriso. Ele não respondeu. Tinha a sensação de que queriam alguma coisa dele, mas não se atreviam a lhe propor. Colocou um pouco de conhaque no café, bebeu e foi embora.

Adotaram o hábito de ligar para ele uma ou duas vezes por semana na serralheria. Como não tinha nada melhor a fazer, saía para beber vinho com eles, e os ouvia falar de filmes vetados pela censura e de discos que não podiam ser comprados na Espanha. Aos domingos, o rapaz que lhe emprestara o livro e que sabia tocar violão às vezes se animava a cantar em péssimo francês algumas canções proibidas. Rafael, que aprendia de memória os refrãos, ficava pensando que aqueles quatro garotos eram os únicos amigos que tinha no mundo. Mas continuava tendo a sensação de que queriam alguma coisa e, cada vez que se afastava deles a fim de ligar para a pensão, se perguntava o que estariam dizendo na sua ausência. Com o vinho e os grogues, as línguas se soltavam. Algumas noites eles acabavam falando diretamente de luta armada e guerrilha urbana. Só assim será possível acelerar o processo de desintegração do regime, diziam. Mesmo bêbados, usavam expressões como exploração, luta de classes, processo de desintegração. Parecia que Rafael já não lhes inspirava a menor desconfiança, mas um dia o encontraram perto de um edifício em obras e a garota, muito séria, o acusou: Sabemos que você é informante da polícia. E talvez seja um deles! Eu, policial? Não me faça rir!, respondeu ele, algo intimidado. Não vai me dizer que não sabe que seu chefe tem um irmão na Polícia Social!, lhe disseram. Seguiu-se uma discussão em que Rafael defendeu aos gritos sua inocência e os outros acabaram cedendo. Na vez seguinte em que se viram lhe falaram de seu propósito de comprar um xerógrafo para imprimir pasquins e panfletos: inundariam a cidade com propaganda antifranquista. Mas para isso precisamos de dinheiro e você tem que nos dar uma mão, disse Domingo. A não ser que seja mesmo um policial ou um dedo-duro..., acrescentou a garota. Rafael estava disposto a colaborar e, de qualquer maneira, também não poderia ter se negado naquelas circunstâncias. Quando mencionaram sua habilidade com as fechaduras, entendeu que era isso o que procuravam desde o começo. Mas não se importou. Que porta vocês querem abrir?, perguntou. O objetivo era uma tabacaria perto da prefeitura. Uma tabacaria..., disse Rafael, soltando um suspiro. Mateo, um dos outros, interpretou-o mal e tentou rebater uma objeção que só existia em sua imaginação. Todas as tabacarias são franquistas!, disse, pertencem a viúvas de militares e pessoas assim! Mas o suspiro de Rafael devia-se unicamente ao fato de terem escolhido um alvo tão modesto. Logo descobriria que o ativismo daquela gente, além de pouco ambicioso, era feito de qualquer jeito. Combinaram para a noite da quinta-feira. Uns vigiavam de diferentes esquinas e outros protegiam Rafael; ele, à luz de uma lanterna, estudava a fechadura da porta de correr. E então, já acabou?, apressavam-no, nervosos. Já, disse depois de um tempo, e Domingo e a garota se agacharam para entrar. Depressa, o dinheiro!, sussurrou ela, mas os fachos de luz das lanternas rebuscaram todos os cantos do estabelecimento e não acharam uma mísera peseta. Quem disse que a mulher só depositava o dinheiro no banco às sextas-feiras?, perguntou a garota com irritação. Foi Mateo quem tratou de segui-la..., tentou se desculpar outro. Vocês são um desastre!, exclamou ela. Rafael iluminou um caixote cheio de selos de diversos valores. Podemos mandar os panfletos pelo correio, disse, mas ninguém achou graça da sua piada. A garota enfiou em sua bolsa várias folhas de selos e de papel timbrado e ordenou: Vamos embora! O fracasso da operação quase levou o grupo a se desfazer. Acusavam-se mutuamente. Insultavam-se se chamando de amadores, como se algum deles pudesse se considerar um profissional.

Rafael continuou participando das reuniões, mas agora os tratava com certa superioridade. Pode-se saber para que você pegou tudo isso?, perguntou à garota, apontando o papel timbrado. Se você resolver vendê-lo, será presa e todos nós também! Só estavam de acordo em relação a uma coisa: o próximo golpe não podia dar errado. Tinha de ser um golpe sério, um golpe de verdade. Apresentaram várias propostas: assaltar o apartamento de um vizinho rico dos pais de Mateo, roubar em um domingo a bilheteria de um cinema, assaltar a serralheria de Rafael... É, cara!, protestou este, e o primeiro suspeito serei eu! Nenhuma dessas operações chegou a ir em frente, ou pelo menos Rafael não chegou a participar de nenhuma delas. Uma tarde, a garota anunciou que tinham dinheiro para o xerógrafo porque Domingo encontrara um comprador para o pequeno butim da tabacaria. Não há o menor perigo, acrescentou Domingo com um risinho de satisfação. O cara não é daqui. É de León. E é de total confiança, disse. Mas você é um imbecil! Para que acha que servem os números de série?, gritou Rafael, e saiu do apartamento batendo a porta. Sua prisão era só uma questão de tempo. Embora nenhum deles conhecesse seu primeiro sobrenome, sabiam onde trabalhava e em que pensão vivia. Cedo ou tarde, a polícia prenderia Domingo, e depois todos cairam, um atrás do outro. Pela manhã pediu licença no trabalho para visitar seu pai, gravemente enfermo, e partiu deixando um endereço falso de Salamanca.

Pegou o primeiro ônibus para Madri e, ao chegar, tentou localizar seus velhos companheiros. A maioria deles havia mudado de bairro ou simplesmente desaparecera. Rafael estava prestes a completar 25 anos e se transformara em um solitário. Sem namorada, sem amigos, sem família. Arranjou trabalho em uma empresa de mudanças. Além de carregar e descarregar volumes, tinha que desmontar móveis, enrolar tapetes, embalar espelhos. Em uma manhã o motorista ficou doente e Rafael, que nunca dirigira um caminhão, não teve dificuldade para substituí-lo. Nos dias em que não havia mudança praticava com o caminhão da empresa em um setor industrial da cidade. Assim que foi possível, tirou a carteira. Da empresa de mudança passou a uma de transportes nacionais e internacionais. Toda vez que mostrava seus documentos na fronteira temia que fossem prendê-lo pela história do papel timbrado. Mas a verdade é que nunca teve nenhum problema. Enquanto isso, embora continuasse se sentindo tão antifranquista como no princípio, sua combatividade foi se suavizando. Relacionava-se agora com anarquistas, membros de uma dissidência da Confederação Nacional do Trabalho, a CNT, e de vez em quando os ajudava escondendo propaganda no apartamento de Carabanchel Alto que compartilhava com companheiros de trabalho. Sua contribuição à luta política se limitava a isso. A isso e à participação em um ou outro ato de protesto rapidamente reprimido pela polícia armada: sempre recordaria certa manifestação em que um agente conseguiu encurralá-lo contra um muro e, enquanto dava pancadas em seus rins, lhe repetia "dissolva-se, dissolva-se!", como se ele fosse um comprimido efervescente. Em suas viagens passava com frequência por Saragoça e, se o caminhão estivesse vazio, parava para fazer duas visitas que já haviam se tornado obrigatórias. A primeira era ao apartamento de tia Milagros. Esta não sabia nada de seu trabalho de caminhoneiro e suspeitava bastante daquelas suas aparições intempestivas. Depois de observá-lo através do olho mágico, abria a porta e lhe dizia: Você se dá conta da hora? Pelo menos podia avisar! Ah, Rafael! Vá saber em que confusão você anda se metendo! Mas na realidade ficava encantada com o fato de seu sobrinho continuar se lembrando dela. Rafael aproveitava para tomar um banho e, do outro lado da porta, a tia o colocava a par das novidades familiares: as primeiras gracinhas do pequeno Juan, como Paquito estava bem no chalé das freiras, as dificuldades de Alberto para terminar a faculdade, as dúvidas deste e de Elisa antes de decidir comprar o Simca... Quando a parte das novidades terminava, tia Milagros falava de seu tema favorito, os programas de perguntas e respostas da televisão, e então Rafael, com a voz sonolenta e pastosa de quem estava tomando um banho prolongado, lhe perguntava pelo velho. Era curioso que os dois irmãos, sem terem combinado, tivessem acabado chamando seu pai do mesmo modo: o velho. Bem, como sempre, dizia tia Milagros, porque era assim que Alberto costumava lhe responder quando perguntava por ele. Mas esta era apenas a primeira das duas visitas obrigatórias. A segunda tinha por objeto uma farmácia, a farmácia do bacharel Carlos Cortés del Hoyo. Fora fundada no princípio do século pelo bacharel Carlos Cortés Anglada, que durante a República presidira o Colégio de Farmacêuticos. Quando ele se aposentou, a farmácia foi herdada por seu único filho homem. Este, durante a guerra, era conhecido menos por seu nome do que por seu apelido, o Louro; agora, trinta anos depois, todo mundo o chamava de dom Carlos. Cada vez que Rafael ia à farmácia, ouvia algum cliente dizer bom-dia, dom Carlos, e lhe custava crer que aquele homem jovial de 50 e poucos anos e cabelo escasso e já grisalho fosse o mesmo Louro de quem sua mãe tanto lhe falara no final da vida. Como era possível que alguém com um passado como o dele tivesse acabado adquirindo aquele ar honorável de pessoa reta e considerada? Rafael costumava pedir que lhe aferissem a pressão porque assim tinha mais tempo para observá-lo, e depois, enquanto fechava o botão da manga e se aproximava do balcão para pagar, tentava trocar com ele algumas palavras triviais. Sim, faz muito calor, sim, e fará ainda mais!, ouvia-o responder, e Rafael olhava suas mãos finas e cuidadas e se dizia que aquelas mesmas mãos podiam ter matado seu tio Modesto e torturado seu avô. Depois dava bom-dia ou boa-tarde e ia embora.

Nas reuniões com seus amigos anarquistas, recordavam às vezes os companheiros da CNT fuzilados durante a guerra ou no começo do pós-guerra. Rafael opinava que o sacrifício deles devia ser reivindicado de algum modo, e todos compreendiam que quando usava o verbo reivindicar queria dizer vingar. Mas suas opiniões nunca tinham o apoio dos demais. Diziam: Com um presente como o nosso, só nos faltaria ter de pensar no passado. Logo chegará o momento de se ocupar do passado. Ou: Não estamos lutando pelo passado e sim pelo futuro. Então Rafael replicava: Mas vocês não se dão conta de que não saímos do passado? Enquanto Franco continuar no poder não poderemos dizer que a guerra acabou! E se engalfinhavam em intermináveis discussões que nunca levavam a nada. Era verdade que, pelo menos para ele, o passado continuava vivo. Inclusive, logicamente, o passado anterior ao seu nascimento. Às vezes as viagens com o caminhão o levavam à Itália, e Rafael tentava escolher uma rota que lhe permitisse passar por Lucca. Durante aqueles anos se esforçara para manter contato com aquelas duas mulheres. Tinha a sensação de ter contraído uma dívida pessoal ou algo parecido e procurava lhes levar presentes ou, na medida de suas possibilidades, ajudá-las financeiramente. Margherita, sua meia-irmã, se acostumou depressa a tratá-lo com familiaridade, e o recebia sempre com muitos beijos e muitas festas. Giulia, pelo contrário, se mostrava reservada e até esquiva, e às vezes ele captava nela algum olhar carregado de ressentimento. Rafael supunha que sua presença lhe despertava recordações dolorosas, e isso o fazia se sentir culpado. Mas como se expiam as culpas alheias? Chegou a pensar que se algum dia Giulia chegasse a aceitá-lo, aquela poderia se converter em sua família, em sua verdadeira família. Seria como corrigir um erro do destino. Como se este, ao escolher entre as duas vidas de seu pai, lhe tivesse destinado a que não lhe correspondia, e agora, tantos anos depois, talvez aquela decisão errônea pudesse finalmente ser revogada. Mas logo descobriu que, mesmo que desejasse, não poderia romper os laços com sua outra família, a de verdade.

Isso aconteceu em 1970, ano em que ficou vários meses sem passar por Saragoça. Quando finalmente o fez, foi visitar tia Milagros e ficou surpreso quando seu irmão Paquito abriu a porta. No entanto, mais surpreso do que ele ficou Paquito, que no princípio nem sequer o reconheceu. O que quer? Veio vender alguma coisa?, lhe perguntou, escrutando seu rosto na penumbra do corredor. Rafael o segurou pelos ombros e os estreitou em seus braços: Caramba, Paquito! Sou seu irmão! Paquito, emocionado, afundou o rosto em seu colo, e Rafael sentiu uma onda de emoção percorrer suas costas. Não chore, homem..., disse-lhe, pegando-o pelo queixo e tentando sorrir. Paquito vivia com tia Milagros desde o episódio do cágado. Por mais que naquela noite tivessem insistido, em nenhum momento chegou a acreditar que aquele outro cágado que exibiam fosse o seu, Francisco, e, com a mesma firmeza e obstinação com que na outra ocasião se negara a abandonar a casa do pai, se negou então a continuar nela. O melhor era que viesse viver comigo.... disse a tia com uma ironia entre cômica e resignada. E assim ela cuida de mim e eu cuido dela..., acrescentou Paquito, sorvendo as lágrimas. Rafael foi até o banheiro, se observou no espelho e compreendeu por que Paquito não o reconhecera. O pescoço mais robusto, os traços do rosto mais viris, a sombra da barba até as bochechas, os músculos desenvolvidos pelo trabalho físico.... Em poucos anos se transformara em outra pessoa. Do outro lado da porta, tia Milagros e Paquito se interrompiam mutuamente para conversar com ele, e Rafael os ouvia discutir e se recordava de quando era pequeno e discutia com quase todos. Quisesse ou não, continuava pertencendo àquela família e àquele mundo. Amava seus irmãos, amava sua tia, continuava amando sua mãe nas recordações... Por um instante pensou nas duas mulheres de Lucca e se sentiu como um bígamo que visita em segredo suas duas famílias. Depois se enfiou na banheira e ficou semiadormecido.

Os meses foram passando. Rafael mudou de empresa, mas não de trabalho. Mudou também de apartamento e de bairro. Teve algumas amigas mais íntimas, as quais abandonava assim que a relação ameaçava se estabilizar. No substancial, sua vida continuava sendo a mesma. Agora, em suas visitas a Saragoça, era Paquito quem se apressava a colocá-lo a par das novidades. Em novembro de 1972, o irmão lhe falou da irritação de Alberto diante da decisão de Raffaele de levar o pequeno Juan, de apenas 4 anos, à homenagem aos fascistas no Memorial Militar Italiano. Em julho de 1973, falou da proposta que Alberto aceitara para deixar La Confianza e incorporar-se a uma empresa de produtos químicos, e em outubro desse mesmo ano, da caxumba do menino, que havia deixado Elisa muito preocupada. Na primavera de 1974, falou da compra do Renault 10, e, depois de alguns meses, do absurdo acidente de Alberto na Foz de Lumbier. Depois de cada uma dessas visitas Rafael ia, como de hábito, aferir a pressão na farmácia do Louro. Para ele, aquele homem não era dom Carlos e sim o Louro. Havia se empenhado em odiá-lo, e o apelido facilitava as coisas. Por mais que agora o visse passar a mão no cabelo das crianças, se interessar pela alimentação das grávidas ou se preocupar com o catarro dos idosos, para ele nunca deixaria de ser o Louro, o jovem falangista que no passado cometera dezenas de assassinatos a sangue-frio. Algum dia alguém teria de fazê-lo pagar por aquelas mortes... Algum dia? Quando? Quando o ditador morresse e em seu lugar governasse aquele Bourbon que o próprio Franco escolhera para ser seu sucessor? Não parecia, na verdade, que as coisas pudessem mudar muito. Não, ninguém nunca recordaria àquele homem os nomes dos mortos que ele havia deixado às suas costas, nem a dor das famílias, nem o medo dos que não morreram, mas poderiam ter morrido. O medo, repetiu Rafael com seus botões, enquanto ao seu lado o Louro colocava com delicadeza um bebê sobre a balança. Deviam ser mais de 20h e as luzes da parte interna do armazém já estavam apagadas. Antes de sair da farmácia, segurou a porta para que passasse uma jovem mãe com um carrinho do bebê. Depois atravessou a rua e se entreteve olhando uma vitrine. Pelo reflexo do vidro viu Louro e seus empregados descerem a persiana metálica e se despedirem. O medo, voltou a dizer Rafael com seus botões, enquanto via o Louro caminhar lentamente em direção à rua San Jorge. Naquela altura, já averiguara muitas coisas a seu respeito. Sabia onde vivia e em que garagem guardava seu carro. Sabia onde passava os fins de semana e os verões. Sabia que sua mulher se chamava María Antonia e tinha uma floricultura na rua Requeté Aragonés. Sabia que um de seus filhos era capitão de Artilharia e estava servindo em Madri e que o outro estudava farmacologia em Pamplona. Sabia, enfim, que levava uma vida ordenada e respeitável e que, sem dúvida, se assustaria se soubesse que havia alguém averiguando tudo sobre ele. E estava decidido a fazer com que soubesse. Começou pelo mais simples, pelo apartamento da praia. Na primeira oportunidade que teve de passar pela província de Tarragona, desviou seu caminho até Salou e procurou o edifício, que se chamava Zafiro. Naquela época do ano a maioria dos apartamentos estava vazia. Não teve nenhum problema para subir sem ser visto nem para abrir a fechadura. Acendeu as luzes de todos os aposentos, mas não tocou em nada mais e foi embora deixando a porta aberta. Algumas semanas depois, passou por Saragoça e fez coisa parecida na residência de fim de semana, que ficava perto da Base Aérea, em uma zona conhecida como a dos chalés dos americanos: ali também se limitou a acender as luzes e deixar a porta aberta. Na vez seguinte em que passou pela cidade entrou à meia-noite na floricultura da Requeté Aragonés, ligou a música, apagou os neons de fora e acendeu os de dentro, de forma que a loja, embora vazia, desse a sensação de estar em plena atividade comercial. E não muito depois tirou o carro de

Louro do estacionamento e o abandonou a duas quadras do prédio, corretamente estacionado, mas com as janelas abertas e o rádio ligado. Rafael ignorava a maneira exata como o Louro reagia cada vez que um desses pequenos incidentes, pela via que fosse, chegava ao seu conhecimento. Mas tinha certeza de que não lhe escapava a mensagem que estava tentando transmitir. E a mensagem era: Você não sabe quem eu sou e nem por que faço o que faço. Nem mesmo sabe o que estou querendo. Eu, no entanto, sei tudo, especialmente a seu respeito. Você está indefeso. Estou em seu encalço, não há porta que me resista nem muro que o proteja. Para você não existe a segurança do lar. Posso atacá-lo onde e quando quiser, e você não poderá prevê-lo. Está em minhas mãos.

O passo seguinte foi entrar de madrugada na farmácia, onde repetiu a operação habitual: acender as luzes (e ligar um pequeno rádio transistor que havia perto da caixa registradora), não tocar em mais nada, desaparecer deixando as portas escancaradas. O assédio continuava, portanto, e o cerco em torno do Louro ia se estreitando: só restava agora sua casa. Quando se afastava da cidade ao volante do caminhão, Rafael pensava que seu objetivo principal fora atingido. Aquele homem, o Louro, estava conhecendo a experiência de conviver com o medo do mesmo modo que, muitos anos antes, seu avô Modesto a conhecera. Assim, o sofrimento deste fora vingado. Mas ainda tinha que vingar outro Modesto, seu tio. E o que fazer para vingar alguém que fora assassinado?

Rafael nem chegou a saber que a história da farmácia havia saído no jornal local. No texto, que dava aos fatos um enfoque quase humorístico e sugeria uma possível distração de algum dos empregados, não se fazia nenhuma alusão aos incidentes anteriores: do apartamento, do chalé, da floricultura e do carro. Isso queria dizer que o Louro não apresentara nenhuma denúncia? Ou talvez que a polícia os tivesse desconsiderado por serem irrelevantes?

Essa, logicamente, foi a notícia que Alberto, sem nenhuma possibilidade de relacioná-la com seu irmão Rafael, começou a ler na hora do café da manhã e acabou abandonando para desenredar o barbante do ioiô de Juan.

— "Estranho incidente em uma farmácia central da capital" — leu, enquanto mexia o café com leite.

Naquela época, Alberto estava atravessando uma fase excelente. De fato, no futuro sempre se referiria àquele momento chamando-o de etapa da felicidade. Seus planos para reerguer La Confianza haviam tido êxito, mais êxito, inclusive, do que ele mesmo havia esperado, e, sem dúvida, como consequência disso, várias empresas do setor de alimentação o procuraram para lhe fazer propostas profissionais mais do que tentadoras. Uma após a outra, rechaçara todas elas para não ter de competir com a indústria familiar, mas ao final se incorporou como executivo aos quadros de uma fábrica de produtos químicos. O emprego era cômodo e o salário, generoso. Graças a isso poderia bem depressa trocar de carro e embarcar na compra a prazo de um apartamento no Paseo de Ruiseñores. Mas, logicamente, se aceitara deixar La Confiança, o fizera para colocar uma distância entre seu pai e ele. Mudar de empresa era sua maneira de romper com Raffaele: romper sem aparentar, escapar fingindo que não escapava. Ao se sentar diante de sua escrivaninha com a carta de demissão recém-redigida, preocupava-o a perspectiva de que seu pai pudesse lhe censurar por algum tipo de deslealdade. Embora ele visse a si mesmo como um refém, não faltavam motivos para que Raffaele (e não apenas ele) o considerasse seu sucessor na empresa familiar, e isso implicava compromisso com o passado e uma responsabilidade futura. No entanto, a única coisa que seu pai fez foi dobrar a carta pela metade e perguntar se pensara bem. Por um instante Alberto achou que percebia um brilho de orgulho e aprovação em seu olhar. Naquele dia, saiu da fábrica com a sensação de ter demonstrado sobejamente sua coragem pessoal e de não dever nada a ninguém. Saiu, portanto, se sentindo livre. Desde então haviam se passado dois anos, e as coisas não tinham feito mais do que melhorar.

— Seu pai ligou ontem — disse Elisa, enquanto o marido voltava a pegar o jornal. — Era aquela coisa de sempre, a questão do espelho. Vão trazê-lo daqui a pouco. Que mania, a dele, com o infeliz do espelho!

— Você está cansada de saber que quando o velho cisma...

Alberto continuava chamando-o da mesma maneira, mas naquele apelido não se percebia a hostilidade de antes. De fato, agora soava a algo consabido e afetuoso, e Elisa achava ótimo que os protestos e os rancores tivessem ficado para trás.

Juan ficou sabendo que viria uma perua da empresa e foi à varanda para vê-la chegar. Sempre que descobria uma perua de La Confianza na rua apontava-a com o dedo e exclamava: "vovô Raffaele!", como se, de fato, seu avô pudesse viajar ao mesmo tempo em todos os veículos de distribuição da empresa. Eram 12h quando, já quase cansado de esperar, viu a perua parar diante do portão.

— Vovô Raffaele! — anunciou, e desta vez o avô estava mesmo dentro dela.

Elisa e Alberto acudiram à varanda e viram dois operários pegarem cuidadosamente o espelho enquanto Raffaele supervisionava a operação da calçada. Era o mesmo espelho de parede, enorme e antiquado, que Raffaele comprara quando a família se instalou no apartamento da rua Bolonia. Alberto acreditava recordar o dia em que, sendo ele muito criança, um homenzinho moreno e silencioso instalara aquele espelho no vestíbulo. Quantas vezes diante dele sua mãe lhe corrigira a roupa ou o penteado? Quantas vezes, ao sair ou ao entrar, ele havia parado um instante para se observar? O curioso é que, mesmo sendo o espelho favorito de seu pai, este se apressou a presenteá-lo quando apareceu pela primeira vez no apartamento de Ruiseñores, ainda com cheiro de pintura recente e quase sem móveis. Então lhes dissera: Falta aqui o espelho. Não disse um espelho, e sim o espelho, e embora no princípio tivessem resistido e depois optado por ignorá-lo, não houve maneira de impedir que Raffaele acabasse fazendo sua vontade. Elisa não gostava daquele espelho. A moldura não combinava bem com a decoração do apartamento. Alberto, porém, não o achava tão ruim assim, e certamente o espelho lhe proporcionava uma impressão desbotada de continuidade no tempo.

A porta do elevador se abriu e Raffaele saudou, ruidoso e jovial:

— Onde está Giovanni? Onde está meu neto?

Juan correu para abraçar o avô, que fingiu um grande esforço para levantá-lo no ar e depois colocou uma nota de cem pesetas em sua mão. "Ponha no cofrinho, parabéns", disse-lhe, embora ainda faltassem três dias para o aniversário de 7 anos do menino. Elisa fez um gesto de agradecimento, mas não lhe parecia conveniente que o presente de um avô ao neto fosse dinheiro. Os dois homens, enquanto isso, subiam com o espelho pela escada, e Raffaele enfiava a cabeça no vão e dizia Tudo bem, cuidado com os cantos, não vão quebrá-lo! Quando acabaram de instalá-lo, Alberto quis lhes dar uma gorjeta, mas seu pai o impediu, e não ficou claro se ele se encarregaria de dá-la depois ou se, simplesmente, a considerava desnecessária. Despediu-os dizendo:

— Me esperem lá embaixo. Têm de me levar para casa.

Sempre que os visitava (coisa que não acontecia com frequência), insistia com Juan para que lhe mostrasse seu quarto: livros, cadernos e brinquedos. O pequeno ficava feliz porque se sentia importante. Raffaele então dava alguma opinião sobre a educação das crianças (importante é que pratiquem esportes e cresçam fortes e saudáveis!), e Elisa ainda estranhava que Alberto não resmungasse às suas costas. Apenas dois anos antes teria dito: Por que ele tem que estar sempre dando lições e dizendo o que lhe parece bom e o que lhe parece ruim? Quem acha que é? São José de Calasans? Agora, no entanto, se mantinha em um discreto segundo plano, e Elisa pensava que, no fundo, o comprazia o entusiasmo de seu pai com o pequeno, seu único neto.

Quando, finalmente, depois de fazer os homens da perua esperarem mais de meia hora, Raffaele foi embora, eles pararam para se olhar no espelho, e Alberto experimentou a suave carícia da felicidade. Acontecia-lhe com frequência. Às vezes era um cheiro trazido pela brisa, às vezes o fragmento de uma canção ouvida por acaso, mas quase sempre era algo que tinha a ver com Elisa ou com Juan. Um gesto, um sorriso, uma frase dita sem pensar bastavam para torná-lo feliz e, o que é mais importante, para que tivesse consciência de que estava sendo feliz. E como achava agradável se sentir assim! Se alguma vez tentasse descrever aquele estado, falaria, provavelmente, de sensações físicas: de suaves carícias, de fato, e também de calafrios prazerosos e de lufadas de ar fresco... Mas, na verdade, tudo isso eram clichês, e o que sentia de verdade era algo ao mesmo tempo mais sutil e mais intenso, algo que tinha a ver com a emoção e com a beleza, com o riso e com o amor, mas, sobretudo, com a súbita certeza de que o mundo era bem-feito e tudo nele tinha sentido. Como se servir das palavras (imateriais, efêmeras, modestas) para expressar a perfeição das coisas e das pessoas? Como celebrar algo tão grande com algo tão pequeno? Restava-lhe, isso sim, a possibilidade da fotografia, e aqueles instantes de inesperada plenitude que as palavras (suas palavras) eram incapazes de reter podiam ao menos ser captados como imagens...

— Não se mexam! — disse, e imediatamente voltou a se plantar com a câmera diante do espelho.

Mas depois via as fotos e, como em um processo de destilação em que todo o vapor tivesse desaparecido, percebia que lhes faltava justamente aquilo que andava procurando. E essas fotos não só não o ajudavam a reviver aqueles momentos de felicidade como serviam para certificar sua condição de perecíveis. Pareciam dizer: Sim, naquela manhã no parque ou naquela tarde nos Pireneus vocês foram felizes, verdadeiramente felizes, mas você não se dá conta de que aquela manhã ou aquela tarde já passaram e nunca voltarão? Não compreende que a sorte dura tanto quanto o estampido de uma rolha de champanhe e se extingue no próprio momento em que existe?

— Não se mexam! — repetiu, apesar de tudo, e depois apertou com delicadeza o disparador da câmera.

Tinha fotos de sua mulher e de seu filho nos mosteiros de Piedra e Veruela, em San Juan de la Peña, no castelo de Loarre, no Moncayo, em vários picos dos Pireneus, e também em vários lugares de Navarra, Castela e Catalunha. Dedicava algumas tardes de sábado ou de domingo a anotar lugares e datas no verso das fotografias e a organizá-las em grandes álbuns, e com frequência acabava improvisando sessões nas quais se comentavam as fotos e se exumavam recordações e histórias das excursões. Como se chamava aquele restaurante do papagaio? Como você ficou bem com este bronzeado! Às vezes discutiam um pouco. Elisa, que ainda fantasiava fazer longas viagens conhecer o mundo e viver em diferentes cidades, acusava-o de ser um homem sedentário e nada afeito às viagens. Eu não gosto de viajar? E isto o que é?, respondia ele, indicando os álbuns, e ela agitava a cabeça: aquilo não eram viagens, eram meras excursões... Então ele procurava excursão no dicionário e lia a primeira palavra da definição. Viagem!, dizia. Se aqui diz que uma excursão é uma viagem, quer dizer que quando fazemos excursões estamos viajando! Ou não? E Elisa respirava fundo: ele sabia muito bem a que se referia... Mas é verdade que Alberto não era de viajar muito. Deslocava-se com frequência por motivos de trabalho, mas sempre sem vontade e tentando voltar no mesmo dia. Ele gostava, na verdade, de estar em casa, jantar com a família, deitar na sua cama. Desde que se conheciam não haviam feito nenhuma longa viagem juntos. Tinham previsto fazer uma no verão anterior, o de 1974, mas o acidente de Lumbier o impediu (Alberto ficou mais de dois meses com talas, faixas e gesso). Esse ano, no entanto, não havia desculpas, e no próprio dia do começo das férias encheram o Renault 10 de malas e partiram em direção à estrada de Madri.

A ideia era percorrer o sul da Espanha, entrando pela Extremadura e saindo por Murcia. Elisa decidira o itinerário. Faziam quase sempre trajetos curtos: de Toledo a Talavera, de Talavera a Trujillo, dali a Cáceres... Passavam apenas um dia em cada cidade. Chegavam antes da hora do almoço, aproveitavam a tarde para fazer turismo e pela manhã, durante o café, procuravam em um guia o hotel da etapa seguinte e reservavam pelo telefone um quarto duplo com cama extra. O único imprevisto foi o pneu que furou na viagem de Zafra a Sevilha: como era domingo e Alberto tinha medo de circular sem estepe, optaram por alterar os planos e atrasar em um dia a chegada à cidade. Fora isso, a viagem foi perfeita e, mais do que as caminhadas e os monumentos, o que entusiasmava Juan era a vida de hotel: os cafés da manhã copiosos nos quais nunca sabia por onde começar, o jornal que os esperava toda manhã diante da porta do quarto (embora, naturalmente, só lesse os quadrinhos), as barrinhas de sabonete que eram trocadas todos os dias e depois abandonadas quase sem usar... Para ele, aquele foi o primeiro contato com o luxo (ou com o que ele considerava luxo), e lhe agradava que seus pais tivessem cedido à felicidade de se deixar fisgar por aquela ilusão de vida plácida e opulenta. Liberados dos cálculos das pequenas economias domésticas, davam gorjetas que jamais dariam em sua vida normal e se permitiam pequenos caprichos que em outras circunstâncias não se permitiriam. Todos pareciam concordar que, enquanto aquela viagem durasse, viveriam como se fossem ricos e mundanos. Sabiam, naturalmente, que se tratava de uma exceção e que esta não poderia durar muito, mas depois teriam tempo para se acostumar à vida de sempre sem gorjetas, caprichos e cafés da manhã excepcionais. No terraço do hotel de Cádiz, derramaram uma Coca-Cola e Juan se virou para a garçonete e disse: Senhorita, por gentileza! E todos começaram a rir porque era engraçado que um menino de 7 anos usasse uma expressão daquelas, copiada de algum programa de televisão ou de algum hóspede particularmente empolado. A partir de então, cada vez que um deles tentava chamar a atenção de alguém, era de praxe que depois agregassem a frase a meia-voz, como uma senha particular: Senhorita, por gentileza...

Outra expressão que também fez sucesso, mas só na intimidade do casal, foi a das vitaminas. Alberto, brincando, tinha o costume de simular falsos lapsos que eram mais que eloquentes. Dizia, por exemplo: Hoje é 25 de *culo*, digo, de julho... Ou dizia: Como estão saborosas estas tetas, digo, estas *setas...** E embora a piada tivesse perdido a graça, era suficiente para que Elisa tivesse consciência do que era importante: seu marido reclamava sexo. Durante as três semanas da viagem, Alberto parecia estar fogoso a toda hora. Aproveitava os raros momentos de solidão para lhe enfiar a mão em todas as partes, para apalpar seus seios e suas costas, para apertar suas nádegas e suas coxas. Quando iam para a cama, ficava atento à respiração do menino para saber quando adormecia e, quando isso acontecia, começava a procurar entre os lençóis o corpo de Elisa e sussurrava 28 de *culo*, 28 de *culo*!, o que queria dizer que tinham de começar a fazer amor naquele mesmo instante. Mas acontecia que às vezes ela adormecia antes do menino e em uma delas Elisa, embora nunca resistisse a suas investidas, se atreveu a protestar com voz sonolenta: Ah, Alberto, como você está saidinho! Não é melhor parar de tomar essas vitaminas? E, claro, Alberto incorporou a palavra a seu repertório . Quando avançava sobre a mulher, tentava comicamente pedir desculpas por sua fogosidade dizendo: Ah, as vitaminas, as vitaminas!

Não saiu uma única tarde sem a câmera, mas as ruas, os monumentos e as paisagens só pareciam dignos de ser fotografados se servissem para enaltecer as figuras de Elisa e Juan. Via-os através da objetiva e se dizia: Como são bonitos! Que belo sorriso têm os dois! Não concebia que existisse no mundo um homem mais afortunado do que ele, que conseguira escolher a mulher mais bela e afetuosa e que, ao lado dela, tivera a sorte de engendrar a mais terna e encantadora das criaturas. Não via neles mais do que virtudes: sensatez, equilíbrio, bom gosto, senso prático em Elisa; graça, candura, carinho, generosidade em Juan. Como teriam de ser para serem melhores

*Trocadilhos com as palavras *culo*, que significa bunda, e *setas*, que quer dizer cogumelo. (*N. do T.*)

do que eram? Não podia nem imaginar, e o melhor de tudo é que se sentia muito amado: teria de se esforçar muito para lhes dar tanto amor quanto o que recebia deles... Ah, mas tanta felicidade não podia ser nem definitiva e nem duradoura, e o medo de que tudo se estragasse de repente lhe dava volta e meia uma profunda inquietação. Que paradoxo a felicidade alimentar sua única infelicidade! Quando demorava a conciliar o sono, suas noites se enchiam de fantasias sinistras nas quais um caminhão sem freios se precipitava contra sua mulher ou contra seu filho ou contra os dois, ou em que um dos dois pendia do balcão de uma casa em chamas ou contraía uma doença incurável. Atemorizava-o a simples possibilidade de que estivessem expostos a qualquer desgraça: uma telha que se soltava pela ação do vento, um escorregão fortuito na escada, um fio mal isolado escondido por baixo de um eletrodoméstico. Sua própria vida teria sentido sem eles ou, melhor dizendo, depois deles? Mas, na realidade, não era necessário que algo acontecesse para que sua felicidade se deteriorasse. Bastava que as coisas mudassem um pouco, porque era impossível que mudassem para melhor. Bastava que o tempo passasse, porque a passagem do tempo equivalia a uma desgraça: a uma desgraça lenta, pausada. Uma vez, em uma praia de Almería, viu sua mulher folheando uma revista e seu filho brincando na areia e disse: Um dia recordaremos este momento, com um menino tão bonito e tão bom, e nós nos amando tanto... Disse-o com tristeza, certo de que em algum momento do futuro iriam perder de forma irremissível toda aquela felicidade, mas Elisa o interpretou de outra maneira e apertou sua mão. Que coisa bonita você acaba de dizer, comentou. Alberto não disse nada para não desiludi-la. Surpreendentemente, até as recordações futuras daquela felicidade o tornavam infeliz e o impediam de desfrutar dela.

Se tentasse reunir todos os instantes de felicidade vividos durante a viagem, a lista seria extensa. Nela estaria aquele café da manhã em que Juan pronunciou a famosa frase, mas também os outros cafés, porque naquela hora do dia tudo se apresentava a ele em sua versão mais risonha e harmoniosa. E estariam as noites de sexo escondido porque o amor de Elisa o tornava imensamente feliz. E muitas tardes de praia porque, deitado na toalha, não tinha nada a fazer, salvo contemplar sua mulher e seu filho. E algumas de suas caminhadas, mas, sobretudo, as posteriores pausas para descanso, porque então Juan se sentava em seus joelhos e sorria. Houve muitos outros momentos em que Alberto experimentara aquilo que chamava de suave carícia da felicidade. De todas as fotos que tirou deles durante aquelas semanas (e foram muitas), sua favorita era uma na qual se via Elisa e Juan se refrescando diante de um ventilador, os rostos muito colados, o olhar muito vivo, o cabelo revolto. Nela Alberto percebia algo da felicidade que havia presidido toda a viagem e que as outras fotos não conseguiam transmitir, e o mais curioso era que em sua memória essa fotografia não estava associada a nenhum momento especial. Quando, já em casa, tentava organizar as fotos nos álbuns, se esforçava inutilmente para recordar as circunstâncias. Elisa foi incapaz de ajudá-lo:

— Pode ter sido em qualquer lugar. Tem certeza de que é da viagem?

— Tenho. Foi feita em Córdoba. No mesmo rolo de filme aparece a mesquita. Mas onde foi? No hotel? Em um bar? Em uma loja?

— Não tenho a menor ideia.

— É engraçado que seja minha foto preferida da viagem e pareça que a tirei sem sair de casa.

— É possível que por isso seja a sua preferida...

— É... Onde está Juan.

Elisa não respondeu. Já estavam em setembro. Haviam retomado a vida normal, e esta incluía a visita pontual de Raffaele. Alberto demorou vários segundos para ligar os pontos.

— Meu pai o levou, não é? Levou-o àquela alfaiataria militar! Mas por que se empenha em fantasiá-los de Mussolini? E você não tem nada a dizer? Acha certo que leve um menino de 7 anos a seus sabás fascistas? É seu filho, Elisa! É seu filho!

— É seu pai, Alberto! Não o meu! — protestava ela, e ele soltava uma de suas diatribes habituais: que estava farto, que não aguentava mais, o que teria feito para merecer um pai daqueles...

O normal era que não voltassem a falar do assunto até que no final de outubro chegava, embrulhado em papel pardo, o uniforme de *balilla*. Então Alberto fazia a mesma coisa de todos os anos: rasgava o embrulho e exibia as diferentes peças com uma expressão inequívoca de repugnância. E Elisa voltava a pronunciar as frases de sempre: "Não me diga nada! É seu pai, não o meu!" Aquele ano foi diferente porque Franco já estava agonizando e, depois do clamor internacional contra a recente execução de cinco presos políticos, os defensores do regime aproveitavam qualquer oportunidade para fazer uma demonstração de força. Havia motivos para achar que poderiam usar um ato como o do Memorial Militar Italiano para acrescentar tensão ao ambiente.

— É perigoso, Elisa! — exclamou Alberto. — Não podemos permitir que ele leve o menino! Desta vez, não!

Mas chegou o dia 2, que aquele ano caiu em um domingo, e Alberto não se atreveu a dizer nada. Saiu no meio da manhã para comprar jornal e, quando voltou, Raffaele e Juan já haviam tido tempo para serem fotografados uniformizados diante do espelho e sair. Parou diante da porta da cozinha e deu um berro.

— O que é? — disse Elisa.

— O que é o quê? — respondeu, envergonhado.

— Como, o que é o quê? Você sabe muito bem o que é.

Franco morreu ao cabo de duas semanas. Entre sua morte e a coroação de Juan Carlos I só se passaram dois dias, e Alberto aproveitou para comprar uma televisão a cores (então uma grande novidade). Em uma manhã de sábado chegou o técnico para instalá-la. Um tempo depois, quando abriram a porta para se despedirem do técnico, viram dois policiais saindo do elevador.

— Dom Alberto Cameroni Asín?

Atendeu-os na sala. Um dos inspetores olhava ao redor, enquanto o outro fazia perguntas. Queriam saber onde ele estivera nas primeiras horas da tarde de quarta-feira.

— Trabalhando — disse Alberto.

— Há quem possa confirmar...?

— Naturalmente.

O inspetor abriu a pasta e lhe mostrou uma foto. Era uma foto de tia Milagros, maquilada e sorridente, vestida com um casaco de uma elegância bastante duvidosa. No verso aparecia o nome do laboratório fotográfico, e Alberto supôs que aquela era a pista que os havia levado até ele. Mas o que significava aquela foto? O inspetor não respondeu, mas fez suas próprias perguntas. Quem era aquela mulher? Ele admitia ser o autor da fotografia? Que outras pessoas, além dele e da tia Milagros, podiam ter mais fotos como aquela? Alberto dava respostas bem cautelosas, pois não sabia se suas palavras poderiam prejudicar alguém. De fato, nem sequer sabia a quem poderiam prejudicar. O outro inspetor pediu que lhe mostrasse mais fotos, e ele, quase com orgulho, abriu o armário onde guardava os mais de trinta álbuns, todos iguais, todos comprados no mesmo lugar. Os dois homens pegaram alguns ao acaso e os folhearam distraídos.

— Estas fotos não são ruins... — comentou um.

— Sou um simples amador — respondeu ele, com falsa humildade.

Depois perguntaram por seus irmãos. Quando disse que não via Rafael havia dez anos, os outros trocaram um olhar de interesse.

— Dez anos... Sabe onde vive?

— Não tenho a menor ideia — disse Alberto.

Um dos policiais franziu o cenho, como se o acusasse de acobertar alguém. Ele insistiu:

— Acreditem. Não sei. Podem me dizer o que aconteceu?

Os inspetores, deixando também essa pergunta sem resposta, fizeram um gesto de despedida. Depois se encaminharam à saída, onde Elisa os esperava com expressão assustada.

À tarde, Alberto foi à casa de tia Milagros. Esta, que passava metade da vida se queixando de seus males, chegara aos 79 anos com uma saúde invejável. Ao vê-lo, fingiu surpresa.

— Você por aqui! — disse. — Não o esperávamos. Agora mesmo ia preparar um pouco de chá. Que tal, quer também? Olhe, Paquito! Seu irmão está aqui!

Paquito foi recebê-lo com um sorriso assustado. Alberto se sentou no sofá e cruzou os braços. A tia, sem deixar de tagarelar, ia de um lado a outro com a bandeja de chá. Alberto explodiu:

— Vão me explicar que merda está acontecendo? Suponho que vieram aqui uns policiais, não?

— Ah, sim! Aqueles senhores! — disse ela, ainda fingindo, e pousou a bandeja na mesinha.

— Ah, sim! Ah, sim! — Alberto imitou sua voz. — Você diz isso como se a polícia viesse todos os dias interrogá-la! Mas quem são vocês dois? Bonnie e Clyde?

Não foi difícil obter informações. O difícil foi dar algum sentido a elas. Agora Paquito e tia Milagros falavam quase ao mesmo tempo, e Alberto pedia calma com as mãos e tentava organizar os dados. A foto? Sim, tia Milagros tinha dado a foto a Rafael em uma das visitas dele. E por que estava com a polícia? Ah, isso não sabiam... E por que a polícia estava tão interessada naquela foto e em Rafael? Ah, tampouco sabiam algo sobre isso, mas depois Paquito balançou a cabeça e admitiu que sabia sim, mas não sabia se podia contar... Paquito, por Deus!, exclamou Alberto, e seu irmão, perturbado, falou de um farmacêutico (ele disse farmacético) e então Alberto perguntou:

— Farmacêutico? Que farmacêutico?

Foi quando ouviu falar pela primeira vez de Carlos Cortés, o Louro. O passado, aquele passado que tanto importava a seu irmão mais velho, jamais lhe inspirara uma curiosidade especial. Em voz baixa, como se temesse ser ouvida, tia Milagros lhe contou mais ou menos o mesmo que Isabel devia ter contado a Rafael alguns meses antes de morrer. Primeiro a história do jovem Modesto (Tão bom moço ele, como as guerras são ruins!). Nos dois lados fizeram barbaridades!, e depois a do outro Modesto, o pai, que teve a sorte de conseguir salvar a pele... Paquito estava muito atento, com os lábios úmidos e os olhos arregalados, como as crianças quando ouvem uma história de terror. Alberto, naturalmente, tinha a sensação de que a conversa da anciã o desviava do que era verdadeiramente importante, e disse com ar cansado:

— Um dia você vai me contar tudo direitinho...

— Que gente ruim, não é mesmo? Não é verdade? — comentou Paquito, no mesmo tom de voz com que o pequeno Juan se referia ao lobo mau.

Alberto não pôde reprimir um sorriso. Aproximou-se de Paquito e acariciou-lhe a face. O outro, por sua vez, acariciou sua mão. Era um gesto que faziam desde crianças. Mas não eram mais crianças. Ao menos, não eu, pensou Alberto. Haviam se tornado adultos, cada um à sua maneira, e nesse processo tinham mudado muito. Tanto que já nem sequer se pareciam fisicamente. Paquito engordara, perdera cabelo e, aos 28 anos, acabara adquirindo certos traços comuns a muitos retardados mentais: difusos e toscos, não depurados, os traços próprios de quem não dispõe da mais elementar noção de estética (quer dizer, de vaidade). Era como se todos os retardados do mundo compartilhassem um ar familiar. Como se todos tivessem acabado se tornando irmãos de Paquito, e como se ele, Alberto, que sempre o havia sido, o fosse cada vez menos.

— Sim, Paquito — disse. — Uma gente muito má.

Foi pedir conselho a um ex-colega de faculdade que se especializara em direito penal. Contou-lhe o que achava que poderia ter acontecido e o advogado disse: Se é que não aconteceu algo além disso no apartamento do tal farmacêutico... Alberto negou com a cabeça: Parece que colocaram música e ligaram o rádio e a televisão, mas não roubaram nem quebraram nada. O outro desqualificou o assunto. Segundo ele, a polícia estava muito ocupada para ficar investigando uma simples invasão de domicílio. Sobretudo levando em conta que a única prova que havia não provava nada: uma foto encontrada na escada da casa. Quem sabe como chegara lá? Quando se despediam, o advogado perguntou: E que interesse seu irmão podia ter em entrar nesse apartamento? Alberto encolheu os ombros e saiu do escritório.

Ele dava a impressão de que também não achava que tudo aquilo tivesse alguma importância, mas, ao sair do escritório, se encaminhou diretamente à farmácia. E o que fez foi semelhante ao que seu irmão Rafael fizera tantas vezes. Entrou, disse bom-dia e pediu qualquer coisa (balas balsâmicas). Depois ficou observando aquele homem, o Louro. Observou seu perfil distinto quando procurava na gaveta. Observou suas mãos brancas quando lhe entregou a caixinha de plástico. Observou seus olhos claros e vivazes quando lhe devolveu o troco. Tentou imaginá-lo matando alguém e não conseguiu. E de repente tudo lhe pareceu ao mesmo tempo mais simples e mais complexo. Mais simples porque agora entendia um pouco melhor seu irmão Rafael; e mais complexo porque agora entendia muito menos o resto da humanidade.

4

Alguém colocara uma cadeira diante da porta para evitar que batesse, e Elisa, cansada, se sentou. Alberto, no centro do salão que era usado como galeria, conversava com o presidente da Sociedade Fotográfica e mais duas pessoas. Os temas de suas conversas eram sempre os mesmos: os novos modelos de objetivas ou de câmeras, um sócio que estava vendendo seu equipamento para comprar um melhor, os preparativos para as futuras exposições... Havia poucas coisas que a interessasse menos: possivelmente era isso o que deixava Elisa cansada. Abriu a bolsa e pegou a polaroide que Alberto lhe dera de presente alguns anos antes. Aquilo era justamente o oposto das complexidades técnicas com as quais eles estavam familiarizados. Uma máquina de aspecto tão simples que só tinha um disparador e que, mais do que uma câmera, parecia um daqueles visores antigos que serviam para ver diapositivos das maravilhas do mundo. Sustentou-a nas mãos como se fosse fotografá-los, mas acabou desistindo e apoiou-a no colo. O presidente passou ao seu lado e fechou uma janela pela qual entrava uma corrente de ar.

— Depois de amanhã serão escolhidos os premiados — disse ele.

— E quem você acha que ganhará?

O outro encolheu os ombros.

— Acho que este ano está difícil para meu marido.

— Quem sabe... — disse o presidente, e voltou para os outros três.

Como todos os anos, a exposição que abria em outubro a temporada da Sociedade Fotográfica era coletiva. Havia fotos de todos os tamanhos, técnicas e estilos. Algumas eram de fato espetaculares, como a da águia com as asas abertas sustentando nas garras um pobre coelho enquanto olhava desafiadora para a objetiva. Ou a do patinador no gelo que dava voltas sobre si mesmo e parecia envolto em uma estranha crisálida de luzes e sombras. Ao lado de fotografias como aquelas, as duas que Alberto apresentara não tinham a menor chance. Uma era um primeiro plano de tia Milagros ajeitando o coque com um sorriso triste, e na outra (feita há 19 anos!) se via Isabel de perfil dando de comer na palma da mão aos pombos da praça do Pilar. Tecnicamente as duas eram impecáveis, com uma composição equilibrada e um preto e branco bem definidos, mas como poderiam chamar a atenção de quem não fosse da família? Elisa não entendia por que seu marido insistira em expor aquelas duas fotos, pois tinha em seus álbuns centenas de fotografias mais bonitas e originais. Tentara argumentar, mas ele não lhe dera a menor atenção.

Alberto virou a cabeça para ela e, com expressão de tédio, tocou o relógio de pulso.

— Já deviam ter chegado? — perguntou.

— Você sabe como eles são.

O que Elisa não sabia era que Alberto dava pouca importância aos prêmios da Sociedade. Aquelas fotografias eram as últimas que fizera de sua mãe e de sua tia e, ao contrário das clássicas fotos de Elisa e Juan (nas quais era tão difícil perceber a felicidade que continham), Alberto acreditava apreciar nelas sua verdade essencial, que não era outra senão a iminência da morte. Quer chegasse de um modo previsível ou inesperado (como no caso de Isabel), a morte estava presente naqueles dois retratos, e ele a reconhecia com a mesma naturalidade com que qualquer um associaria a sensação de calor à imagem de uma fogueira. A morte estava como que escrita naqueles traços, naqueles sorrisos, naqueles olhares. Era irrelevante que nem todos fossem capazes de percebê-la: isso queria dizer apenas que desconheciam o idioma no qual a palavra morte estava escrita. E havia tantas outras coisas que, segundo Alberto, podiam ser lidas naquelas fotos... De fato, nelas era possível ler tudo: as recordações, os afetos, os rancores, os sonhos, as decepções... Nelas estavam todos os momentos vividos, mas também muitos dos não vividos. Por exemplo: por que não pensar que sua mãe e sua tia poderiam estar naquela mesma tarde ali, exatamente ali, contemplando aquela exposição e esperando ao lado deles a chegada de Rafael e Paquito? A coisa não era tão disparatada: se estivesse viva, Isabel seria então uma mulher de apenas 63 anos e, quanto à tia Milagros, que falecera naquela primavera aos 87, quem poderia dizer que não viveria mais alguns anos? Tudo isso, que não era mais possível, estava também naquelas duas fotos só pelo fato de serem as últimas. E, em contraste com elas, as outras fotografias expostas lhe pareciam banais. Simples demonstrações de perícia técnica em alguns casos, feliz fruto da casualidade em outros; eram fotos que simplesmente não falavam. Você podia se plantar diante de uma delas durante horas e horas e jamais lhe diriam nada além do que já haviam dito no primeiro momento. Por isso, por lutar contra a banalidade, ele insistira em expor precisamente aquelas duas fotos, sabendo que as pessoas (e logicamente os jurados) só veriam nelas o retrato de uma anciã e uma velha fotografia resgatada de um álbum de família.

Alguém apagou as luzes centrais da sala de exposições. Alberto, subindo o zíper do blusão, deu uma última olhada pela janela.

— Um táxi está estacionando — disse. — Devem ser eles.

Foram para a rua e, de fato, Paquito e Rafael esperavam ao lado do táxi. Tinham um ar risonho, como se algum dos dois tivesse acabado de dizer uma coisa engraçada.

— E Juan, não vem jantar? — perguntou Rafael. — Claro, já é adulto e tem seus próprios planos...

— Isso é hora de chegar? — disse Alberto.

— Você está aborrecido?

— Sim! Está aborrecido! — riu Paquito.

Rafael contornou o táxi e abriu a porta do motorista.

— A exposição ainda vai durar alguns dias. Viremos amanhã. Não é mesmo, Paquito?

— Esperem — disse Elisa, tirando a polaroide da bolsa. — Uma foto!

O presidente da Sociedade passava naquele momento ao lado deles e se ofereceu para batê-la.

— Alberto, um sorriso! — disse.

Os quatro posavam ao lado do táxi. Parecia uma daquelas famílias que no dia de Santo Antônio levam o carro novo para receber a bênção do pároco.

— Xiiiis — disseram, para forçar o sorriso.

Soou um clique e a câmera expulsou lentamente a foto. Paquito se apressou em pegá-la e agitou-a com energia.

— Não com tanta força — advertiu Elisa.

— Vamos? — perguntou Alberto, entrando no carro.

Havia reservado uma mesa no restaurante do Náutico. Rafael ligou o motor e apontou com expressão brincalhona o taxímetro: desta vez não lhes cobraria a corrida. Elisa sorriu. Depois Rafael fitou Alberto pelo retrovisor e perguntou:

— Qual é o motivo da convocação?

— Hoje faz exatamente 19 anos que nossa mãe morreu. Parece mentira que você não se lembre.

— Era brincadeira, cara!

Paquito deu uma risada que soou como um soluço e Alberto supôs que haviam comentado aquilo antes. Imaginou seu irmão mais velho dizendo a Paquito: Você vai ver como ele ficará solene quando falar da mamãe... E essa imagem o aborreceu. Aborreceu-o, sobretudo, porque expressava uma cumplicidade da qual ele estava excluído. Acrescentou, mantendo certa gravidade:

— Também faz 21 anos que ela deixou papai. Bem, mais ou menos 21 anos.

— Vejo que você gosta das efemérides redondas — disse Rafael. — Dezenove anos... Mais ou menos 21 anos...

Desta vez foi Elisa quem deu uma risadinha, e Alberto fitou-a com ressentimento.

— Já secou! — anunciou Paquito, que continuara agitando a foto fora da janela.

Elisa pegou-a e deu uma olhada. Nela todos sorriam, menos Alberto, mas Elisa não achou oportuno recriminá-lo.

No restaurante lhes ofereceram uma mesa no seu canto favorito, o da vidraça que dava para o rio. Dali, quando havia névoa, se via a margem oposta um pouco borrada. Você poderia achar que estava em qualquer cidade portuária do norte da Europa. Em Hamburgo, por exemplo, embora nem Alberto e nem Elisa nunca tivessem estado lá.

— Eu não me lembrava desse lugar — disse Rafael. — E olha que eu gostava de parar na Puente de Piedra e ficar olhando os barcos que partiam daqui.

Desde que voltara a se instalar na cidade, parecia se dedicar a redescobri-la. A imagem que tinha das ruas e das praças ficara como que congelada no passado, e todos os dias via algo de que sentia falta: desde quando funcionava um bingo onde sempre fora o Cine Gran Vía? E por que haviam acabado com o trólebus que parava perto da igreja de Santa Engracia? Por que não existia mais o mercadinho dominical onde os meninos iam trocar selos? Alberto, tão pouco afeito a mudanças, achava graça de que fosse precisamente Rafael, o desapegado, o desarraigado Rafael, que tivesse preservado quase intacta a memória do que fora sua cidade da infância e juventude. Mas naquela noite não estava de bom humor e nem sequer a nostalgia lhe era reconfortante.

— Na realidade costumávamos ir à Puente de Santiago — disse.

— Não. Era a de Piedra.

— A de Santiago. E os barcos saíam do Helios, do clube de natação.

— E qual é a importância de sair de uma ponte ou de outra? — cortou Elisa, que pegou um dos cardápios e tentou desviar a conversa para a questão da comida.

Elisa conhecera Rafael no funeral de tia Milagros. Então Alberto e ele haviam se dado um abraço forte e chorado juntos. As suspeitas e as tensões vieram depois. Ela supunha que Alberto não perdoava seu irmão daquela liberdade que tinha de entrar e sair de suas vidas quando lhe dava na telha. E também lhe parecia que Alberto estava com um pouco de ciúme da enorme ascendência que Rafael adquirira em pouco tempo sobre Paquito. Tia Milagros lhe deixara o apartamento de herança com a condição de que tomasse conta de seu irmão deficiente, e o distanciamento que já existia entre este e seu pai se convertera por sua influência em clara ruptura. Rafael não teve dificuldade de levar Paquito a aderir a sua causa.

— Trouxe o inventário dos direitos reais — disse Alberto abrindo uma pasta. — Você terá de assinar alguns papéis.

— Tem de ser agora?

— Quanto antes melhor.

Rafael estendeu seu cardápio a Paquito, que se esforçava para decifrar o seu.

— Escolha por mim — disse. — Mas escolha sopa de legumes de entrada e lombo como prato principal.

Paquito assentiu sem entender a brincadeira. Elisa passou a mão em seu cabelo como costumava fazer com Juan quando ele ainda permitia. Chegou o garçom e Paquito, sem largar o cardápio, se preparou para dizer de impulso:

— Para ele sopa de legumes e lombo.

O garçom tomou nota. Paquito respirou fundo, como se acabasse de superar uma prova dificílima.

— E para você?

Paquito, emburrado, cravou o olhar no cardápio. Com a responsabilidade de pedir para Rafael, se esquecera de fazer sua escolha. Elisa saiu em sua ajuda:

— Você está com muita fome?

Ele negou com a cabeça, mas o fez só por negar: teria feito o mesmo se Elisa tivesse perguntado o contrário. Finalmente, um pouco perturbado, também pediu sopa de legumes e lombo, o que sem dúvida queria dizer que tinha alguma fome.

Enquanto isso, Rafael e Alberto continuavam falando de trâmites e gestões. Alberto se ocupara pessoalmente de tudo: cumprimento das disposições testamentárias, idas e vindas entre os diferentes departamentos da administração, troca das escrituras de propriedade, compra da licença do táxi. Rafael mudara muito durante sua ausência, mas para Alberto continuava quase tão imaturo como quando partira. Nem passava pela cabeça deste a possibilidade de lhe restituir a condição natural de irmão mais velho que durante anos se acostumara a possuir. Era como se o tempo não tivesse avançado com a mesma velocidade para um e para outro. Como se a vida que Rafael levara (sem domicílio determinado, sem mulher nem filhos, eternamente em conflito com o pai) o tivesse mantido aos seus olhos em uma adolescência perpétua. Ou pelo menos era isso que Elisa acreditava que seu marido acreditava; ela sempre o via se esforçando para exercer uma espécie de tutela sobre seus dois irmãos. Alberto, de fato, não perdera a esperança de que os Cameroni voltassem algum dia a ser uma família normal. Sem que ninguém tivesse lhe pedido, assumira a chefia do inexistente clã, e o mais curioso era que em seus momentos de desânimo se queixava de que ninguém lhe agradecia: nem o teimoso do seu pai nem os inconscientes de seus irmãos.

Elisa perguntou pelo apartamento: tinham previsto fazer mudanças, comprar móveis novos etc.? Rafael pareceu refletir e depois fez outra de suas brincadeiras. Previmos trocar a escova de banho, disse, e Paquito soltou uma gargalhada despropositada. A escova de banho, a escova! A conversa transcorria por caminhos seguros, mas em certo momento Rafael fez uma de suas habituais alusões a seu pai.

— Ah, também retiramos a foto do casamento — disse. — Ver a cara daquele homem me tirava o apetite.

— Deixe o velho em paz de uma vez por todas! — interveio então Alberto e, embora tivesse tentado fazer com que a advertência soasse o mais suave possível, percebeu que se fazia silêncio e que os olhos dos outros três se cravavam nele.

Ao cabo de alguns minutos estavam discutindo. Alberto dizia que algum dia teriam de esquecer o passado e Rafael replicava que havia sido ele, Alberto, quem começara a falar do passado:

— Há quantos anos você disse que nossa mãe o abandonou? Suponho que estamos aqui para comemorar isso, que foi o melhor que ela pôde fazer...

— Bem — Alberto respirou fundo. — Vamos deixar isso de lado ou acabaremos dizendo coisas que não queremos dizer.

— Que coisas? Se você tem algo a me dizer...

— Meninos, por favor... — apartou Elisa, sem muita convicção.

— Vamos, Alberto. Diga o que está pensando.

— Não estou pensando em nada especial.

— Diga.

— Só acho que... Enfim, se nossa mãe o amou, tampouco ele deve ter sido o monstro que você diz que era.

— Sim! Um monstro, como o do lago Ness! — disse Rafael, mas desta vez nem mesmo Paquito riu.

Alberto continuou:

— Por exemplo, aquele farmacêutico, o Louro... Está claro que ele, sim, foi um monstro. E suponho que você saiba que nosso pai o enfrentou para salvar a vida do vovô... Como pode enfiar os dois no mesmo saco? Não se dá conta da contradição?

Rafael quis responder, mas a chegada do garçom com os segundos pratos levou-o a se calar. Depois o garçom se afastou e ele continuou em silêncio. E então Paquito olhou para ele e disse:

— Você devia tê-lo matado naquele dia...

— Matar? — perguntou Alberto.

— O vovô não! O Louro! — esclareceu Paquito, levantando os talheres.

Nunca haviam falado do que acontecera naquele dia. Alberto fitou Rafael, que por sua vez olhou Paquito severamente.

— Quando você vai aprender a ficar de boquinha fechada?

Paquito abaixou os olhos.

— Você pretendia mesmo matar aquele homem, o farmacêutico? — perguntou Alberto. — E o que aconteceu? Por que não o fez? Aconteceu algo que o impediu? Ou simplesmente pensou melhor, se arrependeu? Franco estava morrendo e muitas coisas estavam prestes a mudar...

Rafael enfiou um pedaço de carne na boca. Elisa fez um gesto ao marido pedindo calma. Mas ele não a atendeu.

— Não vai dizer o que aconteceu?

— E o que importa? Aconteceu o que aconteceu e pronto.

— Não. O que importa, não. Vou lhe dizer o que eu acho que aconteceu. Você ouviu ruídos no apartamento e se assustou. E depois saiu correndo e deixou a foto cair. Foi assim? Você se assustou e começou a correr?

— De que você está me acusando? De assassino ou de covarde? O que preferiria? Que o tivesse matado ou que tivesse começado a correr? Mas as duas coisas, não!

Suas vozes haviam subido de tom. Paquito, ainda cabisbaixo, reprimiu um soluço.

— Ou seja, você não nega que tinha a intenção de matá-lo!

— Teria sido o justo, não é? Quantos ele matou? Nosso tio e quantos mais? E quando pediu perdão a suas vítimas? Nunca! Está me ouvindo? Nunca!

— E você estava disposto a se transformar na mesma coisa que ele, em um assassino!

— Chega! — disse Elisa, fechando o punho com força. — Parem de se comportar como adolescentes!

Continuaram jantando em silêncio, cada um concentrado em seus próprios pensamentos e rancores. Depois, de repente, Rafael se levantou e disse:

— Vamos para casa, Paquito.

Elisa disse alguma coisa para tentar consertar as coisas, mas ninguém a ouviu. Paquito se levantou, submisso, e seguiu o irmão mais velho. Quando mal haviam se afastado alguns metros, Rafael voltou à mesa e encarou Alberto. Mas desta vez não levantou a voz.

— Quer saber o que aconteceu? — disse. — Não tinha a intenção de machucá-lo. Só queria lhe dar um susto. Entrei na sua casa, acendi as luzes, liguei a televisão... Não era a primeira vez que o fazia. Mas dessa vez estavam me esperando e, quando eu ia saindo, dois homens me fecharam o caminho. Houve uma luta, algumas coisas caíram e... O resto você já sabe. Está satisfeito? Era isso que queria saber? Seu irmão Rafael não é nenhum assassino. Talvez seja um covarde, mas não um assassino. Vamos, Paquito.

No Dia de Todos os Santos, Alberto foi levar crisântemos ao túmulo de sua mãe. Nunca fizera aquilo. Em nenhum dos 19 dias de Todos os Santos que haviam acontecido desde a morte dela fora ao cemitério para fazer o que tanta gente fazia: limpar o túmulo do ente querido, colocar flores, homenagear sua memória. O curioso era que não reparara nesse detalhe até que enterraram tia Milagros. Naquele dia, procurando o túmulo de sua mãe, descobrira envergonhado que nem sequer lembrava em que parte do cemitério ficava. Agora, naturalmente, sabia muito bem. Ou pelo menos acreditava nisso, porque, com aquele movimento de famílias que iam e vinham entre os panteões, o cemitério não parecia o mesmo. Seria obrigado a atravessar aquela ruela de cascalho para chegar ao túmulo da tia Milagros e depois se meter pela da direita para chegar ao de sua mãe? Em sua cabeça o itinerário estava muito claro, mas agora olhava ao seu redor e era como se estivesse tentando se orientar em uma cidade desconhecida com um mapa equivocado. Como os cemitérios mudavam em datas como aquela! Naturalmente, não havia o silêncio do dia do enterro de tia Milagros e tampouco aquela sensação de paz e recolhimento... Até lhe parecia que o cheiro então era diferente: mais adocicado, mais penetrante.

Viu um mausoléu que lhe pareceu familiar e parou em um cruzamento de caminhos. Um deles levava à tia Milagros e à sua mãe. Sim, mas qual deles? Começou a andar por um qualquer e de repente, quase sem esperar, se viu diante do primeiro túmulo. Não muito longe dali, uma mulher enlutada passava um polidor nas peças metálicas de uma lápide, e Alberto surpreendeu a si mesmo pensando que na manhã seguinte usaria aquele mesmo produto para limpar a prata da sala de estar. Depois pegou o lenço e o usou para tirar o pó do túmulo de tia Milagros.

Que boa mulher fora tia Milagros! Havia morrido como vivera: sem querer incomodar. Preparara tudo aos poucos, discutindo o testamento com especialistas e beneficiários, contratando com antecedência as exéquias com a empresa de pompas fúnebres, deixando, inclusive, instruções sobre a música que deveria ser tocada ao órgão no funeral e as coroas de flores que teriam de enfeitar o ataúde, e uma manhã, quando já não restava nada para definir, Paquito a encontrou morta ao lado da cama de seu quarto. Devia ter se sentido mal no meio da noite e, ao tentar se levantar para beber água ou usar o telefone, caiu fulminada por um infarto. Certamente era o tipo de morte que imaginara para si, e Alberto, que foi a primeira pessoa a aparecer no apartamento, encontrou ao lado dos remédios da mesinha de cabeceira um papel com os telefones das pessoas que deveriam ser avisadas de sua morte, as pequenas esmolas que deviam ser dadas em seu nome aos pobres da paróquia, os presentes que no fim daquela trajetória deviam ser dados aos netos de uma velha amiga... Alberto se sentia constrangido diante da calma e da naturalidade com que o ser humano podia chegar a aceitar seu próprio desaparecimento. Era como se, em vez de se preparar para morrer, a tia tivesse se preparado para passar algumas semanas em um cruzeiro: regar as plantas, dar de comer ao gato, enterrar meu cadáver... Ele, naturalmente, seria incapaz de agir da mesma maneira. Mas é que a simples ideia de sua própria mortalidade infundia em Alberto um medo atroz. Muitas noites, ao se deitar, se descobria pensando: Um dia você arranca uma folha de uma árvore, e essa folha desaparece para sempre. E outro dia você morre e desaparecem todas as folhas e todos os galhos e todos os bosques do mundo, e também todos os insetos e todos os pássaros e todas as pedras e todas as montanhas e todas as casas e todos os carros, e tudo o que há dentro dessas casas e desses carros, e todos os pensamentos e recordações das pessoas que há dentro dessas casas e desses carros... Tudo! Tudo desaparece! Tudo deixa de existir para sempre! Por quê? Por que tem de ser assim? Por que a vida tem de ser tão injusta? E o que achava estranho não era que esses pensamentos o assaltassem quase toda noite. O que achava estranho era que não assaltassem todo mundo em todas as horas. Como os outros faziam para superar o medo da morte?

Talvez aquela sua fixação pelas fotos de pessoas que estavam prestes a morrer não fosse mais do que uma expressão desse medo. Nos últimos meses (mas, em todo caso, desde antes da morte de tia Milagros), se acostumara a recortar fotografias desse tipo publicadas em jornais e revistas. Guardava as últimas fotos de personagens ilustres, como políticos, banqueiros, escritores ou estrelas do cinema e da música, e também de seres anônimos que consumiam os últimos sopros de vida: soldados que fechavam os olhos diante do pelotão de fuzilamento, criminosos que avançavam para a cadeira elétrica com o olhar perdido, doentes terminais que cochilavam em miseráveis camas de hospital... E, no entanto Alberto continuava fazendo fotos de sua mulher e de seu filho sempre que tinha oportunidade. Às vezes se perguntava se essa não seria sua forma de combater o medo que o possível desaparecimento deles lhe inspirava. Sua forma de torná-los imortais: adiar uma e outra vez sua última foto, anular com cada nova foto a fotografia anterior, que naquele mesmo instante deixava de ser a última.

Voltou a fitar a mulher enlutada, que agora rezava em voz baixa e fazia leves inclinações de cabeça, como se estivesse assentindo. Observou depois outros homens e mulheres que exibiam uma atitude semelhante e, estranhamente, pensou que, do mesmo modo que as respostas dotam as perguntas de sentido, talvez a morte carecesse de um autêntico significado se não existissem os cemitérios. E apesar de não ser crente, se persignou, porque lhe pareceu que também aquela atitude tinha então algum sentido.

Depois começou a andar pelo caminho que levava ao túmulo de sua mãe. E em seguida percebeu que não se equivocara, porque ali estava ele. Ali, diante da lápide, estava Raffaele, com ar de concentração e um ramo de flores na mão. Alberto parou ao seu lado.

— Olá — disse.

Seu pai o fitou. Não pareceu se surpreender.

— Olá.

Ficaram uns minutos em silêncio, olhando o túmulo e nada mais. Alberto nunca imaginara que fosse encontrar seu pai ali. Agora, entretanto, teve a certeza de que ele não havia faltado ao encontro em nenhum Dia de Todos os Santos dos últimos 19 anos. Nunca chegamos a conhecer as pessoas de verdade, pensou.

— Tudo bem? — perguntou Raffaele.

— Sim, sim. Tudo bem.

— Fico feliz.

Alberto não soube acrescentar mais nada. Raffaele se inclinou para colocar o ramo no pequeno vaso que havia ao pé do túmulo. Depois esfregou as palmas das mãos como se as tivesse sujado e com um movimento de cabeça apontou as flores.

— Comprei-as lá fora. Quer saber quanto me custaram? Bah, não vou lhe dizer... Ladrões! E você está vendo como as flores são mixas. Se pelo menos fossem grandes e bonitas... Ladrões, vigaristas! E tenho certeza de que, quando a gente der as costas, serão levadas por alguém, que as colocará no túmulo de seus mortos... Ou voltarão a vendê-las! Você acha que há vigias por aqui? Ninguém. Estou lhe dizendo: ninguém.

Eram os clássicos comentários de seu pai que costumavam incomodar Alberto, mas desta vez não o incomodaram.

No dia seguinte foi celebrada no Memorial Militar a tradicional homenagem aos tombados. Aquela seria a última vez que Raffaele assistiria à cerimônia.

— *Guarda! Guarda com'è ridicolo!* — disse Rosso aludindo ao vice-cônsul, que naquele momento saía para receber o vice-prefeito.

Raffaele negou com a cabeça:

— *Smetilla! Ti ho già detto che non voglio guardare!*

— *Sì! Smetilla!* — repetiu o gordo do Imbroglia, fazendo um gesto de cansaço.

Estavam no jardim da igreja, afastados do resto da gente. Usavam seus uniformes fascistas, suas medalhas e passeavam pela vereda central empurrando a cadeira de rodas de Angiolotti, que ficara paralítico após uma embolia naquele mesmo verão. Rosso, incansável, ia e vinha com novidades e piadas.

— *Avete visto como cammina?* — disse, avançando nas pontas dos pés e agitando as mãos com afetação. — *Sembra una ballerina! Una ballerina grassa!*

Imbroglia e Raffaele celebraram com risadas a paródia. Angiolotti, com suas sobrancelhas enormes e seu nariz de pinguim, permaneceu imóvel em sua cadeira. Imbroglia lhe falou ao ouvido:

— Diz que o vice-cônsul parece uma bailarina! Uma bailarina gorda!

Repetiam as coisas a Angiolotti em italiano e em espanhol para garantir que ele os entenderia. Mas nem mesmo assim podiam ter certeza. Angiolotti pestanejou várias vezes com expressão de tartaruga. Imbroglia olhou para Raffaele.

— *Credo che questa volta mi abbia capito...* — disse.

Raffaele balançou a cabeça, não muito convencido. Rosso, entretanto, voltou ao grupinho de gente que se apinhava na entrada do templo. Fazia um tempo que a maioria já entrara, mas alguns, os mais curiosos, esperavam do lado de fora, formando um corredor em ambos os lados dos policiais vestidos com uniformes de gala. Raffaele e Imbroglia acompanharam com o olhar a comitiva das autoridades: o vice-cônsul, o vice-prefeito e mais seis ou sete pessoas, algumas das quais não conheciam de nenhum lugar.

— Todos uns vermelhinhos — murmurou Raffaele com desprezo.

— Velaschi e Franchini também? — perguntou Imbroglia, referindo-se a dois velhos à paisana que acompanhavam o vice-cônsul, representantes de suas respectivas associações de ex-combatentes que haviam concordado em participar da cerimônia oficial.

— Também. *Loro sono ancora peggio degli altri! Traditori!*

As coisas haviam mudado muito nos últimos anos. Agora a esquerda não só mandava na prefeitura como também no governo central, ao qual chegara um ano antes depois de arrasar nas eleições gerais. Isso afetara a organização da cerimônia, que de uma homenagem aos fascistas italianos tombados na Guerra Civil passara a ser um simples ato de fraternidade entre a Espanha e a Itália. Em um gesto de cortesia em relação às autoridades espanholas, a embaixada tinha dado instruções para que fossem excluídos da cerimônia oficial os símbolos, hinos e uniformes que tivessem qualquer tipo de conotação política. Raffaele e seus amigos haviam reagido com indignação. Agora eram chamados assim os mártires, os heróis de guerra? Conotações políticas? Raffaele, que naqueles quarenta anos não havia faltado uma única vez à homenagem e que acabara se considerando seu organizador oficioso, não podia acreditar. Quem eram aqueles moleques para se apropriarem de uma comemoração que não lhes pertencia? Em sua reunião com o vice-cônsul, este havia exposto o acordo ao qual se chegara com as associações de veteranos, que assistiriam à paisana à celebração oficial e, só quando esta tivesse terminado, poderiam realizar um ato privado de homenagem aos fascistas mortos. *Me ne frego delle associazioni!*, gritara então Raffaele, e o prudente vice-cônsul acabara advertindo que seria solicitada a intervenção das forças da ordem pública se algum grupo ou pessoa impedisse o desenvolvimento normal das comemorações. Agora Raffaele, no jardim da igreja, observava a expressão apalermada de Angiolotti e ouvia Imbroglia (a quem o médico proibira de fumar um único cigarro) tossir, e não lhe restava outro remédio que não fosse aceitar a realidade: eles não passavam de uns velhos, incapazes de enfrentar alguém, e muito menos a polícia. Isso, no entanto, não queria dizer que fossem transigir com imposições e concessões. Esperariam que terminassem a missa e os discursos dos políticos para celebrar sua homenagem privada. Mas que não acreditassem que com sua presença iriam dar sua aprovação ao ato oficial! Não! Que não contassem com eles para aquilo!

Imbroglia teve um novo ataque de tosse e se sentou em um banco ao lado da cadeira de rodas de Angiolotti. Depois, entre pigarros, contou um caso de sua infância em Benevento, a história de quando o *ras* ou chefe local do Partito Nazionale

Fascista visitou sua escola e ele, com 11 anos, foi escolhido para ler o discurso de boas-vindas. Ainda recordava o começo: *Salve, fratello e camerata...!* Mas o haviam ouvido recitar essas mesmas frases um montão de vezes e Rosso, entediado, voltou a parodiar o andar do vice-cônsul. Tropeçou tontamente no meio-fio e se apoiou rindo no ombro de Raffaele.

— *E Giovanni, tuo nipote?* — perguntou.

— *Quest'anno non è potuto venire* — respondeu Raffaele, afastando-o mal-humorado.

Depois deu uma olhada no jardim e balançou a cabeça com pesar. Um paralítico, um moribundo, um velho idiota e ele: seriam eles os últimos defensores dos nobres ideais do *fascio*? Para seu alívio, começaram a aparecer as primeiras camisas azuis. Raffaele recuperou a antiga postura marcial, bateu os calcanhares e foi recebê-los.

— Entrem, camaradas, entrem.

Levava os recém-chegados ao jardim, saudava-os pronunciando seus nomes e apertava suas mãos com gesto viril. Por uns momentos pôde acreditar que nada havia mudado e que podia fazer o papel de mestre de cerimônias com a mesma autoridade e a mesma desenvoltura das ocasiões anteriores.

— Estão entrando em território italiano — dizia, enrouquecendo a voz. — Sejam bem-vindos.

Quando faltava pouco para o término da missa, estavam reunidas no jardim mais de vinte pessoas: os quatro italianos com seus uniformes fascistas, um ou outro velho falangista com a camisa azul e a boina vermelha, outros mais jovens com a camisa, mas sem a boina, dois ou três homens à paisana com insígnias do Círculo Espanhol de Amigos da Europa (o grupo neonazista fundado na Alemanha Ocidental em meados dos anos 1960) e algumas mulheres de cabelos tingidos. Em uma época como aquela, em que a ultradireita estava desanimada devido ao fracasso do golpe militar de 1981 e à arrasadora vitória socialista de 1982, tampouco se podia aspirar a uma representação muito mais alentada. Raffaele, satisfeito, ia de um lado a outro distribuindo abraços e tapinhas nas costas e dando orientações sobre como e onde deveriam ser colocadas as bandeiras. Depois tirou uns papéis do bolso e disse:

— Podemos aproveitar para ensaiar um hino. Trouxe cópias das letras para vocês.

Reuniu os falangistas mais jovens e os fez cantar as primeiras estrofes da *Giovinezza*, que eles pronunciavam à espanhola, sublinhando, voluntariosamente, os *gli* de *figli* e os "l" de *brilla*. Como o resultado não ficou muito apresentável, optou por trocá-lo por outro hino que talvez fosse mais conhecido e que dizia assim: *Se Franco vogliamo seguire, per la Spagna dobbiam morire. Viva, viva il* caballero! *Viva Franco il Condottiero*! Mas também aqui os falangistas tropeçavam com os *gli* e os *gna*, e Raffaele os interrompeu para sugerir que cantassem um dos poucos hinos fascistas em espanhol que conhecia. Mas a letra (que incentivava a derrotar os bárbaros de Moscou, que das igrejas e das crianças fizeram escárnio desumano) era complicada, e um dos rapazes disse:

— E se a gente parasse com esses melindres e cantasse o *Cara al sol*?

O som dos primeiros versos coincidiu com a saída da igreja dos primeiros paroquianos, que os observaram com uma mistura de curiosidade e desconfiança. Raffaele e os outros se uniram ao coro com entusiasmo. As vozes soavam límpidas e briosas na manhã de outono. Os velhos fascistas sentiam renascer dentro de si os longínquos ímpetos de sua juventude. Da igreja também saíram, estes com semblante austero, o vice-cônsul e o vice-prefeito, que se encaminharam com passo ligeiro à cripta do Memorial. Alguns dos anciãos que iam atrás contemplavam com simpatia o grupo de falangistas. Outros pareciam hesitar entre acompanhar o cortejo ou se aproximar deles. Raffaele resolveu tomar a iniciativa:

— *Velaschi! Franchini! Venite con noi!* — gritou para eles, agitando a mão.

Velaschi e Franchini pararam e trocaram uma careta de indecisão. Raffaele continuou incentivando-os a se unir aos seus enquanto, ao seu lado, as vozes cada vez mais intensas dos falangistas entoavam os últimos versos do hino.

— Velaschi! Franchini! — voltou a gritar Raffaele.

Os dois mencionados continuavam sem se mexer, mas alguns dos que os acompanhavam retificaram sua trajetória e se aproximaram do jardim. Em torno dos falangistas ia se formando um grupinho que cantava, ou pelo menos cantarolava, o *Cara al sol*.

— *Vieni, Velaschi! Cosa aspetti? Vieni, Franchini! Siamo noi! I vostri, i fascisti!* — continuava gritando Raffaele. Velaschi e Franchini finalmente se decidiram e, fazendo a saudação romana, se incorporaram ao grupo.

Os falangistas também já tinham o braço erguido e, com os corações plenos de ardor patriótico, entoavam com energia os vivas de praxe:

— *España, una! España, grande! España, libre! Arriba, España!*

Na entrada do Memorial, o vice-cônsul levou as mãos à cintura e dirigiu a Raffaele um olhar furioso. Ele, no entanto, sorria. Estava vivendo aquele instante como se fosse um triunfo pessoal.

Não houve outros incidentes, e a celebração oficial terminou com breves discursos protocolares das autoridades presentes. Depois mais da metade do público foi embora e restaram umas quarenta ou cinquenta pessoas. O suficiente, pensou Raffaele, que, depois de ver o vice-cônsul partir, fez sinais aos representantes das associações para que começassem a cerimônia. Esta consistiria na tradicional oferenda de coroas e a posterior execução dos hinos. Os falangistas entraram no Memorial em formação militar e se situaram no lado esquerdo da cripta. Os italianos, mais lentos, foram ocupando o lado oposto. Junto de Raffaele e dos outros camisas-negras se postaram vários veteranos que, embora à paisana, exibiam com orgulho suas condecorações militares e suas insígnias fascistas. O restante das pessoas ficou na entrada, deixando um estreito corredor para que Velaschi, Franchini e um dos velhos de boina vermelha passassem com as bandeiras do *fascio* e da Falange. Com eles estava um padre magrinho de rosto vermelho que foi o primeiro a intervir. Pronunciou uma sentida oração em recordação aos tombados pela pátria e pela fé, e depois deu uma bênção solene.

O gordo do Imbroglia, persignando-se, se aproximou de Raffaele para lhe dizer ao ouvido:

— *Non è andata male, no?*

Não, a verdade era que a coisa não ia nada mal. O ato exibia todo o esplendor cenográfico das cerimônias fascistas e ninguém poderia dizer que aquilo só atraía um punhado de nostálgicos: uma simples olhada bastava para provar que havia muitos jovens entre os presentes, e não só no grupo dos falangistas uniformizados, mas também no da gente que se apinhava na entrada da cripta. Raffaele sorriu satisfeito: os ideais do *fascio* continuavam vivos, portanto entre as novas gerações. Só seria necessário esperar que voltasse seu momento no torvelinho da História.

Nesse meio-tempo, Velaschi havia tomado a palavra para agradecer à presença *dei nostri amici spagnoli* e anunciar a ordem em que seriam depositadas as coroas de flores. Havia coroas de associações italianas de veteranos como a Nastro

Azurro, a Associazione Nazionale della Comunità Italo-Somala, a Unione Nazionale e a Volontari di Guerra, e também de organizações espanholas, como a Falange, a Federação de Associações de Ex-Combatentes ou a dos Veteranos da Divisão Azul. Velaschi lia em um papel o nome da organização e o da pessoa que depositava a coroa.

— *Federazione Nastro Azurro, capitano De Vecchi Antonio* — lia, por exemplo, e o capitão mencionado abandonava seu lugar e com uma inclinação de cabeça fazia a oferenda.

Na primeira fila do grupo dos fascistas, Raffaele inclinava a cabeça com gesto presidencial, como se estivesse dando sua aprovação. Ao seu lado, Rosso e Imbroglia faziam comentários em voz baixa.

— *Questo capitano De Vecchi non era mai venuto...* — disse Rosso.

— *Ma come no!* — replicou Imbroglia.

— *Silenzio!* — disse Raffaele.

— *Silenzio!* — repetiu Rosso, zombando.

Foram depositadas mais algumas coroas. Velaschi olhou outra vez o papel e leu:

— *Associazioni Volontari di Guerra, Giulia Rossi, vedova Cameroni.*

Raffaele parou subitamente de assentir com a cabeça. Rosso e Imbroglia, acreditando que se tratava de um erro ou de uma coincidência, se viraram para ele com ar de gozação.

— *Qualcuno ha voluto ammazzarti!* — disse Rosso, rindo.

— *Ma prima sposarti!* — disse Imbroglia, também rindo.

Mas Raffaele não ria. Com expressão assustada, olhava para todos os lados procurando a mulher cuja presença acabara de ser solicitada. Passaram-se alguns segundos e não apareceu ninguém. Velaschi voltou a dizer, agora com mais veemência:

— *Volontari di Guerra! Giulia Rossi, vedova Cameroni!*

Notou-se, por fim, um movimento na entrada da cripta. Duas mulheres que carregavam uma coroa com as cores da bandeira italiana abriram passagem timidamente entre as pessoas. Giulia tinha então 70 anos e Margherita 49, mas as duas pareciam bem mais velhas. De fato, pareciam duas anciãs. Duas anciãs de cabelo grisalho e roupa escura que arrastavam sobre o tapete os pés de grossos tornozelos. Raffaele prendeu a respiração quando passaram diante dele sem olhá-lo. A mãe avançava pelo lado mais próximo e a filha pelo mais distante, as duas sustentando a coroa como quem se aferra à barra de um ônibus, e exibiam aquele ar enlevado e absorto de alguns comungantes. Seus movimentos, embora empertigados, pareciam obedecer a algum compasso secreto e davam a sensação de ter sido ensaiados — pelo menos até o momento em que depositaram a coroa. Então uma se virou para um lado e a outra, alguns segundos mais tarde, para o outro, e seus passos e gestos pararam de ser sincronizados. De volta ao seu lugar no meio do público, a filha se adiantou à mãe enquanto esta se detinha um instante, só um instante, diante de Raffaele e lhe dirigia um olhar envergonhado e furtivo.

Rosso, que continuava sem entender nada, piscou para Raffaele como se dissesse: Parece que essa aí ficou a fim de você. Raffaele esteve por um momento prestes a desabar. Sentiu que as forças lhe faltavam, como se de repente suas pernas fossem incapazes de sustentá-lo e, procurando um ponto de apoio, esticou a mão até se apoiar na cadeira de Angiolotti, que não estava com o freio acionado e patinou um pouco para a frente. Raffaele fechou os olhos com força e imaginou a si mesmo velho, velhíssimo. Tinha certeza de que, quando voltasse a abri-los, teria se transformado naquela imagem.

Terminada a oferenda, começaram a soar os hinos. Mas Raffaele não aguentava mais e, empurrando a cadeira de rodas de Angiolotti, abriu caminho entre a gente e saiu do Memorial. Quando chegou ao jardim da igreja, notou às suas costas a presença das duas mulheres.

— *Questo è il tuo babbo, Margherita* — ouviu Giulia dizer.

— *Ciao, babbo* — cumprimentou a outra, bajuladora.

Surpreendentemente, nenhuma das duas falava em tom de acusação ou reprovação. Quando se virou, viu que estavam nervosas e assustadas, como se fossem elas que tivessem de pedir perdão por alguma coisa. Raffaele, sem saber muito bem o que fazer, apontou para Angiolotti, que permanecia em sua cadeira, alheio ao mundo e com cara de bobalhão.

— *Angiolotti* — disse. — *Un vecchio camerata.*

Giulia, com os olhos umedecidos, nem o olhou.

— *Non sei cambiato* — disse. — *Tanti anni e non sei cambiato nulla. Io invece...!*

— *Giulia, ti prego...* — começou a dizer Raffaele, mas não soube como continuar.

A mulher, tentando sorrir, virou-se para a filha.

— *Guarda com'è diventata Margherita* — disse. — *Una brava ragazza!*

Margherita, com seu aspecto de anciã prematura, gesticulou como uma jovenzinha. Atrás dela, no Memorial, os fascistas continuavam cantando seus hinos enaltecedores.

— *Scusatemi* — disse Raffaele, que agarrou a cadeira de Angiolotti e começou a andar em direção à saída.

Na rua, Rafael e Paquito observavam a cena de dentro do táxi. Aquele era o momento que Rafael esperara durante anos, o grande momento da vingança, o da derrota definitiva de seu pai. Não queria perder o menor detalhe. Havia se misturado com o público durante a oferenda e tinha se divertido vendo o velho apoiar o braço na cadeira de rodas e quase cair. Depois o seguira com o olhar quando Raffaele escapava com Angiolotti para o jardim, e por gestos incentivara as duas mulheres a se dirigirem a ele. Momentos mais tarde, havia ido ao encontro de Paquito no táxi e lhe dissera: "O porquinho já está se revolvendo em sua merda." Paquito achara a expressão engraçada e ainda ria quando Raffaele surgiu com a cadeira de Angiolotti.

— Porquinho, porquinho! — murmurava, tapando a boca com as mãos para sufocar as gargalhadas.

Rafael, sem lhe dar atenção, abriu a porta e colocou meio corpo para fora do carro. Procurava as duas mulheres com o olhar. Finalmente elas apareceram e se viraram para ele como se pedissem instruções. Rafael fez um sinal categórico em direção a seu pai, que, apesar do peso da cadeira, trotava com inesperada agilidade sobre o calçamento.

— Olhe como o porquinho corre! — exclamou Paquito, que imitou o grunhido de um porco, "óinc, óinc!" e voltou a rir.

Giulia assentiu várias vezes com ar submisso e, pegando a mão de Margherita, começou a correr atrás de Raffaele. Este havia conseguido chegar ao outro lado do passeio. As duas mulheres começaram a atravessar, mas o semáforo já ficara vermelho. Alguns motoristas vociferaram, outros buzinaram. Rafael perdeu-as de vista atrás de um ônibus e bateu a porta.

— Vamos — disse.

Para segui-las com o táxi teve de esperar que o semáforo voltasse a mudar. Aqueles instantes foram eternos. O trânsito, além do mais, avançava lentamente. Rafael temeu não conseguir alcançá-las. Porra, onde elas estão?, disse. Paquito se recostou no assento e esfregou os joelhos como quando brincava com Alberto de procurar Elisa e Juan. Estou vendo! Sim! Não! Não estou vendo!, exclamava. Finalmente Rafael pôde acelerar um pouco e, quando viram de verdade as duas mulheres, elas já estavam na altura de Raffaele, que mantinha o passinho apressado e expressão de aflição. Continuava, naturalmente, aferrado à cadeira de Angiolotti, e fazia esforços para ignorar Giulia e Margherita, que caminhavam ao seu lado, obscuras, encurvadas, mendicantes, e tentavam lhe provocar pena com seus sorrisos.

Rafael reduziu a velocidade e, depois de bufar de satisfação, procurou um lugar onde pudesse parar o carro. Paquito, ensimesmado, não parava de repetir:

— Porquinho, óinc, óinc, porquinho...

Passaram-se várias horas até que Alberto ficasse sabendo do que acontecera, porque naquele dia, uma quarta-feira, viajara a Monzón para formalizar a venda de alguns terrenos herdados de tia Milagros. Tal como havia previsto, a assinatura das escrituras se prolongou bastante e, ao voltar de Monzón, parou para comer em um restaurante de estrada nas cercanias de Huesca. Entre uma coisa e outra, só chegou em casa depois das 17h. Elisa e Juan abandonaram o que estavam fazendo e correram para recebê-lo com ar de preocupação.

— Tentamos localizá-lo no cartório, mas você tinha acabado de sair... — disse Elisa.

— O que aconteceu?

— Vovô ficou meio louco e não para de ligar — disse Juan.

Na realidade, só haviam ficado sabendo parcialmente do que acontecera. Raffaele telefonara pela primeira vez às 14h. Estava muito alterado e repetia que tinha de falar com Alberto, que queria que fosse ele (e não Rafael) a lhe explicar o que ocorrera no Memorial, que, por favor, o chamasse assim que fosse possível... Desde então telefonara mais cinco ou seis vezes, sempre muito exaltado, mas suas palavras não permitiram que Elisa entendesse com clareza nada de novo. A única coisa que sabia era que algo grave acontecera durante a homenagem aos fascistas, e que Rafael tinha a ver com aquilo.

— Você vai ligar para ele? — disse Elisa.

— Ligue ou ele vai ter um infarto — insistiu Juan.

— Estava tão mal que sem se dar conta falava comigo em italiano — acrescentou Elisa.

Alberto, mal-humorado, jogou a pasta no sofá.

— Tenho certeza de que isso é coisa do Rafael — disse. — Outra de suas manipulações! Não pôde completar a vingança contra o farmacêutico, mas não está disposto a deixar a retaliação ao velho pela metade...

Esfregou o rosto com as mãos e se encaminhou para a saída.

— Aonde você vai? — perguntou Juan, seguindo-o. — Posso ir junto?

Alberto fitou seu filho e encolheu os ombros. Juan era então um adolescente desengonçado que se vestia como se fosse um roqueiro.

— O que digo, se ele voltar a ligar? — disse Elisa.

Justamente nesse instante tocou o telefone. Nenhum dos três teve dúvida sobre quem era a pessoa do outro lado da linha.

— Diga que ainda não cheguei e que não conseguiu falar comigo — respondeu Alberto.

Foram à casa de Rafael e Paquito. Naquele apartamento, muitos anos antes, Alberto tivera os primeiros encontros amorosos com Elisa enquanto tia Milagros assistia à missa das 20h. Mas agora, parado diante da imagem do Sagrado Coração na porta, não pensava naquilo. Tentava imaginar o que acontecera no Memorial. Rafael tentara acabar com a cerimônia? Havia protagonizado alguma altercação de caráter político? Por sua cabeça passavam os habituais impropérios de Rafael contra a militância fascista de seu pai. Não teria achado estranho que ele tivesse aproveitado o encontro do dia 2 de novembro para lhe fazer algum tipo de censura em público. O que, naturalmente, não podia nem suspeitar era que tivesse acontecido o que acontecera.

— Toco a campainha? — perguntou Juan.

Quem abriu foi Paquito, que ainda tinha as faces afogueadas pela excitação.

— Já souberam? Hem? Já souberam? Já souberam ou não? — repetiu.

— Vai nos deixar entrar? — disse Alberto, com severidade. Seu filho poucas vezes o vira se comportar daquele jeito.

— Rafael está no chuveiro — disse Paquito, se afastando. — Elas estão aqui.

— Quem são elas?

— Quer dizer que vocês ainda não souberam! — exclamou Paquito, e depois começou a andar para dentro do apartamento continuando a gritar: — Não souberam! Ainda não souberam!

Entraram na sala e viram duas mulheres sentadas diante da televisão. Suas roupas e atitudes não destoavam da decoração do aposento, que ainda conservava os quadros de virgens, a Última Ceia, a descida da cruz. Alberto fez um movimento de cabeça que poderia ser interpretado como uma saudação e foi até o banheiro.

— Quer me explicar o que está acontecendo? — gritou.

A porta foi aberta e Rafael apareceu com os cabelos molhados e uma toalha enrolada na cintura.

— Você não imaginava?

— O quê? — respondeu Alberto, irritado.

Rafael sorriu e se dirigiu a Paquito.

— Explique.

— O velho era casado na Itália! — disse Paquito, achando graça. — E essas duas são sua mulher e sua filha!

Alberto negou com a cabeça.

— É impossível... — começou a dizer.

— Pergunte a elas — disse Rafael, ligando o secador. — E diga-lhes para mostrarem as fotos.

Alberto ficou sem fala, mas o barulho do secador tornou seu silêncio menos embaraçoso. Avançou lentamente até a sala, onde Giulia, tagarelando, agitava diante dos olhos de Juan um par de cartas encardidas e algumas velhas fotografias. Paquito se apressou em pegar uma das fotos.

— Você viu como ele era magro? — disse a Juan, rindo.

Alberto, no meio da sala, olhava para as duas mulheres e continuava sem reação. O barulho do secador parou e Rafael apareceu, ainda com a toalha.

— O que você acha disso? Não esperava? — disse, acendendo um cigarro. Depois apontou as duas mulheres. — Agora estão com medo de que a notícia chegue à Itália e acabem retirando sua pensão.

— Aqui diz que vovô morreu na guerra em 1939 — disse Juan, mostrando uma das cartas.

— Velho filho da puta! — exclamou Rafael.

Depois contou como havia encontrado, no verão de 1964, Giulia e a filha em Lucca. As duas mulheres assentiam sem compreender. Alberto olhava para uns e outros com a expressão de quem estava sendo vítima de uma brincadeira cruel. Onde estava a falha? Qual era a peça do quebra-cabeça que não se encaixava? A história de sua vida familiar havia sido sempre prosaica, mas coerente. Não era possível que, de repente, toda aquela coerência fosse para o espaço! Mas não parecia haver contradições na nova versão. Alberto se sentia cada vez mais desolado. Também cada vez mais furioso. Reconstruía aos poucos sua vida ao lado de Raffaele, e a via alicerçada em uma imensa mentira. Não encontrava nenhum atenuante para a condição dele de péssimo pai e marido ainda pior. Todos os esforços que fizera para compreendê-lo ou desculpá-lo e todas suas tentativas passadas de conquistar seu afeto se voltavam agora contra Raffaele e o condenavam de maneira irreversível. Não, para aquele monstro não havia possibilidade de perdão, e o ruim era que a cólera crescia incontida em seu interior e apontava em todas as direções. Estava furioso com seu pai, mas também consigo mesmo, por ter sido ingênuo, e com seus dois irmãos, que encaravam aquele assunto com leviandade e não pareciam ter uma ideia exata de sua gravidade.

Agora Rafael, entre trejeitos e tapinhas de Paquito, estava contando a fuga de seu pai com Angiolotti.

— Nós dois estávamos no táxi — dizia. — Você precisava ter visto a velocidade do velho, e o cara da cadeira não era exatamente um magro! Elas o seguiam de perto e ele, angustiado, não sabia o que fazer para afastá-las... Mas o melhor foi quando nos viu. Deve ter pensado que estávamos ali por puro acaso, pois nem lhe havia passado pela cabeça que pudéssemos estar por trás de tudo. Não, que cara a dele! Ficou assim, com a boca aberta e os olhos fora de órbita... E de repente largou a cadeira e começou a correr, deixando o paralítico no meio da calçada. Vocês imaginam a cena? Dois velhos fantasiados de fascistas, um correndo com todas as suas forças e o outro abandonado em uma cadeira de rodas!

— Chega — interrompeu Alberto.

— Como?

— Digo que chega! Não quero que me conte mais nada! Está me ouvindo? Não quero saber de mais nada!

Sua cólera era tão sincera que transmitia aquela tensão que antecede os enfrentamentos físicos e os demais o olhavam cheios de expectativas.

— Papai... — disse Juan.

— Me deixe!

Certamente, se o telefone não tivesse tocado naquele momento, Alberto teria começado a acertar as contas com Rafael, que, com calculada perversidade, levara a situação a explodir daquele jeito, manchando tudo, provocando o maior dano possível. Mas o fato é que o telefone tocou.

— É Elisa... — disse Paquito, entregando-lhe o aparelho.

Não puderam ouvir as palavras de Elisa, mas sim as de Alberto:

— E o que esse homem está fazendo aí? — gritou, fora de si. — Quem lhe deu permissão para entrar na minha casa? Diga-lhe para ir embora imediatamente! Não, não quero falar com ele! Não quero que me peça perdão! Diga-lhe... Já disse...? Não quero voltar a saber nada a seu respeito! Nada! Nunca! Se ele não lhe explicou, eu lhe explicarei quando chegar... E diga também que não quero que ele volte à minha casa! Que não lhe ocorra se aproximar de você, nem de mim e nem de Juan! Diga! Já disse? Quero ouvi-la dizer! Isso... Bem... Já foi embora? Muito bem. Agora estamos indo para aí e eu lhe conto tudo — desligou. — Vamos, filho.

Como eram agradáveis as manhãs do final de novembro, com aqueles bosques em que o verde apagado do outono se enchia de ocres e vermelhos e amarelos, e com aquele ar frio que tinha cheiro das primeiras neves do ano. Era o segundo domingo em que faziam todos juntos uma daquelas excursões de que Alberto tanto gostava. "Todos juntos", significava Alberto e Rafael, que dirigia o táxi, mais Paquito, Juan e Elisa, que viajavam no banco de trás. No domingo anterior haviam ido a Alquézar, em Huesca. Agora iam ao Moncayo.

— Respirem, respirem este ar! — dizia Alberto, pondo a cabeça para fora da janela.

— Feche, por favor. Estamos congelando! — protestava Elisa.

— Falta muito para o desvio? — perguntou Rafael.

— Eu aviso quando chegar — disse Alberto.

— Feche essa janela! — insistiu Elisa, batendo comicamente no ombro dele.

Embora Rafael não soubesse, não era a primeira vez que fazia esse percurso. A primeira vez o fizera com seus pais, tia Milagros e tio Ramón em um furgão com os símbolos da Falange. Mas isso havia sido quarenta anos antes, quando tinha pouco mais de três meses de idade. Nem ele nem seus irmãos sabiam com exatidão onde e como havia morrido seu avô Modesto. O táxi passou sem se deter ao lado do velho sanatório, já abandonado, e só parou onde acabava a parte asfaltada da estrada.

— Vamos caminhar um pouco — exclamou Alberto, pendurando no pescoço a máquina fotográfica.

— Não esqueçam as luvas — disse Elisa. — Este tempo engana.

A pista subia entre espessos bosques de pinheiros. Caminhavam sem pressa, trocando cumprimentos com os excursionistas que desciam. Paquito se entretinha procurando pedras. Gostava das brancas, redondas e polidas, e as oferecia a Elisa, que as usava para manter seca a barrinha de sabonete que ficava no pratinho de cerâmica crua do lavabo. Naturalmente, tinha muito mais pedras do que poderia precisar e, no entanto, dizia à cunhada: Esta sim é bonita, a mais bonita de todas... Depois de um tempo as árvores ficaram para trás e a vista que a planície oferecia dali era simplesmente espetacular.

— Hem? O que estão achando? — disse Alberto, orgulhoso como se fosse ele o proprietário do lugar. — Venham! Façam uma pose, que vou tirar uma foto!

— Já estava sentindo falta... — resmungou Rafael.

— Aí, mas todos juntos! Quero vê-los bem! Assim! Perfeito! E esses sorrisos?

— Ou você tira a foto já ou vou atirar estas pedras em você! — brincou Elisa.

— Não! Minhas pedras não! — gritou Paquito.

Continuaram subindo. Alberto indicou um ponto indeterminado no alto da montanha. Disse que por ali estavam espalhados os restos de um avião da base norte-americana que se acidentara e que muitos excursionistas apareciam para vasculhar a fuselagem.

— Você não vai querer que a gente se meta por esses penhascos! Não somos cabras! — disse Rafael, e todos começaram a rir.

— Não somos cabras! — repetiu Paquito, também rindo.

Ali onde terminava a pista havia um santuário, um albergue e um mirante diante do qual as pessoas se fotografavam. Naturalmente, eles não poderiam ser a exceção e Alberto tirou não menos de uma dúzia de fotos. Eram todas muito parecidas: seus dois irmãos, sua mulher e seu filho sorrindo para a câmera. Só o fundo mudava. Agora Rafael e Paquito faziam parte de sua felicidade, como Elisa e Juan, e Alberto se divertia retratando todos juntos.

Entraram depois para tomar alguma coisa quente. O bar do albergue estava decorado com cabeças de cervos e javalis. Como cai bem um café com leite, hem?, disse Alberto, segurando a xícara com as duas mãos, e gostou de ver que os demais faziam o mesmo gesto. Havia planejado a excursão quase até o último detalhe, e tudo estava correndo bem. Sentia-se ao mesmo tempo responsável e beneficiário daquela felicidade.

Voltaram ao táxi e visitaram o mosteiro de Veruela. Entravam e saíam das celas, e Alberto explicou que em uma delas havia vivido o poeta e escritor Gustavo Adolfo Bécquer.

Atravessaram depois a hospedaria da frente, que se chamava precisamente La Corza Blanca, como uma fábula de Bécquer. Durante o almoço, houve mais fotos, piadas e risos. Ninguém mencionou Raffaele em nenhum momento. Era como se ele não existisse. Como se nunca tivesse existido. A rejeição à sua figura havia sido o que finalmente unira seus filhos, que em pouco mais de 15 dias construíram um mundo sem ele, um mundo sem Raffaele. E esse mundo era harmonioso e consistente, ou pelo menos parecia.

— Ah! Estou ficando com muito sono! — disse Rafael, se espreguiçando.

Rafael foi tirar uma sesta no táxi e Alberto e Paquito continuaram procurando pedras nos arredores do mosteiro. Elisa e Juan, sentados em um banco, desfrutavam o débil sol da tarde.

— Você voltou a vê-lo? — perguntou o menino.

Sua mãe assentiu:

— Ontem, quando estava voltando com as compras. Como da outra vez. Não sei se foi por acaso ou se porque ele conhece meus hábitos... Pobre homem! É um fascista, um bicho ruim e tudo o mais, mas no fundo tenho pena dele. Se você o visse!

— Continua mal?

— Desfeito. Destroçado. É capaz de fazer qualquer loucura...

— E o que lhe disse?

— Me perguntou: o que posso fazer, Elisa? O que posso fazer para consertar? E eu só lhe disse que sinto muito, mas que por ora acho muito difícil.

A reação de Alberto havia sido desmesurada. Na própria tarde do dia 2 de novembro se apressara em destruir as fotos que tinha de seu pai e os uniformes de *balilla* de Juan, e dias depois até se desfizera do velho espelho do vestíbulo porque o fazia se lembrar dele.

— No entanto, quando entro em casa me dou conta de que falta algo — disse Juan.

— Ou seja, seu pai conseguiu exatamente o contrário do que procurava! — sorriu Elisa.

— Você acredita mesmo que ele nunca o perdoará?

Ela levantou os olhos do chão e viu Alberto e Paquito caminhando de braços dados.

— Nunca: que palavra mais feia... — suspirou.

Um quarto de hora depois ouviram a buzina do táxi: Rafael havia acordado. Alberto se aproximou e perguntou: Quer que eu dirija? Rafael negou com a cabeça. Voltaram todos a ocupar seus lugares dentro do carro. Paquito colocou suas pedras no bagageiro traseiro. Elisa pegou um espelhinho na bolsa e ajeitou um pouco o penteado. Alberto deu uma olhada no banco de trás para se certificar de que tudo estava certo. O táxi partiu. Havia sido uma bela excursão familiar.

Era verdade que Raffaele estava arrasado. Na primeira semana, temendo que seus filhos ou as duas mulheres aparecessem, havia se trancado no apartamento da rua Bolonia e não abria a porta nem respondia às ligações. De vez em quando telefonava para La Confianza (que agora se chamava Aliconsa) dizendo que estava gripado e que todos os seus compromissos seriam adiados até que se restabelecesse. Passados alguns dias, acabou se desinteressando até mesmo pelos negócios da empresa. Só saía de casa para poder ser visto em lugares que seu neto e sua nora frequentavam. Precisava amenizar o peso em sua consciência desabafando com alguém da família, e, naturalmente, seus três filhos estavam descartados. Demorou um pouco para descartar também Juan. Estivera várias vezes prestes a abordá-lo na saída do colégio, mas sempre no último momento lhe faltou coragem. Tinha certeza de que o menino o trataria com a mesma ferocidade de seu pai ou de seus tios. Aquele era um assunto dos Cameroni e sua única esperança era Elisa, que não tinha seu sangue. Talvez fosse possível esperar dela, se não compreensão, um pouco de piedade. Não queria outra coisa: só pena, compaixão. Acostumou-se a ficar de guarda pela manhã, discretamente, junto às lojas da rua dela, e cada vez que a via aparecer com o carrinho de compras seu coração dava um pulo. A simples possibilidade de que Elisa, a doce Elisa, pudesse repreendê-lo ou lhe dar as costas o deixava aterrorizado. E, além do mais, o que poderia lhe dizer? Por onde começar? Como expressar em poucas palavras todos os tormentos aos quais a certeza da culpa o submetia a cada instante? Em várias das ocasiões em que a viu vindo em sua direção teve de mudar de calçada ou se refugiar em algum edifício. Uma manhã, por fim, se armou de coragem e a saudou dizendo a primeira coisa que lhe passou pela cabeça:

— Olá, Elisa... Como vai?

Elisa parou e lhe dirigiu um olhar inexpressivo. Um leve empurrão teria bastado para que Raffaele perdesse o rumo.

— Quero dizer: como vocês estão? — Voltou a falar com a voz trêmula. — Estão bem?

— Na medida do possível — disse ela, e continuou andando.

Raffaele avançou ao seu lado.

— Elisa, por favor... — suplicou. — Só quero que você saiba que eu faria qualquer coisa para consertar tudo. Estou muito arrependido.

— Arrependido de quê? Do primeiro ou do segundo casamento?

Mas Elisa era incapaz de tratá-lo com dureza. Em pouco tempo estavam tomando café em um bar. O lugar era discreto, sem vidraças que dessem para a rua, e eles tinham o ar furtivo de um casal de adúlteros. Raffaele perguntou pelas duas mulheres. Elisa o tranquilizou: haviam partido; voltaram à sua cidade no ônibus dos veteranos italianos. Depois ele falou sobre como tinha abandonado o lar:

— O que vocês estão pensando? Que foi premeditado? Que vim para a Espanha com a ideia de me livrar delas? Não, eu vim ganhar dinheiro para mantê-las. Mas, nesse intervalo, conheci Isabelita, nos apaixonamos... Agora todos os casais se separam e ninguém lhes joga isso na cara! Mas naquela época não existia divórcio. Meus filhos me odiariam menos se, em vez de abandonar Giulia, eu tivesse me divorciado dela? Pois as coisas não são tão distintas!

— As coisas talvez não, mas você sim. Você, sim, seria distinto. Pensou nisso alguma vez?

Raffaele abaixou a cabeça. Seus olhos se umedeceram.

— Tem razão — admitiu. — Não me odeiam pelo que fiz, e sim pelo que sou. Pelo fato de ser como sou.

Elisa não pôde evitar segurar a mão dele. Raffaele estremeceu. Parecia um cachorro vira-lata agradecendo uma carícia.

Embora depois, diante de Juan, ela tivesse dito que o encontrara algumas vezes por acaso, a verdade é que desde aquele dia se viram todas as semanas, sempre à mesma hora, sempre no mesmo bar. Uma corrente de confiança e cumplicidade se estabelecera entre eles, e Raffaele fantasiava a possibilidade de acabar pondo sua vida em ordem. O que teria de fazer? Como reparar o dano causado às suas duas famílias, a da Itália e a da Espanha? Elisa não sabia como era duro levantar de manhã e odiar a si mesmo desde o momento em que se olhava no espelho! Não, não havia ser humano que pudesse suportar isso... Mas o que fazer para consertar? Se tivesse que repartir todo seu dinheiro entre os pobres, jurava por Deus que o repartiria! Elisa nunca mentia para ele. Em seu primeiro encontro, falou da primeira (e violenta) reação de Alberto. Nos seguintes mencionou as excursões e os almoços familiares, nos quais ninguém parecia se lembrar dele.

— E Giovanni, meu neto? Ele também não quer saber nada de mim?

— Às vezes me pergunta...

— Ainda bem... — suspirou Raffaele, aliviado.

Elisa achava que boa parte da culpa de tudo era da militância fascista de seu sogro. Não havia ideologia ou credo que não influenciasse as coisas pequenas da vida, e o fascismo envenenava tudo o que tocava. Rafael e Alberto estavam muito longe de comungar com as ideias políticas de seu pai e, mesmo assim, estas haviam manchado suas vidas e contribuído para fazer deles o que eram agora: adultos que enfrentavam seu velho pai com a raiva de adolescentes. Ah, mas Elisa confiava em que o veneno do fascismo não alcançaria a geração seguinte.

— Você acha que ele me rejeitaria se eu tentasse uma conversa? — perguntou Raffaele, se referindo a Juan.

— É melhor deixá-lo de lado. Como se sabe, os adolescentes têm suas próprias preocupações.

Estes encontros quase clandestinos continuaram acontecendo semana após semana. Elisa descobriu que, sem que o quisesse, acabara se transformando em aliada do sogro. Sua única aliada. Raffaele se agarrava a ela com a força desesperada dos náufragos. O simples fato de ter alguém a quem recorrer lhe permitia alimentar um vago otimismo, e isso contribuía para sua recuperação. Seu aspecto agora não era tão ruim como no começo. E, embora sem muito ânimo, ele voltara a se ocupar da empresa.

— Vocês foram a algum lugar no domingo?

— A Calahorra. Tínhamos planejado ir a Logroño, mas no final...

— E então?

— E então o quê?

— Quero saber se falaram de mim...

Elisa negou com a cabeça e mexeu o café. Raffaele deu um gole no seu e depois a olhou cheio de esperança.

— Talvez já não me odeiem tanto, você não acha? Eu acredito que se ainda estivessem tão enfurecidos comigo acabariam me mencionando. O que você acha? Talvez tenha sido só um aborrecimento, um aborrecimento forte que já está passando. Sim, tenho certeza de que o fato de não falarem de mim quer dizer alguma coisa...

Pouco a pouco ia superando seu desalento e já se atrevia a sugerir que a intermediação de Elisa poderia ser decisiva. Ela se dava bem com todos e saberia usar sua astúcia. Por que não experimentar falar com eles? Por que não tentar ao menos convencer Alberto de que aquela situação era insustentável? A única coisa que ele queria era lhe dar uma explicação, pedir perdão... Era tão difícil entender isso? Elisa conhecia a teimosia dos Cameroni, particularmente a de seu marido, e sabia que aquelas omissões não permitiam interpretações demasiadamente otimistas. Mas quem poderia saber o que aconteceria dentro de meses ou anos? Raffaele não se equivocava quando dizia que a situação era insustentável. A princípio, Elisa tentava não lhe dar muitas esperanças. Dizia-lhe que ainda era cedo, que talvez quando as coisas tivessem esfriado mais...

— Tenho 70 anos — lamentava ele. — Nunca é cedo quando se tem 70 anos.

A insistência de Raffaele obteve o fruto desejado em uma manhã de meados de dezembro. Já estavam se despedindo na porta do bar. Raffaele acabara de lhe mostrar uma foto de família que havia sido feita logo após o nascimento de Paquito. Todos estavam muito bonitos, muito sorridentes. Parecia mesmo o retrato de uma família unida e feliz, com Paquito nos braços da mãe, Alberto nos joelhos do pai e Rafael ao lado, com uma gravatinha-borboleta que dava à foto um ar antiquado.

Elisa sentiu um leve tremor e pensou em sua própria família: quantas fotografias como aquela tinham em casa! Será que eles também, com o passar dos anos, acabariam se tornando inimigos, se detestando?

— Olhe o sorriso de Alberto aqui — disse ela. — O mesmo de Juan quando tinha essa idade.

— Você lhe dirá alguma coisa? Fale com ele, por favor.

Elisa não conseguiu dizer não e saiu dali sabendo que se comprometera a interceder.

— Muito obrigado — Seu sogro se despediu comovido.

Ao contrário do que vinha fazendo nas últimas semanas, não cancelou nenhum dos compromissos profissionais que tinha assumido. Viajou a Madri para uma reunião com a direção da distribuidora, supervisionou pessoalmente a seleção de novos funcionários, se reuniu com um de seus fornecedores para renegociar condições e teve até tempo de despachar vários assuntos pendentes. Seus colaboradores mais próximos, acostumados com seu caráter azedo e autoritário, observavam entre aliviados e desconfiados seu novo comportamento. Como era possível que desde a volta do patrão ao trabalho não tivessem sido vítimas de nenhuma de suas habituais reações destemperadas? Não ficou mal-humorado nem mesmo quando uma das secretárias lhe comunicou que estava grávida e em maio passaria a usufruir da licença-maternidade. Mudara. Não o suficiente para afirmar que era uma boa pessoa, mas para começar a acreditar que agora era, pelo menos, uma pessoa. Na fábrica se comentava que sua doença não havia sido uma simples gripe, mas coisa mais grave. Diziam: Sabemos o que acontece quando se olha a morte cara a cara... Naturalmente, não podiam nem imaginar o que acontecera de verdade, e muito menos o que seu chefe achava que estava prestes a acontecer. A confiança de Raffaele nos bons ofícios de Elisa aumentava sem que houvesse alguma razão objetiva para isso. No primeiro dia se dizia: Espero que sirva para alguma coisa. Mais tarde: Tenho certeza de que servirá. E no final: Como falta pouco para que tudo esteja acertado! Só quando passou mais uma semana e ele entrou de novo no bar, as dúvidas voltaram a mortificá-lo. Estava chovendo e, contrariando seus hábitos, naquela manhã Elisa não foi pontual. Chegou com quase meia hora de atraso, quando a ansiedade de Raffaele já havia transbordado.

— O que aconteceu? O que aconteceu? — perguntou ele, enquanto ela fechava a sombrinha e procurava um lugar onde pudesse deixá-la. — Vai me contar o que ele disse?

— Posso pedir primeiro um café ou não?

Foram até o balcão. Elisa sorria, mas seu sorriso não prenunciava nada de bom. Raffaele a observava com firmeza. Ela finalmente falou:

— Tentei. Acredite em mim. Tentei. Mas...

Raffaele fez um gesto de decepção.

— Me conte tudo — pediu.

Contar tudo? Como contar que os gritos de Alberto tinham chegado aos céus quando ficara sabendo que ela e Raffaele se encontravam toda semana? Como lhe dizer que haviam tido uma discussão terrível e que, pela primeira vez em sua vida, havia visto seu marido como um homem mesquinho e cruel? Não, essas eram coisas que uma mulher não podia contar a qualquer um, e menos ainda a seu próprio sogro. Por outro lado, de que serviria a ele saber que Alberto até lhe exigira que não fosse àquele encontro?

— Você vai me contar? — voltou a dizer Raffaele.

— Não há muito a contar... Ele me disse que não tinha nenhum interesse em vê-lo e nem em falar com você. É isso.

— Isso é tudo?

— É tudo.

— Mas a única coisa que eu quero é pedir perdão a ele!

— É provável que eu o tenha abordado em um mau momento... Disse que você estava muito arrependido e ele respondeu dizendo que eu não devia acreditar em nenhuma palavra sua. Soa duro, não é mesmo?

— Pois é... Você já tomou o café da manhã? Quer comer alguma coisa?

Raffaele parecia ter recebido o golpe com dignidade. Pediu um *croissant* ao garçom e comentou como estava fazendo frio naqueles dias. Depois pediu a conta e se preparou para ir embora, deixando o *croissant* intacto.

— Sinto muito, Raffaele — disse Elisa.

— Enfim... A vida não termina aqui.

— Ainda bem que você pensa assim.

— Não esqueça a sombrinha.

Já na rua, Raffaele lhe agradeceu e disse:

— Eu lhe contei que certa vez estive prestes a abandonar Isabel? Foi em 1954. E não pense que a abandonaria querendo voltar para Giulia... Não. Abandonaria porque era o melhor a fazer. Porque já não nos suportávamos. Cheguei a ir para Barcelona, mas voltei no mesmo dia. Dois abandonos na vida de um homem... Era muito. Você não acha?

Elisa não disse nada.

— Certamente, na semana que vem não virei. Na verdade, acho que nunca mais virei.

— Por quê? Você não deve desistir. Voltarei a tentar dentro de um tempo. Alberto não pode ser tão cabeça-dura. Algum dia ele terá que dar o braço a torcer.

Seu sogro lhe deu um sorriso de despedida. Elisa, preocupada, o viu levantar as lapelas da gabardina e partir debaixo da chuva.

Raffaele tinha muito claro o que devia fazer naquele caso. Pegou uma pasta e enfiou nela uma muda de roupa limpa, um pijama e o *nécessaire*. Depois, como se passeasse, foi à delegacia da rua Ponzano. Na entrada havia um policial muito magro e com cara de pássaro. Raffaele deu bom-dia e lhe disse que queria se entregar. O policial o olhou com curiosidade. Raffaele continuou:

— Cometi um delito e estou trazendo as provas. Faça o favor de me prender.

— E vem assim, sem advogado?

— Para que preciso de advogado?

Minutos mais tarde estava em uma sala sem janelas, e o policial com cara de pássaro e um companheiro o observavam com desconfiança e coçavam a cabeça. Raffaele tirou de um compartimento da pasta alguns documentos.

— Aqui estão — disse. — As certidões de casamento. Uma está em italiano, mas suponho que a entenderão. A outra é em espanhol. Imagino que isso será suficiente... Eu me acuso de ter cometido o delito da bigamia.

Os policiais pegaram os papéis e os estudaram como se eles contivessem fórmulas matemáticas de difícil compreensão. Não sabiam se estavam diante de um louco ou de um simples piadista.

— Já viram — disse Raffaele. — Sou bígamo. O que estão esperando para me prender?

Os outros apontaram uma cadeira de plástico laranja, como as das rodoviárias, e disseram:

— Sente-se ali e veremos o que fazer com o senhor.

Ficou mais de uma hora sentado com a pasta sobre os joelhos. Os agentes iam e vinham sem lhe dar muita atenção. De vez em quando, um deles parava para olhá-lo, e Raffaele intuía em seu rosto uma expressão divertida. Em toda a minha vida, só vi coisa igual uma vez, ouviu um deles dizer. Até onde sei, levaram o caso a um juiz. Depois o conduziram a outra sala, e um inspetor de barba cerrada tomou seu depoimento. O barulho das teclas lembrou-lhe o granizo batendo nas janelas do Núcleo Cirúrgico Chiurco (quanto tempo se passara desde então!). O inspetor leu o texto, no qual constavam as datas das bodas com Giulia e Isabel, assim como o da morte desta. Raffaele assentiu com a cabeça e assinou.

— Muito bem — disse o policial, cofiando a barba. — Pode ir embora. Já temos seus dados. Se for necessário, o procuraremos.

— Mas como? — replicou ele, contrariado. — Não vão me prender? Uma pessoa vem aqui para confessar um delito e a deixam ir embora assim, sem mais nem menos?

— Sim. Vá embora e não nos faça perder mais tempo.

Poucos dias depois, Alberto recebeu a visita de Enríquez, o advogado, na empresa de produtos químicos (agora Alberto era diretor-executivo). O homem estava muito mais gordo do que quando tinham se conhecido, 14 ou 15 anos antes, e continuava tendo o mesmo aspecto de uma pessoa que dormira mal. Alberto pigarreou com nervosismo. A simples presença daquele homem lhe trazia más recordações.

— Em suma — disse Enríquez, se sentando sem que ninguém o tivesse convidado. — Suponho que as apresentações são desnecessárias... Seu pai me pediu que lhe entregar isto.

Estavam na sala de reunião. Através da janela se via a autoestrada de Logroño, apinhada de caminhões. O advogado tirou documentos de sua pasta e os colocou na mesa. Tinham o carimbo de um cartório. Alberto deu uma olhada nos papéis. Eram procurações a seu favor assinadas por seu pai. Aqueles papéis significavam, de fato, a renúncia de Raffaele à direção da empresa familiar.

— E se eu me negar?

— O problema é seu. Minha tarefa consiste em lhe entregar as procurações. Aqui estão. Se você queimá-las ou rasgá-las, problema seu. Mais outra coisa: seu pai precisa do endereço daquelas mulheres na Itália.

— Não tenho.

— E seu irmão mais velho?

— Para que ele quer isso? — perguntou Alberto, irredutível.

— Resolveu voltar para a Itália e cuidar delas. Apesar de tudo, continuam sendo sua família. Nunca deixou de estar casado.

Na voz de Enríquez só havia profissionalismo, mas Alberto não conseguia deixar de se sentir agredido.

— Algo mais? — disse.

— Acha pouco? — respondeu o outro com ironia.

Alberto apoiou as mãos na mesa para indicar que a reunião havia terminado.

— Nesse caso...

O advogado se levantou e fechou a pasta. De seu olhar cansado e marcado por olheiras era impossível deduzir o que pensava. Alberto teria desejado que seus movimentos fossem mais parcimoniosos. Enríquez fez um vago gesto de despedida e se dirigiu à saída. Quando já se dispunha a abrir a porta, se virou e disse:

— Posso falar com franqueza?

Alberto permaneceu em silêncio. O outro continuou:

— Sem que essa história saia daqui: isto não é algo de que alguém possa gostar. Exerço minha profissão há quarenta anos, trabalho há mais de vinte para seu pai e nunca me aconteceu nada igual. Nunca um cliente me pediu para enfiá-lo na prisão... Quando se viu uma coisa dessas? Suponho que você já saiba da história da delegacia... Queria que o prendessem por bigamia. Os policiais, naturalmente, o mandaram embora. Como pode haver bigamia quando uma das mulheres morreu há 19 anos?

Houve bigamia, é claro que sim, mas o delito prescreveu há muito tempo. Agora seu pai quer que eu, seu advogado, me encarregue de acusá-lo e de provar sua culpa! É tudo muito disparatado! Se o Colégio de Advogados ficar sabendo, meus colegas vão rir na minha cara. Só com a ajuda de Deus consegui tirar essa ideia da sua cabeça. Eu lhe disse: Raffaele, por que você não vai ao encontro do idiota do seu filho Alberto e lhe dá um tiro? Aí sim, o enfiarão numa cela e, além do mais, haveria um bobo a menos no mundo! Insisti, acredite. Mas, como você está vendo, não consegui convencê-lo.

Alberto ficou ouvindo até o final sem fazer o menor movimento.

— Já terminou? — disse depois.

— Terminei. Boa-tarde.

Aquela foi para Alberto a pior época de sua vida. Nas últimas semanas, Elisa e ele só conversavam para discutir e isso era uma coisa à qual não estava habituado. Mas não discutiam (pelo menos diretamente) por causa de Raffaele, a quem nem sequer aludiam. Discutiam porque alguém deixara o telefone fora do gancho, e Alberto perguntava quem tinha sido e Elisa o censurava por viver procurando sempre culpados de tudo. Ou discutiam porque ele sugeria um destino para a próxima excursão dominical e ela não dizia nem que sim nem que não e ele lhe pedia que se manifestasse. Ou porque teriam de comprar os presentes de Natal e, quando um dos dois queria ir às compras, o outro preferia ficar em casa... Bem, é verdade que discutiam muito pouco por causa dos presentes, pois, na realidade, preferiam não se expor a situações comprometedoras nas quais a figura de Raffaele ameaçava se fazer notar: como não mencioná-lo ou não pensar nele quando fossem comprar uma carteira de couro para Rafael ou um roupão para Paquito, se em outros anos naquela mesma data haviam pensado em dar de presente a Raffaele uma carteira ou um roupão semelhante?

Dependendo das circunstâncias, era difícil viver como se Raffaele não existisse, e apesar de tudo se sentiam obrigados a tentar, porque o simples fato de conversar a seu respeito poderia levá-los a um conflito maior, talvez à discussão definitiva que os dois temiam. O nome de Raffaele só surgira em suas conversas quando Elisa lhe deu o recado de que ele queria pedir perdão ao filho. Naquela tarde Alberto disse coisas que não devia ter dito, e desde então a incomunicabilidade entre ambos era tal que ele nem sequer sabia se sua mulher e seu pai continuavam se encontrando às suas costas. E com que desânimo vivia tudo aquilo! Alberto não estava preparado para conviver com uma Elisa esquiva, arisca, desconfiada, uma Elisa que lhe respondia com monossílabos e evitava por completo o contato físico (ela, que gostava tanto de acariciar seu marido e seu filho!). Como os maridos enganados, desconfiava das ausências e dos atrasos dela, e em seu íntimo inventariava as mudanças que percebia no comportamento da mulher: não, a verdadeira Elisa jamais teria dito isto ou feito aquilo... A verdadeira Elisa... Alberto tinha a sensação de que aquela Elisa não era a de sempre. Como se a tivessem transformado. Como se a tivessem sequestrado e colocado em seu lugar uma mulher com os mesmos traços, o mesmo penteado e o mesmo cheiro, mas diferente. Não reconhecia nela sua querida e gentil Elisa, mas outra pessoa, a impostora. Quando Elisa, a verdadeira Elisa, voltaria? Enquanto isso, Alberto talvez não tivesse consciência da aspereza com que tratava aquela improvável substituta: gestos rudes, silêncios deliberados, bufos que destilavam hostilidade... Em todo caso, se sentia autorizado a reprová-la, e essa autoridade repousava em sua suposta condição de vítima: vítima da enorme traição de seu pai, vítima da deslealdade de sua mulher, vítima, em geral, de um destino que se voltara contra ele. O problema era que, quando parava para pensar, as coisas não eram tão claras. Vítima de um ancião que queria seu perdão? Vítima de uma mulher que só lhe pedira compreensão, e nem sequer para ela mesma? Não estaria mesmo sendo um pouco injusto? Mas esse seu ressentimento, fosse ou não injustificado, tinha a virtude de exercer um efeito balsâmico em seu atribulado coração. Cada censura (quer dizer, cada gesto rude, cada silêncio...) proclamava de maneira incontestável sua condição de vítima, e, portanto, a fortalecia e salvaguardava, e isso aliviava por alguns instantes o persistente mal-estar que se instalara dentro dele.

Acima de tudo se sentia confuso. De repente todo o seu mundo vinha abaixo, e não sabia o que fazer para evitá-lo. Tanto esforço para dar à sua vida uma ordem segura e consistente, e na primeira oportunidade essa ordem desabava como uma choupana atingida por um furacão... Às vezes compartilhava suas dúvidas com Rafael, que lhe dava uns sopapos como quando eram meninos e lhe dizia:

— Alberto, Albertinho! Acorde, homem, e não acredite em nada disso! Não percebe que é outra das típicas trapaças dele? O velho está fazendo todo esse charme para nos agarrar pelos colhões e fazer com que tudo volte a ser como sempre! Você o viu alguma vez se arrepender de alguma coisa? Diga! Quando você o viu se arrepender?

— É isso! — repetia Paquito. — Quando você o viu se arrepender?

A verdade é que os argumentos de Rafael não eram desprovidos de sentido, e Alberto optava por se manter firme, confiando em que com o passar do tempo tudo acabaria se resolvendo: seu pai desapareceria de suas vidas, Elisa voltaria a ser a mesma e, como nas histórias com final feliz, reinariam para sempre entre eles o afeto e a harmonia.

Para Alberto (pelo menos para o Alberto daquela época), só houve uma etapa de felicidade em toda a história da família Cameroni, uma etapa que abarcava os dois anos transcorridos desde que Isabel abandonara Raffaele até o trágico acidente da banheira que acabara com sua vida. Com extraordinária diligência apagara tudo o que fora negativo naqueles dois anos: a rejeição de Rafael a sua mãe, a ansiedade e o desassossego desta, sua própria (e irritante) condição de leva e traz, o tenso episódio da estação de trem... Apagara tudo isso e só recordava agora a ilusão de felicidade que os quatro haviam construído às costas de Raffaele. Eliminadas as sombras, só restava o esplendor do mito. Evocar essa pequena e particular versão da idade de ouro consolava-o imensamente. Como era prazeroso se deixar acalentar pela lembrança daqueles dias cálidos, iluminados, perfeitos! Encontrou em seus álbuns uma foto de sua mãe e de Paquito de braços dados diante do pequeno prédio da rua San Miguel. O enquadramento defeituoso e a luz pouco contrastada revelavam a falta de experiência do fotógrafo (devia ser uma de suas primeiras fotos), mas aquela imagem refletia o que ele queria: carinho, prazer, celebração da vida. Pensou que, se a emoldurasse com esmero, poderia ser um bom presente natalino para Paquito. O fato de que nas fotos daquela época não existisse nenhuma em que Rafael aparecesse não destruía suas fantasias. Aqueles dois anos de felicidade seriam exatamente como ele queria recordá-los, e deles estava excluído seu pai, mas não seu irmão mais velho.

Naturalmente, os almoços natalinos foram ideia de Alberto. Não se sabe que obscuros raciocínios levaram-no a determinar que a família se reuniria no dia de Natal em vez de na noite da véspera e por que escolhera para isso (Que casualidade!) o mesmo restaurante no qual sua mãe comemorara os dois últimos natais de sua vida... Assim, pois, no domingo, dia 25 de dezembro de 1983, os três irmãos Cameroni voltaram a ocupar, ao lado de Elisa e Juan, uma mesa do restaurante do Gran Hotel.

O restaurante continuava funcionando em um dos salões do primeiro andar e, embora a decoração e o uniforme dos garçons tivessem sido modernizados, não haviam sido feitas muitas mudanças substanciais. O solo de tábuas de madeira em forma de espiga, os tetos altos abobadados e as cortinas de damasco dos balcões eram a perfeita garantia de continuidade.

Alberto pediu aperitivos ao garçom e apontou os embrulhos.

— Em primeiro lugar, os presentes! — exclamou.

Foram todos muito celebrados, mas o que fez mais sucesso (até mais do que a fotografia emoldurada de Paquito) foi um relógio cuco que Rafael deu a Elisa. Era um relógio antigo, do final do século XIX, e tinha sido restaurado pelo próprio Rafael, que nas suas horas livres comprava trastes velhos nos antiquários para consertá-los. Alteraram a hora para checar se funcionava. Ficaram esperando alguns segundos e quando, por fim, o passarinho surgiu para fazer cuco, todos começaram a rir. O garçom chegou para distribuir os cardápios e Alberto lhe pediu que levasse os papéis de embrulho. Rafael comentou como era relaxante passar as tardes de domingo consertando máquinas de escrever e relógios antigos. Depois levava-os a um antiquário, que os vendia a um bom preço a colecionadores.

— Se vocês soubessem como pago pouco por eles — disse.

— Mas o que vale é o seu trabalho — disse Elisa. — Achei o presente maravilhoso. De verdade.

— Sim — insistiu Alberto. — É um relógio maravilhoso.

Quem os visse, não imaginaria que havia desavenças entre os dois. No entanto, Alberto se sentia a todo momento excluído do afeto de sua mulher. Suas risadas, suas piscadelas, seus elogios formavam uma refrescante chuva que se derramava sobre os comensais sem salpicá-lo. Constatara essa mesma atitude nas últimas excursões dominicais. Como conseguia Elisa ser ao mesmo tempo tão encantadora em relação aos outros e tão indiferente com ele? Ou seja: como fazia para estar simultaneamente de bom humor e de mau humor? Como agia para que ninguém tivesse consciência dessa duplicidade? Mas, pensando bem, também não podia se queixar. Teria sido pior se Elisa tivesse optado pela misantropia, e aquela reunião familiar correria o risco de se perder.

Juan, alheio à conversa, rasgava o celofane dos seus discos. Há algum tempo só davam discos de presente a Juan. No ano anterior, Elisa comprara cinco ou seis ao acaso e lhe dera o recibo para o caso de ele querer trocar algum. Tivera de trocar todos. Neste ano haviam ido juntos à loja e ele próprio escolhera os discos. Elisa acariciou sua franja.

— E então? Gostou, hem? Depois não vá sair dizendo por aí que as mães não conhecem o gosto dos seus filhos...

— E aí, Paquito, e você? — perguntou Alberto. — Gostou da foto?

Paquito se dirigiu ao seu irmão mais velho:

— Vamos colocá-la na sala de estar, não é?

— Está mesmo na hora de tirar algumas daquelas virgens...

O garçom serviu os pratos avisando com certa afetação que estavam um pouco quentes. Paquito, como era seu hábito, quis provar do prato de todos. Depois houve um longo silêncio que incomodou Alberto.

— Passou um anjo — disse.

— Em boca fechada não entra mosca! — corrigiu-o Rafael, e Alberto foi o único que começou a rir.

Durante o almoço se esforçou para manter uma alegria bem superficial, e tudo transcorria normalmente. Na hora da sobremesa pediu champanhe e cinco taças: Juan tinha 15 anos e não lhe faria mal dar um gole... Quando o garçom estava abrindo a garrafa, um dos mensageiros do hotel foi de mesa em mesa perguntando alguma coisa. Depois o garçom encheu as taças até a metade e deixou o champanhe repousando antes de completá-las até a borda. Alberto agarrou sua taça e a sustentou no alto como se fosse fazer um brinde. Antes que chegasse a fazê-lo, o mensageiro se aproximou de sua mesa e repetiu a pergunta:

— Família Cameroni?

Eles assentiram, espantados.

— Uma pessoa pergunta por vocês. Não quis entrar. Está lá fora, na rua.

Todos se olharam em silêncio. Juan correu até a janela e deu uma olhada através das cortinas.

— É o vovô! — exclamou.

Alberto, com expressão desolada, voltou-se para Elisa. Ela fez um lento gesto de assentimento.

— Ele telefonou e eu lhe disse que estaríamos almoçando aqui — admitiu.

Ele pensou nas duas italianas chegando com as duas coroas de flores no Memorial. Aquilo não era muito diferente. A diferença principal era que então a manipulação havia sido obra de seu irmão mais velho e agora era de sua mulher. Rafael se levantou e foi até a janela. Ficou atrás de Juan, como se estivesse se escondendo. Visto dali, Raffaele parecia muito mais baixinho do que era. Estava como que encolhido em si mesmo e lançava o próprio bafo nas mãos para combater o frio. Ao seu lado estava seu carro, carregado até o teto. Mas esta visão não comoveu Rafael, que voltou à mesa resmungando:

— O grande filho da puta está aí... Por que tem que aparecer para bancar a vítima? Se quiser de fato ir embora, que parta e nos deixe em paz!

Elisa fez um gesto de impaciência e correu para o lado do filho, que já estava abrindo a janela. Os dois se debruçaram e chamaram Raffaele. Este, como se estivesse antecipando o reingresso em sua vida antiga, começou falando em italiano: *Solo sono venuto per dirvi ciao*. Mas imediatamente passou ao castelhano para dizer que lhes trouxera as chaves de seu apartamento. Atravessou a rua e ficou nas pontas dos pés debaixo da janela. Juan se agachou e esticou o braço entre as barras da grade para alcançar o chaveiro que seu avô lhe estendia.

— Façam o que quiserem com o apartamento. Eu não penso em voltar.

— Tem certeza do que está fazendo? Não acha que deveria reconsiderar? — perguntou Elisa. — Já se passaram tantos anos. É possível que não consiga mais se adaptar àquele tipo de vida.

— A questão não é essa. A questão é que, pela primeira vez em muito tempo, tenho a sensação de estar fazendo o que devo fazer.

Falava com a serenidade de quem tomara uma decisão irrevogável. Falava também sem tristeza. Apontou o carro, estacionado no outro lado da rua. As caixas e os pacotes se amontoavam no assento de trás e pareciam ter sido socados ali.

— Vocês estão vendo: estou levando tudo o que posso — disse. — Mas ainda restaram muitas coisas. É provável que algo possa lhes ser útil...

— Meu pai não nos permitiria — disse Juan. — Lembre a história do espelho.

— Mas é apenas seu pai. Eu sou seu avô. Lembre, Giovanni, aconteça o que acontecer, serei sempre seu avô.

Suas palavras eram perfeitamente audíveis lá dentro. Alberto prendeu a respiração e encarou Rafael, que evitou o olhar do irmão.

— Estão aí, não é? Os três estão aí — continuou Raffaele. — Suponho que não queiram aparecer. Bem, tanto faz. Diga a eles que lhes mando um abraço... Tenho diante de mim uma longa viagem.

A voz de Juan adotou um tom áspero:

— Eles continuam achando que tudo isso não passa de uma farsa. E continuarão pensando assim quando você for embora. Então, o que lhe importa o que pensem? Fique e se esqueça de seus filhos. Você tem a gente.

— Sim — disse Elisa. — Você tem a gente, eu e ele.

Raffaele sorriu comovido e negou com a cabeça:

— E Giulia? E Margherita? Estou em dívida com elas. Abandonei-as durante muito tempo. Já está na hora de me ocupar um pouco delas. Afinal, nunca deixaram de ser minha mulher e minha filha. Minha família.

— Mas como você vai começar uma nova vida naquele lugar? — perguntou Elisa. — Não se dá conta da sua idade?

— E o que você quer? Ninguém escolhe a idade.

Juan voltou a se agachar e a enfiar o braço entre as grades. Seu avô agarrou sua mão com força.

— Então, quando voltaremos a nos ver? — perguntou o menino.

— Quem sabe, Giovanni, quem sabe?

— Cuide-se, Raffaele, faça-o por nós — disse Elisa, também se agachando e segurando sua mão.

Alguns clientes do restaurante observavam a cena com curiosidade. O garçom esperava a certa distância. Rafael fez um gesto de cansaço e murmurou:

— Fechem depressa, o frio está entrando...

Elisa voltou para perto do marido, mas não se sentou. Percebia-se que era incapaz de conter a irritação.

— E você, o que vai fazer? Acha que vai ficar parado aí sem fazer nada? — disse.

— O que você quer que eu faça?

— Você deve saber! É seu pai! E é a sua vida!

Alberto falou em voz muito baixa, como para si:

— Você ouviu... Ele vai voltar para a mulher e a filha. Vai voltar para a família dele.

Elisa lhe dirigiu uma careta marcada pelo desprezo:

— Quando você deixará de se comportar como uma criança?

E então aconteceu o que ninguém esperava. Paquito, que até aquele momento permanecera imóvel e em silêncio, alheio a tudo o que acontecia, se levantou de repente e começou a correr para o balcão. Seus gritos soavam dilacerantes:

— E eu sou o quê? Hem? E eu sou o quê? Não sou seu filho? Não sou da sua família?

A agitação foi enorme. Todo mundo no restaurante se virou para olhar, e os garçons se aproximaram pedindo calma com as mãos. Rafael deixou cair a colherinha na mesa. A família Cameroni estava dando um show, pensou. Paquito já estava na janela e continuava gritando entre soluços:

— Responda! Deixei de ser seu filho? Porque você nunca deixará de ser meu pai! Nunca! Mesmo que queira!

O maître se aproximava com expressão alarmante. Vinha do outro extremo do salão. A essa altura, ninguém podia se comportar como se nada estivesse acontecendo. Mas a agitação aumentou quando Paquito trepou na grade e, afastando lentamente as mãos de Elisa e Juan, pulou na rua. Então muitos comensais, abafando um grito, se levantaram e correram para as outras janelas. O maître se esgoelava tentando colocar as coisas em ordem, as pessoas iam de um lado a outro com o guardanapo na mão e os gritos de Paquito não paravam de ser ouvidos acima do ruído das baixelas, das cadeiras, dos passos:

— Sou seu filho, está me ouvindo? Sou Paquito, seu filho! E você não pode ir embora assim! Se for, vai ter que me levar junto! Como você pode me deixar aqui?

Os balcões do restaurante já estavam cheios de pessoas quando Raffaele, emocionado, abriu os braços e exclamou:

— Paquito, meu filho!

E todos foram testemunhas do longo abraço trocado por pai e filho, batendo-se nas costas com as mãos bem abertas, cada um chorando no ombro do outro. Todos foram testemunhas disso, menos Rafael e Alberto, que continuavam em suas cadeiras com ar derrotado e o olhar fixo nas taças de champanhe. Alberto nem sequer se mexeu quando Elisa e Juan passaram ao seu lado em direção à saída. Para se despedir, Elisa se limitou a dizer:

— Esta noite Juan e eu dormiremos na casa dos meus pais. E depois veremos. Vamos, Juan.

Os dois desapareceram às suas costas. Da rua ainda chegavam gritos, agora alvoroçados, de Paquito. Eu vou com você! Eu vou com você para a Itália! Se você for, eu também irei! Alberto deu uma olhada nas cadeiras vazias e nas mesas, com os pratos pela metade e os talheres abandonados de qualquer jeito, com os cafés esfriando nas xícaras e os sorvetes derretendo lentamente, com os copos e as garrafas ainda contendo líquidos. Deu finalmente um gole na taça de champanhe e se sentiu só, irremediavelmente só.

EPÍLOGO

A manobra para entrar na garagem não era complicada, mas lenta. A trajetória do ônibus descrevia uma curva tão aberta que quase subia no meio-fio da direita. Depois ia corrigindo pouco a pouco para a esquerda até encarar o grande portão metálico, que um empregado de guarda-pó azul abria imediatamente. Uma vez dentro da rodoviária, o veículo devia se esquivar das altas colunas de ferro forjado para ocupar seu lugar na plataforma que lhe era destinada. As pessoas que aguardavam os passageiros não estavam autorizadas a entrar na garagem e, cada vez que um ônibus chegava, costumavam se aglomerar ao lado da vidraça da pequena sala de espera. Juan, em pé na parte traseira do ônibus, reconheceu as cabeças de sua mãe, de seu pai e de Paquito. Fez-lhes um sinal com a mão, mas o corredor do ônibus estava às escuras e eles não podiam vê-lo. O motorista tirava as malas do bagageiro e as amontoava sem cuidado às suas costas. Os passageiros iam descendo e pegando seus volumes. O lugar cheirava a gasolina. Trêmulos arco-íris se formavam nas manchas de óleo no chão. Juan pendurou a tiracolo sua mochila preta e saiu entre as filas de ônibus. Agora, sim, foi visto por seus pais e seu tio, que agitaram as mãos com uma sincronia de robôs. Juan sorriu e lhes devolveu a saudação. Quando chegou à sala de espera, os outros três se apressaram a abraçá-lo e beijá-lo.

— Meu filho! — dizia Elisa. — Como sentimos sua falta!

— Mas estive aqui há três semanas!

— Tanto faz! — respondeu Alberto, abraçando-o mais uma vez. — Sentimos sua falta e pronto!

— Isso! — repetiu Paquito, também abraçando-o. — Sentimos sua falta e pronto!

Em março de 1987, algumas semanas antes de seu décimo nono aniversário, Juan era um rapaz de olhos vivazes e dentes muito brancos que se ruborizava com facilidade. Desde o mês de setembro do ano anterior estudava Jornalismo em Madri, e geralmente uma vez por mês viajava a Saragoça para visitar seus pais. Aqueles poucos meses haviam sido suficientes para que renunciasse à roupa escandalosa e aos longos cabelos de roqueiro e adotasse um estilo mais austero, o estilo próprio dos jovens que queriam parecer mais velhos. Agora até deixava crescer uma barba rala e desigual que desmentia a pretendida maturidade. Elisa passou a mão em suas faces.

— Agora, sim, você vai fazer sucesso ... — disse. — Alguma namorada?

— Ah, mamãe! Não comece!

Elisa temia que seu filho se apaixonasse por alguma garota de Madri (ou de mais longe) e não voltasse a viver nunca mais em Saragoça. Ela sempre sonhara com um futuro do qual Juan faria parte cotidianamente e, embora compreendesse que uma mãe nunca poderia impor a seu filho um futuro desses, tampouco estava disposta a renunciar ao seu sonho. Quem poderia ter dito uma coisa daquelas uns vinte anos atrás, quando Elisa era uma jovem que ansiava abandonar sua cidade e se apaixonara por Alberto só porque o sobrenome dele evocava viagens longas e países desconhecidos?

Como a rodoviária não ficava longe de casa, foram a pé. Alberto insistiu em carregar a mochila do filho, muito mais pesada do que aparentava.

— Santo Deus! O que você carrega aqui?

— Anotações — disse Juan. — Eu já disse que na semana que vem tenho provas. Bem, quando você vai me dizer por que eu tinha que vir neste fim de semana, e não no próximo?

— Ah! — respondeu o pai, fazendo mistério. — Amanhã à tarde você saberá.

O peso da mochila o obrigava a caminhar um pouco encurvado. O sinal do Paseo de Pamplona ficou vermelho e Juan e Paquito preferiram correr até a outra calçada. Paquito se aproximou do sobrinho e com ar furtivo lhe mostrou um envelope que brotava do bolso interno de sua japona.

— Carta do vovô — concluiu Juan. — Voltou a escrever para ele?

Paquito arregalou os olhos e assentiu com entusiasmo.

— Quando a gente chegar em casa, eu a leio para você — disse Juan.

O sinal voltou a ficar verde e Alberto e Elisa os alcançaram. Os Cameroni viviam agora em um apartamento bonito e espaçoso da rua Bilbao, muito perto da delegacia onde Raffaele fora se entregar uns três anos antes. Alberto pegou as chaves e colocou a mochila no chão, com expressão de alívio.

— Não lhe disse que eu podia carregá-la? — observou Juan.

— Não, não, não! — respondeu seu pai.

No elevador, Paquito e Juan ficaram atrás dos outros dois. Paquito, com uma piscadela travessa de cumplicidade, abriu a japona e voltou a exibir a ponta do envelope. Quando entraram no apartamento, pegou uma bola de tênis e atirou-a. Juan pegou-a no ar.

— Meninos, meninos! — protestou Elisa.

Para ela e seu marido, Paquito era definitivamente um menino, e certo senso lógico indicava que com Juan também seria assim. Não era possível que o tio fosse criança e o sobrinho, adulto.

— Vamos para o meu quarto? — disse Paquito.

Entraram e fecharam a porta. Sentaram na cama. Na me sinha estava a velha foto com sua mãe que Alberto lhe dera de presente no antepenúltimo Natal. Paquito nem tirou a japona.

— Tome. Leia — sussurrou, entregando o envelope.

Juan começou a ler e, embora ninguém pudesse ouvi-los, Paquito fez sinais para que abaixasse a voz. A carta não dizia nada que as outras cartas de Raffaele já não tivessem dito antes. Dizia que a vida em Lucca era agradável e que estava pensando em montar algum negócio, mas ainda não sabia de que tipo. Dizia que Giulia e Margherita o tratavam com carinho e que a única coisa de que sentia falta era de ficar com ele, com Paquito. Dizia que quando tivesse economizado algum dinheiro lhe mandaria uma passagem para que fosse visitá-lo... E Paquito, quase sempre atrapalhado, interrompia para perguntar se ficava muito longe, se era possível ir de trem, quantas horas demorava etc.

— Vamos fazer uma coisa — disse Juan. — Quando tiver um carro, eu mesmo o levarei.

— De acordo!

— Tome. Guarde-a com as outras.

— Vamos responder logo?

— Melhor daqui a pouco...

— Meninos! Jantar! — Ouviram a voz de Elisa.

Paquito pegou a carta e colocou-a em uma caixa de caramelos Viuda de Solano que escondia na gaveta da roupa de baixo. Aquela caixa de lata era seu tesouro.

— Promete que vai me levar?

— Prometo — disse Juan, ficando em pé e se encaminhando para a porta.

Naturalmente, Juan sabia que aquela viagem nunca seria realizada, e também o sabiam Alberto e Elisa, a quem seu filho informava discreta e pontualmente a respeito do conteúdo das cartas: nenhuma novidade, tudo como sempre, parecia que o avô continuava bem.. A história das cartas surgira no dia seguinte ao episódio no restaurante do Gran Hotel. Elisa ameaçara o marido de exigir o divórcio se ele não escrevesse ao pai pedindo perdão. Alberto cedeu, envergonhado. Elisa e Juan voltaram para casa e as feridas começaram a cicatrizar. O texto da carta foi praticamente ditado por Elisa. Ele não se atreveu a discutir nada: reconhecia que se comportara como um péssimo filho e pedia perdão, coisa que por sua atitude nas últimas semanas estava longe de merecer... Muito bem, agora pode assinar, disse ela. Em algumas semanas receberam uma carta de Raffaele que não era destinada a Alberto mas a Paquito. Este a pegou e fez com que Juan a lesse em particular. Nela, Raffaele falava de como estava sendo fácil se adaptar à nova vida. Era sua maneira de lhes informar de que estava bem e não precisava de nada deles. Só nas linhas finais acrescentava (sem dúvida, em alusão a Alberto) que para ele tudo já estava perdoado. A partir de então, passou a chegar mensalmente uma nova carta de Raffaele, esperada com ansiedade por Paquito. Embora ele dissesse que aquelas cartas eram dele e só dele, dava-se por certo que os outros membros da família tinham o direito de conhecer o conteúdo, e Juan o resumia depois para seus pais. Mais tarde escrevia a resposta em nome de Paquito e a enviava por correio. Assim, dessa maneira indireta, Alberto ficava sabendo da vida de seu pai e Raffaele, da de seu filho.

— Paquito! — voltou a dizer Elisa. — Vamos jantar, eu já disse!

Sentaram-se todos. Elisa colocou a sopa fumegante no centro da mesa. A sopeira, de porcelana francesa, pertencera à tia Milagros.

— Que luxo! — comentou Juan.

— O que você está pensando? — disse seu pai. — Nós a usamos todos os dias. Vamos ver se damos sorte e de repente ela cai e quebra...

— Que besteira — disse Elisa, servindo a sopa.

Havia outros objetos na sala de jantar que tinham sido de tia Milagros: uma cristaleira com bonequinhos e leques antigos (e também com o estojo de nácar que continha a mecha do cabelo de Isabel), uma escrivaninha com delicados enfeites entalhados, uma cômoda que pertencera a uma das famílias ricas de Monzón. Rafael levara tudo aquilo para casa deles pouco antes de transferir a licença do táxi e sair da cidade. Essa havia sido sua maneira de lhes comunicar que venderia o apartamento e desapareceria novamente de suas vidas.

— Completaremos duzentos anos e essa louça continuará inteira — se queixou comicamente Alberto. — Paquito, você terá que fazer alguma coisa!

Paquito olhou a sopeira com ingenuidade. Elisa o ameaçou com a colher:

— Nem pense em tocá-la!

— A partir de amanhã, a sopa será servida por Paquito — anunciou Alberto.

Elisa, com ares de maestrina, apontou a colher para seu marido e disse:

— A sopeira é muito bonita! Enquanto eu estiver viva, cuidarei para que não sofra nem um arranhão. Depois vocês poderão fazer o que quiserem.

Quando Elisa fazia este tipo de afirmação, Alberto reagia sempre do mesmo modo. E quem lhe disse que você vai morrer antes de mim?, dizia, e em seguida os dois começavam uma daquelas suas discussões típicas que Juan já conhecia de cor e salteado. Vai me proibir?, respondia ela. Naturalmente. Você está proibida de morrer! Acha que tem o direito de me deixar viúvo?, dizia ele, e então Elisa fazia um gesto teatral de resignação e dizia: Onde já se viu coisa igual? Um marido que sente prazer em proibir tudo? Pois sabe o que eu lhe digo? Que vou obedecer! Com um marido desses, é melhor ficar viúva! Depois Alberto piscava um olho para o filho e dizia: É assim que eu gosto! Que me obedeça! E a discussão só terminava quando Elisa (que, com o passar do tempo, acabara adotando a gesticulação italiana dos Cameroni) encostava o indicador e o mindinho na madeira, revirava os olhos e dizia: E tomem a sopa, antes que esfrie!

Suas discussões continuavam sendo tão ruidosas e inofensivas como as que Juan recordava da sua infância. No entanto, tinha a sensação de que nada mais era igual, a sensação de que alguma coisa se rompera entre seus pais no dia da despedida do avô. Sim, eles haviam se reconciliado imediatamente e o amor que os unia acabara triunfando, mas Juan achava que as coisas nunca haviam voltado a ser como no começo, pelo menos não exatamente. Como uma traça aprisionada em um armário, um resto de ressentimento esvoaçava de vez em quando em seus corações. O amor, o vigoroso, desmedido e exultante amor de Alberto e Elisa, perdera algo de sua antiga inocência. Era como se jamais tivessem tido nenhum motivo para se reprovar mutuamente e como se esse motivo, a partir daquele momento, passasse a existir (sempre uma coisa mínima, nada além da recordação de uma ofensa) e às vezes fossem obrigados a fazer esforços para um não jogar aquilo na cara do outro.

Terminado o jantar, Juan se levantou da mesa e beijou a mãe.

— Estou saindo — disse. — Tenho um encontro.

— Já? — perguntou Paquito, contrariado.

Juan se lembrou de que ainda não escrevera a carta. Todos na casa estavam a par, e todos deviam fingir que não estavam.

— Você não disse que precisava estudar? — disse Alberto.

— Espere pelo menos que eu faça o café — disse Elisa.

— Pode levá-lo ao meu quarto? — disse Juan.

Paquito acompanhou-o ao quarto. Elisa entrou com a bandeja de café. Quando ela saiu, Paquito se apressou a fechar a porta. Juan procurou um papel.

— O que você quer que eu escreva? — perguntou. — Vamos contar que este mês fez muito frio, mas, infelizmente, não caiu nenhuma neve? Podemos dizer que vim passar o fim de semana e que dentro de uns dias vou fazer minhas primeiras provas?

Paquito assentia com a cabeça. As cartas de resposta eram sempre assim: anódinas, cheias de lugares-comuns e de circunlóquios desnecessários. Juan, no princípio, tentara não se repetir em excesso. Agora nem se incomodava com isso, porque sabia que seu avô e seu tio não se importavam. O que eles procuravam não era uma troca de novidades, mas simplesmente manter vivo o contato.

— Pronto — disse Juan, e leu um breve texto no qual observações pueris conviviam com mensagens positivas. — Que tal?

— Esta ficou muito bonita — disse Paquito, radiante.

— Colocamos algo mais?

— Diga que no mês que vem voltaremos a escrever!

Juan obedeceu e depois lhe entregou a carta para que a assinasse. Paquito levou mais de um minuto desenhando um garrancho apertado no qual só um *pê*, um *quê* e um *tê* eram reconhecíveis.

— Você gosta muito do vovô, não é mesmo? — perguntou Juan.

— Claro! É meu pai — respondeu Paquito, com aquele tom brincalhão que costuma ser reservado às obviedades.

Juan lhe deu um tapa nas costas e disse:

— Bem, agora estou indo.

No dia seguinte, durante o almoço, voltou a perguntar a seu pai pelo motivo que o levara a exigir sua presença naquele fim de semana.

— Ah! — disse Alberto, olhando rapidamente seu relógio. — Agora falta pouco. Logo, logo você ficará sabendo.

Juan olhou para a mãe, que se limitou a sorrir.

Por volta das 16h, Alberto estava pronto para sair e andava de um lado para o outro apressando os demais. Elisa, no *closet*, lustrava os sapatos e insistia em que tinham tempo de sobra. Paquito passou uma grande quantidade de colônia nos cabelos e penteou-os cuidadosamente. Quando saíram de casa e começaram a andar em direção à rua do Coso, Juan voltou a perguntar:

— Alguém vai me dizer aonde estamos indo?

— Isso — secundou-o Paquito. — Alguém vai nos dizer aonde estamos indo?

Cruzaram a rua do Coso e avançaram pela rua Alfonso até a esquina dos armazéns Gay. Na entrada da rua, a calçada se estreitava e Alberto se adiantou alguns metros. Parou diante do Arlequín.

— Chegamos — declarou.

O Arlequín era um velho cinema que exibia reprises. No lado de fora, um cartaz anunciava a projeção de uma comédia de Goldie Hawn. Juan olhou para o pai como se pedisse explicações. Era para isso que o haviam obrigado a ir a Saragoça? Para ver um insípido filme americano? Juan não sabia que, em algumas tardes da semana, aquele cinema era a sede da Cinemateca. Alberto se plantou diante do guichê e pediu quatro entradas. Ao lado da janelinha da bilheteria havia um cartaz com a programação. Naquela tarde, na sessão das 17h, exibiriam *Um culpado para um delito.*

— Este é o filme que...? — perguntou Juan.

— Não sei por quê, quando estreou não conseguimos vê-lo — disse Elisa, assentindo. — E até hoje não haviam voltado a exibi-lo.

— Então, o que acha agora? A viagem valeu a pena? — perguntou Alberto, satisfeito. — Valeu a pena ou não?

— Imagine — ironizou Elisa. — Você vai ver seus pais atuando em um filme.

— E a mim também — interveio Paquito, excitado. — Eu também apareço.

— Claro que aparece — brincou Juan. — Acho que você foi o astro do filme.

Aquela filmagem fazia parte das histórias da família e Juan, em sua infância, tivera de ouvi-la um montão de vezes. Na versão que ele conhecia, Paquito havia se perdido em um intervalo da filmagem e Elisa o ajudara a encontrar seu irmão. Sem aquela filmagem, certamente seus pais jamais teriam se conhecido, e isso queria dizer que para ele aquele filme era a origem de tudo. O mais curioso era que Juan jamais se imaginara vendo-o. O filme pertencia mais ao âmbito dos mitos da infância do que ao da realidade: era como se de repente lhe tivessem dito que iam visitar o *Ratoncito Pérez*, o personagem popular entre as crianças hispano-americanas e espanholas.

— Veja — disse Elisa. — Naquela época eu era mais jovem do que você é hoje. Na verdade, fiz 18 anos pouco depois.

Ficou um instante em silêncio para organizar as recordações e depois disse:

— Você se lembra da Velosolex? Lembra-se do dia em que foi me buscar na escola?

Naturalmente, as perguntas eram dirigidas ao seu marido, mas ele estava indo para a sala de projeção e não a ouviu. O funcionário pegou as quatro entradas e rasgou-as. Paquito fazia sinais a Elisa e a Juan para que se apressassem.

— Vamos, vamos! — dizia Alberto, às costas de Paquito.

Elisa e Juan se juntaram a eles. Alberto, avançando pelo corredor, tentava justificar sua pressa.

— Acho que nossa cena é logo no começo. Li a sinopse no jornal.

A sala era estreita, com as paredes forradas de vermelho. Havia pouca gente, não mais de dez pessoas. Alberto escolheu os assentos do lado esquerdo de uma fila da frente. Como Juan ocupara a poltrona mais afastada do corredor, foram lhe passando os casacos para que os amontoasse no assento à sua esquerda. À sua direita, pela ordem, estavam Paquito, Elisa e Alberto. Os três tentavam recordar detalhes da filmagem. Me deram uma sombrinha, não é?, disse Elisa, e seu marido a corrigiu: Não, fui eu que recebi um guarda-chuva, você ganhou uma bolsa. É verdade! Uma bolsa preta!, exclamou Elisa, e Paquito interveio: E a mim, o que deram? Não me lembro mais! Elisa disse que agora não tinha certeza, que talvez tivessem dado o guarda-chuva a Paquito, e Alberto, que parecia recordar tudo com exatidão, interrompeu-a para afirmar que a Paquito haviam dado uma gabardina. E para o caso de ainda restar alguma dúvida, repetiu:

— Deram a Paquito uma gabardina, a você uma bolsa preta e a mim um guarda-chuva. Mas logo vocês verão.

— Tudo bem. Vamos ver agora.

— Sim, sim, vamos ver agora.

Juan, divertido, ouvia-os falar, e desta vez tinha a sensação de que discutiam só por discutir, como as crianças quando distribuem entre si os papéis de mocinhos e bandidos. Disse:

— Mas vocês têm certeza de que poderemos vê-los? E se acabarem não aparecendo?

— Que bobagem — disse seu pai. — Como não vamos aparecer?

— Sim, que bobagem!

— Não sei — disse Juan. — Vai ver a câmera não os filmou direito e acabaram cortando essas tomadas na montagem.

Arrependeu-se assim que disse aquilo. Foi suficiente para perceber nos olhares deles uma mistura de desconcerto e preocupação. Foi suficiente para compreender que tal possibilidade jamais lhes ocorrera e, sobretudo, que aquele momento era muito mais importante para eles do que podia imaginar. Eles estavam ali para evocar o passado, um passado no qual haviam sido jovens e felizes, e naquela cerimônia privada Juan tinha que evitar se comportar como um desmancha-prazeres.

Elisa olhou para Paquito:

— Você se lembra de que não parava de olhar para a câmera?

— E daí?

— Os diretores não gostam que um ator seja visto olhando para a câmera.

— Eu não olhava para a câmera — respondeu timidamente Paquito.

Alberto bufou. A excitação de pouco antes se transformara de repente em um desconsolo. Juan teve a impressão de que por sua culpa uma parte muito preciosa de seu passado poderia ter sido roubada. As luzes se apagaram. Soaram os primeiros compassos da trilha sonora.

— Agora, silêncio — murmurou Alberto, embora ninguém tivesse dito nada.

O momento decisivo estava prestes a chegar e eles prendiam a respiração. Acabaram os créditos e, tal como Alberto havia suposto, em seguida chegou sua sequência. Primeiro, vários planos de carros que iam e vinha e de pessoas caminhando pela calçada. Depois, apareceram pessoas entrando e saindo do falso metrô. E entre as que entravam estavam, sim, eles! Foi apenas um instante, mas um instante que se prolongou em seus cérebros e permitiu que percebessem todos os seus pormenores.

— Como a gente era jovem! — disse Alberto. — Estão vendo? Eu carregava o guarda-chuva.

— E eu a gabardina — disse Paquito.

Falavam em voz alta, como se estivessem sozinhos.

— E aí está Paquito olhando para a câmera! — disse Elisa.

— É verdade! — exclamou ele, sufocando uma gargalhada.

Não é que Paquito, no filme, dirigisse à câmera um olhar furtivo e de relance. O que se via era Alberto e Elisa tentando se interpor entre ele e a câmera e Paquito fazendo um grande esforço para enfiar sua cabeça por cima deles e cravar os olhos na objetiva. Se alguma coisa chamava a atenção naquele plano, era isso: os olhos de Paquito observando a câmera com curiosidade e descaramento, e ninguém do público poderia prestar atenção em outra coisa.

— É verdade! — voltou a dizer Paquito. — Eu estava olhando!

Juan se soergueu na poltrona e olhou seus pais, que tinham os olhos úmidos de alegria.

— Sim, estava olhando! — repetiu Paquito, cada vez mais satisfeito. — Estava olhando!

Mas a sequência não acabava ali. A atenção do espectador se transferia para as escadas do metrô, onde um ator caía e outro exibia com perplexidade um punhal ensanguentado. Os figurantes observavam a cena com expressão de espanto... Entre esses figurantes se reconhecia outra vez Elisa e Alberto. Juan olhou de novo para seus pais, que acabavam de dar as mãos. Justamente nesse momento parou a gritaria do filme e se ouviu Elisa sussurrar para Alberto:

— Você se lembra do que eu lhe disse nesse momento?

— Como não iria me lembrar?

Juan não sabia a que eles se referiam, mas não podia parar de observá-los. À luz da tela, que se refletia com suavidade em seus rostos, viu seu pai levar os lábios à mão de sua mãe e deixar nela um longo, longuíssimo beijo. Nenhum dos dois dizia nada. Pelo brilho de seus olhos, Juan percebeu que estavam chorando. Choravam por sua juventude perdida e pelo tempo que transcorrera desde que haviam se conhecido. Choravam pelo amor que haviam se dado e continuariam se dando no futuro. Choravam pelos momentos bons e ruins que haviam vivido juntos. Choravam por eles mesmos, pelas muitas recordações que guardavam. Choravam também por sua felicidade, e chorar assim lhes devolvia uma parte dela. Paquito, enquanto isso, continuava recitando em voz baixa sua alegre cantilena:

— Estava olhando! Claro que eu estava olhando!

NOTA DO AUTOR

Agradeço ao historiador Dimas Vaquero Peláez (autor de *Crecer, obedecer, combatir... y morrir*, 2006) sua generosa assessoria sobre o Memorial Militar Italiano. O itinerário seguido por Raffaele durante a Guerra Civil foi inspirado naquele que Fernando Pérez de Sevilla deixou registrado em seu autobiográfico *Italianos en España* (1958). Para o episódio do *Semíramis* usei as informações fornecidas por Xavier Moreno Juliá em *La División Azul* (2004). Agradeço a Barbara Bertoni por sua revisão dos trechos em italiano e a Félix Romeo por ter me emprestado uma recordação de família.

Este livro foi composto na tipologia Minion Pro Regular, em corpo 11,5/15, e impresso em papel off-white 80g/m² no Sistema Cameron da Divisão Gráfica da Distribuidora Record.